雲帆集

商伟 · 著

河北出版传媒集团
河北教育出版社

图书在版编目（CIP）数据

云帆集 / 商伟著 . -- 石家庄 : 河北教育出版社，
2023.4
ISBN 978-7-5545-7610-6

Ⅰ . ①云… Ⅱ . ①商… Ⅲ . ①中国文学 - 当代文学 -
作品综合集 Ⅳ . ① I217.2

中国版本图书馆 CIP 数据核字（2023）第 013067 号

书 名	云帆集	
	YUNFAN JI	
作 者	商 伟	

出 版 人　董素山
责任编辑　汪雅瑛　张　畅
营销推广　李　晨
出　　版　河北出版传媒集团
　　　　　河北教育出版社　http://www.hbep.com
　　　　　（石家庄市联盟路 705 号，050061）
印　　制　河北新华第一印刷有限责任公司
开　　本　787mm×1092mm　　1/32
印　　张　12.75　　插页 6
字　　数　300 千字
版　　次　2023 年 4 月第 1 版
印　　次　2023 年 4 月第 1 次印刷
书　　号　ISBN 978-7-5545-7610-6
定　　价　69.00 元

图书策划：▉活字文化

写在前面的话

我在过去的十年间陆续发表了一些思想学术随笔、散文，也做过一些专题访谈。这些文章的结集出版给了我一次机会，去回顾自己感兴趣的文史话题和思考过的问题。全书分为上、下两编，上编汇集了随笔和访谈共十二篇。依主题来看，可以分为以下四组：

第一组主要是《言文分离与现代民族国家："白话文"的历史误会及其意义》上下两篇。以明代识字读本为话题的《一本书的故事与传奇》，以及《我们为什么要读古文》那一篇访谈，也可以放在一起来读。五四白话文运动是学界和阅读公众所熟悉的话题。实际上，所谓现代白话文的提倡和兴起都早于五四时期，但胡适等五四学者后来居上，支配了对它的解释，并且重塑了中国文学史和语言史的一些基本观念和立场。这两篇文章旨在廓清关于白话文的历史误解，反思与此相关的中国语言文字的历史叙述。

语言文字的问题从来都不只是一个纯粹的学术和学理问题，而是植根于中国社会文化的土壤之中，并且与传统帝制国家向现代民族国家的历史转型密切相关。也正是在这样一个广阔的历史语境中，我们才有可能对现代白话文运动及其历史意义，做出恰如其分的分析与估价。而由此引出的问题，在今天不仅没有过时，反而变得更为重要，甚至亟待解决。在当今这个世界上，由族裔、宗教、语言、文化和政治地域的身份认同所导致的冲突日益激化，环环相扣，简直打了死结。因此，我们有必要回溯历史，重新面对更具有包容性的帝国文化遗产，从中寻找另类的文化资源，以超越现代单一民族国家的意识形态，超越这一意识形态所参与构造的历史与现实。

《言文分离与现代民族国家："白话文"的历史误会及其意义》这上下两篇文章是根据我的英文文章 *Writing and Speech: Rethinking the Issue of Vernaculars in Early Modern China*（《书与言：重审早期现代中国的"白话"问题》）改写而成的，原文收在本杰明·艾尔曼（ Benjamin Elman ）编辑的 *Rethinking East Asian Languages, Vernaculars, and Literacies, 1000-1919*（《重新思考东亚语言、方言口语和读写文化，1000—1919》，Leiden：Brill，2014，pp. 254–301）一书中。我没有逐字逐句地翻译，而是另起炉灶，重新组织，并且增补了一些后续的想法。关于这个题目的研究和思考历时已久，曾经打算写成一本小书，终因分身乏术而作罢。好在主要的想法和思路都基本上体现在这两篇文章中了，可供读者批评指正。

2019 年 4 月，我编注出版了《给孩子的古文》，是活字文化推出的由北岛主编的"给孩子"系列图书中的一本。说是给孩子的古文，实际上同样适合成人阅读。这里收了《深圳读创》记者杨青的访谈，略陈编撰的初衷。而我所关注的问题，与白话文的讨论也有一些连续性。

五四白话文运动结束了文言文与白话文共存的格局，导致了白话文一家坐大，独霸天下。尽管没有走到废除汉字的地步，但几代人下来，公众的古文阅读能力普遍退化，造成了文化延承的巨大断裂。比起汉字文化圈的其他国家，情况略好，但也好不了太多。五四学者把古文比作拉丁文，说成是死掉的文字。这在学理上是不成立的，对现代汉语自身的发展来说，也是有害的。如傅斯年所说，现代白话文学应该广收博取，在借鉴综合口语、古白话、文言文，甚至现代翻译体的基础上，去创造全新的、丰富而多样化的语言书写风格。这方面的实验还远远没有完成。

第二组是一篇随笔和一篇访谈，《〈红楼梦〉中的"假"宝玉和"真真国"》和《紫禁城中大观园：长春宫的〈红楼梦〉壁画》。这两篇以《红楼梦》为主题，但把它放到早期现代"全球化"的物质文化接触与交流的历史语境中，去做两方面的考察：一是《红楼梦》的跨媒介书写实践，二是它对物质文化和视觉文化的关注与呈现。我希望从这两方面来探索《红楼梦》所蕴含的思想深度，并且重新理解孕育了它的那个大时代。

《红楼梦》打上了清代宫廷的鲜明印记，尤其体现在它对物质文化和视觉文化的丰富的细节描写中。它与雍正、乾隆朝的艺术品味和时尚风格，保持着与时俱进的同步关系。曹雪芹写到出自清宫的幻象绘画，精湛地演绎了它给观众带来的真假莫辨的视幻错觉——这显然构成了他小说写作的一个灵感触媒。而我们知道，清宫的物质文化和视觉文化又是 18世纪全球物质文化交流融合的产物，从机器人时钟到时尚的进口服饰和各类器皿，真是琳琅满目，不胜其多。其中备受雍正和乾隆皇帝青睐的幻象绘画，也起源于欧洲，由来已久。我希望读者看到，《红楼梦》如何将它敏锐的触角延伸进了时代文化的潮流之中，然后沿波讨源，触类旁通，完成了一次精彩的跨媒介的小说写作创新。

《红楼梦》与清代宫廷的故事并没有就此结束：自 1791年刊行之后，这部小说在清代宫廷王府和贵族子弟中日渐流行，红极一时，无人不晓。这是曹雪芹本人无论如何都想不到的。余波所及，甚至连大观园和其中的人物后来还走进了紫禁城长春宫的巨幅壁画，回到《红楼梦》曾经写过的那个宫廷绘画的幻象世界。这是一次奇妙的回归之旅："假作真时真亦假，无为有处有还无"的小说主题，最终被还原为绘画艺术的视觉吊诡。

这里涉及的问题不限于物质、技术和艺术媒介，也超出了图文关系。《红楼梦》的视幻叙述不仅悬置了对象世界的真实性，而且令人对观察者本身的确定性和可靠性也产生了怀疑。曹雪芹从视觉文化的角度，切入真与假的主题，并且将这一主题上升到了认识论和本体论的层次来加以理解和呈现。真假宝玉在梦中相会的片刻，不仅彼此互为镜像，而且各以"宝玉"相称。我们已经完全分不清谁在镜中谁在镜外，谁是主体谁是客体，究竟是哪一个宝玉在说话了。对主体的疑问，不只限于小说的主人公，还同样适用于我们自己，适用于

《红楼梦》的所有读者。这正是我们读罢小说，而不能不掩卷深思的问题。

第三组包括《小说研究的路径与方法》《传统小说是取之不尽的富矿》《〈儒林外史〉和〈红楼梦〉构成了中国现代小说的起点》和《时间也蕴含了错误和遗忘：谈文学史的写作》四篇，以《金瓶梅词话》《儒林外史》《红楼梦》等作品为主，延伸到对古典小说史的观察和思考，最后两篇也谈到了文学史写作的一些感想。有关小说方面的研究已见于拙作《礼与十八世纪的文化转折：〈儒林外史〉研究》和一些单篇论文。这几篇访谈就有关的想法做了比较集中的讨论，希望能有助于我们重新解读这几部耳熟能详的古典长篇小说。

中国古典长篇小说来源庞杂，发展的历史中充满了裂变，而《金瓶梅词话》和《儒林外史》都各自标志了其中的一次新的开始。更重要的是，它们的意义还不限于小说史本身，甚至也不限于文学的范畴。《儒林外史》和《红楼梦》构成了中国现代小说的起点，同时也为中国现代思想的发展，提供了取之不尽的文化资源与不可或缺的参照系。因此，有必要在打通古今、跨越学科的基础上，重新整合古典小说的研究领域。

在今天这个时代，我们见证了日益严重的、精英治理所造成的全球性危机，而在这方面，古典长篇小说也可以给我们带来启示：西门庆凭借商人的财富和独霸一方的地位，从外部打入精英阶层，由此导致了精英治理的严重腐败；与此相对照，出身于缙绅之家的杜少卿和贾宝玉则是从内部感到了空虚和幻灭，最终脱离了精英的自我再生产过程。尽管听上去还有些言之过早，但从晚明至清中叶，传统的精英治理已经多少显露出了疲软的迹象。光鲜华丽的外表下，暗流涌动，岌岌可危。《金瓶梅词话》《儒林外史》《红楼梦》被后世奉为经典，正是因为它们底蕴丰富，经得起细读，并且一如既往，对当下开放。每一代读者都可以从中看到自己的时代侧影，不仅感同身受，还可以通过自我介入，揭示出小说文本的一个新的或潜在的意义层面。所以，题目不仅没有做完，也永远做不完：古典小说的研究是一座富矿，潜力无穷，大有可为。

《唐诗与题写名胜》和《天人之际：诗中自有陶钧手》两篇以唐诗为主题，构成了第四组文章。2020 年，我在三联书店出版了一本小书《题写名胜：从黄鹤楼到凤凰台》，以李白的《登金陵凤凰台》如何回应崔颢的《黄鹤楼》入手，串联起一系列相关作品，讲述唐人题写名胜的故事。题写名胜属于即景诗或即事诗的常见类型，假设诗人亲临其地，即兴写作。而即景诗的内容与内在品质，又反过来取决于诗人的写作经验和身历其境的感受，二者之间具有无可怀疑的同一性和连续性。这不仅是即景诗的假定，也暗含了中国古典诗论的一些不言而喻的重要前提。

但在我看来，唐人又经常以诗的语言和比喻，对这些诗论命题做出回应与思考，并且探索其他的选择。这些另类的选择正是我感兴趣的话题，因为它们为古典诗歌的写作打开了新的维度。而以诗歌作品为中心来重构诗论的对话场域与自我评论，不仅是古典诗论研究的题中应有之义，而且具有深厚的理论潜力和重新激活古典诗论的可能性。承蒙《上海书评》丁雄飞的访谈，我在《唐诗与题写名胜》中对《题写名胜》这本书的写法与涉及的问题，做了一些概括和延伸说明。

我在北大期间，关注的领域是古典诗歌，但自1988年之后，主要转向了古典小说研究。《题写名胜》是我回归唐诗的第一步。我在《天人之际：诗中自有陶钧手》一文中对《题写名胜》涉及的问题做了呼应，同时又引向"重读唐诗"系列的第二本，也就是正在写作中的《诗囚与造物：中唐的诗歌观和诗人的自我想象》。在诗歌由盛唐向中唐的转变中，杜甫起到了关键的作用。他不仅是一位人间的诗人，完成了"史诗"的写作，还在宇宙创化的意义上来理解诗歌创作。以他之见，诗人笔下的世界足以令自然万象，也就是造物的作品，黯然失色，相形见绌。杜甫是一位以诗歌来思考的大师。他开启的思想被后人发扬光大，为诗坛带来了前所未见的突破。

本书的下编汇集了六篇随笔、散文和访谈。自1978年从福州赴京，就读于北京大学中文系，一转眼四十多年过去了。此后负笈海外，从求学到执教，迄今也不止三十年了。回顾自己走过的每一步，都多少有些偶然，从来不是预先设计的结果。最幸运的是，在我的求学阶段遇上了几位恩师。下编的《与林庚先生相处的日子》（写于2004年）、《那个年代的空间驰想》、《"虽未量岁功，即事多所欣"：记我的导师袁行霈先生》和《韩南先生最后的礼物》，分别写了我的三位老师：林庚先生、袁行霈先生和韩南先生。我从个人的亲身感受出发，写从师求学的经历，写老师们对我的指导和关照，也介绍了他们的学术成就，及其对自己的启迪。

每个人走上学术道路的机缘和过程都不一样，时过境迁，从前的经验也未必与当下的现实相吻合。而我们今天的所思所想和所作所为，毕竟又与各自的经历分不开。下编的最后两篇回顾文章分别是《学问的背后应该有更大的关怀》和《文本内外：回顾与断想》：前者是一篇访谈，集中于1988年出国之前的经历；后者涉及出国以后的感想，并以近年来的几个研究话题为例，探讨经验阅历与学术思考的关系，也触及年轻学生经常遇到的一些问题，包括如何培养问题意识、设计研究课题和完善学科建设。文章中所涉及的话题包括经典作品的文本细读、分析性或规范性批评话语的建构，以及与语言、文字书写和"白话文"相关的问题。因此在一个回顾的视野中，总结了贯穿全书的几个重要主题，也希望给这本学术随笔集带来首尾呼应的整体感。学术是一种生活方式，思考构成了人生经验的一部分。我想借助文字，留下一些零星的记录。对过去不失为纪念，于当下或许也能有所启示。

在写作和访谈的过程中，我得到了多位师长、朋友的帮助与支持。我已经在每一篇的附记和本书的后记中分别向他们致谢，在此重申谢意。与他们的相遇和交往，不仅给我带来思想和学术的启迪，也让我收获了友情和温暖。这是学术生涯的眷顾与慷慨馈赠，为此我心存感激，非言语所能尽。

本书所收的文字，此前散见于报纸杂志，有一些也可以在微信公号上读到，但我希望大家读这一稿。趁着成书出版的机会，我对文章和访谈都做了大幅度的修改和增补，有的甚至篇幅翻倍，在观点和看法上也有所拓展。谈不上尽如人意，在我却总算有了一个交代，可以暂时告一段落。《时间也蕴含了错误和遗忘：谈文学史的写作》一篇是尚晓岚（笔名尚思伽）在访谈的基础上整理而成的。那是 2013 年的夏天。令人痛心和惋惜的是，此后不到六年她不幸因病去世。由于时间和篇幅的限制，那篇访谈的答复部分略显仓促。这次收入《云帆集》，我做了一些补充，希望能对她当年的提问做出更满意的回答，也以此表达对她的纪念。

这本小书是我的一次个人回顾和十年小结。外部世界风云变幻，有精彩也有无奈，非个人所能左右。唯愿思想与学术无所依傍，自成天地。

新秋更欲浮沧海，卧看云帆万里天。

那是一个来自远方的呼唤，虽不能至，心向往之。

商伟

2022 年 10 月 15 日

目
录

———————— 上 编 ————————

上编

言文分离与现代民族国家："白话文"的历史误会及其意义（上）

　　胡适在 1916 年写给陈独秀的信中，首次提出了"文学革命"的"八不主义"，次年 1 月又在《新青年》上发表了《文学改良刍议》，从此揭开了胡适版白话文运动的序幕。后来的故事，风生水起，波澜壮阔，大家都很熟悉，影响至今不绝。甚至可以说，我们仍然生活在白话文运动的影子里。一个世纪不算短，尘埃也已落定。

　　那么，今天应该怎样来回顾和评价这一段历史？白话文运动的问题和意义究竟何在？

　　胡适倡导白话文运动，又于 1927 年写成《白话文学史》上卷，把白话文的产生追溯到了汉代。按照他本人的说法，"白话文学"就是 vernacular literature。胡适一生多次使用这个概念，在其晚年的英文自传中，也依然如此。

胡适对白话文的论述，依照的是现代欧洲的历史经验。在中国从清帝国向民族国家转型时，他主张像早期现代欧洲以各地口语书写（vernacular languages）替代拉丁文那样，用一种"活的文字"替代"死的文字"——后者是居于统治地位的文言文，前者则是所谓的"白话文"。在他看来，仅仅依赖于历史上的白话文还不够，而必须在此基础上与时俱进，发展出国语的文学和文学的国语。

这样的联想或推理早已变成了常识公理，仿佛天经地义，但实际上经不起推敲。它忽略了中国历史语境中的所谓"白话文"与现代欧洲的 vernacular 的基本区别，也忽略了表意性的汉字书写系统与拼音文字的差异，从而否定了汉字书写与口语之间全然不同的关系。然而，五四白话文运动的影响极为深刻，从根本上塑造了中国语言史和文学史的一些基本观念与立场。因此，有必要从白话文的概念出发，重新廓清由此导致和与此相关的一系列理论误解和历史叙述偏差。

更重要的是，将"白话文"等同于欧洲的 vernacular，还混淆了我们今天可以清晰辨别的传统帝国与现代民族国家的叙述逻辑，由此造成了一次不小的历史误会。但这又是一次有意义的误会。对这些问题做出梳理与辨析，可以揭示中国从传统帝国走向民族国家的独特路径及其背后的强大逻辑，更有助于我们回答在当今政治文化理论实践中仍然面对的一些重大问题。

什么是"白话文"

本尼迪克特·安德森（Benedict Anderson）在他的《想象的共同体》中指出，欧洲帝国与民族国家在内在构成逻辑及其合法性论述等方面，存在着根本区别。资本主义、印刷技术和人类语言的多样性等因素相互交汇，创造了一个新型的想象的共同体，为现代民族国家的出现设置了舞台。而在这个历史过程中，地方性口语和地方性文字书写不可逆转地与帝国的瓦解、民族国家的兴起连在了一起。

作为罗马帝国通用的神圣文字，拉丁文具有绝对的权威性和跨地区的普遍性。但到了中世纪后期，欧洲许多地区都逐渐采用当地的语音来读拉丁文，而同样是讲拉丁语，也往往按照各自的口语发音，无法有效交流。对拼音文字来说，这是对常规的偏离。尽管严格说来，拼音文字也未必都能完全做到言文一致。例如，英文的一些词汇的发音与拼法就不相一致。而在具体的社会语境中，每一个人的口语都不可避免地打上了教育、阶级和地域的烙印。可是，各地方音土语的兴起毕竟变成了不可忽视的力量，并且开始进入书写领域，为现代欧洲民族国家的形成做了必要的准备。

当然，这一段历史时间漫长，涉及的因素很多，欧洲各地的情况也不尽相同。有的学者已经对安德森的有关论述提出了修正。例如，在罗马帝国的东部地区，将拉丁文《圣经》译成当地文字，至少可以追溯到公元 2 世纪，并且得到了教会的认可。而中世纪的欧洲，也并非拉丁文的一统天下。但无论如何，拉丁文被地方文字所取代，仍然是导致欧洲帝国最终分裂的一个重要因素。

胡适拟照他所理解的欧洲模式，拿拥有正宗地位的文言文来类比拉丁文，宣布它们远离口语，已经死去。代之而起的，在胡适看来，就是与欧洲 vernacular 相对应的白话文。也就是说，他赋予了白话文以欧洲地方性口语书写的基本特征。更有甚者，他将一部中国文学史几乎讲成了文言文和白话文"两条路线"的斗争史：代表下层平民的白话文不断受到来自正统的文言文的压抑和排斥，但最终赢得了文人作者和大众读者，而成为文学史的主流。

把白话文跟欧洲的地方性语言文字等量齐观，并非自胡适始，学界已公认裘廷梁扮演了不可替代的角色。他于 1898 年 5 月联合同人，创办《无锡白话报》，不久改名为《中国官音白话报》，并在 8 月 27 日出版的十九、二十期合刊上署名发表了《论白话为维新之本》。他在这篇文章中，提出"崇白话而废文言"，并且援引欧洲的先例，认为文艺复兴时期各地以"白话"书写，民智大开，因此，"智天下之具，莫白话若"。他指责文言文导致"一人之身，而手口异国，实为二千年来文字一大厄"。又进而声称："文言兴而后实学废"，"实学不兴，是谓无民"。后果之严重，无以复加。

以此为起点，经过几代学者的努力，逐渐形成了中国语言史的一种权威叙述，将汉字书写与口语的关系视为其中的关键因素。这一叙述有不同的版本，最为流行的一版假定在最初的阶段上，汉字书写与口语是一致的或近似的。《尚书》之所以难懂，恰恰是因为它采用了当时的口语，且不说早期的歌谣和乐府了。但后来文字逐渐脱离了口语，也因此变得日益僵化，最终成为死掉的文字。到了唐代，于是便出现了新的白话文学，再一次回到口语，体现在敦煌讲唱文学的不同种类中。显然，这一语言史的叙述构造了文字书写从记录口语，到脱离口语，最终又回到口语的周期性循环，而晚清和五四时期又一次处在了这一历史循环中回归口语的起点上。在相当长的时期内，同样的逻辑也支配了我们对文学史的叙述。

但将白话文等同于 vernacular，并与口语画上等号，这一做法是难以成立的。在此基础上发展出来的中国语言史的宏大叙事，以总结历史发展的"规律"或"逻辑"自许，实际上却很成问题。早在裘廷梁之前很多年，来自欧洲的传教士就曾经用 vernacular 的概念来描述中国的语言文字，但指的是他们用罗马字母拼写的各地方言口语。甚至，马建忠在他 1898 年出版的《马氏文通》中，也把 vernacular 译成"方言"。

的确，在欧洲的历史语境里，vernacular 指的是地方口语，更接近我们的方言土语，拼写出来以后，逐渐形成了后来欧洲各国的文字。它与白话文有极大的不同：首先，白话文的依据，曾经是流行的"通语"，到了明清时期就变成了官话。官话源自北方方言，但又是通约综合的产物，因此可以跨越地域，是所谓"通用语"或"桥梁语"（lingua franca）。它的使用者包括往来于不同地区的商人、行僧和官员，而不是平头百姓。与通用语或桥梁语不同，vernacular 是当地人的"母语"。但丁描述佛罗伦萨地区的 vernacular 时，说它是婴儿从奶妈那里听到的语言，与生俱至，无师自通；它来自下层，可译成俗话俚语，因此完全不同于我们的官话。官话是后天习得的，没有谁天生就说官话。官话有被官方认可的地位，在一部分官府公文中，例如处置诉讼口供时，也履行了正式的行政功用。所以，官话绝不是什么"平民"的语言。如果它的确像胡适说的那样，构成了白话文的语言基础，白话文学又何以能成其为平民的文学呢？又凭什么去跟庙堂文学分庭抗礼呢？

方言的使用者当然也包括了读书人、官员和乡绅，而不限于平民百姓。这些有身份的方言使用者，往往又同时操习官话，并在正式的场合中使用。在清代的一些传教士眼中，方言理所当然就是 vernacular，倒是官话处在了近似拉丁语的位置上，因为它具有跨地区的普遍性和官方认可的正统地位。出于同样的原因，有的传教士索性把汉字书写统称为中国的拉丁文。至于中国的 vernacular 的书写形式呢，那还有待于他们从方言中去拼写创造出来。拿汉字书写跟拉丁文等量齐观，固然也不无歧义，但至少表明，把所谓白话文视为中国的 vernacular 的书写形式，该有多离谱。

实际的情况是这样的：在罗马帝国的时代，真正拥有权威地位和跨地域通用性的书写文字只有一种，那就是拉丁文（尽管希腊文也几度风光过），口语为拉丁语，此外就是众多的地方语言。这些不同地区的方言在帝国衰落前后，逐渐进入文字书写体系，至文艺复兴时期而形成了方言书写的高潮。帝制中国的情形不同，至少存在着两类为官方所承认的通用的文字书写类型，用裘廷梁、胡适的话说，就是文言文和白话文（元朝和清朝略有不同，例如清代的官方文字还包括满文和蒙文等，但使用范围有限。等到连满人自己也读不懂满文了，就只剩下了象征意义）。这一点跟罗马帝国的情况对不上号。

不仅白话文有别于 vernacular，所谓文言文也与拉丁文相去甚远。首先，在拉丁语被地方口语所替代的过程中，拉丁文逐渐变成了死的文字而被废弃。但文言文在白话文出现后还继续存在了一千多年，而且二者都采用汉字为字符（script），这与拉丁文的命运完全不同。其次，因为使用汉字书写，文言文其实无所谓死活。哪怕千年以前的文字，仍然可以通过方言或读书音来诵读。这是汉语作为表意文字的特点，文字与语音的关系，不同于拼音文字。我会在下一节讨论汉字书写中结构性的言文分离。

于是出现了上面说到的那种情况：尽管西方传教士也同样参照了欧洲的历史来理解中国的语言文字，但他们的做法恰恰相反。他们没有把文言文与拉丁文相提并论，而是把汉字书写本身比作了拉丁文。在他们看来，与文言文相比，白话文固然更接近口语的风格，但仍是一种书面语，与实际的口语还有相当的距离，不仅体现在发音和词汇上，也涉及句法和语序。但也正因为如此，作为书面语的白话文才跟文言文一样具有了跨地区的普遍性：不同方言区的读者，无论会不会说官话，也无论他们各自的方言如何千差万别，都可以读得懂。换句话说，白话文和文言文一起，共同起到了维系古老广袤帝国"神圣的无声语言"的作用（安德森语）。与此相对照的是口语，尤其是各色各样的方言。汉字的书写系统固然可以吸收它们的一些元素，但无法像拼音文字那样，予以充分的再现。

无论动机怎样、目的为何，五四白话文运动最后闹了一场历史误会。

从结果来看，它并没有创造出像欧洲 vernacular 那样出自地方性口语的文字书写形式。五四文人的确这么说来着，旗帜也亮了出来，但做起来却是另一回事儿。连胡适本人也承认，所谓"白话文"早已存在，并非他们 20 世纪的发明。这跟但丁、薄伽丘在佛罗伦萨方言的基础上草创意大利文，完全不具可比性。

五四白话文运动的直接影响，在于破坏了帝制中国内部"白话文"和"文言文"这两种官方认可的书写类型（以及二者之间不可胜计的次文体和次生的文字风格）共生并存的历史格局，亦即通过比附欧洲的地方性文字与拉丁文的对立关系，以现代民族国家和历史进步的必然性的名义，用一种书写类型（白话文）剥夺了另一种（文言文）。可见，白话文运动挪用了现代欧洲民族国家的宏大叙事，却没有兑现其语言文字革命的允诺，而只是在传统帝国的书写系统内部，做了一个非此即彼的取舍。安德森描述的那个欧洲模式，并没有像胡适所声称的那样在中国得到验证。

口语与书写：言文分离原则

我们还可以从另一个角度来质疑胡适等人所建立的白话文跟 vernacular 的对应关系。汉字书写与作为拼音文字的 vernacular 有一个根本的不同，那就是它并不构成对任何一种口语形式的拼写或再现。由于传统帝国内部语音系统千差万别，在汉字的书写史上，至少直至现代之前，还从来没有真正做到过"言文一致"。从写作的立场来说，"有音无字"是普遍的情况。从诵读的角度看，因为每一个字词在不同的方言口语中都有不同的发音，在字与音之间也不存在一一对应的固定关系。这一现象，我称之为"结构性的言文分离"，也就是书写文字与口语之间的结构性分离。因此，无论是就写作还是诵读而言，在汉字书写系统中，都谈不上什么 vernacular。把白话文定义为口语的书写形式，从一开始就不成立。

也许有人会说：汉字虽非拼音文字，但其中形声一类包含了发音的成分，还有反切等注音方式，因此也具有对语音的内在规定性。另外，上古时代有"雅言"，明清以降有官话，外加通行的读书音，不都起到了统一语音和言文一致的作用吗？

首先，形声字中的声旁，只是注音的符号，不同于拼音文字的字母。它对口语所起的规范作用只是相对的，而更重要的是，同一个声旁在不同的方言口语中都有不同的发音。到了 20 世纪后半期，在汉语书写的字词与发音之间大致形成了相对固定的关系，但这种关系更多的是依靠外力和习惯建构起来并得以维系的，而不是来自语言文字自身的内在属性及其规定性。明清时期的情况不同，当时的标准韵书对实际口语也谈不上什么影响。然而帝国内部的地域差异却是无可否认的事实，而这些地域差异又都难以在汉字的书写系统中得到充分体现。清人小说《海上花列传》在人物对话中摹写了吴语，但基本上是将汉字作为声符来使用，置其意义于不顾，实际上已经背离了汉字的书写系统。读者若不懂吴语，根本就不知所云。此类情形也普遍见于粤语文学作品。

至于明清时期的官话，它的语音系统的同质性和跨时间的稳定性也都不可过高估计。每个大的方言区内部的官话都是与当地方言混杂妥协的结果。因此，同为官话，不同地域之间也存在不小的差异，难以确保口头交流的通畅无碍，尤以南方为甚。北方地区的方言差异相对要小一些，但汉字书写吸收口语的程度毕竟有限，许多以地方特色闻名的作品，通常不过是综合各种手段营造地方风味，或象征性地镶嵌一些标志性的语词。即便是以北京话见长的老舍先生也曾抱怨说，很多他熟悉的口语语汇无法写成文字。造字或假借固然不失为一种做法，如"旮旯"一类，但局限不少，做不到得心应手，更不可能为所欲为。

读书音的现象十分复杂，不可能在此展开讨论。有些学者认为读书音接近官话，但又不可一概而论。赵元任在《从家乡到美国——赵元任早年回忆》中，回忆儿时在家乡读书，用的是常州方言："我五岁的时候儿说一种不顶纯正的京话，说一种地道的江苏常熟话，可是念书就只会用江苏常州音念。"
需要补充的是，所谓"常州音"，并非"乡谈"，而是"绅
谈"，是乡绅这样的读书人使用的方言。同为常州方言，绅谈
与乡谈在语音上有雅俗之别，词汇范围与涉及的话题也未必
对应重合。无论如何，书面文字对于诵读时的发音并不具备
直接的规定性和约束力。每个地区的读者都可以根据自己乡
音中的"绅谈"或"读书音"来诵读前人的诗文，无论作者
本人来自何方，诗文作品写于何时。

对新兴民族国家的国家动员和自上而下的启蒙来说，言
文分离造成了许多障碍，但也恰恰是因为没有跟固定的语音
捆绑在一起，汉字才得以在相当长的历史时期内，广泛流布，
跨越不同的语系区域，甚至远播日本、朝鲜和越南等地。这
一情形与闪米特语系相似，那就是同一种文字可以有不同的
地方发音：阿拉伯语书写时可以不标元音，读者根据各自地
区的语音来诵读。希伯来文也不标元音，但情况有些特殊。
它从前不过是犹太人在读经等场合中使用的古老语言，用途
十分有限。以色列建国后，将希伯来语确定为国语，以此显
示以色列复兴传统、认祖归宗的决心。中欧和东欧犹太人原
先说意第绪语，即希伯来文字母书写的德语混杂方言，到了
以色列就逐渐变成了某些教派的语言。我前面说过，言文不
相一致的现象也见于拼音文字，但通常不一致的程度有限，
闪米特语系的上述特征在拼音文字中要算是例外了。然而，
对于表意文字的汉字来说，言与文的结构性分离恰好是一个
核心特征。因此所谓白话文和文言文，不过就是同一个汉字

书写系统中两种相互依存、彼此渗透的类型而已。它们与文体的传统密切关联，但跟口语都没有直接的对应关系，更不可能根据它们是否与口语相互对应，来加以区分或做出高下评判。

明白了这一点，就不难理解，为什么在19世纪后半叶之前，中国本土并没有出现白话文和文言文相互对立的说法：没有人将它们视为两套不同的书写系统，更不会像五四学者那样，认定它们之间有我无你、你死我活，甚至连白话和文言的说法本身也是后起的。此前的确也有"白话"这个词儿，但指的是闲聊、客套、不着调的传言等，与晚清五四学者给出的定义完全无关。至于"文言"一词，就更为罕见了。传教士喜欢的说法是"文理"，大致接近"文言文"的意思，但通常又分为"深文理"和"浅文理"。五四时期的文白之分，在之前的视野中，基本属于文体和风格的范畴，例如骈文、时文、古文和小说戏曲，或从中看到雅俗文俚之别。唐宋时期的古文家，不免要通过与骈文的对照来定义什么是古文。他们做梦也想不到，骈文竟然会跟古文一块儿归入一个叫作"文言文"的共同类别。而所谓白话戏曲小说，大都文备众体，将古文成语、诗赋曲词、白话叙述文体，乃至口语表达的某些成分，并置和杂糅在同一部作品中，根本就没法儿拿文言、白话的二分尺度来衡量划分，且不说白话文在句法和词汇（包括它的双音节和三音节词汇）等方面都保留了从文言文衍生而来的痕迹。

前人留下的文字，颇有一些以"语录"为题，最著名的如

《朱子语录》，虽自称"语录"，实则文白混杂，把说话的标志性语吻与口语的一些常用词融入文言的句式和语汇，展现了文言与白话之间交叉融合的多种可能性。有的语录索性采用了文言体，题曰"语录"不过是为了表明其内容是根据讲学和对话改写而成的。真正接近口语的作品并不多见，为人称道的例子，可见冯梦龙编辑的《山歌》和其他类似的歌词唱本，但都羼入了大量的方言成分，熟悉白话文的读者连蒙带猜，也未必能懂。

除了语音的问题以外，结构性的言文分离还包括词汇和文法等方面。如前所述，即便是拼音文字也做不到言文完全一致。毕竟口语总不免有些啰唆重复，或句子不够完整，而且接着往下说的时候，都或多或少地取决于面对面对话的语境，缺乏书写所必需的自成一体的连续性和完整性。但言文分离在汉字书写这里就变得尤其突出了。一些五四学者如傅斯年等人，很早就注意到汉字书写的"尚简"特征：早期汉字的字数有限，无法与口语的词汇相匹配，更做不到在句子的层面上贴近口语。《尚书》固然吸收了当时的一些语气词和其他口语表达的元素，但很难想象早期的口语会像《尚书》那样以短句为主，简洁精俭，惜字如金。实际上，从它的文字表述来推想和复原当时的口语，总难免是危险的。林庚在《中国文学史》（厦大版）以此来解释为什么早期中国文学没有发展出长篇的、成熟的史诗和戏剧：与拼音文字采用字母来拼写语言不同，汉字"是从不够用开始的，它的文法便不能与语法符合，它所以是语言大概其的意思"。这一看法显然不同于五四时期居于支配地位的语言史观和文学史观，因为后者强调的是汉字书写因为言文分离而日趋枯竭僵化，而不是在言文分离的前提下来探讨汉字书写的表现力是如何形成的，又是怎样发生作用的。如果像傅斯年所认为的那样，早在汉代汉字书写就已经蜕变为"古文"而失去了生命力，那么这一失去了生命力的"古文"何以还能继续存在，甚至在中唐获得了一次复兴呢？我们需要问自己的恰恰是：究竟是什么构成了汉字书写的表现力和生命力？而不是一如既往地以是否接近口语作为判断的标准和依据。

也正是在这里，我们不仅看到了五四白话文运动的问题，还看到了它的意义所在，看到了言文分离原则的重要性：晚近出现的"白话文"的概念，被充实扩展，变成了汉字书写的唯一合法类型。与此相应，从帝国书写传统内部发展而来的白话文，现在以国语的名义，加入了建构现代民族国家的历史过程。这意味着，白话文的书写形式已经成为维系这个新兴民族国家的纽带，也是确保其内部跨地域文字交流的主要媒介。

现代欧洲以各地的方言来构造文字，由此形成了众多的民族国家共同体。五四时期的白话文或国语文学恰好相反：它仍然延续了帝国的书写中心和言文分离的传统，通过统一的文字书写来建构民族国家，唯一的区别是从文言文和白话文共存的局面，变成了白话文独霸江山。和文言文一样，白话文也是传统悠久的书面语，如果从唐代的变文算起，至少已有一千多年的历史。跟文言文相比，白话文接近口语的风格，也可以容纳更多的口语元素。文言文当然也可以吸收一些口语的词汇，但在这方面毕竟不可能走得很远。除了词汇以外，文言文在语法上也与白话文有明显的差异。尽管如此，我们并不能简单地将白话文看成是口语的记录。作为汉字书写的一种类型，它与文言文一样，没有构成对口语的直接呈现。换句话说，它与口语之间不存在一一对应的关系，因此也可以超越方言的局限。尽管不同地区的口语千差万别，彼此无法沟通，来自这些地区的读者却都可以读得懂白话文。也正因为如此，作为新兴民族国家的中国得以在放弃了文言文之后，依旧维持着庞大帝国的完整性，并没有因为地方口语和语音的差异，而分裂成为数众多的民族国家。这正是中国经验与欧洲经验的一个分水岭。

现代民族国家毕竟不是传统帝国的继续，它至少必须满足伴随现代化而来的普遍需求，其中就包括了统一语音和言文一致。但 20 世纪初期的中国仍有所不同，在它统一语音和言文一致的过程中，书写和口语的关系发生了奇异的颠倒：先是以白话文为基础创造出标准的国语书写形式，并通过自上而下的国家行为（包括罗马拼音字母和国语教学法的建立），把标准的国语和国音变成大众的口语，然后学习“我手写我口”，将口语写成文字。而事实上，这样的国语本身早已经过了书写文字标准化的洗礼。在相当长的一段时期内，我们的语言学家以汉字书写的标准化为己任，并以此来重塑和规范口语。他们的使命之一，是“纯洁祖国的语言”。

有一点需要在此说明：这一节的小标题是言文分离，而言与文之间的结构性分离要求我们对口语和书写做出区别对待。英文中的 language 一词，我们通常译作"语言"。英文是拼音文字，所谓"语言"，往往同时含括了口语和书写。而在中文的语境里，却难以找到一个完整的对应物。如果沿用"语言"的译法，则语言与文字之间的关系仍有待于分疏。事实上，在语言学领域，如何处理语言、文字（writing）和字符（script，包括意符和声符）这三者之间的关系，仍然存在着争议或不自觉的混乱。在这些基本的假设上发生混淆和误解，结果自然是导致了更多的问题。而在我们的一些中文语言学教科书中，语言则往往被定义为一个先验的存在。只不过具体来说，语言又分别体现在口语和书面语两个方面。但语言与口语和文字书写的关系，究竟该如何来理解，实际上没说清楚。这与索绪尔的结构主义符号学所说的"语言"（langue）与"言语"（parole）的关系还不是一回事儿，用来解释口语与书写的关系，就更难以胜任了。

胡适学写白话文的方法与汉字文化圈的书写、语音模式

令人莞尔的是，"白话文"并非 vernacular 的最佳证据，就来自胡适本人的亲身经历和有关说法。胡适在表述他

的"白话文"的理念时，经常陷入自相矛盾，但这些矛盾之处，却颇能说明问题。例如，他拿文言文与白话文相对照时，就把白话文看成是 vernacular；而用文言文和方言文学来对比时，他又说方言文学才是真正的"白话文学"（vernacular literature），是活的文字。比如，徐志摩曾在几篇诗作中用汉字拼写吴语，胡适对此推崇备至。这个说法的麻烦显而易见：如果作家都像徐志摩这样，把汉字当声符镶嵌在诗文中，胡适倡导的白话文学或国语文学，恐怕早就前功尽弃了。可一旦想到方言文学就是 vernacular literature，他对自己推崇的"白话文学"的典范作品《儒林外史》，也不免有所批评："文学要能表现个性的差异；乞婆娼女人人都说司马迁、班固的古文固是可笑，而张三、李四人人都说《红楼梦》《儒林外史》里的白话也是很可笑的。"（《吴歌甲集序》）《儒林外史》的开头部分，从浙江写到了山东和广东，却完全不考虑当地的方言俗语，难怪胡适有此一说，把小说中的"白话"排除在张三、李四所说的口语之外了。至于当代的白话文学，胡适也有话要说："所以我常常想，假如鲁迅先生的《阿 Q 正传》是用绍兴土话做的，那篇小说要增添多少生气呵！"

可见，若说胡适不懂 vernacular 的本意，那还真不是。他在留学日记和后来的许多文章中，都用拉丁词 vulgate，说但丁以"俗语"入文学。他还举英国文学为例，"他那三岛之内至少有一百种方言。内中有几种重要的方言，如苏格兰文、爱尔兰文、威尔士文，都有高尚的文学"（《答黄觉僧君》，类似的说法又见《建设的文学革命论》）。只是回到中国的语境时，他不假思索，就把方言俗语跟白话文混为一谈，一方面抹杀了方言和官话的界限，另一方面又无视汉字与拼音文字的区别，把书写等同于口语。他甚至声称："老实说吧，国语不过是最优胜的一种方言；今日的国语文学在多少年前都不过是方言的文学。"（《吴歌甲集序》）尽管明清时期的官话大致源起于北方的方音，但把官话径自定义为方言，显然说不过去。而白话文与官话之间，又岂能画上一个等号，就万事大吉了？

在一篇题为《提倡白话文的起因》的讲演中，胡适还以身作则，传授学习白话文的写作经验。他来自非官话地区，原先只会说安徽当地的方言，而不懂官话，但十六七岁时，就可以写一手流畅的白话文。为什么呢？他的秘密就是熟读《水浒传》。他还补充说，他有一位侄儿，从未离开过安徽老家，但白话书信同样写得很好，原因也是熟读了《水浒传》。显然，对胡适来说，白话文是一种书面语，没有口语的直接依据。而所谓以白话书写口语，指的是书写传统长期造就的标志性的指向姿态、声腔口吻和语序句法，并非对他本人所说口语的摹写。如果这样的文字多少还有一些"口语性"，那正是"翻译"的结果，而写作过程就是"翻译"过程：在当地方言与 16 世纪的《水浒传》的文字之间，建立暂时的匹配关系，或借助方言的类比来想象《水浒传》中人物对话的口吻、语气和腔调，并且在它们的词汇、语序和句法之间频繁转换。也就是说，胡适不得不使用方言，把《水浒传》的书面文字读成他习惯的乡音，从而确认这部小说的口语性特征。

而在许多地区，尤其是南方，以方音，尤其是方音中的"绅谈"来诵读是常见的情形。可见，胡适心目中的"白话文"，一旦落实到诵读上，只能通过这一方式来处理。在诵读者的视野中，它终究不过是以方言为媒介而拟想出来的一种口语罢了。

白话文如此，文言文亦然。在这一点上，白话文与文言文的区别并不那么重要。只是我们对这个"翻译"的过程，向来缺乏认真的考察，因此往往忽略不计。实际上，文言文并非读不出、听不懂的死的文字，至少是可以通过读者各自熟悉的方音或结合了方音化的读书音来诵读的。这一方式所起的作用，正是将古人的文字"本土化"和地方化，变得大致可以听懂，能够接近，并且富于亲和力——至少就语音和腔调而言是如此。

前面说过，这里所说的方音指的是绅谈，与普通百姓使用的方言还有所不同。绅谈本身因为涉及日用之外的书面语汇和正式话题，不同程度上体现了文言文书写对地方口语的渗透。就发音而言，绅谈与所谓读书音也往往彼此相通，或部分重合。众所周知，南方的一些方言历史悠久，如闽南话和粤语，都多少保存了中古音韵的一些特征，使用的词汇也与当时所使用的书面语，即所谓文言文是分不开的。语言学界常用的一个说法叫"文白异读"，指的是汉字的一些词汇在方言中有两种甚至两种以上的不同发音，读书时使用的是文读，平常说话采用白读。当然，既然是说话，本来也就谈不上"读"了。可知"白读"的说法并不准确，但大意不难理解，而文读与绅谈的关系也是值得深入考察的课题。无论如何，各大方言体系都有应对书面语的方式，与文言文的词汇和其他表达方式相互关联，并且通过这一方式将文字本土化和地方化，而这正是中国式的书写方音化（vernacularization）现象。

与文艺复兴时期意大利地区的 vernacularization 相比，中国式的文字方音化现象的不同之处在于，它主要发生在诵读的领域，而没有诉诸书写的媒介，没有最终体现为文字书写的形式，但毕竟部分地承担了 vernacularization 的功能。至于通过方音的媒介写作白话文，虽然仍旧无法与直接书写方言口语相提并论，但在作者的心目中，已庶几近之矣。他完全可以用方音来诵读自己的文章，或想象它们的诵读效果。因此，如果以欧洲拼音文字的地方化经验为依据，批评传统中国的书写系统完全剥夺了读写者通过地方语音来自我表达的机会，那是不足为训的。这一常见的看法忽略了汉字书写发音的独特性，也忽略了汉字的读写者借助各自方音的"翻译"，从而将自己和别人的汉字书写地方化的普遍方式。

这一方音化现象不仅限于中国本土的疆域之内，而普遍见于汉字书写圈的其他东南亚国家和地区。日本人读汉字文本曾经采用"训读"法，在原文的字句周围加上不同的符号，以帮助读者按照日语的发音和语法来阅读汉字文本。在韩国，类似的读法称"释读"。这与我刚才说到的中国内部不同地区的读者以各自的方音来"翻译"文言文和白话文，是同一个道理。汉字书写圈内所发生的这一方音化现象具有普遍性和持久性，国家和地区之间只存在程度上和具体操作方式上的差异，而不存在本质上的不同。并不因为训读法产生于日本，就与中国无关，或性质截然不同。当然，天长日久，汉字书写本身也不可避免地发生了一些变化，在日本、韩国和越南都形成了各自的某些变体，体现在风格、文法和个别汉字的字形上。这些现象也可以放在汉字书写地方化的题目下来讨论，并且或多或少地与汉字发音的地方化相互关联。即便是在中国本土，所谓文言文也是与时俱迁的，不仅形成了新的书写风格，而且不断地产生异体字，包括简体字、俗体字和音同义异的假借字。

总而言之，从比较研究的立场来看，东南亚的国家和地区曾经围绕着汉字书写，出现过这一特殊形式的 **vernacularization** 现象。与近现代欧洲的情况不同，它并没有直接导致以地方书写替代普遍性的汉字书写。训读法和释读法的发明使用部分地满足了这些国家和地区的汉字方音化需求，因此至少就效果而言，反而有助于维系汉字书写系统的统治地位，而不是削弱或取代它。不明白这一点，就会严重误解汉字文化圈的方音化现象，也就是将这一现象与现代欧洲式的方音化过程混为一谈。其结果是盲目地加入了所谓现代性的竞争，最终自鸣得意地宣称：东南亚汉字文化圈内很早就在语言领域奏响了单一民族国家身份认同的先声；在这方面，东南亚国家和地区甚至走在了近现代欧洲之前，比欧洲还欧洲。这类错误普遍见于时下有关现代性的论述当中，但因为它们适应了当代国族叙述和地域政治的需要而被视为公理。因此亟待指出，并予以纠正。

以民族国家主义的历史叙述范式来讲述东南亚汉字文化圈的漫长历史及其演变，无一例外地告诉我们，汉字如何最终被这些国家自身的拼音文字所替代，并且将这一结果理解为 vernacularization 的必然产物。但我们没有理由忘记这一基本事实：汉字阅读的训读法和释读法本身就是 vernacularization 的一种形式，至少在发音和句法方面实现了或部分地实现了本土化和地方化的诉求。从效果来判断，这样做的结果，恰恰是减弱了以文字来拼写当地口语的诉求，及其必要性或迫切性。的确，这一现象如果发生在拼音文字中，势必直接导致拼写口语的文字出现，并且以后者替代脱离口语的书写形式。但在言文分离的汉字文化圈内，情况却并非如此。

事实上，日本很早就产生了拼写口语的平假名写作，以 11 世纪初的《源氏物语》为代表作，韩国则在 15 世纪出现了拼写当地俗语的谚文。但二者与汉字书写长期共存，前者的使用多限于女性作者和读者，后者受到了朝鲜文人和贵族的抵制，因此在相当长的历史时期内，应用和传播的范围都相当有限，地位也不高。越南自 10 世纪起，创造了喃字系统，以拼写越南主体民族京族使用的口语，但它借用了汉字的结构原理和基本组成部分，形成了一种衍生的文字形式，而没有挑战汉字书写的统治地位及其合法性和构造原理。由于跟进当时的口语，也由于其他的一些原因，日本平安时期的平假名书写一旦时过境迁，普通读者就读不懂了，因此不仅没有取代汉字书写，反而不如汉字书写来得长久。韩国的谚文长期处于不稳定、不规范的状态。相比之下，现代谚文已经历经书写和发音的双重标准化，并且大幅度减少了对汉字的依赖，因此与 15 世纪的谚文已经有了很大的差异。至于今天越南所使用的"国语字"，则与传统的喃字系统无关。它采用拉丁字母来拼写当地口语，以法国传教士罗德（1591—1660）的设计方案为依据，始创于 1884 年，是法国殖民主义的产物。1945 年越南宣布独立后，将它确认为官方的法定文字。如果将平安时期的平假名书写、10 世纪的喃字和 15 世纪的谚文书写纳入历史目的论和进化论的单线叙述脉络来理解它们各自的产生和发展，便无法解释它们何以与汉字书写长期共存，甚至自生自灭，而没有当即取而代之。这与但丁的意大利文写作是两码事儿。严格说来，不具可比性，背后的问题也不一样。由此看来，将训读法和释读法视为汉字文化圈内部的 vernacularization 现象，对于我们重新认识包括中国在内的东南亚国家和地区的语言文字史，并且探讨其更为广泛的社会文化意义，都具有不可低估的重要性。在此基础上，产生了有别于近现代欧洲的东南亚汉字文化圈模式。其重要性并不在于预示了我们今天所理解的近现代欧洲单一民族国家起源，而恰恰在于为我们提供了一次机会，去观察和把握东南亚道路的独特内涵、意义和历史影响。

由上可见，汉字文化圈内的读书人在学习汉字时，普遍采取了本土化或地方化的做法，也就是按照当地的语音和语法来处理汉字文本，其中包括日本普遍使用的"训读"法和韩国使用的"释文"法。当然也有一些例外的情况，首先是不能忽略某些地区存在双语现象。如琉球和长崎有不少来自福建和浙江的流寓人口，他们带去了家乡的方言。此外，17 世纪以后的日本，也的确有人反对训读法，希望通过汉字阅读来学习汉语的地道发音。可是除非在口头交流中经常使用汉语，这一努力本身往往事倍功半或事与愿违。这些日本人在向来自不同地区的中国老师学习发音时，很快就意识到汉语的语音具有地方性、多样性和与时变迁等特征，并没有与汉字形成一一对应的绑定关系。即便是官话，也不免地方性的差异，而且随着朝代更替又有了南京音与北京音之别。因此，所谓地道的汉语语音更像是一个移动目标，可望而不可即。

回到五四时期的白话文辩论，我们可以看到，与胡适相比，傅斯年对口语和语音的态度要认真得多。他觉得既然是讨论 vernacular，就有必要将 vernacular 的理念付诸实践。当然，他脑子里的 vernacular 仍然是一个颠倒的观念，那就是自上而下普及推广的以官话为基础的国语，但他至少主张从口语出发：得先学会讲标准的国语，才有可能写出国语的文字来。可胡适明确表示反对，认为这一想法不切实际："中国文人大都不讲究说话的，况且有许多作家生在官话区域以外，说官话多不如他们写白话的流利。所以这个主张言之甚易，而实行甚难。"（《中国新文学大系·建设理论集导言》）依照这一逻辑，既然已经能写一手流利的白话文了，那又何必学什么官话呢？官话不仅没有构成白话文写作的必要前提，反而变成了多此一举的额外负担。且不说官话就其内部的统一性和一致性而言，还远远不及傅斯年心目中的标准国语。

在胡适看来，不必学习官话还有一条理由："国语不是单靠几位言语学的专门家就能造得成的；也不是单靠几本国语教科书和几部国语字典就能造成的。若要造国语，先须造国语的文学。"（《建设的文学革命论》）他又一次援引欧洲的先例说："我这几年来研究欧洲各国国语的历史，没有一种国语不是这样造成的。"（同前）不错，意大利文的成立与但丁、薄伽丘等人的作品分不开，西方现代印刷术也起到了规范文字书写的作用，但胡适只字不提拉丁文对于塑造意大利文的重要性，而白话文的形成和发展，就更离不开属于同一个汉字书写系统的文言文了，二者之间的连续性是无法否认的。这些姑且不论，胡适真正关心的是白话文写作，而白话文的写作跟说话无关。

的确，胡适根本就没拿语音当真。作为书面语的白话文，并没有与口语构成对应关系，也不可能跟他所说的欧洲的vernacular相提并论。胡适的白话文观念仍然是以书写为核心的，是言文分离的产物，而这正是他激烈抨击的帝国遗产的一部分。无论他本人是否承认或自觉与否，帝国遗产还是被成功地挪用和转化，变成了建构民族国家的基本资源。

2021 年 11 月修改

原载于《读书》（2016 年第 11 期）

言文分离与现代民族国家："白话文"的历史误会及其意义（下）

　　五四白话文之争具有广泛的历史、政治和文化意义，绝不仅限于语言文字领域。从历史来源看，它与现代欧洲的个人、族群的主体构建和单一性的国族认同密不可分。因此，我们今天回顾五四白话文运动，不可避免地会涉及中、西方由传统帝国走向现代民族国家的不同道路，涉及与此相伴随的许多重要问题。其中的一些问题，我们今天依然在面对，迫切性甚至有过于一个世纪之前。

从传统帝国到现代民族国家：中国道路与历史经验

实际上，作为五四白话文运动的领袖，胡适并未深究现代欧洲地方性口语书写（vernacular）的深刻意义，那就是伴随着帝国的崩溃，从地域、种族和宗教文化的观念出发，建构具有内部同一性的、单一的现代民族国家。至关重要的是，拼音文字的语音中心论（phonocentrism）为这一新的身份认同提供了理论依据。也就是说，现代欧洲的民族国家是以口语为基础来重建书面语的，而所谓口语，就是当地人使用的地方性俗语，后来发展成为民族国家的语言文字。后者不仅与民族国家内部具有同质性的族群、宗教文化和政治共同体达成高度的一致性，而且还参与表述并塑造了这个共同体内部的同质性。

我们知道，胡适和他的同仁们并没有以当时的口语为根据，创造出一种新的书写形式，而只是破坏了帝国内部两种汉字书写类型共生并存的格局，以 vernacular 的名义，用白话文取代了文言文。也就是假借 vernacular 的合法性和正当性，在帝国的内部，完成向民族国家的历史转化，而不是以地域、种族和语言为依据，将一个庞大的帝国分裂成不同的民族国家。

因此，我的本意并不是在五四白话文的题目上做一篇翻案文章而已，而是以此为例，来观察和理解现代中国从传统帝国走向现代民族国家的不同途径，同时也恰如其分地评估帝制中国遗产对现代中国的影响。毋庸置疑，中国式的民族国家是为数不多的例外之一，它保留了帝国内部跨区域、多民族，以及不同宗教、文化和语言文字（包括汉字之外的满、蒙、藏、回和维吾尔文等）共存的状态。仅就汉字书写而言，恰恰是"结构性的言文分离"在保持帝国内部文化生态的多样性，包括方言口语的多样性，以及避免或减少地区、族裔、宗教和文化冲突等方面，都起到了相当重要的作用。

言文分离原则造成了这样一个现实：书写系统是统一的和具有普遍性的，而对文字的诵读以及其他方式的口头处理，却是地方的、个别的和多样性的。用西方传教士的话来说，中国的汉字书写是标准化的，可一旦落实到发音上，立刻千差万别，变成了不同的语言。这一表述未必准确，但统一的汉字书写系统并没有对地区性的语言差异产生压制和破坏，却是一个不争的事实。由于深受现代欧洲经验和范式的影响，我们往往过度强调汉字系统如何压抑了地方语言的书写表达，而忘记了汉字文本的口头呈现（包括千差万别的诵读方式）恰恰有赖于多样化的地方语音，并且最终落实在地方语音上。所以，汉字书写与方言之间形成了共生状态，相互配合，缺一不可。其次，书写媒介为帝国内部跨区域的信息交流提供了可靠的途径，无须通过强制性地推行标准口语来达到这一目的，由此起到了保护地区性语言生态或口语生态的作用。更重要的是，言文分离排除了以标准的文字书写系统去统一口语的必要性与可能性，从而确保了不同地区内部使用方言交流的自主空间。从这个意义上说，文字的整合性与口语的多样性之间，恰到好处地达成了相互补充的关系，而不是剥夺与被剥夺、压制与被压制的关系。放到全球史的视野里来看，这一现象的重要性是无论如何估价都不为过的。然而令人遗憾的是，结构性言文分离的这一基本特征及其在历史上所起的积极作用，往往被后起的单一民族国家的叙述逻辑所遮蔽或扭曲了，至今仍然没有得到应有的承认与肯定。

相形之下，现代欧洲式的"言文一致"，由于配合着族裔、宗教和文化认同的分化，以及现代单一民族国家的诞生，重新勾画了世界图景，同时也在历史上造成了惊人的冲突、暴力和流血。以语言文字为出发点来做观察，就不难看到，这一过程一方面造成了历史文化的剧烈断裂，而这种断裂式发展的模式正是西方历史上常见的模式；另一方面，书面语的确定和标准化，几乎毫无例外，都是以牺牲口语的多样性为代价的。没有进入书写和印刷的地方口语，包括大量的小语种和各地方言，都受到了压抑和排斥，乃至于濒临灭绝，并直接导致了民族国家身份认同的冲突，或引起了共同体内部政治代表性的危机。哈贝马斯曾以德国为例，分析了德国解决国家统一性的问题时，如何在语言社群的文化边界与法律社群的政治边界之间，难以达成妥协。以后者为依据，就不得不把一些讲非德语的少数族裔纳入民族国家的版图，而把另一些讲德语的少数族裔排除出去。不仅如此，围绕着构建语言共同体的同质性所采取的各种政治、文化措施，又都不免破坏了有关人民／族群作为有机体的观念，而这样的观念正是民族国家所赖以成立的前提之一（《论人民／族群》）。法国的情况就更复杂了，除去行政的同化手段，法国大革命也在创造"法兰西人民"的政治共同体的过程中，起到了重要的作用。可见民族国家语言文字的确认和成立本身，从来就不是一个达成共识的"自然而然的"过程，而是充满了权力和暴力的操控与运作。

对于帝制中国的模式，当然也要做历史分析。清帝国在许多方面都有别于从前，但如同所有的传统帝国那样，也是自始至终与权力、暴力密不可分，只是运作的领域和方式显然又不同于现代民族国家。深入讨论这些问题，必然会涉及帝国的合法性论述、行政管理体制、信息交流系统、中央与地方、中心与边缘、方言与地域文化，以及语言文字观念等相关的问题。仅就语言文字而言，以统一的文字书写系统为帝国内部的信息交流手段，而不求语音的一致化，的确起到了保护语言生态的多样性的作用，并且在事实上减少了由于方言、甚至语言的不同而导致的冲突、战争和灾难性的破坏。

让我们一起来看一个例子，以了解雍正时期统一语音的努力及其最终失败，也再一次见证传统帝国与现代民族国家的历史分野。

雍正皇帝于1728年颁布了一道手谕，责成福建、广东两省督抚和府州县教官，训导当地学子学习官话，随即又下令，"凡系乡音读书之处"，均须延请官话教官，不会官话的生员和监生、贡生，皆不准取送科举。这一系列举措当即在地方上引起骚动和不安，对当地人来说，官话变成了科举入仕的一道新的门槛。这真是闻所未闻之事，令人难以置信。但看起来，雍正动了真格儿的。第二年，他又设立了正音书馆，以八年为限，务必见效。此事的起因，据雍正所言，是由于福建、广东两省的官员，在陈奏履历时，仍用方音，不可通晓，致使圣心不悦。雍正的意图很清楚：他想拿福建、广东做试点，一旦禁"用方言音教书"获得成功，他就要在使用方音读书说话的省份，普遍推行这一政策。但令他失望的是，正音的举措收效甚微。从浙江、江西派去的十二位"正音"教官，发音本来就谈不上纯正；而当地的子弟乡音未除，又学了一口带着吴语、赣语口音的官话，两下无着，事倍功半。不仅如此，教官不谙当地方言，无法与本地生员子弟对话交流："师徒问答，彼此扞格，实于正音无益。"雍正不得不一再放宽期限，而地方官的报告仍然一如既往，乏善可陈。乾隆皇帝即位第二年，就基本放弃了他父亲的难以理喻的做法。关于这一事件的始末，详见平田昌司的《清代官话的制度化历程》。

在正音这方面，雍正是清代帝王中的一个例外。不过，他处理的问题并不限于语音而已，还出自对吏治和地方治理的顾虑。雍正的担心不无道理：如果在皇帝面前连话都说不明白，一旦赴任他省，在"宣读训谕，审断词讼"的时候，怎么可能做到"使小民共知而共解"呢？而体恤民情、上传下达，又从何谈起？更有一事，令他放心不下："官民上下语言不通，必致吏胥从中代为传述，于是添设假借，百弊丛生，而事理之贻误者多矣。"他担心政府派下去的地方官，因为语言不通而被当地势力架空，致使胥吏从中渔利，而贻误了朝廷政令的贯彻执行。类似的担忧，在清廷对苗族地区实施改土归流时，已多少可见了。尽管如此，雍正的改革举措最终还是失败了。

口语、文字书写与身份意识及国族认同

这里需要回答的问题，不仅是为什么雍正没做成，更是为什么别的皇帝从来就没这样做过？为什么他的正音实践变成了一个例外？更根本的问题是：在清帝国乃至历代王朝的政治文化传统中，口语的意义何在？与口语密切相关的地方性又意味着什么？为什么统一发音和言文一致并没有成为帝国统治的当务之急，甚至没有摆到议事日程上来？

原因当然很多，无法在此逐一展开讨论。首先要看清帝国内部是否出现了统一发音和言文一致的迫切需求，也要看官僚系统是否仍有足够的能力和资源，来克服口头交流的障碍。此外，推行统一的发音还有一个可行性和有效性的问题。在缺乏辅助性的技术工具的条件下，实施起来，的确相当困难。但雍正以其满族出身，却能说一口不错的官话，而以汉人为主的福建、广东两省的试子和官员竟然就学不会吗？他难以理解，也失去了耐心。他不懂得，至少是暂时忘记了，闽、粤两地读书人的消极抵制，有更深刻的历史根源：闽南话和粤语保留了中古音韵的特征，更接近正统的诗韵系统，也构成了科举考试中诗歌用韵的基础。而清廷推行的官音，以后起的北方话为基础，在声誉和地位上，如何可比？不仅如此，清廷在规范字音上，也无多建树，以雍正四年（1726 年）编写的《音韵阐微》为代表的清代的官韵系统，借用平田昌司的话说，不过是一个拼凑起来的"虚构的框架"。

就语言观来看，在 20 世纪之前的中国，方言口语与现代西方意义上的身份认同无关。口语在现代西方理论中的重要性，直接体现为语音中心说。语音中心说可以追溯到柏拉图、卢梭和索绪尔等人，其核心观点是口语优先于，也优越于文字书写：口头言说构成了思想和真理的直接呈现（presence），而书写则是对口语的再现（representation），成为间接的、衍生性的交流与表达手段；前者是自然的，后者是人工的。因此，在言说者缺席的情况下，书写极有可能对读者产生误导。由于声音（voice）构成了言说者个人的内在性和主体性的未经媒介的直接呈现，与之相关的一些范畴，诸如可靠性（authenticity）、诚实性（sincerity）和直接性（immediacy），也都变成了衡量和评判语言文字的基本尺度。需要补充的是，语音中心说有其自身发展的历史特殊性。即便是在拼音文字系统中，也并不具备普遍性，属于闪米特语系的阿拉伯语和希伯来语就有所不同。阿拉伯国家和地区所使用的口语有明显的地方性差异，其民族与宗教认同都有赖于共同的书写文字。犹太人分布在世界各地，母语千差万别，情况更是如此。具体而言，语音中心论者各有侧重，他们的论述自身也不乏自相矛盾之处，并且充满了争议。

然而重要的是，在欧洲现代史上，语音中心说与浪漫主义和现代民族国家的兴起，产生了交汇和互动。我们固然不能把欧洲文字的口语化和地方化（vernacularization）全部归因于语音中心说，但以口语为依据来创造新的书写文字，并且将它视为个人与国族认同的核心资源，的确将口语提升到了前所未有的高度。19 世纪的浪漫主义者和民族主义者往往声称，正是在本土的声音（native tongues）中，他们发现了自己民族的灵魂或精神。随之而来的，是欧洲民族语言文学和浪漫主义音乐的全新时代。于是，缘起于基督教宗教传统的关于"灵魂"永恒不变的想法，凭借着语言和音乐的媒介而持续产生作用，并且经历了地域、民族和国家观念的洗礼，为现代个人、民族与国家三位一体的身份认同观念提供了重要资源。也就是说，尽管关于个人与国族认同意识是西方现代的产物，但其观念内核却源远流长，一方面出自语音中心论，另一方面植根于基督教的灵魂观。

与语音中心说相配套，产生了一系列相关话语：一方面，西方语言学家以此为依据，构造了世界语言文字线性展开的进化史，从原始的图画文字（picture-writing）、象形文字（hieroglyphic）、符号文字（gestural sign language）、表意文字（ideographic），最后发展到拼音文字（alphabetic writing），同时又将它们在时间中出现的先后秩序，解释为一个具有内在意义的、自下而上的等级秩序，由此达成历史的与逻辑的统一，达成事实描述与价值判断的统一，也就是由此建立起了一个关于语言文字生成发展的历史目的论的宏大叙事。另一方面，在现代欧洲，与语音中心论相伴随的，是关于个人、族群和地方性的一套话语，其中有"母语"的观念、"语言创造人民／民族"的说法，以及马克斯·韦伯所说的欧洲历史上的"族群虚构"，包括种族起源和血统的纯粹性、人民／族群作为历史主体的理论。在这方面，德国浪漫主义哲学家赫尔德（Johann Gottfried Herder, 1744—1803）可以说是始作俑者。他于 1772 年发表了《论语言的起源》，确认了语言起源的世俗性，并将语言视为当地文化特质和民族精神的体现。除了大量著述之外，他还致力于收集德国和其他民族的民歌，以此展示各地民俗、民风和民族气质。因此，他不仅引领了欧洲的民族主义思潮，而且开启了民俗学这一新的思想学术领域。早在 20 世纪初叶，周作人和部分留德学生就将赫尔德介绍给了中国学界，对北京大学的歌谣征集活动和中国的民俗学研究都起到了重要的推动作用。有关这一话题，刘皓明、陈怀宇和李海燕已发表过文章，可以参考。而我们知道，歌谣运动的成果之一，正是我上篇提到的顾颉刚的《吴歌甲集》。总之，以上这两方面的思想学术论述彼此配合补充，推波助澜，共同促成了以语音中心论、个人／族群主体性和民族国家精神为基础的全新的身份认同政治。

中国晚清的言文一致运动，可以直接追溯到日本的明治维新。但晚清的改革家似乎没有意识到，日本的言文一致运动，目的在于废除汉字，其理论依据来自西方的语音中心论。日本言文一致运动的领袖声称，通过采用具有经济性、准确性和平等性等内在特质的拼音文字，他们终于如愿以偿地发现了长期被汉字所遮蔽的大和民族的真实声音和缺失的主体性。这一说法显然是不成立的，因为汉字书写从来没有强加给日本的作者和读者一套固定的语音系统。

回观晚清的历史语境，我们很少看到语音中心说的本土版本或对应理论。章太炎将语音视为汉字的灵魂，可以说是一个例外。他希望通过对古音的研究，来恢复久已失落的民族心声。这显然是一个乌托邦计划，而且他关注的重心是古语，并非当下的民间俗语。清帝国的构造逻辑不同于现代民族国家的构造逻辑，它的凝聚力来自书写，而非口语，因此很少见到将语音本质化的做法。与语音优越论不同，在中国历代的理论话语中，关于语言和文字能否达意的辩论，也往往同时构成了对二者的质问，而不是通过怀疑书写来肯定口语、抬高口语。这方面的例子很多，《周易·系辞上》曰："子曰：'书不尽言，言不尽意。'"到了魏晋时期，围绕着言意之辩，言不尽意论又得到了更充分的阐发。

由于共享同一个文字系统，汉字的使用者获得了这个文化共同体的成员身份，不仅通过阅读进入历史与文学，还由于书写实践，而在一个世俗的文化中找到了通往"不朽"的"神圣"之途。这是一个由文字书写而非声音所构成的神圣的"文明"共同体。正因为汉字是由意符所构成的，而非声音的载体或媒介，它丰沛的意义感也绝不可能被声符或拼音字母所取代。

具体来说，一个汉字的多义性和歧义性通常有赖于字形来体现，仅凭声音是不足以胜任的。汉字的造字，以及字义的生长、衍生和变化，都往往遵循了表意文字系统的内部逻辑。例如，城墙上的女墙曰"埤堄"，又作"睥睨"，据《释名·释宫室》："城上墙曰睥睨，言于其孔中睥睨非常也"，可知"埤堄"指女墙的土制材料而言，而"睥睨"则转指守城者透过城上小垣的孔洞向外窥视的动作，以及时了解城墙之外的任何异常情况。原本是名词的"埤堄"，至此转变为目字旁的动词"睥睨"。此外，或作"俾倪"等等，都是通过替换偏旁，造成词义重心的偏移和转化，从而围绕着这一具体的建筑地点，形成了一个双音节的词汇家族。其中的词组都发音相同，但"同音假借"说却不足以解释它们词义延伸变化的内在逻辑。

我这里所说的汉字的"意义感"，还不限于具体的字义，而是涉及了汉字与文化意义系统的整体性关系。在漫长的历史当中，汉字早已深刻地渗透了中国文化传统的方方面面，形成了以文字书写为中心的文明史：从书法、篆刻、绘画，书籍的编辑印刷与阅读，视觉文化和物质文化的基本构件和一般法则，一直到更为抽象和更具有普遍性的世界观，无不打上了汉字书写的烙印，并且反过来赋予汉字书写以额外的意义。就其结构功能而言，汉字构成了它从中获取意义的文化价值体系的一个内在的核心部分。而根据文字起源的神话叙述，汉字出自八卦，取法于天象地文，蕴藏了造化的密码，也由此赋予了人类堪与神明媲美的灵通和权威。汉字所拥有的这些丰富的意义，绝不可能仅仅通过语音的单一媒介而有效地得以表达。遗憾的是，那些主张废除汉字的人，竟然完全忽视了这一点。

回头来看语言，由于帝国幅员广阔，口语也势必与地域密不可分。方言的问题相当复杂，连方言的定义本身也值得推敲。语言学家通常认为 dialects（方言）意味着相互可以听懂的地方语音，但这不大符合中国的情况。因此他们建议使用 topolects（详见 Victor Mair 即梅维恒的有关论述），甚至 languages（语言），来描述这些地域语系，不仅限于语音的不同，还涉及词汇语法等方面的差异。但更麻烦的是，即便是在同一个地方音系内部，有时也无法有效沟通。如此多元的地方音系，与现代意义上的族群、宗教、文化的区域分界线，并不总是相互重合的，而是彼此交错，形成了你中有我、我中有你的格局。同样，行政区与方言区也未必一致。帝国的体制为其内部语言的多样性和复杂性，提供了一个更具包容性的框架，这是现代欧洲式的单一民族国家所无法相比的。而正是因为帝国内部各种关系和边界交错叠加，以其中任何一个因素为标准来建构更具内在同质性的政治共同体，也都不易做到。

重温雍正上述有关地方治理的顾虑，我们不禁要问：在他三令五申的背后，是否已经透露了帝国治理的新的隐患和挑战？以方音为标志的地方性是否会形成帝国内部的离心力，甚至由地方认同发展出地方自治的可能性？

晚清的内外交困的确导致了此后军阀地方割据的局面。据孔飞力的研究，这与太平天国时期乡绅及其地方组织的军事化直接相关。而后来共产党的红色根据地也往往正是在军阀割据地区无人管辖的边界地带，如湘赣边区和陕甘宁边区，发展壮大起来的。但从地方军事化走向地区独立，并非理所当然。仅凭口语来建构地方意识，更未必足以产生身份政治论述。乡音固然与个人的归属意识分不开，也可以用来表示家乡的骄傲，以及广义的地缘关系，但它的地方性主要体现在生态的（ecological）意义上，而不暗含生物学的（biological）意义，更不致于引申出对血缘的纯粹性和排他性的绝对诉求。一个人只是由于出生在某地而说当地的方言，他与方言的关系，构成了人与环境的关系，而非"天然"的、内在的血缘关系。人与环境的关系是后天形成的，而血缘关系则是先天的、预先决定的。我们常说"一方水土养一方人"，而方言就正是以水土为象征的生态环境的一部分，由此引出了水土说，而不是血缘论。杜亚泉早就指出，传统中国有关地方性的论述有其自身的特色。在说到方言口语时，我们并没有像欧洲的民族主义者那样，诉诸"母语"（mother tongue）这样人格化的比喻和血缘论的表述，并进而将方言口语视为确认个人认同的内在依据。当然更不会以语音为基础，自发地产生出现代个人主体性、种族意识和民族国家观念。在这一点上，传统中国更接近 10 世纪的印度，与早期现代欧洲有明显的不同 [关于印度的传统语言观，详见谢尔登·波洛克（Sheldon Pollock）的有关著述]。而五四白话文运动无论采取了怎样激烈的反传统立场，仍是以传统帝国的历史条件和文化传统为起点的。

　　与此相关，关于族群和民族的说法，也是现代西方思想学术发展的产物。《左传》曰："非我族类，其心必异。"但这个"族类"与现代意义上的族裔和民族的观念，完全不是一回事儿。据柯娇燕（Pamela Crossley）的研究，现代意义上的"种族"识别意识最早体现在太平天国的户籍登记中。是否如此，仍有争议，但至少是相当晚近的事情。显而易见的是，无视族裔、民族论述的现代西方起源及其历史特殊性，势必会给我们的讨论带来混淆与困扰。同样值得注意的是，现代西方的族裔和民族观念在形成发展的过程中，又反过来为现代单一民族国家的政体所塑造，与国家主权、自主性和边界诉求相互统一起来。因此，在论述民族语言文字时，我们往往不假思索地接受了单一民族国家的前提，以某一种语言和文字作为这一民族国家身份认同的独特依据。也就是排除了人类历史的全部复杂性和多变性，也排除了不同语言和书写系统自身的属性，从而在民族、国家、语言、文字这四者之间简单地画上了等号。传统帝国的认知方式和论述逻辑被遮蔽、遗忘，现代单一民族国家的理论由此上升为具有普遍性的范式，并以此来描述和评判历史与现实。在这种情势之下，以传统的"同文同种"观为基础来呼吁建立现代东亚共同体，已变得难以奏效。跨越政治国界的"同种"失去了民族国家主义的内在说服力，而以"文"为核心的"同文"说，也被语音中心的语言观所取代。此为后话，一言难尽。但无可否认，与此伴随的现代民族国家论述，直接塑造了我们至今仍然生活于其中的现代历史过程。

白话文运动与汉字拼音化

说到白话文运动，不免会想到近现代语言文字改革的另一大持续性事件，即废除汉字的拼音化运动。或许有人会认为它们目标不同，甚至南辕北辙，至少白话文仍然是汉字书写。这两个运动之间的关系，究竟应该怎样理解？

与当时许多激进和未必激进的知识分子一样，胡适也曾经热烈赞成汉字拼音化。实际上，他把方言文学当作白话文学来鼓吹时，就极力推崇徐志摩用汉字拼写吴语。尽管徐志摩的吴语诗保留了汉字的字符（script），但把汉字当声符来用，岂不等于是放弃了汉字的书写系统吗？这跟用罗马字母拼写方言口语，又有什么两样？不过殊途同归罢了。

胡适究竟怎样理解白话文（或国语文学）与拼音文字的关系？1936年，胡适在回复周作人的一封信中谈到汉字拼音化的合理性及其困难：

> 王了一先生曾说："我们分明知道文字改革与民族主义无关，土耳其改用罗马字母，并不因此丧失其民族精神。"我觉得土耳其的例子不是很适当的比例。土耳其的疆域小，语言文字的统一容易做到。况且土耳其本有拼音文字，近年的改革只是用一种新音标代替一种旧音标。这种改革比较容易。我们的困难就大得多了。我们的疆域大，方言多，虽然各地的识字人都看得懂用北京话写的

《红楼梦》《儿女英雄传》，然而各地的人读音不同。全靠那汉字符号做一种公共符号。例如，"我来了三天了"一句话，……用汉字写出来，全国都可通行；若拼成了字母文字，这句话就可以成为几十种不同的文字，彼此反不能交通了。当然我们希望将来我们能做到全国的人都能认识一种公同的音标文字。但在这个我们的国家疆土被分割侵占的时候，我十分赞成你的主张，我们必须充分利用"国语、汉字、国语文这三样东西"来做联络整个民族的感情思想的工具。这三件其实只是"用汉字写国语的国语文"一件东西。这确是今日联络全国南北东西和海内海外的中国民族的唯一工具。

胡适一生想法多变，到了此刻，该暗自庆幸了吧，但也不免有些后怕。时值日本入侵的危急关头，周作人提醒大家，汉字能起到维系民族意识的作用，而这已变成了迫在眉睫的问题。尽管"中国民族"（中华民族）本身是一个合成的共同体，与构成现代欧洲国家基础的单一性民族不能混为一谈，但废除汉字的拼音化运动的后果却并非没有先例，那就是像越南和韩国那样，失去了理解自身历史的文字阅读能力，并相应地制造了难以愈合的文化断裂，不再可能通过以文字为媒介的历史文化遗产来定义自我并建立自我的主体性。而在语音尚未在全国范围内达成高度一致的情形下，推动拼音化的结果，又势必导致文字交流的阻隔和国家内部的分裂。因此，无论是就时间还是空间而言，一个统一的民族国家都将难以维系。

胡适似乎终于有些明白了，但又不太明白。他不同意王了一先生（即语言学家王力先生）拿中国与土耳其的文字改革来做类比，但他显然认同王了一的立论前提，那就是文字符号不过是一个工具而已，怎么方便有效就怎么来，与"民族精神"无关，也不具备工具之外的任何意义。因此，尽管他认为此后二十年的方向是提倡白话文，却始终希望"音标文字在那不很辽远的将来能够替代了那方块的汉字做中国四万万人的教育工具和文学工具"。

若依照欧洲现代民族国家的演进模式，所谓汉字书写的拼音化或拉丁化与地方口语化（vernacularization）的结果一样，都是从帝国中分裂出为数不同的、单一性的民族国家，也就是根据拼音文字的语音中心论的逻辑，构造出全新的个人主体意识与国族认同，尽管直到 19 世纪，语言才真正成为推动欧洲现代民族国家形成发展的重要动力。需要说明的是，在欧洲的拼音文字中，所谓 vernacularization 就是拼写地方性口语，但推行到表意文字的汉语书写中，就分化成了白话文与拼音化这两个运动。所以，按照胡适的理解，用汉字书写的白话文和废除汉字的"音标文字"并不相互矛盾，而是具有内在的一致性。它们分别构成了同一个文字进化过程中的前后两个阶段：白话文是必要的过渡阶段，为的是走向拼音文字的终极目的。

值得注意的是，胡适为白话文到拼音文字的发展设置了一个必要的前提：首先建立一个标准国语，并以此为语音基础来发展拼音文字，就可以避免拼音文字造成的巴尔干化的四分五裂、各自为政的局面。但这样做显然又背离了现代欧洲以文字拼写地方口语的方向。在这方面，胡适的意见更接近当时主张罗马化的一派，希望凭借政府的支持，在全国范围内推行用罗马字母拼写标准国语的文字改革。这也就是上文所说的本末倒置的言文一致，以书写来统一语音；与拉丁化的支持者致力于拼写各地方言口语，在取向上恰好相反。但拉丁化的前景，胡适也并非毫无察觉，那便是他信中写到的情形：同一句话，若是按照各地的方音拼写出来，就变成了几十种文字，彼此之间反而不能沟通了。而这正是现代欧洲文字口语化、地方化的必然产物。关于这一点，清末的语言文字改革者很早就意识到了。因此，他们当中的大多数只是希望拼音符号能起到辅助文盲读书记账的作用，而非达到替代汉字的目的。出于同样的考虑，正音和语言统一的问题也早已提到了桌面上来。

那么，为什么还是有人坚持要废弃汉字呢？这类主张大多来自实用说和工具论的考虑，以为汉字难读难写，无法普及。因此，从自上而下的启蒙，开启民智，便于打字印刷、书籍检索、书写的规范化，强化国家动员机制，改进上通下达的信息交流，一直到促成国家管理的现代化等等，似乎无不有赖于汉字拼音化——这是一个在现代化的前提下展开的悖论式的民族国家论述：唯有彻底的改革，包括文字改革，才能确保中国自立于 20 世纪的世界民族之林，尽管这一改革同时又否定了中国之所以成其为民族国家的历史文化传统。但随着电脑技术的出现，汉字书写和印刷的困难都不复存在了，实用说和工具论已不攻自破。

除此之外，废除汉字的拼音化主张还有更具普世主义的号召力，尤其是在平等主义的诉求上，比白话文走得更远。在左翼知识分子眼中，劳苦大众被剥夺了接受教育的权利并因此沦落到被统治的地步，这笔账至少有一部分要算在“繁难”的汉字头上。而对于更为激进的反传统主义者来说，废掉汉字，既可以一劳永逸地免除大众为传统糟粕所毒害，还为他们的自我表达提供了方便的工具，从而把下层民众的真实声音拼写成可供阅读的文字。至少拉丁派是这样说的，而这一点似乎可以接上语音中心论了。只不过这里伴随语音中心论而来的，与其说是民族国家认同，倒不如说是阶级意识的建构。但废除汉字的拼音文字毕竟只是说起来好听，一旦落实到文学创作上，却拿不出实绩，乏善可陈。所谓自我表达，不过说说罢了，难以为继。

或许也可以说，胡适只是借用了 vernacular 这一具有合法性的现代西方话语，来应对 20 世纪初期的历史情境。他的真实想法未必就是为了实现现代欧洲意义上的文字书写的口语化或地方化，当然更不是为了把帝国分割成不同的单一的民族国家，而是在清帝国的空间构架内部，实现从帝国向民族国家的转型。

的确，胡适通过白话文来建立国语的主张，无论听上去如何激进，依旧以维系帝国版图为前提。而如前所述，他极力提倡的白话文，虽然号称语体文和“活的文字”，但实际上还是出自业已存在的书写系统，并沿袭了书写中心论的帝国传统，因而跟口语没有直接关系。即便是赞同最终废除汉字，胡适也仍然坚持以配合标准国语书写的语音系统为依据来实施拼音化。不过，他的反传统姿态也并非徒有虚名。他把白话文的书写传统奉为文学史的主流，而这正是以牺牲文言文这一更为悠久而庞大的书写传统为代价的。而转向拼音化，更是踏上了一条不归路：放弃以汉字为载体的文化传统，同时也把语音的问题摆上了桌面。这样一来，从传统帝国沿袭而来的空间框架，就变成了一个被抽空历史文化媒介和内在连续性的空壳，并因此失去了继续存在的理由。它无法为自身的存在提供合法性辩护。

结语：历史、现实与未来

最近的二三十年，有关帝国和现代民族国家的研究如风起云涌，并且伴随着全球史（global history）的兴起，在时间的纵深维度、空间的广度和理论的深度上获得了前所未有的突破和拓展。然而有关的争议也随之放大，许多偏见仍有待纠正。时至今日，仍然有一些人习惯性地将欧洲从传统帝国向现代单一民族国家的漫长而复杂的演变，视为一个具有内在必然性和普遍性的直线型的历史进步过程。在这一历史目的论的宏大叙事中，他们对现代民族国家的起源与发展做出了理想化的解释，并且反过来，自觉或不自觉地以此来衡量和评判别的国家和地区的历史与现状。相形之下，传统帝国模式的内在多样性与合理性不仅没有获得应有的同情理解，甚至还一再被扭曲和误解。一些相关的论述望文生义，不求甚解，把帝国与帝国主义混为一谈，忘记了我们曾经耳熟能详的经典定义：帝国主义是资本主义的最高阶段。我们今天是否接受这一历史阶段论的说法，以及列宁关于垄断资本和金融寡头的分析是否得到了充分的印证，都可以姑且不论。只要不加区别地将帝国主义这一概念应用于前资本主义时期，就难免会引起诸多困扰。更成问题的是，一旦将帝国时代的战争与工业革命之后资本主义发达国家为争夺境外资源和垄断全球市场所进行的帝国主义战争相提并论，将传统帝国的军事征服与现代帝国主义的海外殖民扩张等量齐观，都势必会在不同性质的社会形态和历史时期之间造成混淆，并且忽略了战争的不同起因、目的和推动力，更看不到战争背后的政治、经济与贸易结构与历史语境。我在这里重提帝国遗产，自然也与帝国主义无关，而是为了更好地理解传统帝国内部的治理形态和文化传统，以反省和矫正更具有内在同质性的现代单一民族国家的治理方式和意识形态。

当然，帝国与帝国之间也有所不同。例如，内陆帝国与海上帝国，宗教帝国与"文明"帝国，就未可一概而论。帝国的多样性及其分类的各种可能性，这是许多学者关注的问题。至于中国的朝代史能否以帝国的方式来定义和描述，向来不乏争议。但仅仅因为帝国（empire）是一个外来词，而非中国古人的用语，就予以排斥，那也不足为据。这是一个方法论问题，适用于历史文化研究的众多领域，就不在此赘述了。实际上，使用帝国这样的说法，并不妨碍我们对它做出合乎中国传统的理解。

在描述中国的传统帝国政体时，我们通常不假思索地给它贴上了如"专制主义"（despotism）的标签，而忘记了一个简单的事实：这些看似不证自明的概念，本身都正是特定历史环境和学术思潮的产物。在用它们来描述和理解中国的历史之前，首先需要梳理和质疑它们自身的历史。事实上，已经有不少学者为我们重构了"专制主义"这一表述的来龙去脉，并且揭示了它的前因后果，及其在特定历史条件下所行使的政治文化功能。仅就概念自身而言，"专制主义"以君主为关注中心，不足以涵盖帝王与官僚体制之间的复杂关系，也难以揭示帝国政权的运作机制和行政管理职能的实施方式。它的解释力因此相当有限。至于有人将传统帝国政体理解为"极权主义"（totalitarianism），那就更离谱了。所谓"极权主义"实际上是现代国家机器实施垄断性集权控制或全社会高度军事化动员的产物，与传统帝国的、松散的间接统治方式相去不可以道理计。

说到现代民族国家，我在这里只想提请大家注意查尔斯·蒂利（Charles Tilly）关于现代国家形成的理论。他以长时段的社会史研究为依据，指出早期欧洲国家的出现与发展和战争密不可分，甚至可以说，国家与战争形成了相互塑造

的关系（States make war and war makes states）。考虑到 10
世纪以后欧洲国家形成、演变和发展的复杂性和差异性，他
的具体论证并不像这个公式化的结论听上去那么简单。无可
否定的事实是，欧洲中世纪的所谓国家统治是松散的、简陋
的、局部的和地区性的，农民往往是通过向君主缴纳钱粮来
换取安全庇护。而垄断了暴力机器的政府，也以战争保护为
名，反过来对民众进行勒索。因此，在 10 世纪至 18 世纪的
漫长历史时期内，欧洲君主之间的频繁战争事实上促进了国
家税收机制和行政体制的发展，加强了国家调动人力、物力
和财力资源的能力。也就是在财务、税收、信贷、管理、安
全保障，以及资源调度与社会动员等方面，逐渐建立和发展
出了一整套的国家机器。其结果是无可避免地导致了传统政
体的间接统治方式的衰落，取而代之的是更为有效的中央集
中化的统治方式。与此形成对照，所谓现代民主政体并没有
构成现代国家政体与生俱至的内在属性，而是在复杂的历史
过程中，通过各种政治、经济力量相互冲突、较量与协商而
逐渐形成的，因此也并非稳固的、给定的，一成而不变。更
具体地说，它是持续不断的、大规模的社会运动的结果。

　　回过头来看中国的情况，晚清时期的富国强兵的改革变
法固然只是被迫应对之举，但不容否认，开发民智的启蒙运
动与自上而下的国家动员又是密不可分的。或者说，所谓启
蒙正是以国家动员为基本目标的。由此可见当时文人对传统
帝国的失望与不满，因为在他们看来，传统帝制时代的统治
方式已完全不足以有效而充分地汲取和调动资源，并实现全

面的社会动员，以应对战争的挑战。如何才能满足上述需求，无疑构成了中国现代国家转型的主要动因之一。晚清精英大谈特谈开启民智，振兴实业，实施变法，实际上都可以落实到战争动员的迫切议程上来理解。他们急切要求建立具有高度统一管理能力和全社会动员能力的现代国家。

无论现代中国知识分子如何借用欧洲现代民族国家的论述话语来解释并促成晚清到民国的历史转型，中国的独特性和差异性又是显而易见的。从启蒙说到五四的白话文运动，都是极好的例子。在20世纪上半叶中国的历史情境中，伴随着现代欧洲的地方口语化而来的民族国家论述，一旦落实到白话文运动和汉字拼音化运动，都在有意无意之间，或者打了折扣，或者阴差阳错，半途而废，而没有走到它的逻辑终点。从结果来看，可以说是歪打正着，多少有些侥幸。而如上所述，这至少部分地见证了帝国语言文化遗产所起的作用。

在今天这样一个个人、国家、种族、宗教、文化认同日益分裂冲突的时代，在全球性的民族国家主义甚嚣尘上的时刻，回顾这一段从帝国到民族国家的"特殊"道路，不仅令人感慨，发人深省，而且又何尝不具有普遍性的意义？重要的是，它实现了一种被现代欧洲经验所排斥掉的历史可能性，也暗含了一个有待思考的、具有内在价值意义的规范性（normative）模式。因此，需要提出的问题恰恰是：中国过去的百年经验，对于我们观察和理解世界历史和当下现实，究竟有何贡献，意义何在？

也许有人会说，即便今天的中国也仍然不是一个欧洲意义上的"典型"的现代民族国家，它从传统帝国向民族国家的转型过程尚未完成，而与之伴随的语言文字革命也还有待展开。但反观西方的现代民族国家，时至今日，仍在重建欧洲共同体的路上挣扎踟蹰，求之不得，而又欲罢不能，不禁令人有了时光倒错之感。显然，当今世界面对全球化所带来的全新挑战，有越来越多的问题务必超越单一性的民族国家政体之上，来加以协调和处理，但这一更高的、更具包容性的共同体的框架究竟应该如何搭建、运作和维持呢？

我们固然不可能回归传统帝国的时代，同样也没有必要将其美化和理想化，但是传统帝国毕竟留下了难以抹去的历史遗产：首先，它采用了间接统治的模式，当然，我对历史学家常用的间接统治这一概念做了一些必要的修正。以清代为例，尽管朝廷管理的疆域急剧扩大，人口飙升，政府的规模却没有同比例增长，县以下仍旧主要依赖乡绅来治理地方社区。即便是政府最具扩张性和渗透性的明王朝，在明初推行里甲制时，也基本上顺应了农村基层的地缘、血缘关系，而不是另起炉灶，自上而下地强加一套水土不服的官方制度。其次，帝国的内部构成庞杂松散，而彼此之间又相互依赖，因此诸多边界都相对模糊，而且边界之间也缺乏重叠性或一致性。由此形成了错综复杂的社会文化生态，以致于将其中的任何一个因素孤立出来加以定义，并予以本质化的做法，都难以真正奏效。今天回过头来看，这种非本质主义的认知方式，承认事物之间边界的模糊性，以及它们共生共存的整体性，体现了传统生态观的更高智慧。其三，因此也不难理解，为什么传统帝国的族裔观、宗教观、地域意识和语言生态会更具有弹性和包容性，而这绝不能仅仅归因于清代的非汉族的少数族裔统治。

总之，较之其他的统治和治理模式，传统帝国更少将语言、宗教、文化、地域、族裔和社会阶层等问题加以本质化、纯粹化和凝固化，因此，在事实上减少了由它们所导致的冲突，有助于社会内部的流动和升迁。这一帝国遗产，对于我们重新评价现代单一民族国家的得失，纠正以个人和族裔认同为基础的身份政治所带来的问题，都不失为有益的另类资源。落实到地域和方言的问题上，帝国时代的水土论和生态观，与现代民族国家的血缘说或血统论相比，也更具有合理性和前瞻性。水土论和生态观强调的是个体与环境之间的有机关联与个体之间共生共存、相互交错的关系，而与血缘说和血统论相伴随的，则是对纯粹性和排他性的诉求。这种对纯粹性和排他性的诉求，在现代单一民族国家的发展过程中，又与身份认同和代表性政治紧密地联系起来，后果日益彰显无遗。时至今日，与现代欧洲式的单一民族国家相伴生的身份认同和代表性政治业已成为社会内部撕裂与国家冲突的根源，也不断地陷入道德伦理的困境，变得左支右绌，难以自圆其说，显然无法从其自身去寻求克服危机和自我改善的途径。相反，越是将不同的语言文字、族裔、性别认同和宗教信仰各自抽离出来而做出本质化的界定与理解，就越无助于问题的解决，结果就越糟。而恰恰是在这些根本性的问题上，当下的西方思想界和学术界还缺乏足够的反省，产生了不自觉的盲点，甚至打上了死结。他们做出的许多选择更多是政治性和策略性的，与某个社会群体的利益直接关联。他们本身完全缺乏超越利益和权力冲突之上，为社会或社会的大多数人的利益而做出整体考虑的能力。除非从另类的历史经验中去寻求不同的文化资源，以打破僵局，重建思想框架，他们将无法回应现实的难题和挑战。

现实世界的危机往往折射为历史想象的贫乏。我们或许要问：究竟什么是典型，什么成为例外，谁的历史经验可以上升抽象为普遍的模式，而谁的历史历程却变成了"特殊"的道路？说到底，是谁走了一条历史的弯路或岔路？我们或许不应该对过去提出另类假设，可是又有谁能打包票说，只有欧洲式的单一性的现代民族国家才是唯一的正路，或像我们过去常说的那样，是所谓"历史必由之路"？

2021 年 11—12 月修改

原载于《读书》（2016 年第 12 期）

我们为什么要读古文 *

　　提到古文，读者首先会想到清朝康熙年间绍兴吴楚材、吴调侯编辑的大名鼎鼎的《古文观止》，三百多年来一直充当各种各样的教材，十分走俏。但是在一些学者和专家看来，世易时移，三百年前的选材和眼光，与当下学子和读者之间有了不小的距离。哥伦比亚学者商伟编注兼导读的这本《给孩子的古文》，精选从先秦到近代的古文80多篇，眼光独特、另辟新章，让人眼前一亮。2019年5月8日，记者通过电话独家专访了商伟教授，就《给孩子的古文》的编选、立意、取材进行了深入地交谈和探究。

---

　* 原载于《读创文化广场》（2019 年 5 月 11 日），杨青采访。

唐宋注重名篇 明清选了一些冷门

问：你在编《给孩子的古文》时是以《古文观止》为模板增减，还是推倒重来？

商伟：我参考了一些古文选本，但并没有专门针对《古文观止》，我想今天的读者对其中收入的许多公文体裁也未必有多大兴趣。为了了解古文教学的情况，我请活字文化的编辑协助汇集了主要省份的初高中语文课本中的古文篇目，但目的还是希望能超出它们的选择范围。而在我编选的过程中，国内开始实施统编教材。同省编语文课本相比，统编教材中古文和诗词的比例的确有所增加，可是入选的古文篇目总数却减少了。《给孩子的古文》正好可以成为一个补充。今天的读者所受的古文阅读训练，大体上止步于高中教育。大学生除了文史哲专业，并没有机会选修大学程度的古文课。所以，说是给孩子的古文，实际上也完全适用于成年人。

问：你的选目很独特，先秦诸子《老子》《论语》各选一条，《庄子》两条，《列子》却选了好几则；《左传》不选，《国语》不选，感觉卸载了"文史"中的"史"，还把"文以载道"的"道"也放下了，回归文学的纯粹。

商伟：这个集子是循序渐进，先易后难。给孩子读，需要有一个渐进的过程，别一上来就是《尚书》什么的，把孩子吓住了。《给孩子的古文》的开头部分基本上是节选的古文片段，篇幅不长，包括有趣的寓言和笑话。正像你说的那样，我从《列子》一书中选了好几则。此书或为晋人的假托之作，其中是否保留了先秦时代的文字，仍有争议。但不论作者是谁，是否或在多大程度上保存了列子本人的思想或文字，《列子》都无疑是一部值得好好阅读的罕见的智慧之书，我们过去对此缺乏足够的重视。在《给孩子的古文》中，直到曹丕的《与吴质书》，才开始收录完整的文章。唐宋部分注重名篇，明清时期选了一些自己喜欢的、有特色的篇目，虽不见于一般的文选，但都是天下第一流的好文章，很值得一读。

清人编选古文，有集大成之功，这一点有目共睹，无须赘言，但他们也有自己的偏见和局限。比如说，他们通常看不上晚明的小品文。而且，他们难免以捍卫古文的正宗或纯粹性为名，排斥古文风格的丰富性和多样性，说什么古文不能有辞赋气，不能有小说家语等。这当然是古文深入发展的结果，自有它的道理。但今天看来，往往落入门户之见。讲究多了，顾忌也就多了。作起文来，难免放不开手脚。那些不以才情见长的作者，更是眼高手低，作茧自缚。这甚至包括了桐城派的古文家——他们说起古文来，头头是道，下笔却未必佳。好文章是有的，像姚鼐的名篇《登泰山记》，的确好，我不仅选了，还写了一篇不短的导读，但这样的好文章毕竟不多。从效果来看，古文的生命力和与时俱进的自我更新能力都因此多少受到了压抑。最要命的是，他们还承担了"文以载道"的使命。给古文戴上这一顶大帽子就难办了，弄得不好，动辄得咎。

宋儒把"文以载道"的传统追溯到唐代的韩愈那里去，可韩愈的古文纵横恣肆，摧枯拉朽，哪里受得了这一套束缚？他的性格和行文的风格，都跟宋儒背道而驰。韩愈的文字里，可以经常看到庄子和孟子的痕迹。但他并没有刻意去模仿，而是把他所理解的庄子和孟子融化在了自己的写作中。他的句法和某些虚字的用法是他个人所独创的，很难拿对错来判断。例如，他《答李翊书》中那个"其"字，有时从语法上很难说得通，不得不从修辞的角度来理解。总之，韩愈生命力旺盛、个性张扬，具有无与伦比的破坏力和创造性。不如此不足以打破骈体文的一统天下，更不可能开创古文的新纪元。明清文人当中，那些不入清人选家法眼的作者，像刘侗、金圣叹、李渔和郑板桥等人，我也十分看好。他们都别具特色，自成一家。

问：金圣叹居然连选三篇。

商伟：是的，我节选了金圣叹的评点文字，主要是想让现在的读者看看前人的评本是什么样子，也借此了解他们是怎样读书、读文章的。金圣叹的评释不仅提示了阅读的门径，还可以让我们感受到阅读所带来的智性的快乐。他笔下的文字元气充沛，欢蹦乱跳，融进了他个性鲜明的语吻和灵气，供他随心所欲地驱使调遣，几乎毫无滞碍。这种杂糅口语成分的古文风格，在明末清初和清末民初时常可见，标志着从古文内部逐渐演化，与时俱进的一条革新路线。哪像我们通常所做的那样，一言以蔽之，把古文一律视为历史的化石或死掉的文字？不信可以拿金圣叹的集子来读读看。

另外，我也选了袁中道写的《西山十记》和刘侗、于奕正的《帝京景物略》多篇，自然有个人的情感因素。晚明小品我读了不少，的确有趣。但也有的作者摆名士派，难免有些矫揉造作，或者形成了新的套路，未见得出色。为此我特意选了袁中道的几封信，因为他写得放松，仿佛脱口而出。就像文人的写意画，率意几笔，画完了又像是未完成。散文好就好在一个散字，太紧张了不行，那不是散文的态度，不随意还能写随笔吗？但形散而神不散，这才是最高的境界。

"有机选本"：不同篇目之间有内在的联系

问：这本古文选是按时间顺序编选的，但是看你的导读文章发现不同的篇目之间有不少的关联，前后有所呼应。

商伟：我在选篇时设计了不同的主题。一方面，希望体现古文的丰富性和多样性，既有夏完淳的《狱中上母书》，"死生大矣，岂不痛哉"！也有郑板桥写给堂弟的书信，诙谐俏皮而又不无自嘲。另一方面，又希望这些不同的作品之间还是有一些线索，将它们贯联起来。也就是单篇之间可以互通声息，产生关联性，读起来有一个有机的整体感。

比如说，我从《世说新语》中选了有关陶侃的一节，他是陶渊明的曾祖父，又选了陶渊明的《五柳先生传》，还有一篇出自《晋书·列女传》，写陶侃的母亲。这样一来，它们之间就可以相互呼应了。有些关联与主题或者修辞手法相关，有些涉及意象或观念。例如，李贽的《童心说》、龚自珍的《病梅馆记》和梁启超的《少年中国说》，在观念上和意象上，形成了前后延续发展的一条线索。放在一起读就可以看出来龙去脉了。在为王维的《山中与裴秀才迪书》写的导读中，我提醒读者与后面袁中道的《寄四五弟》和《寄八舅》对照来读。同样都是邀请亲友入山小住，它们在结构上和写法上都有哪些异同？我在前面选了《史记·留侯世家》中张良"圯上受书"那一段故事，后面又收了宋代苏轼的《留侯论》，谈的正是同一个故事。今天的学生听到写读后感就头疼，我们可以看一下苏轼是怎样写《史记·留侯世家》的读后感的。同样，在先秦部分，我们读到了《孟子》选段，到了明末清初，我又选了金圣叹的《释孟子四章》中的第一章，为的是让今天的读者看一看前人是怎样读《孟子》的，他们采用的评点方式有哪些可取之处，对我们今天读《孟子》有什么启发。

在这个读本中，读者还会读到"风"的系列、"水"的系列和"鱼"的系列：这些母题在入选的文章中不断重现，蔚为大观。我们不难看到，后来的作者如何不断地通过征引和变奏等方式，回应前人，并向他们的作品致敬。而对读者来说，前面读过的词汇、句型等语言现象，以及文体的风格特征等，都会对后面的阅读有所帮助，可以获得事半功倍的效果，也有助于前后的融会贯通。

阅读古文的一个关键之处，在于把握每个文体或体裁的基本体例和特征，而这也是我关注的一个重点。同样是为赠别而作的"序"，唐代韩愈的《送董邵南序》这一篇，写得曲折婉转。从中我们读到了为文的艺术，也读到了为人的艺术——你看韩愈写得何等体贴入微、何等含蓄有致。韩愈遵循赠别序的惯例，一上来就说谁是董邵南，要去哪里，为什么。明代宋濂的《送东阳马生序》就不同了，开篇直接写自己当年苦学的经历，一反赠序的常规写法。他写到少年时家贫无书可读，不得不四处借书抄书。这样的经历现在城市里的孩子都不曾有过，但与我们"文革"中的读书经历是相通的。我们小时候也曾经借书抄书，有时不仅自己抄一遍，还得替借书给我的那位抄一遍，因为他也是借来的。今天书多得读不完，不稀罕也懒得读了，至少城市里的孩子再也无法体会无书可读的饥饿感。但幸好还有宋濂的文章在，我称之为自述体的劝学篇。宋濂似乎料到别人会指责他借此自我炫耀，在结尾处预先做了回应。这是赠别序的一个变体，内容和写法都截然不同。因为前面读过韩愈的《送董邵南序》，了解了赠别序通常的体例和结构，这一点就变得一目了然了。

问：导读是这本书的精华和亮点，你怎样谋篇布局？

商伟：我在选篇中优选罕见于教材和选本的篇目，而已有的名篇，在导读时也尽量引领读者看到一些平常不注意的方面，也就是找一个入手点，从文本里读出新的东西来。这当然是说易行难了，但又正是我着意强调之处，因为在我看来，没有什么比培养文学的阅读能力更重要的事情了。读小说诗歌是如此，读古文也不例外。培养文学阅读能力，就不能只是围绕着时代背景、作者生平这些外围的东西打转转，或者拿文学作品来印证我们早就知道的那些观念和说法。文学之所以成为文学，就是因为它是无法替代的，就是因为除了文学的形式之外，没有其他的形式足以承载它所表达的丰富意义。

文学阅读与知识的积累分不开，因此读者需要多读，需要通过阅读，了解某一个具体文体的体例特征和文学传统，等等。而大量的阅读最终又有助于掌握文学阅读的方式：读得多了，随手拿到一篇作品，就知道应该怎么读、怎么解释。归根结底，这就是一种阅读能力的培养。

导读出现在每一篇文章的前面，不能太长，也不能事无巨细，面面俱到。我的做法是长短搭配，每一次变换一个角度，这一篇讲结构，下一篇讲修辞，再下一篇讲其中的一个母题。综合起来，可以看到阅读古文的不同取径。

范仲淹的《岳阳楼记》是我们耳熟能详的名篇，很多人背诵得滚瓜烂熟。但如此熟悉，也造成了阅读上的一些习惯性的障碍，误以为其中的每一段、每一句都天经地义，本该如此。实际上，范仲淹并没有遵循这一体裁之前的惯例。他笔下所写的是想象之辞，因为他本人并没有到过岳阳楼。他的文章起笔和架构也避开写楼，而着重写了登楼人在不同季节可能看到的湖景与相应的心情。至于"先天下之忧而忧，后天下之乐而乐"那两句，更仿佛是划空而来，令人猝不及防。这些都是《岳阳楼记》的不同寻常之处，不能因为太过熟悉，反倒视而不见。

古文阅读与文化家园

问："作文、古文、周树人"据说是中学生三怕，再好的古文选本也会让孩子有"怕"感，有没有什么独家窍门可以让孩子们快速读懂古文？

商伟：首先，没有什么古文是专门为孩子写的，我们得接受这个事实。有人问为什么不迁就孩子的兴趣，多选一些妖魔鬼怪的故事，孩子爱读。我们要知道，这是古文选，不是小说选。古文中也有故事的成分，比如寓言、笑话，还有历史叙述，如《史记》故事，《世说新语》的奇闻逸事，我都选了，而且选了不少。《列子》中的《偃师献技》写了一个能工巧匠制作的玩偶，能说会唱，眉目传情，胜似今天的机器人，真是有趣得很，也令人难以置信。像这样一些篇章，通常古文的选本是不收的，但我收进来了。至于妖魔鬼怪，是否都适合孩子阅读？我看未必。古文的风格、形式和功能是多方面的，叙述只是其中的一项。

我在序文中说，与古典诗歌相比，古文的题材和体裁都更丰富、更多样，具有广阔的覆盖面。阅读古文，就是接受一次古典文化的洗礼。这也正是为什么我们要读古文了。读不懂古文，我们的历史文化就中断了。面对以古文为载体的中国传统文化，我们就会束手无策，不得其门而入。我希望这本小书能够帮助读者打开这扇大门，一起去领略我们精彩的过去，同时拓展自己的历史视野，提升自己文化修养的水平。

其次，没有什么古文一遍就能彻底读懂。读懂也分不同的层次，可以把每个字都弄明白了，姑且算是读懂了字面的意思，但这不等于真正读懂了文章的寓意。好的文章往往意蕴丰富，或意在言外。因此，阅读古文不仅需要语言能力，还需要培养文学阅读的能力。我刚才说过，文学阅读是一种能力，有没有大不一样。

第三，古文不是用来翻译的，而是用来阅读的。不要一心一意只想着把古文翻译成现代汉语，就大功告成了。翻译不能替代阅读，更不是阅读的目的。

问：很多人阅读古文，首要任务就是翻译成白话文，书店有各种版本的白话文古书畅销，是阅读古文的拐杖，你为什么说古文不能翻译呢？

商伟：白话翻译只是临时的拐杖，能站立行走就用不着了。

过分倚赖拐杖，你永远也站不起来，更谈不上学会走路了。古文不能翻译，有很多原因：首先，翻译就是选择，把古汉语翻译成白话，就是从古文的丰富涵义中选取一种，用现代汉语的方式重新表达出来，而把别的涵义过滤掉、屏蔽掉。译文经过了译者的选择、咀嚼和消化，是二手货，与原文已经产生了距离。别的姑且不说，像《帝京景物略》这样的文字又怎么翻译呢？比如里面写鱼群聚散，"惊则火流，饵则霞起"。写得非常直观，将画面直接呈现在我们眼前。现代汉语受到欧洲语言的影响，讲究表达的连续性，但古汉语未必如此。从《帝京景物略》不难看出，它具有相当的弹性和跳跃性，以语义丰富取胜。这也正是为什么我们必须回到原文，重读原典。

阅读古文还涉及一个更大的问题：如果有一天，中国的读者只能借助现代汉语的翻译，才能读懂古文，那我们的教育就彻底失败了。日本、韩国和越南曾经也是汉字文化圈的一部分，他们的历史文化主要都是通过汉字和古文记载、保存下来的。但现在他们的年轻人基本上读不懂了，只能靠翻译。如果我们今天也要依靠翻译，才能进入 20 世纪之前的文学和历史，那我们事实上跟他们就没有什么不同了。区别只是他们需要译成他们本国现在使用的语言文字，而我们是译成现代汉语而已。但结果是一样的：一部《史记》摆在面前，照样也是读不懂的。我们难道能够以此为傲吗？

问：你的选篇文体特别多样，《〈古画品录〉序》、董其昌《跋米芾〈蜀素帖〉》，还有《长物志》中《悬画》，感觉不仅在强调阅读，同时也在开启审美？

商伟：是的，通过古文阅读可以培养审美感，提高鉴赏力。审美意识没有边界，渗透进生活的方方面面。古文的内容也是无限的，囊括了社会人生的每个角落，也涉及日常起居的环境。比如说文震亨在《悬画》中说，客厅只能挂一幅画。而像西门庆那样四壁挂满就俗了。此外，画的内容还得对景，根据不同的季节和景色来更换，要求很高，这就难了。这是文人的趣味。

归有光的《项脊轩志》写的都是日常生活里的琐事，"当时只道是寻常"，但其中的氛围况味，却弥漫在静美的时光中，令人留恋不舍。郑板桥给他堂弟的信里交代买房一事，原本琐碎烦人，但在他的笔下却生趣盎然，成了一大快事。这两篇对照来看，可以看到古人的生活情趣和审美态度。

从古文中读到的人生，有许多即兴的快乐，就像王子猷雪夜驾舟访戴安道，乘兴而来，兴尽而返，一时传为美谈。我们今天有了很多的人生规划，但规划太多了，乐趣就被扼杀了。快乐不是规划出来的，人毕竟不是机器。

问：听说你带两个女儿读过《春江花月夜》，很想知道还带她们读过什么，读过古文吗？

商伟：两个女儿正在读十一年级和九年级，大女儿明年就要上大学了，我还有机会陪她读一读古文，这也是我编这本书的动力之一。之前跟她们一起读过一些古诗词、现代散文，读过鲁迅的一些散文小说，还读过屠格涅夫的《猎人笔记》中的几篇——我朗读英译本，她们朗读中译本，对照起来读。但古文读得不多。我还没有拿到这本书，拿到之后会一起读读看。

问：你曾说年轻的一代是长在瓶里的豆芽，不接地气，他们和自然之间的关系要通过古文中描写的场景打通回归，有可能吗？

商伟：借由古人的美文回到自然，听上去有些绕，却是一条正路，因为文学作品让我们重新发现了生活中被遗忘的美好瞬间。像苏轼的《记承天寺夜游》、张岱的《西湖七月半》，还有唐诗《春江花月夜》等，都是写月夜的。没有月光，中国文学就会黯然失色。《记承天寺夜游》让我们了解到历史上曾经有过一个无足轻重却无比美好的夜晚：苏轼即兴约了一位朋友，一起夜里出来漫步，白天熟悉的庭院原本平淡无奇，但在月光施展的法术之下，刹那间变成了一片积水空明，水草交横。我们的孩子已经很少有在月光下看人看物的体验了。现代城市的灯光太亮、诱惑太多，留给内心的空间太少。我们对月光和土地都逐渐失去了感觉，住在高楼里，看不见月亮，也不接地气。这既是与自然隔绝，也是与文化传统相脱节，造成了现代城市生活的贫乏枯瘠，精神状态的萎靡不振。

尽管月亮从我们的日常生活和情感体验中退出了，但又并没有就此消失。这是我们文化传统中的 DNA，仍将凭借着文学和艺术而得以重温和延续。

问：阅读古文能给现代读者带来什么样的变化？

商伟：阅读古文包括掌握古汉语，也包括前面说过的培养文学阅读的能力。古汉语是一个极为重要的工具，为我们打开了通向过去的通道，可以了解历史的兴亡和古人的哀乐。阅读古文足以启迪心智，增长智慧和见识，也可以培养我们的文学敏感，丰富审美感受，加深对他人的同情与理解，从而成为更好的现代人。

王羲之的《兰亭集序》，我们想必都读过了。它就像是一首交响诗，开头不过是一个简单明亮的旋律，但接下来，感受的触角完全打开了：一个敏锐的心灵在敞开的状态下，可以瞬息之间经历情感潮汐的起落，领略从欢乐到悲伤一直到超越于悲欢之上的浩渺的宇宙意识。这篇文章不长，但读到篇末，我们好像经历了整个人生，令人不可思议。所以我相信，尽管时过境迁，我们仍然能够通过古文而重新遇见自然，重现发现自我，并且重建与当下生活的关系。

还有一点也很重要：学习古文有助于我们提高现代汉语的写作能力。到了小学高年级就应该适量接触古文，这样下笔作文才不至于拖泥带水，啰里吧嗦。这当然只是对写作的一个最低要求了。从作文的角度来看，古文简洁、优雅而富于表现力，对于日常口语是必要的补充，绝非可有可无的奢侈品。不读古文，过不了文字表达这一关。

文字表达还包括组织篇章的能力。这种能力在今天这个碎片化阅读的时代变得空前稀缺，也因此日益重要了。因此，读古文不能偷巧或走捷径，只读节选和片段，还要读完整的文章。古人作文非常讲究谋篇布局，讲究段落之间的起承转合，在这些方面留下了丰富的经验和智慧，很值得我们今天借鉴。如你刚才所说的，我在书的导读中也经常强调这一点。

问：很多人觉得读古文被语法绊住了手脚，要从学语法开始；有的人觉得读多了自然就懂了，没有必要专门学，学语法是读古文的前提吗？另外，因为要求背诵，孩子往往视古文为苦差。读古文是否必须背诵？

商伟：我在注释中讲解了一些语法现象，像被动句和判断句、宾语前置，还有使动、意动用法等，都不难掌握。读古汉语，了解一些语法法则是必要的，但够用就行。语法只是工具，被工具绊住了手脚，要么是工具掌握不得法，要么就是工具过于烦琐，没起到辅助的作用，反而变成了累赘。就学习经验而言，掌握足够的词汇和相关的古典文史知识恐怕才是关键所在。

背诵当然很好，可以把前人的文字融化为自己的记忆，但更重要的是把它变成自己的生命血脉。发现了一篇好文章，反复几遍读下来，哪怕没有刻意背诵，也能记一个大概。尤其是孩子，记忆力是惊人的，他们真正喜欢的东西，忘也忘不掉。背诵不必强迫，强迫记诵的东西，过不久就还给老师了。重要的还是提高文学阅读的能力。否则，一时勉强记住的古文，到头来还是读不出好在哪里。

读到一篇好的古文，知道古人竟然有如此奇妙的想法，有如此精彩的文字表述，对我们来说是一次难得的相遇。而我们自己对于千百年前的文字，仍然感同身受，心有戚戚焉，又是多么值得珍惜的经验！这样的相遇和经验，让我们拥有了一个更广阔、更丰富也更自由的精神世界，可以将头脑与心灵从功利行为和世俗事务的束缚中解放出来。这是一切创造性的前提，也是人生意义感、成就感和幸福感的重要源泉。我们当下的教育万万不能忘记这一点。

2021 年 12 月修改

一本书的故事与传奇

——哥伦比亚大学东亚图书馆藏《新编对相四言》影印本序

近三四十年来，国内学界对传统蒙学的兴趣方兴未艾，美国哥伦比亚大学东亚图书馆收藏的《新编对相四言》（以下简称《新编》）也因此引起了有关学者的注意。过去的几年间，更有来自英国和其他国家的博物馆和图书馆，向哥大的东亚图书馆查询有关该书的讯息。有鉴于此，哥大东亚图书馆决定将它影印出版，以飨读者。承蒙上海书店出版社的密切合作，以及程健馆长和唐晓云副社长的共同努力，这本小书现在终于呈现在读者面前了。

杂字新编的文与图

中国传统蒙学书籍种类非常丰富，其中的"杂字"类是一种常见的启蒙识字读本，将常用字（偶尔也收入双音节的词）汇集成册，通常根据类别来组织。为了便于记诵，有时也连缀成韵。现代学者张志公先生在《传统语文教育初探》中指出："杂字"大致起源于南北朝时期，至宋代广为流行。不过在"杂字"这个统称之内，也往往根据读者的年龄、性别、地区和职业的需求，进一步做出区分，如《益幼杂字》《妇女杂字》《山西杂字必读》和《日用杂字》等，有的读本还包括了行为规范和道德说教的成分。常见的"杂字"以四言为主，与《千字文》相近似，但有的也采用五言和六言等其他形式。

哥伦比亚东亚图书馆藏《新编》可以归入杂字类识字读本，而在杂字类中，它又有几个突出的特色，格外引人注目。

其一，《新编》的刊行年代很早，大致出自 15 世纪中期或稍后，其中的部分内容可以追溯到宋、元时期，是现存的最早的一部"杂字"类识字读物。这一点，不少学者都谈到过，尽管落实到具体的出版时间，仍有不同的看法，详见下文。

其二，《新编》所收字词具有明显的日用性特征，绝无道德训诫的成分。它一共收录 388 字，包括 224 个单字，82 个双音节词。全书从自然现象开始，然后转向日常物品和人事身体，从单音节字到双音节的词。除此之外，看不出明显的结构顺序。编撰者以普通的初学者为对象，而没有具体针对他们的身份、性别和职业需要来选择字词。可以说，这样一本规模不大的看图识字的入门读本，包括了当时的一些常用字词。至少让我们看到，在编撰者的眼中，究竟哪些字词是当时的社会生活中所必不可少的，也是每个人在识字的初级阶段就必须掌握的。在这一点上，这本《新编》具有特殊的价值。

今天的读者，恐怕在掌握了两、三千个常用语汇之后，也未必就明白“錚”“鈸”“摘鑷”“錫鏇”究竟何指。还有一些例子，如“筬”“篢”“籚”，等等，都涉及当时日常生活中使用的竹制品，并且具有鲜明的时代性和地域性。《新编》大量收入了双音节的词汇，尤其是双音节的名词，显示了与时俱变、因地制宜的特征。这些词汇往往与日常用品相关，例如“簸箕”“筅箒”“笊籬”“芒槌”等，其中的一些词组还没有形成固定的文字形式，而采用了别字俗字。此外如“荅護”，仅有表音功能。可见双音节词的书写正处于探索和尝试阶段。这表明《新编》作为一本初级识字读本，具有辅助日常生活的实用功能，对初学者进而学习所谓“白话文”和阅读小说也不无裨益，而不仅仅是为了阅读四书五经或以科举考试为终极目的。

有鉴于此，有关识字率的研究也应该顾及其社会功能，即根据不同的社会功能来考察多重意义上的识字率，而不是假设一个具有普遍性的、统一的识字率，也就是说，要把社会阶层及其相关的时代和地域因素考虑进来。传统社会中的识字教育服从于不同的社会功能和实用目的。与此相应，不同的社会阶层也对识文断字有各自的期待与要求。显而易见的是，普通人更在意生活用品的名称和写法。对于城市居民和小生意人来说，重要的是掌握与社会交往和日常交易相关的语汇。这与参加科举考试的文人，自然不可同日而语。但是为科举而设置的识字读书课程，又未必直接有助于应对日常生活，也难以满足阅读其他文体如戏曲小说的需要。多样化的识字教育与阅读经验因此势在必行，也在所难免。

其三，《新编》在书名上点明"对相"，强调了它图文对照、看图识字的特色。该书一共收图 306 幅，对于当时的读者识字读书，尤其是理解字词的准确涵义，助益良多。而我们今天的读者，如果想要了解当时的名物制度，以及广义的"物质文化"，更离不开这些图像。其中的一些图像，古今通用，未必受一时一地的影响。但像建筑、家具、器物，包括生产工具和生活器皿，还有身体面相和衣着服饰等类别，都或多或少地打上了时代和地域的印记，并且暗含了图绘者的选择和解释。像"甗"、"爐"、"楪"（碟）"壺"、"瓶"、"盏"、"托"、"匙"、"鑔"、"钳"、"梳"、"筅"（篦）"錢"（面铸吉语"天下太平"，当为南宋钱币）、"衣"、"衫"、"三穿"（以及一系列鞋帽服饰，如"氈鞾""油靴""氈帽""幔笠"等），都莫不如此。其中的蒙古元素，尤其是"苔護""一撒""脚繃"等衣着，最具时代性和地域性。若无图像参照，今天的读者恐怕完全不得要领，和实物对不上号。

根据图像对《新编》中的这类字词做出考订，最早见于张志公先生 1977 年发表在《文物》上的《试谈〈新编对相四言〉的来龙去脉》一文。他在参照了其他文献之后，得出结论说："荅護"是蒙古语 dah 的音译，在《事林广记》和《元史·舆服志》中，作"答胡""搭护""答忽"等，指"一种翻毛的羊皮大衣"。张志公先生还指出，这种蒙古衣着在元代很流行，用蒙语称呼它成为一时风尚，但元代之后就不再流行了。关于"幔笠"一词，他引用元代至顺本《事林广记·服用原始》，指出"笠子"虽出自北部边境地区的少数民族，但"今世俗皆顶之。或以牛尾、马尾为之，或以棕毛，或以皂罗、皂纱之类为之"。他拿图像做比较，发现《事林广记》的"笠子"图与《新编》的"幔笠"图一模一样。因此，"笠子"是总称，因质料不同而名称稍有差异。但笠子的特殊之处还在于：它"和汉族自古有之的'箬笠'（《新编》中也有，名'斗笠'，系江南俗称）是完全不同的东西。'笠子'在元代盛行，连儒生晋见皇帝时都戴它。到了明代，'笠子'不再是一般通用的帽子，而成为歌舞戏曲演员扮演某种人物（主要是少数民族）时的头饰"。

上面这两个例子也表明，汉字究竟以怎样的方式接纳外来语言，并将它们融入汉字的常用词汇。"荅護"通过音译，"幔笠"通过组织新的双音节词组，补充和改造已有汉字"笠"的涵义，但殊途同归，显示了汉字书写系统的内在弹性和适应外部世界变化的潜力。

《新编》中的元代因子尤其显著地体现在衣饰上，反映了北方地区生活的显著变化。影响所及，一直到了明代，可与元明史料和戏曲小说对照来读。如"脚绷""一撒"等类似的词汇，都能够在明代小说戏曲中读到，并没有随着元代的覆灭而消失殆尽。这一情况直到满人入关后才逐渐发生了改变。有的时候，服饰的具体特征并没有体现在词语本身，而有赖于《新编》所提供的图像。美国学者傅路德（L. Carrington Goodrich，1894–1986）曾经注意到，其中图像所提供的士子服饰，更符合宋代而非明代的特点（L. Carrington Goodrich, "Introduction", *Hsin-Pien Tui-Hsiang Szu-Yen: Fifteenth Century Illustrated Chinese Primer*, Hong Kong: Hong Kong University Press, 1967）。这再一次表明，《新编》的图文暗含了一个更长的历史跨度。

《新编》中迄今最受学界注意的是"筭子"和"筭盤"二词。最初争议的问题是算盘起源于何时，或何时开始流行，以此来推算《新编》成书年代的上限。当然，也有人反过来立论，根据该书假定的成书年代，来推测"筭盤"起源和流行的时期。一旦涉及这两个问题，《新编》的另一个版本《魁本对相四言杂字》可能更为重要，下文还会说到。关于算盘的历史起源和发展衍化，中国算学史的专家所论甚详，有兴趣的读者可以参见。王重民先生或许是最早注意到《新编》中这两个概念和图像的学者。他在 1939 年至 1949 年间，陆续写成宋、元、明善本书提要 4000 余篇，收在 1983 年出版的《中国善本书提要》中，其中就包括《新编》一书。他认为明初人布算，仍多用筹（即"筭子"）。至于算盘，始见于景泰元年（1450 年）吴敬之的《九章详注比类算法大全》，至万历二十年（1592 年）程大位的《算法统宗》，才开始广泛使用。他据此推断《新编》一书的刊刻年代，当在嘉靖至万历年间（1522—1620），而非明初刻本："赵君万里谓为明初刻本，余相其板式，当为后来司礼监所刻。"张志公先生则认为，既然《新编》一书的部分内容可以追溯到南宋晚期，则算盘的起源不当迟至明代的嘉靖和万历时期。他并且举出了一些文献材料，说明算盘的出现甚至可能早于 13 世纪。事实上，中国艺术史和算学史的学者，已注意到北宋末年的张择端（1085？—1145？）就在他的《清明上河图》中描绘了当时汴梁城的商铺中使用算盘的情形。

无论结论如何，我们最应该感谢的是配合"筹子"和"筹盘"的这两幅图像，可以说帮了我们一个大忙。哥大藏本中的"筹盘"的格式，与张志公所见版本中的图例一样，一共九档，梁上二珠。没有这个具体的形象作为参照，有关算盘的讨论或不免落入揣测和猜想，或各执一说，死无对证。在《新编》的编撰者看来，看图或许只是为了帮助识字，但对今天的学者来说，"识字"则务必看图。仅此而言，《新编》一书就功不可没，远非编撰者始料所能及。

《新编》是现存较早的"对相"类识字读本。在此之前，固然有宋刊《尔雅音图》，但其中的图画多近于插图，带有叙述性，与《新编》还有所不同。早在 1946 年，时任美国国会图书馆亚洲部主任的汉学家恒慕义（Arthur W. Hummel）就高度评价过这本书的这一特征。他在 1946 年 2 月发表的国会图书馆的购书报告（"Annual Reports on Acquisitions: Orientalia"，in *Quarterly Journal of Current Acquisitions*,

Vol. 3, No. 2）中写道：

> 这本书不仅是中国现存最古老的儿童看图识字课本，而且比 1658 年由 Comenius 出版的最早一本西方世界的儿童图画书——*Orbis Sensualium Pictus*（*The Visible World*，《看得见的世界》）——至少早出了一个世纪。

《新编》的确是一本早期的看图识字读本，应该放在世界书籍史上来评价它的重要性。但这一评论有两点需要修正：首先，《新编》的理想读者恐怕不限于儿童，想从中获得任何有关儿童生活的讯息，也几近于徒劳。所以，拿它与欧洲的儿童图画书做比较，未必十分恰当。其次，中国的看图识字读本源远流长，并不始于《新编》，下文还会谈到。

其四，《新编》版式疏朗大方，版框大小每一页略有出入。大体而言，约高 26.9 厘米，半页宽 17.5 厘米。页面天地阔大，在"杂字"类的蒙学识字读本中并不多见。该书图文相对，为 224 个单字和 82 个双音节词逐一配图，共得 306 幅。除去首尾半页外，半页五行，或三行图像两行文字，或两行图像三行文字，每行八字或八图。遗憾的是，出版者仍无从查考。如果将《新编》与前后刊行的其他"全相"类或插图本书籍加以比较（从《事林广记》一直到《三才图会》等），对它的版式、插图风格、刊刻地域和时间等问题，或许能得出一些大致的推论。

书小影响大

《新编》一册，貌不惊人，但在西方世界却格外被看好，备受关注。李约瑟（Joseph Needham）在他的《中国科技史》第三册中写道："最早的算盘图例见于 1436 年的《新编对相四言》。"他的这个说法影响不小，很多西方读者恐怕都是从这部权威著作中第一次听到《新编》这本书的。不过，正像他在注中指出的那样，汉学家傅路德才是此说的首倡者。他根据哥大图书馆 1941 年购入的这本《新编》，在 1948 年发表了一篇题为"算盘在中国"的学术通讯 [L. Carrington Goodrich, "The Abacus in China", *ISIS*, sponsored by *The History of Science Society*, Vol. 39, No. 4 (Nov., 1948)]。他指出，在相当长的一段时期内，人们都认为算盘的出现，是相对晚近的事情。不过，David Eugene Smith 与 Yoshio Mikami 早在他们 1914 年合著的《日本数学史》（*History of Japanese Mathematics*）中就证明，珠算的运算原理已见于杨辉 1275 年（后有学者确定为 1274 年）写成的《乘除通变算法》一书中。他接着写道：

1941 年，哥伦比亚大学图书馆购进了一本首刻于 1436 年的稀见的看图识字课本，题为《新编对相四言》。它收录了三百零六幅常见事物的图例，其中包括了一幅算盘图，而这种样式的算盘直到今天还在中国使用。很难断定我们的这个本子是否就是这本书的首刻本，尽管它的用纸和印刷给人这样一个印象。如果事实的确如此，那么，对算盘最早的说明就可以推至 1436 年了。

关于《新编》一书，他引用了恒慕义于 1946 年 2 月发表的美国国会图书馆远东部的年度购书报告，其中提到，国会图书馆新近购入的《新编》只是 1436 年出版的那个刊本的复刻本。可以想见，恒慕义和傅路德曾经拿这两个本子做过比较。在他们看来，这个后出的刻本，也为哥大藏本的明初刊印说提供了一个佐证。旅居美国西雅图的中国学者王庭显先生于 1965 年 4 月 30 日和 5 月 1 日发表了《关于〈新编对相四言〉》（上）（下）两篇短文，指出："哥大所藏此书，卡片上注称：'此卷经中西学者考订，估计为 1436 年刊本。'"遗憾的是，当年图书馆的这些卡片，今已无从查考了。

傅路德后来把《新编》译成了英文，附上原书的影印件，由香港大学出版社于 1967 年出版，印数 1000 本。他在英文序中说，尽管有一些迹象暗示《新编》一书可能出自宋代，但是几种目录书"还是认为这本书是明代早期印刷的一个很好的例子"。他又补充道："明代出版的另一个证据是那幅算盘图，而算盘也正是在那个时期才开始流行起来的。"关于算盘起源的这个说法并不准确，却是对旧说的一大修正，何况还有杨辉 1274 年的《乘除通变算法》，为珠算原理出现于宋代提供了坚实的证据。以当时学界的条件而言，得出这样的看法，已属难能可贵了。

关于《新编》成书于宋代说的一个重要论证，见于祝荫庭1922年为该书写的一段跋语：

> 此宋本课儿书看图识字，当时已用此法。共八页，三百八十八字，三百零八图。传留至今，完全无缺，颇不易得。内中不惟筐字缺末笔，所取材料皆有时代关系，颇堪令人玩味也。时壬戌秋七月既望，荫庭志于藐园。

傅路德和王重民都认为壬戌年即1922年，此跋当为祝荫庭购得《新编》一书不久所作。其中说"三百零八图"，系"三百零六图"之误。不过，他指出"筐"字因避讳赵匡胤的"匡"字缺末笔，却不能不引起我们的注意。

那么，我们是否就能因此确认《新编》刊刻于宋代呢？关于讳字的问题，张志公先生做过一番细致的分疏：

> 《新编对相四言》中，"匡"字作"筐"，末笔无横，避宋太祖赵匡胤讳；但"灯檠"中"敬"字不缺笔，不避赵匡胤祖讳。宋代避讳要求繁琐而严，对赵匡胤名、其父名（弘殷）、祖父名（敬），以下历朝皇帝名，都得避。元代刊印的书，出于政治考虑，遇赵匡胤名一般仍避讳，但对其父名、祖名以及以下历朝皇帝名一律不避。明、清两代，凡新编书概不避宋、元讳，甚至连某些复刊宋、元版的书也不理会原书的避讳字了。刊印粗糙的书会有这样那样的错字，但涉及避讳的字一般比较慎重，尤其是官刻书

和教育用书，在这类字上出错的很少。《新编对相四言》不合宋、明书避讳例，而与元书例合。

这段话从宋代的避讳字开始说起，结果反而证明《新编》并非刊印于宋代，因为《新编》中的其他字，如"檠"字，并没有避讳赵匡胤的祖父名。所以，单凭"筐"字的孤证，就难以成说了。如果仔细观察，我们还不难发现，这个"筐"字，严格说来，恐怕也未必符合避讳字的通例。它中间的"王"字，末笔拉到了整个字的底部。说它末笔缺横，至少不够准确。这与避讳字明显缺笔的情况，还是有所区别的。

张志公先生本人主张《新编》元初刊行说：

大约在南宋晚期，即十三世纪初，出现了一种新的蒙书——"对相"的，即图、文对照的识字课本；此后，在那个原始本的基础上，经过元、明至清不止一次增删修改，产生了一系列有同有异的看图识字读本；《新编对相四言》是元初以宋本为底本，经过较大修改的产物，所以带有较多的元代色彩，又留有若干宋书痕迹；从《新编对相四言》的原本又产生了复刊本、稍加修改的复刊本、改编本（或吸取它部分内容的新编本）。《文渊阁书目》和《箓竹堂书目》著录的《对相识字》，很可能是这一系列中早于《新编对相四言》的一本，是否即其宋代祖本，待考。

除了前面引过的证据，他还举出了其他一些字词或器物的名称和写法，曾经在宋代广为流行，但到元、明以后就不多见了。这就是为什么他力主元初说。根据这一说法，书中的元代元素，当为元初刊刻时补充或增加进来的。

这一说法固然不无道理，但如下所见，直至清代的《新编》版才开始大量删改不再流行的字词。因此，不能因为其中保留了宋元时期的痕迹，就断言《新编》不可能是明代刊印成书的。我倾向于认为《新编》刊行于明代，大约在15世纪中期或稍后。

至于明初1436年说，年代如此明确，证据何在呢？除去书籍本身的纸张和形式风格上的特征，主要证据来自傅路德语焉不详的那几本目录书，也就是张志公这里提到的《文渊阁书目》和《菉竹堂书目》。前者为明代杨士奇编，成书于1441年，其中记载："《对相识字》一部一册阙。"后者为明正统年间叶盛编，亦载："《对相识字》一册。"此外，王重民先生在《中国善本书提要》中著录《新编》"一册（北图）"，并且说："北京图书馆藏一钞本《内阁书目》皆载正统以前书，已有《对相识字》一册，则明初即已有此类刻本。"由于成书于明代正统年间的这两部明代书目著录了《对相识字》，可知《对相识字》的出版时间在正统年间（1436—1449）或稍早，不晚于1441年。将哥大藏本《新编》的刊刻时间断定为1436年，只是一个大致的估计。而哥大藏本既然题作《新编》，自当由此下推一段时间。

翻刻与改编：从中国到日本和韩国

为了更好地了解这本《新编》的刊刻时间和传承流变，我们还可以拿它跟《魁本对相四言杂字》来参照对读一番。

哥大东亚图书馆的善本室收藏了一册和刻本《魁本对相四言杂字》，由稀书复制会发行所（米山堂）于大正九年（1920年）七月影印出版。书末有印章："印行三百部之内，第二六四号。"此书不著编者姓名，首页题右牌记曰："洪武辛亥孟秋吉日金陵王氏勤有书堂新刊。"洪武辛亥即洪武四年（1371年）。该书分别在一至三页、第六和第八页的边框外的右下角，刻有"伯寿"二字。日本珠算学家户谷清一曾在《珠算春秋》第47号上发表《对相四言——そろばん図の最古资料》（《对相四言——算盘图的最早资料》）一文。根据他的考证，伯寿当是元末旅日刻工陈伯寿。

2012年，凤凰出版社印行金程宇编《和刻本中国古逸丛刊》，其中第十五册收入《魁本对相四言杂字》（以下简称《魁本》），与哥大藏《魁本》完全一致。唯书末印章和编号不存，恐为影印时略去。稀书复制会1920年影印该书时，曾有山田清的《〈魁本对相四言杂字〉解说》单行本，但笔者未见，仅见日本学者大冢秀明于1993年《外国语教育论集》第十三卷上发表的《对相四言の版本と资料価值について》（《关于对相四言的版本和资料价值》）一文。据大冢秀明转述，此书原刻本毁于大正十二年（1923年）的震灾中。

1920 年影印的这个《魁本》自称"洪武辛亥孟秋吉日金陵王氏勤有书堂新刊",但显系日本复刻本,刻印时间不详,当晚于 1371 年。全书共收 392 字,比《新编》仅多出两个双音节词"牙刷"和"客店",可是顺序全然不同。此外,图像和字体均有别于《新编》。也就是说,《新编》不仅对《魁本》所收的字词重新加以组织,而且在字的写法、图像、书体和版式上完全另起炉灶,可以视为一本新书。也有可能《新编》和《魁本》出于一个共同的底本,但彼此之间并无直接的传承关系。

就字的写法而言,《新编》通常趋简和趋于规范化,很少看到《魁本》中的异体字,比如"棕""虱""石榴"等,即是如此。但也有一些别的差异,如"袴"(不作"褲")、"姜"(不作"薑")、"抱肚"(不作"抱腹")、"莲房"(不作"莲蓬")等。还有一处重要的不同,就是《魁本》的"筐"字,不像《新编》那样以"王"字封底。

从图像来看,《新编》更趋于疏朗整饬。凡物体斜置者,通常每行之内保持一致,上左下右。而且每格周边留白,而不像《魁本》那样填满。此外,"凳"作条凳,而非《魁本》中的靠背椅;"衣""衫"皆无腰带,与《魁本》大异。"书"的封面无题,而《魁本》则题作"四书"。而我们知道,"四书"的说法,直到南宋朱熹过世之后才逐渐流行起来。

在书体和版式方面,《魁本》多少保留了某些元刊风格,尤其是元代建阳刊本的一些特点,同时也糅入了和刻的风格。例如,书体多起笔藏锋,笔画之间的映带略显夸张。而在边框外右下角刊刻工名，或许更近于和刻体例。相比之下，《新编》采用欧体，结体匀称，工整稳健，而且版面疏朗，与《魁本》判然有别。它代表了稍后的明代坊刻的一种风格，也不完全排除私刻或官刻的可能性。

张志公先生于 1965 年购得一本石印复制本的《新编》，刻印时间当在 19 世纪后期，但从书影来看，与哥大藏本《新编》几乎完全相同。据张志公先生本人所述，他是从《新民晚报》上的一篇短讯中，得知哥大藏本《新编》的。这篇短讯题为《四百年前的看图识字课本》，附有一页书影的局部，发表的日期是 1962 年 3 月 1 日，作者署名"雷父"，显系笔名。文中指出，这本《新编》"比欧洲第一本看图识字课本的出版还早一二百年"。可知作者读过恒慕义写于 1946 年的那份报告。张志公先生手边还有一本清代绿慎堂刊《魁本四言对相》，只收了 336 个字词，280 幅图。两相对照，他发现这一《魁本》改动了一些字的较为偏僻的写法，而且删去了"荅護""一撒""筊箒"等词。另外，改"水履"为"木屐"，图像也做了相应的调整。可惜张志公先生当时没有看到和刻《魁本》，所以他只能与《新编》做比较。绿慎堂刊本与和刻《魁本》当属于同一系统，或许出自同一个底本，但对底本进行了删改和调整。

日本学者大冢秀明曾经对此做过一个相对系统而简洁的比较。他把现存的六个《对相四言》的本子分成三类，逐一分析。对于其中涉及的名物，分别引用了一些日本和韩国的文献材料，加以补证。此外，他还介绍了清刻本的改动，以及

19 世纪和刻本的增删情况。由此可知,这个识字读本并没有销声匿迹,但又不是一成不变,而是与世推移,呈现出了不同的面貌。

对今天的读者来说,《新编》的内容尽量贴近当时的社会生活,因此具有了难得的历史价值。从结构来看,它具有开放性,可以根据时代和地域的特点或需求而不断调整增补,这是《千字文》这类读物做不到的,也是对后者的补充,因此有它存在的必要性。但作为一本初级识字课本,这又恰恰造成了《新编》的一个致命弱点:不难想见,一旦时过境迁,其中的一些语汇就变得不合时宜了,至少超出了常用字词的范围。仍然拿它当识字入门读本,就不得不做出增删。可是如果增删的幅度过大,又不如另起炉灶来得方便。更何况它尽管采用了四言格式,却不像《千字文》那样通篇合辙押韵。其中的单字有押韵的部分,但不尽然。吟诵起来,做不到朗朗上口。此外,它还有一个弱项,那就是通篇只是单个字词的并列,缺乏有机的内容结构和内部的逻辑关系,因此也不像《三字经》《千字文》那样便于读者记诵。由于这几个原因,在编辑出版的过程中就出现了拆散重组的现象,以至于变得面目皆非了。长此以往,它在与其他蒙学读物的竞争当中,便逐渐失去了胜出的机会,或者变得徒有其名。等到了祝荫庭的时代,他更看重的,是《新编》的历史价值和版本价值,而非它作为识字读本的实用功能了。

海外的漂泊

祝荫庭收藏的这本《新编》，后来究竟转入谁手，又怎样被购入了哥大图书馆？这方面的记载甚少，可遇而不可求。但北京大学图书馆的一份档案，给我们带来了意外的惊喜。这是哥大藏本的一个晒蓝复制本，书中夹有一封英文信件与两幅照片。信是当时北平国立图书馆的秘书写给 Walter Fuchs 的：

> 亲爱的 W. Fuchs 博士：
>
> 　谨告知您前天出示的那本配图识字并非宋本，而是出版于明代。此书虽然极为罕见，但据知还有其他几个本子传世。因此，向您报价的这本并非孤本。
>
> 　上述信息是我们善本部的赵万里先生所提供的，他也是辅仁大学的中国目录学的讲师。他的意见是，这本书至多只值索价的三分之一。

这封信的时间落款是 1940 年 1 月 4 日。附件中的两幅照片，分别是《新编》的首页和尾页，首页书题下题"祝氏貘园所藏"，并附有他的印章，尾页后有他的题跋，声称该书为"宋本"。这正是哥大藏本。信中转述了赵万里先生的意见，显然针对的是祝荫庭的这一说法。祝荫庭于 1922 年购得《新编》，十八年后当宋版孤本出手，不知标出了什么天价。

　　唐晓云副社长为上海书店出版社影印本《新编》作后记时，查找了有关祝荫庭的线索。他在《蔡元培先生年谱》1912年5月4日处发现，时任教育部总长的蔡元培，于前一天委派祝荫庭为民国北京教育会会长。鲁迅日记"丙辰正月"（1916年2月）记："二十四日晴"，"祝荫庭丧母，赙一元"。可知祝荫庭当时与鲁迅同在教育部供职。

　　北平国立图书馆的信是写给 Walter Fuchs 的，中文音译为福克斯。福克斯何许人也？为什么给北平国立图书馆写信咨询《新编》的版本情况呢？他是一位德裔汉学家，中文名字叫福华德。关于他的生平与学术成果，可以参见德文版的维基百科词条和讣告，但英文和中文的资料好像不多，兹简述如下：福华德生于1902年8月1日，卒于1979年3月5日。他毕业于德国的柏林大学，1925年获哲学博士学位。1926年来到中国，先是在满洲医科大学任讲师，1938年受聘于北京的辅仁大学，升任教授，两年后担任中德学会会长。1946年转任燕京大学教授，次年返回德国，先后执教于汉堡大学、柏林自由大学和科隆大学等高等院校。福华德是德国汉学界一位影响重大的著名学者，学术成果包括关于清代康熙、乾隆时期的文化与满语文献的研究。1940年给北平国立图书馆写信求教时，他正在 Catholic University 即辅仁大学任教，并且参与了辅大的《华裔学志》的编辑事务。这是一本研究中国及其周边国家和地区的汉学研究刊物，同时出版英、法、德文版，面向海外发行。该刊于1935年创刊，刊名为 *Monumenta Serica*，中文刊名是陈垣校长亲自拟定的，许多著名的欧洲汉学家都曾担任过该刊的编辑。在京期间，福华德还十分关注善本书市场，这固然出自个人兴趣，也有可能是因为他当时正在为某个研究机构或大学图书馆代理这方面的业务。可以想见，福华德当时听从了赵万里先生的意见，放弃了购买《新编》的想法。1947 年回国之前，他把一些未能随身带走的东西留在了燕京大学或中德学会，这其中包括了北平国立图书馆的这封信和哥大藏本的晒蓝复制本。1952 年，全国大专院校院系调整，燕京大学并入北京大学，这批资料很可能因此转入了北大图书馆。而中德学会的档案藏品，早在 1949 年就已经归入北大图书馆了。

大概就在 1940 年这一次转手未成之后不久，这本《新编》便被哥大图书馆购入，并于一年后漂洋过海，运到了纽约。时值抗战期间，北平和上海先后沦陷。1932 年，上海商务印书馆的涵芬楼遭到日军飞机的轰炸，几十万册书籍在一日之间化为灰烬。而私家藏书也未能幸免于难，郑振铎先生在《清代文集目录跋》（后收入《西谛书话》）中回忆说："一二·八之变，储于申江东区之书，胥付一炬，而清集十去其七。"他在《谪居散记》一文中写道，到了 1937 年，情势更加恶化：

八·一三后，古书、新书之被毁于兵火之劫者多矣。就我个人而论，我寄藏于虹口开明书店里的一百多箱古书，就在八月十四日那一天被烧，烧得片纸不存。我看见东边的天空，有紫黑色的烟云在突突的向上升，升得很高很高，然后随风而四散，随风而淡薄。被烧的东西的焦渣，到处的飘坠。其中就有许多有字迹的焦纸片。我曾经在天井里拾到好几张，一触手便粉碎。

对嗜书如命的学者、出版家和藏书家来说，这些如雪花般随风飘落的紫黑色的焦纸片，恍若是世界末日的噩梦。海内外人士在震惊之余，忧心如焚，发起了各种抢救计划。也正是在此期间，美国的几个主要大学的图书馆分别购入了一些古籍善本，《新编》恰巧就是其中的一种。

几十年下来，时过境迁，除了哥大藏本，赵万里先生当年提到的其他几个本子，是否保存完好呢？华印椿先生著有《中国珠算史稿》一书，在第四章"明代的珠算"中提及《新编》一卷，据说民国二十三年（1934 年）曾见于北平图书馆，登录在《善本书目》第三卷四十七页之二"子部类书类"。王重民先生也曾著录北图本一册，但经查证，该书已不见于北图。据恒慕义说，美国国会图书馆当年也购入了一册《新编》，比哥大藏本晚出，但遍查善本书目，均未见著录。北图和国会图书馆的两个藏本，皆无着落，这究竟是怎么一回事儿呢？

实际上，北图藏本《新编》的命运，并非一个孤立的事件，而成为一大批北图善本书在战乱年代颠沛流离的历史写照。原北平国立图书馆的甲库善本藏书，上承清内阁大库、翰林院、国子监南学和南北藏书家的藏书精品，具有极为重要的文物和文献价值。1931 年"九一八"事变之后，整个华北和平、津地区告急，为了保护这批国宝免遭战火荼毒，或为日军所劫掠，北平国立图书馆决定将甲库善本暂时转移到上海租界。此后的故事，当事人已多有记述，为了方便起见，可参见新华网 2014 年 1 月 17 日一篇题为《聚散流变，悲欢离合："平馆藏书"出版背后故事》的综述报道：

> 1941 年太平洋战争爆发前夕，日军时常进入上海租界搜查劫掠，善本安全受到极大威胁。时任馆长袁同礼通过当时驻美大使胡适与美国政府斡旋，同意将存沪善本寄存美国国会图书馆。
>
> 在当时万分危急的情况下，由王重民、徐森玉等先生选出 102 箱善本，由驻沪办事处主任钱存训先生分批通关上船，运抵美国国会图书馆，使这批珍贵古籍化险为夷，免遭日军劫掠。
>
> 抗战胜利后，钱存训先生奉命赴华盛顿接运寄存的善本书回馆，因交通断绝，未能成行。这批善本在寄存美国国会图书馆期间，由该馆拍摄一套缩微胶卷。1965 年，在未征求中国国家图书馆意见情况下，将本属中国国家图书馆的这批珍贵善本寄存台湾，暂存台北"中央图书馆"。其后，这批书又转移至台北故宫博物院暂存。为此，钱存训先生在《北平图书馆善本书籍运美经过》一文中说："希望不久的将来，这批历经艰辛曲折而迄今完整无缺的我国文化瑰宝，得以早日完璧归赵。"

这一段历史，还交织了一些惊险的插曲，今天读来，仍然扣人心弦。而前辈学者在民族存亡之际，当仁而不让，以保护中华古籍为己任，殚精竭虑，历尽艰险，也令人为之动容。遗憾的是，围绕着这一事件，后来还引出了一些谣传和争议。有人指责当事人监守自盗，致使其中的一些善本书在途中发生散佚。为此，钱存训先生曾多次据实反驳。抗战结束后，北平国立图书馆试图将这批善本书运回北京。无奈路途受阻，经费短缺，而且不久之后，便因国内情势的变故和第三次国内革命战争的爆发而被迫搁置。袁同礼先生自1957年至1965年曾在美国华盛顿的国会图书馆任职，但在他于1965年2月病逝之后，国会图书馆擅自决定将暂时寄存的善本运往台湾。结果，这一批善本古籍被长期封存于台北故宫博物院，而罕为人知。

由上述记载可知，北图的那一册《新编》正是北平国立图书馆甲库善本藏书中的一种，从美国国会图书馆，后来又辗转到了台北。而王重民先生著录的北图本，即是恒慕义所说的国会图书馆藏本。他认为该本为1436年版的复刻本，想必也咨询过当时正在国会图书馆善本部任职的王重民先生，因为王重民先生就认为，该书出自嘉靖、万历年间。而那个1436年刊本，在傅路德和他咨询过的几位专家看来，不是别的，正是哥大藏本。由上可见，此说仍有待进一步证明，未必能推到1436年去。但据目前所知，可以用来比较的版本，就只有北图的这本《新编》了。除非还有更早的刊本出现，哥大藏本很可能即是《新编》一书现存的最早版本。

1967 年 4 月，香港大学出版社刊印了哥大馆藏《新编》一书的影印本，印行 1000 本，副标题是 *Fifteenth Century Illustrated Chinese Primer*（一部 15 世纪图文对照的中文识字课本），由傅路德教授作序，并于 1975 年重印。傅路德 1894 年出生于北京通州的一个美国传教士家庭，1920 年就读于哥伦比亚大学的研究生院，1946 年开始执教于哥伦比亚大学东亚系（当时只包括中国和日本两个研究领域），曾任系主任，执丁龙讲座教授教席，并于 1956—1957 年当选全美亚洲学会主席。他与房兆楹、杜联喆夫妇共同主持编撰的《明人传记辞典》，规模宏富，精工细作，成为海外明代研究必备的工具书。他本人著有《乾隆的文字狱》等书，以严谨博学享誉于西方汉学界。傅路德不仅为《新编》一书的影印本作序，而且还将全书的 388 字译成英文。于是，这本明代的看图识字读本，又增加了中英对照一项，不仅为原书锦上添花，也为研究中西方教育史、阅读史，以及文化史的学者提供了不可多得的参考资料，可谓功德无量。现将傅路德的英文序言的中译本附在书后，作为该书研究史的一个记录，也以此见证它与哥大东亚图书馆和东亚研究的一段缘分，以及过去七十余年的历史渊源。

记得两年前，在东亚图书馆的善本室，我第一次看到《新编》。当时我对它本身的情况和背后的历史，都茫茫然一无所知。这一年多来，陆续汇集了一些零星散见的材料，希望能把断了线的珠子重新串联起来，而这毕竟也只是一个希望而已。但终于在冥冥之中，渐渐地看到了它的轨迹，如同一道微光，时隐时现，从 15 世纪延伸到了 21 世纪！

并非每一本书都有不同寻常的经历，然而《新编》一书的经历，却成就了不可多得的传奇。我们关心它的传奇，如同是一个人的命运，也暗含了一个时代的缩影。从这个意义上说，我们的确可以为一本书作传。但我们也同样关心它自身的故事，也就是它通过语词图像所讲述的那些故事。而这又涉及了许许多多经手的专家和关心的读者——没有他们日积月累，集腋成裘的搜寻、发现和考辨，这本《新编》和它的故事，恐怕至今还湮没在漫长的黑暗之中，默无声息。掩卷沉吟，感慨系之，因以为序。

2014 年 10 月写于曼哈顿，2020 年 11 月修改

原载于《天禄论丛：中国研究图书馆员学会学刊》第 5 卷（2015 年 3 月）

附记：

2012 年秋季学期的一天，哥伦比亚大学东亚图书馆的程健馆长告诉我，上海书店出版社打算影印出版馆藏善本《新编》一书，并且说出版社的唐晓云副社长已经答应写后记，问我能不能作一篇序文。这本书大名远扬，可我还没有看过。于是，我们约好在善本室见。书不厚，蓝色的封面也貌不惊人，但翻开一看，立刻就被吸引住了：首先，它选用的字词十分奇特，不同于我们常见的识字读本。此外，它插图精良，字体优雅，版式疏朗大方，令我一见倾心，也不胜好奇，这可能是一本有故事的书吧？我未及多想，便答应说试试看。不过，图书馆的旧卡片早已不存，有关信息能找到多少，我也拿不准。此后的一年多，承蒙程健馆长和东亚图书馆中

文部王成志主任的多方协助，我陆续汇集了一些关于这本书的材料，包括中文和日文的有关文章。还在善本室找到了日本稀书复制会发行所（米山堂）于大正九年（1920 年）七月影印出版的和刻本《魁本》（书末印章："印行三百部之内，第二六四号"）。因此，对于《新编对相四言》自身的特点，及其流变的情况和传播的途径，逐渐有了一点儿了解。这个顺藤摸瓜的过程，带来了意外的发现，让我对东亚图书馆的中文善本收藏的历史，也有了新的认识。

在此期间，北京大学中文系的刘玉才教授正应邀到哥大为研究生讲授一门关于《礼记》的讨论课。授课的地点，就在善本室的那间会议室。我们为他调出了一些他感兴趣的善本书，也请他看了《新编》和《魁本》。返回北京之后，他代我去核对北大和北图的善本书目，没想到竟然在北大图书馆的档案中发现了哥大馆藏《新编》的晒蓝本！同一份馆藏档案里，还附有北平国立图书馆的一封信，收信人是当时身在北京的德国汉学家 Walter Fuchs（福华德）。原来《新编》在被哥大购入之前，经过了福华德之手。哥大与我的母校北大，因为这本书意外地发生了关联。

这篇序文的完成，得益于以上这些同事和朋友的支持和帮助。袁行霈教授在读过拙作之后，也曾来信提供了一条相关的材料，在此一并致以诚挚的谢意！

文章在《上海书评》和中国研究图书馆员学会学刊《天禄论丛》上发表之后，《天禄论丛》的李国庆主编发来电子邮件，告诉我虽然有人把 Walter Fuchs 译作福克斯，但福克斯本人使用的中文名是福华德。他还提示我注意日本出版的《20 世纪西洋人名事典の解说》（《20 世纪西洋人名事典解说》）中有一个关于他的词条。我和李国庆是北大中文系文学专业的老同学了，而且还做了两年多的室友。回想当年，我们经常周末骑自行车进城去看美展、逛书店。从北大校园一路到紫竹院，两排杨树夹道而立，一眼望去，路上除了公共汽车，几乎看不到别的车辆。我们轻车熟路，很快就到了琉璃厂书店和王府井书店。遇到有感兴趣的展览时，我们会直奔中国美术馆或北海展厅——北海展厅当时相当活跃，记得星星画展就曾在那里展出过。返回的路上，我们有时会你一句、我一句地背诵唐诗，碰到接续不下去的诗句，回到宿舍就赶紧去找诗集核对。往事如昨，但转眼之间，四十年过去了。他现在是俄亥俄州立大学的教授，早已成绩斐然，著作等身了。前些年他因为大量阅读有关燕京大学的史料，对福华德这个名字留下了印象，故此来信相告。他给我的邮件，写于 2015 年 2 月 1 日："一夜大雪，晨起万物皆白，扫完车道，静读老友文字，一乐也。"

2020 年 11 月 18 日修改

《红楼梦》中的"假"宝玉和"真真国"*

"小说第五十二回的这一片段，大家应该都很熟悉：宝琴提到她小时候跟父亲到西海沿上买洋货，遇见了一位'真真国的女孩子'，'那脸面就和那西洋画上的美人一样'。我对此产生了好奇，因为这位真真国的女孩子可是'真而又真'的，而不像贾宝玉那样，来自'大荒山'的'无稽崖'。"现任哥伦比亚大学东亚语言与文化系讲席教授的商伟在接受本刊采访时，谈到他深读《红楼梦》的一个细小入口。商伟多年研究明清小说戏曲，尤其对《红楼梦》所涉及的物质文化和视觉艺术有深入研究，"在《红楼梦》中，任何关于真假的陈述

---

*原载于《三联生活周刊》（2018 年第 21 期），傅婷婷采访。

都不能按字面的意义来理解。曹雪芹没有放过这一次演绎悖论的机会"。

18 世纪清宫视觉文化和《红楼梦》的悖论

问：您在《假作真时真亦假：〈红楼梦〉与清代宫廷的视觉文化》（南京大学文学院主编的《文学研究》第 4 卷第 1 期，第 105—150 页，2018 年 6 月）一文中，描述了 18 世纪清代宫廷的"造假艺术"和对"假"的崇尚，并且从这个角度来考察《红楼梦》中真与假的主题。您特别提到了贾宝玉的命名，把它看作同一风气的产物。我对这一点很感兴趣，您是怎样来考虑这个问题的？

商伟：我们都知道，贾宝玉就是"假"宝玉。在小说里，还有他的一个镜像人物，叫甄（真）宝玉。《红楼梦》的人物命名大有深意，并非谐音、双关的文字游戏而已。从这一点入手，能够以小见大，切近《红楼梦》的"假作真时真亦假"的主题，也可以左右逢源，把《红楼梦》与 18 世纪的时代风尚联系起来看。

让我最感兴趣的是，在 18 世纪的清代宫廷中，造"假"成风，但造假的目的未必就是为了欺骗。恰恰相反，在雍正、乾隆时期，皇宫和满族贵族中流行的一些宝石，以及各类装饰物品，往往都以"假"冠名。清宫档案中也是这样记载的，例如假念珠、假书格、通草假花，还有假珊瑚塔和假红宝石等。在雍正皇帝恩赐蒙古王公的礼品单上，就赫然写着"假红宝石帽顶"一项！有这样骗人的吗？而且看上去，镶嵌"假珠子"的宝石和其他类型的"假宝石"还相当时兴。

问：具体来说，"假"指的是什么呢？

商伟：在这些例子中，有的是用石头或其他相对廉价的天然材料来替代一些更贵重的珍宝。因此，"假"意味着置换和跨媒介互用，有时也特指以人工制品替代自然物质。当时宫廷造办处生产的假红宝石，很可能是由有红宝石色泽的玻璃制成的，采用的是紫金粉（purple of Cassius，或称"卡修斯紫"）配方，康熙末年由耶稣会士从欧洲传入。清代宫廷中有假宝石，《红楼梦》中有贾宝玉。小说主人公的命名，见证了当时对"假"这一观念的痴迷与热衷。

在我看来，重要的是，这些替代性的假宝石并没有被视为冒名的赝品，而是自成一类，照样可以收藏拥有，也可以当作礼品来交换。正是在这样一个生产、置换、馈赠、收藏和展示的过程中，一种可以称之为"假"的东西，被作为额外价值而创造了出来。红宝石玻璃在当时也是稀罕之物，本身就具有收藏和交换的价值。所以，"假"建构了物品分类系统中的一个特殊范畴，而不再只是一个消极的负面概念。更重要的是，这个"假"的概念被创造出来，并不是为了帮助辨别那些与真品相对立的赝品，以便将它们从物品收集、交换、使用和收藏的过程中，一劳永逸地排除出去。这里的"假"并非作为"真"的对立面而出现，因此，超越了真与假这一对习以为常的概念关系，并且反过来修正了我们对"真"的定义与看法。

问：当时这种以"假"自许的风气还体现在哪些方面？它背后的意义又是什么？

商伟：尚假之风的意义异常丰富，也十分复杂，难以一言蔽之。我开始注意这一现象，是因为读到了台湾学者吴美凤的一篇论文。她根据故宫博物院养心殿造办处的活计档，为我们描述了盛清时期清宫用物之"造假"现象。宫廷的造假艺术不仅涉及单个图像或物品，还包括室内装饰中常见的各式各样综合性的"假陈设"，由一系列相互配套的图像和物品组合而成。例如，雍正和乾隆皇帝都喜欢在宫廷里图绘或制作假门和假书格，包括采用以经营虚拟空间（virtual space）著称的通景贴落画的形式。通景画出自欧洲的错觉画或幻象画（illusionistic painting）传统，但在雍正、乾隆朝采用了贴落的形式，可以随意拼贴在墙上或揭下来改贴它处。宁寿宫颐和轩的真假门贴落就是一个很好的例子：假书格贴落画与门扇同样大小，造成了视觉上的错觉效果，让人看不出是门，而误以为是摆满了书籍的小书架。类似的设计，有时又称假

书格。（见图 1）

关于通景贴落画，已经有一些学者做过了细致的研究。它的做法，可以举例来看：在房间的墙壁上贴上一扇画好的门框，旁边还煞有介事地加上条案，也是画出来的，上面还置放着图绘的古董，俨然家具齐全，其实空无一物。通景画还善于利用周边的建筑实体，造成真假交错、弄假成真的视幻效果，令人看不出什么地方图绘的幻象结束，什么地方建筑的实体开始了。倦勤斋的贴落画即是如此，其中看似竹制的篱笆与图绘的竹篱层层相套，互为框架，又彼此转换。而一旦发现了图绘的竹篱与真实的竹篱之间过渡转换的奥秘，我们不禁为此暗自高兴或如释重负，但实际上却陷入了另一个视幻骗局，因为眼见为实的竹篱其实是楠木制成的，它的竹制外表不过是视幻游戏的另一个诡计而已，但显然已经触及了视觉感知的极限了。（见图 2）"假陈设"也是如此，常常把实物与图像（例如图绘的、用合牌等材料制作而成的假古董片）混在一起，相互交错，处心积虑地挑战我们的视觉辨认能力，及其难以逾越的内在局限。这就是雍正和乾隆宫廷中最为时尚的真中有假、假中有真的视觉游戏。它刻意操纵了我们的视观经验和与之互动的全过程，而不是期待一蹴而就的一次性反应。

例如，乾隆七年（1742 年）七月传旨，在陈列钟表的钟格上，画上大小不一的表盘，但最上层却偏偏放置一个"实在小钟表"。乾隆十四年（1749 年）二、三月间，下旨装修三希堂，再一次故伎重演，但规模更加宏大："养心殿西暖阁向东门内西墙上通景油画，着另画通景水画，两旁照三希堂真坎窗样各配画坎窗四扇，中间画对子一幅，挂玻璃吊屏一件，下配画案一张，案上画古玩。"第二天又传旨曰："通景画案下，着郎世宁添画鱼缸，缸内画金鱼。"有趣的是，不只鱼缸是画出来的，还要在里面画上金鱼。而画出来的金鱼是静止不动的，因此留下了一个"破绽"，让观者最终觑破幻象，恍然大悟。这就像倦勤斋通景画上的那个钟盘一样，凝固不动的指针泄露了图画的真相。可见，通景画不仅诱人入幻，还预期了一个幻象消失、如梦初醒的观画过程与心理变化。

雍正和乾隆在艺术趣味上相差很大，但造假的热情不相上下。这父子二人在宫廷的室内装饰上，大玩特玩真与假的视幻游戏，真是花样百出，乐此不疲。他们要是活在今天这个多媒体的读图时代，还不定该怎么撒欢儿呢！

归根结底，包括通景画在内的假陈设，也正是跨媒介的、无中生有的虚拟艺术，尝试不同的手法和组合方式，以获得以假乱真、真假相戏的视觉效果。

问：您在文章中说，围绕着"假"这个范畴，清代宫廷发展出了一系列衍生性的知识话语和技艺实践。这具体指的是什么？与《红楼梦》的内核有哪些关联呢？

商伟：当时宫廷中的假书格、假钟格、假门、假围屏、假古玩等大小不一的"造假"物品和家具陈设，往往彼此搭配，或与实物组合成为一个整体。其中造假的手段与配置的方式变化多端，但通常有规可循。如此所见，它们有自己的一套视觉"语汇"和"语法"。

从制作来看，假陈设也有它自身的特殊工艺，并且从雍正至乾隆年间经历了好几个不同的阶段。而这一切竟然都在《红楼梦》对怡红院室内空间的细致描写中得到了完美的印证。小说写刘姥姥迷失在怡红院内，抬头看到了室内的古玩墙，上面的装饰物包括古董玩器，如琴剑瓶炉之类，但看得她眼花缭乱，弄不清真假，因为它们看似立体逼真，但又"贴在墙上"，"且满墙皆是随依古董玩器之形抠成的槽子，如琴、剑、悬瓶之类，俱悬于壁，却都是与壁相平的"。

我读到这一段文字，也有些不得其解。核对一下包括己卯、庚辰和王府本在内的脂砚斋诸本，发现它们在此有双行小字评语曰："皆系人意想不到、目所未见之文，若云拟编虚想出来，焉能如此？一段极清极细，后文鸳鸯瓶、紫玛瑙碟、西洋人、酒令、自行船等文，不必细表。"可见评点者心下明白：这面匪夷所思的古玩墙绝非作者"拟编虚想出来"的。为什么这么说呢？因为它实际上出自当时清宫艺术中的"假陈设"。我在写作的过程中，读到了故宫博物院研究员张淑娴的一篇论文，她把《红楼梦》中怡红院的古董墙，与养心殿三希堂的壁瓶装饰和养性殿长春书屋的"大吉葫芦瓶"的墙面装饰，联系起来考察，终于落实了它的来源与设计制作工艺。这些装饰今已不存，但符望阁的百宝嵌仍旧可以让我们窥见一二。（见图3）

前面说过，宫廷的假陈设是无中生有、以假乱真的艺术，而《红楼梦》也正是在真假、有无之间大做文章。当然，一旦涉及文学再现，真与假的争论就从"乱真"（deceitful）转向了"虚构"（fictional）的问题，但就效果而言，同样也离不开能否令人信以为真的判断。在小说开篇第一回中，石头声称：《红楼梦》讲述的是"我这半世亲见亲闻的几个女子"，"其间悲欢离合，兴衰际遇，俱是按迹寻踪，不敢稍加穿凿，至失其真"。但小说很快就告诉我们，它的叙述不过是"假语村言"，而且贾宝玉——那块补天未成的顽石——原本来自"大荒山"的"无稽崖"。这正是关于小说"荒诞无稽"的"虚构性"的一个寓言。读者到底应该听谁的呢？又能对谁的说法信以为真呢？

与它所借鉴的宫廷装饰艺术相一致，《红楼梦》还不失时机地利用跨媒介的手段，将自身改编成戏曲、图册，并且化身为一面神秘的风月宝鉴，供人聆听、观览和亲手把玩。而贾瑞之死，正是因为他以假为真，误入幻境。他没有听从一僧一道的告诫：这面风月宝鉴不能正照，而只能看它的背面。作为《红楼梦》的读者，我们都明白，这话也是说给我们听的。

这样看来，《红楼梦》关于真假、有无的种种看似矛盾的说辞，最终落实到了对小说创作自身的思考与反省。而这之所以成为可能，关键在于《红楼梦》成功地激活了"假"的观念，并以此带动起整部小说的认知与叙述。因此，我们解读《红楼梦》，没有别的办法，只能面对和拆解处于小说写作艺术中心的这一悖论式的语言命题。而我想强调的是，《红楼梦》的这个悖论命题经历了 18 世纪宫廷视觉文化的洗礼。

"真真国"考据：18 世纪的中国与世界

问：谈完了"假"，再来说"真"。您是如何注意到《红楼梦》第五十二回写的"真真国"，并对此产生了兴趣？

商伟：小说第五十二回的这一片段，大家应该都很熟悉：宝琴提到她小时候跟父亲到西海沿上买洋货，遇见了一位"真真国的女孩子"，"那脸面就和那西洋画上的美人一样"。我对此产生了好奇，因为这位真真国的女孩子可是"真而又真"的，而不像贾宝玉那样，来自"大荒山"的"无稽崖"。当然，我们知道，在《红楼梦》中，任何关于真假的陈述都不能按字面的意义来理解。曹雪芹没有放过这一次演绎视觉悖论的机会。

最引人好奇的是真真国女子的西洋背景，而这一段描述出自宝琴之口，又平添了几分传奇性。宝琴是薛姨妈的侄女，薛蟠、薛宝钗的堂妹。虽然没有列入十二金钗，但她一出现，便惊艳全场。这与她非同寻常的家世背景和见多识广的阅历直接相关。宝琴的父亲是皇商，似乎以买卖珍奇物品为业。从她写的《怀古绝句》中可知，她随父亲去过南方的交趾（今越南北部红河三角洲流域）和西部的青冢（今内蒙古呼和浩特地区），还到过西海，见过大世面。所以，小说写到宝琴时，往往带上了强烈的异域色彩，让人心生遐想——她就是我们今天常说的"诗与远方"吧。

问：那么，宝琴说的真真国究竟指哪儿呢？有的学者做过地理方面的考据，还有的学者认为，原文应为"真真国色的女孩子"。您认为呢？

商伟：真真国究竟何指，考据的结论分歧很大，从柬埔寨到荷兰，说什么的都有。说是荷兰，主要的依据是这位西洋女子还写了一首五律，自称身在"水国"。荷兰的大部分国土处于海平线之下，因此上了"真真国"的候选名单。可这不过是自由联想而已，荷兰的地理和气候条件完全不符合诗中所描写的热带或亚热带的自然环境。说是柬埔寨，那是因为隋朝和宋朝曾称之为"真腊"，好歹其中有一个"真"字，就被拉来作为证据了。有的学者认为，庚辰抄本第五十二回作"谁知有个真真国色的女孩子"，以此断定曹雪芹的原著并无"真真国"一说。不过，核对抄本可知，庚辰本中的这个"色"字是旁添的。不难想见，抄手抄录了这句话后，不解其意，便自作聪明，在旁边补上了一个"色"字，以为这样就可以绕过"真真国"这一难题了。可是明清时期几乎找不到像"真真国色的女孩子"这样来使用"真真"这一副词的例子，而这一过长的名词短语放在动词"有"的宾语位置上，就更显得笨拙别扭了。这表明，抄手并不知道"真真"一词另有出处。而由此可见，庚辰本未必就靠得住，盲目迷信庚辰本的做法，是不足取的。

　　《红楼梦》把这位"西洋"女子设置在"真真国"，实际上是一个寓言表述。关于什么的寓言呢？关于图画的寓言，因为"真真"这个名字，从一开始就与绘画分不开。唐人杜荀鹤有一篇文言小说《画工》,讲的是一位画在布屏风上的丽人,为了回应她那"呼其名百日,昼夜不歇"的钟情者,竟然魔幻般从画中走了出来,"下步言笑,饮食如常"。她的名字不是别的,就叫"真真"。这位从图画上走下来的"真真",正是《红楼梦》中真真国女孩子的原型出处!

在这里我们根本就用不着猜谜,因为小说写得再清楚不过了:宝琴从一开始就把她比作了"西洋画上的美人",后来更进了一步,说"实在画儿上也没她那么好看"。说来说去,都离不开图画的媒介:宝琴实际上把她当成了一幅绝妙图画来描述。她的姿态装扮也酷似一幅栩栩如生的西洋肖像画,"披着黄头发,打着联垂",具有鲜明的造型性和画面感。她过度奢侈的服饰也颇有陈列展览的意味,与日常生活中的穿着大异其趣:"满头戴着都是玛瑙、珊瑚、猫儿眼、祖母绿,身上穿着金丝织的锁子甲,洋锦袄袖。"她甚至还佩带着"镶金嵌宝"的日本宝刀,看上去就像在为画师摆造型——至少我很难想象一位女子闲来无事,成天挎着一把倭刀,在大街上走来走去。

问:在您看来,她就如同是一幅活动的西洋肖像画。这一读法在《红楼梦》中还有其他的根据吗?

商伟:小说中好几处写到画中人被误认成真,如第十九回写宝玉在宁国府看戏,想起小书房中有一幅美人图,于是起身前去"望慰"。他在窗前听见屋内传出喘息之声,就心想:"美人活了不成?"更相关的是刘姥姥在怡红院中的历险:她刚进门,

"便见迎面一个女孩儿，满面含笑的迎出来"。她赶上去拉手，结果却撞到了壁板上，这才发现是一幅画——很可能是贴在板壁上的通景贴落画。这位板壁上的女子也是真人大小，充满了动感（"迎出来"）和立体感（"凸出来"），仿佛要从板壁上浮现出来，并朝门的方向迎面走来。（见图2）这与真真国女子几乎如出一辙了。通景画或西洋风格肖像画上的人物，仿佛存在于一个三维的真实空间之中，无须借助呼唤和法术，就可以自行走下画面，与人互动了。这个例子，再一次让我们看到曹雪芹如何借助西方错觉通景画，及其所带来的全新的视觉经验，对小说的真与假的主题做出了新的演绎和发挥。

问：这也涉及中国与欧洲在绘画和其他相关领域里的交流和交互影响。所以，我们最后还是要回到18世纪，也就是曹雪芹生活的时代，看一看他的特殊的家庭背景、文化修养和生活阅历，如何在他的小说中打上了历史的烙印。

商伟：的确是这样的。关于曹雪芹的特殊家世背景和交游经历，已经有很多研究可供参考了，他早年有机会接触到宫廷进出口物品，包括奢侈品和绘画作品。1728年随家迁至北京之后，与满族贵族，包括在与雍正权力斗争中失势的皇室成员，也保持了密切的互动关系。因此，他对宫廷时尚和艺术趣味可以做到谙熟于心，对当时来自欧洲的图像作品和画风也耳濡目染，受到了潜移默化的影响。

我们通常提到18世纪，首先想到的是大清国日益自大保守。这固然不无依据,但也正是在 18 世纪,东西方在物质文化、视觉艺术等诸多领域中产生了空前密切的互动和交流。这是一个以包括绘画在内的"物"为媒介而将不同地域连接起来的"全球化"时代,是一个富于早期现代特色的"全球化"时代。例如,以洛可可为主要标志的"中国风",源出甚早,至 18 世纪而日渐强劲。它以耽溺遥远东方的梦幻主题与艺术风格而风靡于欧洲的王室和消费市场。在与中国相对缺乏人际接触与直接交往的时代,欧洲的艺术消费者爱上了他们自己在画布、器皿和其他物质载体上所投射的东方幻影。而作为清廷画家的西方传教士如郎世宁等人,也在东、西方艺术的协商折中之中,不断为自己的作品寻求一个恰当的风格和位置。一幅相传为郎世宁所作的油画肖像画,标题暂定为《香妃戎装图》,藏于台北故宫博物院。(见图 4)对我来说,重要的是,这幅画中的女子披挂欧式盔甲,右手握剑,与《红楼梦》中西洋真真国女子的身佩倭刀,可以一比高下了。它们都是以异域装扮和颠倒服饰的性别角色,而令人刮目相看。细读《红楼梦》原文,真真国女子身着"金丝织的锁子甲",也正是起源于欧洲的戎装打扮。

·

我 的 文 章 *Truth Becomes Fiction when Fiction is True: The Story of the Stone and the Visual Culture of the Manchu Court*(《假作真时真亦假 :〈红楼梦〉与清宫的视觉艺术》)发表后,陈毓贤(Susan Chan Egan)女士读后,来信告诉我说,这幅《香妃戎装图》让她想到了贞德(Joan of Arc, 约 1412—

1430）的圣像。贞德死后成为天主教的圣女，她的画像也因此成为相对固定的、标准化的圣像（icon）而广为传播。我们看贞德的标准圣像，虽然没有手握利剑，但同样也是半身像，并且披挂盔甲，手执长矛。郎世宁在绘制《香妃戎装图》时，的确很可能想到了贞德圣像。

曹雪芹未必见过《香妃戎装图》，但他对西洋画风显然并不陌生。当时席卷欧洲的"中国风"，他也不至于完全无从知晓。他在《红楼梦》中把真真国女子写成了一幅女扮男装的装扮式肖像画，也无妨称之为"戎装图"。而与装饰性的戎装相搭配的，是日本宝刀和来自亚洲、非洲的珍宝，寄寓了对遥远东方的异域想象。不难看出，曹雪芹在这里借助了当时西洋绘画与清宫绘画的流行母题和类型，包括"中国风"对古老东方的幻想，在小说内部创造了一个憧憬东方世界的西洋女子形象。而更为有趣、也更为重要的是，这位西洋女子的形象出自一位东方作家的笔下，显然又颠倒了作者与对象的关系，变成了对早期现代的欧洲东方主义想象的一次出色的挪用和改写。

要知道，真真国女子不仅淹通中国诗书，能讲解"五经"，更长于作诗填词。她的一首诗曰：

　　　　昨夜朱楼梦，今宵水国吟。

　　　　岛云蒸大海，岚气接丛林。

　　　　月本无今古，情缘自浅深。

　　　　汉南春历历，焉得不关心？

这首诗，大家可以好好读一读。毕竟与画上的人物还有所不同，她开口说话，下笔作诗，而且具备了丰沛的内心世界。这是文学叙述的优势，补充了绘画力所不及之处。你看她是怎么说的：尽管身处遥远异域云蒸气罩的西海沿岸，却在今宵的"水国吟"中，憧憬着"汉南"的历历春光。"昨夜朱楼梦"一句，究竟说的是朱楼一梦，还是梦萦朱楼？在若有若无之间，似乎与《红楼梦》暗通款曲，引出了一段梦绕魂牵的"情缘"。由此看来，她所"关心"的又不只是"汉南"这样一个笼统的地域，而是具体落在了汉南的朱楼一梦——那个小说虚构的梦幻。凭借着这位西洋女子遥想汉南之春的朱楼梦，曹雪芹顺带完成了一次关于小说写作的自我指涉，再度将读者的目光引向了他本人营造的《红楼梦》的想象世界。

问：您谈了贾宝玉和真真国女子，以此来理解《红楼梦》对"假作真时真亦假"这一主题的处理。当然，这只是两个例子而已，是不是可以从中得出更大的结论来？

商伟：这两个人物在《红楼梦》中的分量是不成比例的。因此，即便是在解释小说的主题时，我也无意于将他们相提并论。但有意思的是，他们一真一假，而又亦真亦假，有助于我们在《红楼梦》与 18 世纪的视觉艺术和物质文化之间建立起历史的关联点。

关于真假、有无的思辨，在中国的思想、宗教传统中源远流长，可以一直追溯到《道德经》和《维摩诘经》那里去。

而从文学史来看，16、17 世纪的戏曲小说中也有过精湛的先例。在这方面，《红楼梦》可以说是集大成者。但是，作为一部 18 世纪中叶的作品，它的当代性体现在哪里？是否打上了18 世纪的文化标记？它的时代特质和敏感性究竟何在？我想，这恐怕也是很多读者的疑问。我们知道，与其他的明清小说不同，《红楼梦》并没有把叙述时间设置在前一个朝代，小说中当代人物事件的指涉也几近于无。正因如此，18 世纪的清代宫廷文化就变得十分重要了。《红楼梦》在处理真假、有无这一命题时，带入了一个持续性的视觉维度。这与当时宫廷的视觉艺术和物质文化正是血脉相连、密不可分的。在《红楼梦》与清中叶的宫廷艺术之间寻找关联点，也就是在它们之间建立历史关系。我们可以从曹雪芹的家世与个人经历中，获得大量辅证。但更重要的，是从《红楼梦》内部寻找文本依据，并通过文本细读进而把它放在艺术史和文化史的语境中来加以考察。

《红楼梦》深受 18 世纪宫廷视觉文化的影响，也因此直接和间接地与欧洲艺术发生了关联。它出现在一个视觉文化与物质文化日益全球化的时代，既属于 18 世纪的清代中国，也属于 18 世纪的世界。

2021 年 12 月修改

附记：

　　香港红楼梦学会会长张惠博士对采访提供了许多帮助，在此一并致谢。

（图1）紫禁城宁寿宫颐和轩真假门贴落

（图2）紫禁城宁寿宫倦勤斋中竹架藤萝的海墁天花与通景画

（图3）紫禁城宁寿宫符望阁百宝嵌横披

（图 4）香妃戎装图

（图5）紫禁城长春宫

（图6）长春宫游廊

（图7）长春宫《红楼梦》壁画之一 "贾母游园"

（图 8）长春宫《红楼梦》壁画之一 "潇湘幽情"

（图９）长春宫《红楼梦》壁画之一 "金兰黛钗"

（图 10）今意大利锡耶纳大教堂（Siena's Cathedral）的皮科罗米家族图书馆
（Piccolomini Library），壁画由平托瑞丘（Pinturicchio）和他的作坊于 1503
至 1508 年期间绘制完成。

（图 11）位于今意大利中部托斯卡纳地区蒙特普尔恰诺（Montepulciano）的私人宅邸 Palazzo Contucci，壁画由安德里亚·波佐（Andrea Pozzo）于 17 世纪后期绘制。

（图 12）乾隆皇帝主位喜容像轴

（图 13）与林庚先生的合影（1985 年）

（图 14）与袁行霈先生的合影（1984 年）

（图 15）与袁行霈先生的合影（1988 年）

（图 16）与韩南先生的合影（1999 年）

紫禁城中大观园：
长春宫的《红楼梦》壁画

　　1924年冬，清宣统帝后被迫迁出紫禁城，这座神秘的宫殿逐渐向好奇的世人展露真容。六年后，杨芄枮将他在紫禁城中的"目见所及"，写成了《长春宫词三十首》。其中一首题写长春宫：

> 回廊复道亘长春，
> 幅幅红楼梦里人。
> 徙倚雕阑凝睇想，
> 真真幻幻两传神。

　　在杨芄枮的笔下，长春宫斑斓绚丽，又如梦似幻。他究竟看到了什么？

自 1791 年《红楼梦》活字版刊行之后，以它为题材的各类绘画作品也开始流行起来了。而迄今为止规模最大的一组《红楼梦》壁画，不见于别处，就出现在紫禁城内的长春宫！上面这首诗，正是写了杨芃棫在宫中观看壁画的印象与感慨：他倚靠在长春宫的雕栏之上、盘桓于复道回廊之中，四周壁画上的"红楼梦里人"令他驻足凝视，浮想联翩。他们来自另一个世界，但却近在眼前。如此逼真传神，而又虚幻如梦，若不可及。此情此景，仿佛再一次见证了"假作真时真亦假，无为有处有还无"的奇迹。

走进长春宫的《红楼梦》影像

长春宫是紫禁城内廷西六宫之一，始建于明永乐十八年（1420 年），是明清时期后宫嫔妃的私密居所。她们当中的显赫者，首推慈禧太后（1835—1908）。她在同治年间（1862—1875）便已寝居于此，直到光绪十年（1884 年）移至储秀宫。

长春宫采用黄琉璃瓦歇山顶式建筑风格，正殿面阔五间。东有配殿曰绥寿殿，西有配殿称承禧殿。坐北朝南的主殿寝室，面对着体元殿后抱厦的一座室外戏台，中间是宽敞的庭院。院内游廊环绕，与各殿相连。（见图5）院子的四角各有转角廊，而廊内左右的墙壁上，赫然在目的，正是十八幅与墙齐高、宽度各异的《红楼梦》巨幅壁画！（见图6）

通常的看法是，这一组壁画与慈禧有关。她是《红楼梦》的忠实读者和铁杆儿粉丝，曾从民间取来《红楼梦》的图画，令臣属题诗为戏，还每每以贾母自居。不少学者认为，这一组《红楼梦》壁画绘制于1884年，至今已有将近一百四十年的历史了。那一年，正值慈禧五十大寿。她在长春宫的室外戏台上，以及宁寿宫、慈宁宫的室内剧场中，举办了马拉松式的戏曲表演，从十月初五开始，陆续演到了十月二十。演出的曲目以寿庆戏为主，也包括著名传奇《牡丹亭》的折子戏，如《游园惊梦》《肃苑》《劝农》。其中，《游园惊梦》分别在十日和十一日演出了两场。而我们知道，《游园惊梦》也是《红楼梦》中反复上演和屡屡提及的保留节目。与此同时，刚刚完成的长春宫壁画也构成了寿庆仪式的一部分，画面上可见祝寿的题词。因此，戏台上的表演与环绕四壁的壁画相互映衬，把长春宫打造成了一个表演性的空间，又将《红楼梦》大观园的图绘风光尽收眼底，如同是戏台的延伸布景，永久性地上演着慈禧版的《游园惊梦》。

由于历时久远，外加风吹日晒等其他因素影响，壁画的色彩已不再鲜明如初，细节也日渐模糊，局部外表出现皲裂的痕迹。为了保护壁画，20世纪90年代文物工作者为它们安上了玻璃罩。不过，壁画的廓大格局与恢弘气象依稀可辨。这一组壁画集中展示了《红楼梦》的大观园景观，尤以外景为主，多为作诗雅集和宴饮游乐的场面。取景以中景和远景居多，场面开阔深远，人物众多，细节丰富详赡。关于壁画的内容取材，周汝昌、胡文彬、许冰彬和陈骁已有所考辨。其中像"湘云醉卧""晴雯撕扇""宝钗扑蝶"等，都是《红楼梦》绘画插图的经典场景。"贾母游园"（见图7）一幅，表层干裂破损严重，但贾母乘行椅游览大观园的场景仍然生动鲜活，令人联想到清宫内外流行的"行乐图"。周汝昌和徐冰彬根据其中的一些细节，确定该画描绘贾母乘坐小竹轿出游，身边有鸳鸯、琥珀等五六个丫鬟随行，宝玉手执折扇，在前面引路。《红楼梦》中多处写到贾母游园，如第四十回，写李纨在接待刘姥姥的同时，也为贾母游园做好了准备，"把船上划子、篙、桨、遮阳幔子，都搬下来预备着"。到了第四十一回，贾母游园之后，身体乏倦，想去稻香村歇息。"凤姐忙命人将小竹椅抬来，贾母坐上，两个婆子抬起，凤姐李纨和众丫头婆子围随去了，不在话下。"第五十回，写众人在芦雪庵迎候贾母："远远见贾母围了大斗篷，戴着灰鼠暖兜，坐着小竹轿，打着青绸油伞，鸳鸯琥珀等五六个丫鬟，每人都是打着伞，拥轿而去。"离开时，"仍坐了竹椅轿，大家围随，过了藕香榭"。壁画就是根据这些章回中的文字片段，绘制而成的。"梦游太虚境"出自小说第五回，画面上仙女手执拂尘，导引宝玉，楼上女子正在演唱《红楼梦》。远景为太虚幻境的园林楼阁，投射了人间大观园的纵深景观。

长春宫与大观园：三重视角的观察

在我看来，长春宫的这组《红楼梦》壁画中，最引人注目的有两幅，分别画在正殿游廊东西尽头的墙壁上。从正殿寝室出来，顺着游廊朝东西两个相反的方向望去，迎面看见的正是这两幅壁画。它们在这十八幅壁画中占据了特殊的空间位置，重要性不言而喻。

不过，有意思的是，在长春宫的十八幅壁画中，恰恰是这两幅情节性最弱，描绘的场景也最难指认。东北角东墙上的那一幅，许冰彬暂定为"金兰黛钗"，或为黛玉与宝钗在游廊相遇交谈的情形。西北角西墙上的那一幅，也只能姑且叫作"潇湘幽情"，描绘宝玉探访潇湘馆，在长廊上看见走在前面的黛玉。这类场面在小说中似无明确出处，不过是偶尔随笔带过而已，而在现存的《红楼梦》图画中也绝无仅有，因此令人耳目一新，而又不得其解。

这两幅壁画在《红楼梦》中是否有所依据，似乎又不那么重要。因为它们的趣旨，正在于经营空间幻象，以造成观众的错觉：它们将正殿前的走廊顺势延伸，画进了墙上的图绘空间，也就是大观园的梦幻世界，而故事场景不过是一个方便的借口罢了。

为了凸显大观园如真似幻的主题，这两幅壁画采用了宫廷通景画的画法。通景画采用焦点透视法，采用焦点透视法的作品又称线法画，但通景画比一般的线法画更着意于营造空间的纵深感，往往凭借图画四周的建筑设计，制造真实空间向图绘的虚构空间自然延伸的错觉。通景画兴盛于雍正、乾隆时期，逐渐扩散到宫廷之外，也普遍应用于壁画等不同的绘画形式中。我在这里使用错觉画这一说法，为的是强调这些形制各异的绘画作品所创造的共同的视觉效果。

我们先来看一看"潇湘幽情"（见图8）：画面上一条图绘的长廊，左边向画外空间敞开，长廊到了尽头往左拐，似乎别有洞天；右边是墙壁，上面有两个装饰性的透窗。尽管我们可以左顾右盼，也不免感受到画面左边那个开放空间的诱惑，但画师刻意经营的无疑是画面空间的纵深感。画中长廊的左侧由五个廊柱组成，它们并排而立，逐一深进，与右侧墙内的三根立柱彼此呼应，而又略有变化。它们共同起到了标志游廊深度的作用，也将我们的视线一直引到了长廊尽头的木隔断，隔断两边的门柱上有一副对联，横梁之上的匾额书"月移竹影"四字。门框之外，是一座室外园林。目光穿过狭长的游廊，顿觉眼前明亮起来。那里竹丛掩映，绿意盎然，一个石头的基座上立着一块太湖石，地面以石板和鹅卵石铺设成了装饰性的图案。

作为观众，我们所处的位置，对于观看这幅壁画来说至关重要，因为我们正站在长春宫正殿游廊的结束处与壁上图绘游廊开始的地方——一个真实空间与虚拟空间的交接点上。这给我们造成了一个错觉，误以为顺着正殿前面的这条长廊，可以往前一直走下去。而事实上，这幅壁画的用意也正是如此：它引诱我们走进图画空间，去领略它的旖旎风光和隐秘的乐趣。

严格说来，壁画上的图绘长廊与我们所在的正殿游廊之间，并没有构成水平衔接和自然延伸的关系。壁画将透视灭点（vanishing point，或称消失点）设置在稍高于我们双眼视点的位置上。这样做的结果，是造成了画中长廊略微向上伸展的态势，因此将它更多地暴露在我们的观照之中，同时也更有效地展示了画面空间的纵深维度。甚至可以说，整幅壁画正是围绕着这条长廊而构造出来的，并因为它获得了向纵深推进的动力。

画面的动感，主要来自其中人物的运动和目光导引，而二者都发生在这条图绘的长廊上。我们从正殿前面的游廊一路而下，到此止步，面对壁画，只见一女子正沿着画中长廊朝我们的方向走来，但在当下的片刻，她又似乎忽然意识到了什么，或许感觉到有人在身后注视她。于是，她迟疑、驻足、半侧过身去张望。果然，顺着她搜寻的目光看去，在她身后长廊的尽头，贾宝玉从右边墙壁的最后那个立柱的后面探出头来，仿佛正凝视着这位女子，同时也面向我们，形成了一次目光对视。这位女子侧转回望，起到了导引视线的作用，将观众的目光引向画中长廊的尽头，从而完成了长廊的视觉之旅。这同时也是一场目光的"接力"，顺着画中长廊向纵深延伸，从她的身上传递到了透视灭点附近的贾宝玉。这是错觉画常用的把戏，令知情者会心一笑：画中人朝向观众，并与之对视，正是一个邀请入画的姿态，而观众必须穿过画中的长廊才能抵达他的所在。可是我们心下明白：一旦接受邀请，哪怕沿着长廊往前多走两步，我们就会像《聊斋志异》中梦想穿墙而过的崂山道士那样，"头触硬壁，蓦然而踣"。

这条走廊的另一头，也就是长春宫的东北角，迎面看去，也有一幅类似的壁画，即暂定为"金兰黛钗"（见图9）那一幅。它以同样的方式，将正殿前面的游廊整合进图绘幻象之中。图上两女子在廊中相见，左侧壁上有透窗，可见户外风景。走廊的尽头也有一副对联"庭小有竹春长在，山静无人水自流"，其上的扇面式匾额书"绿竹长春"四字，暗含长春宫名。其下是半开的屏门，左右两扇门面上各书"延年""益寿"，显然是为了配合慈禧祝寿的场合。门上的墙面有瓦制的古钱纹装饰，门外竹影婆娑，与透窗所见的风景连成一片。

从内容和构图来看，这两幅壁画是否别有寓意？不难看出，这两幅壁画巧妙地利用了画面与周围建筑实体的关系，将长春宫正殿前的长廊打造成通向花园的过道。它们分别设置在了正殿游廊的东西两端，造成了游廊朝两个相反方向直线伸进的错觉，从而无中生有地拓展出一个神秘而梦幻的虚拟空间。"金兰黛钗"中背对观众的女子，将目光引向屏门之外的园林，"潇湘幽情"中的女子回身侧转，也对长廊尽头的那座室外花园流连反顾。与狭长幽暗的长廊形成对照，那里春光明丽，院空人静，好梦初长。这一设计独具匠心，却不露痕迹，令人在踟蹰彷徨之际，心生恍惚：这长廊的尽头莫非就是大观园吗？《红楼梦》中那个盛筵常在、青春永驻的世界。

这两幅壁画不仅通过图绘长廊的无缝对接，制造了从长春宫走向大观园的幻象，还将长春宫延伸进了画面上的大观园，也就是把长春宫的屏门、门框、长廊、廊柱等建筑实体，都绘入了大观园的虚拟空间。抹去图画与建筑、虚拟与现实之间的界限，在封闭的长春宫内营造出大观园室外风光的瞬时幻觉——这是对长春宫这两幅壁画的第二种可能的解释。

的确，仔细观察就会发现，图画内外的廊柱和柱础一一对应，从样式到色彩，都没有明显差异。此外，在长廊东西两头的这两幅壁画中，可见两处屏门，"金兰黛钗"中的一处在长廊的尽头，"潇湘幽情"中的另一处，画在了图中的右壁上，其中左扇门上隐约可见一"祥"字。这两个图绘之门实际上就是长春宫屏门在壁画中的自然延伸，那个"祥"字也很可能复制了当年长春宫屏门上的祈福语。我们只要从这两幅壁画前侧过身来，后退几步，就可以看到正殿游廊左右两边的墙上，都各有一道绿色屏门。一旦我们将目光从墙面收回到壁画上，真门随即被假门所替代，二者之间的过渡几乎天衣无缝。长春宫与大观园壁画，原本一真一假，泾渭分明，而且互不相关。可是经过错觉壁画的处理，就变得真假难辨了——它们你中有我、我中有你，造成了真假交错的视幻效果。

值得一提的是，画上的屏门和廊柱均为绿色，与图绘大观园中绿竹葱葱的基调完全一致。慈禧酷爱竹子，壁画上的匾题"绿竹长春"印证了她祈求长生不死、青春永驻的愿望，同时也契合了祝寿的场合与主题。由此或可推断，如今长春宫廊柱的朱红色是后来刷上的，当年原本为绿色，这两幅图画中的长廊和竹丛可以为证。我们知道，确保图画与周围建筑之间的连续性，正是这两幅错觉壁画总体设计的基本逻辑：把长春宫投射进大观园，也就是将长春宫变成了大观园的镜像。画师的魔杖轻轻一点，大观园的幻象悄然浮现，而无须向别处探问寻觅。在长春宫内起居漫步，已恍若置身于大观园的明媚春光了。

如果将长春宫的十八幅《红楼梦》壁画当作一个完整的系列来看，我们还有可能对这两幅作品做出第三种诠释。显然，这两幅作品在这一组壁画中占据了特殊的位置，具体来说，就是起到了开头和结束的作用。长廊西头的"潇湘幽情"通过顺着长廊向我们走来的女子，将观众引进图绘的大观园，而东头尽处的"金兰黛钗"则相反，它暗示着离去，因为画面上的女子背对我们，将目光投向了长廊的尽头。这与刚才提到的第二个解释是一致的，那就是长春宫即大观园：图画上的大观园已然构成了长春宫的一个镜像，而长春宫四周院墙上的《红楼梦》壁画又进而召唤着大观园的梦幻之行。这一梦幻之行有始有终，有起点也有终点。跟随画上的神秘女子，我们步入大观园，沿游廊环绕长春宫一周，完成了大观园的壁画之旅，又回到正殿前面的这条长廊上，然后转身离去。如果这两位女子不是别人，而正是《红楼梦》的两位女主角林黛玉和薛宝钗，那不仅言之成理，还颇能见出画师的用心良苦：林黛玉将我们引入大观园，而薛宝钗与我们一起向大观园告别。在这两个场景中，她们都承担了小说人物之外的功能，起到了组织绘画空间、开启和终止壁画系列，并且引导观众完成大观园之行的作用。

这反过来又有助于我们理解，为什么在长春宫的十八幅壁画中这两幅情节性最弱，与《红楼梦》的关系也最为疏远。与同一组壁画的其他作品有所不同，它们的作用不是通过图像来叙述小说故事，甚至也不是再现小说的某个具体场景，至少这不是它们的主要使命。这两幅壁画处在长春宫正殿前那条游廊的东西两端，的确构成了长春宫《红楼梦》壁画系列重要的组成部分，但它们显然又游离其外，并且前后呼应，无妨说是这组壁画的"序"与"跋"。

这一视角为长春宫《红楼梦》壁画所营造的空间幻象带入了时间的维度，暗示画上的人物以正殿前的游廊为进口和出口，出入于大观园内外。长春宫的这一组壁画因此获得了时间上的连续性和自成一体的完整性，而我们的观画经验，也同样是在一个时间的过程中展开的，并且有始有终。

如前所述，这两幅壁画中的游廊还承担了别的功能。例如，它造成了画面空间的纵深幻觉，而它的东西尽头皆为室外花园的不尽风光。"金兰黛钗"中背对我们的那位女子面向花园，已自不待言，而"潇湘幽情"中的女子虽然朝我们走来，却转身回望，仍将我们的视线引向她身后的花园，她看上去刚从那里走来。总之，画面空间内部的人物目光导向，暗示着她们对长廊尽头的户外园林或若有所待，心向往之，或眷恋不舍，流连忘返。这就回到了前面说的第一个解释：画中狭长而略显幽暗的长廊是一个视觉隐喻，指给我们一条隐秘通道，由此进入那座子虚乌有而又令人神往的大观园。

这是这两幅壁画留给我的直接印象，我想很多观众都可能会有同感。单独来看，尤其如此。而将它们与其他十六幅壁画连成整体来理解，自然又另有所见。于是便有了上述第三种解释：图中的一位女子将我们引入大观园，另一位女子则在我们完成了大观园之行后，与大家一起转身告别，最终离去。而这座大观园不是别的，就正是长春宫本身——那个展示了《红楼梦》的幻象壁画，同时又被它所展示的幻象壁画所改造的物质空间。我在这里建议的三种解释，并非相互排斥，而有可能彼此补充。它们角度不同，各有侧重，分别呈现了长春宫的《红楼梦》壁画图像所蕴含的一个意义层面。

《红楼梦》幻象壁画与清宫通景画

长春宫的《红楼梦》壁画对于我们理解《红楼梦》和清代宫廷的视觉艺术究竟有什么意义呢？我们知道，通景画曾一度盛行于雍正、乾隆时期的宫廷中，通常采用贴落的样式，也就是将图像画在小块的绢帛或其他质料上，然后贴在板壁上，形成一幅完整的大幅作品。但是，长春宫的《红楼梦》图像使用了壁画的形式，而且也不再是宫廷画师的作品了。根据王仲杰的说法，这组壁画是由清廷营造司的彩画师陈二与坊间画铺的画师古彩堂合作绘制而成的。但毫无疑问，他们以壁画这一新的形式延续了宫廷通景画的传统，并向它致敬。画匠作画时，是以现成的蓝本为依据的，其中包括了建筑的式样、风格，及其相互之间的搭配和组合方式。在这些方面，他们无须处处独出心裁，或另起炉灶。他们对纵深景观的刻意营造，表明他们的壁画作品出自宫廷通景画的历史渊源。

幻象壁画作为一种绘画类型最早来自欧洲，见于教堂的天顶画（见图 10）、私家剧场、图书馆和客厅（见图 11）等不同空间，画法和画风也历经变化。此后经由担任宫廷画师的意大利的耶教会会员如郎世宁等人的中介，而传入清代宫廷与皇家园林（尤以圆明园为显著的例子），在雍、乾时期形成了风尚，也遍及王府和其他相关的地点。尽管乾隆时期之后，通景画已风光不再，但并未就此中断。从光绪时期的丽景轩的室内装潢，一直到 20 世纪 30 年代恭王府中依旧依稀可辨的通景壁画，这一传统以不同的形式延续了下来。在慈禧主政的年代，宫廷的绘画艺术日渐衰落，如意馆已今非昔比。这也正是为什么长春宫的《红楼梦》壁画会出自画匠之手，而与宫廷画家无关了，更何况壁画原本就不是宫廷画家所擅长的形式。

就绘画的技术而言，这一组壁画中建筑和风景部分的艺术处理略胜于人物的描绘。仍以"潇湘幽情"为例，它的长处在于营造画面空间的幻觉，长廊及其尽头的木隔断，都描绘得精准到位。相形之下，朝我们的方向走来的那位女子的形象，却未能刻画得尽如人意。她在侧身回望的当下，并没有与身后的贾宝玉形成目光对视。这固然也无可厚非，但画师处理她处于运动状态时的头部和身体的关系，显然还做不到得心应手。

我们知道，曹雪芹生活在宫廷通景画的黄金时代，即雍正、乾隆时期。他耳濡目染，从中汲取了小说写作的灵感与资源。在他笔下的大观园化作长春宫壁上真幻莫辨的图画影像之前，曹雪芹早已把通景画写进了自己的小说。《红楼梦》第四十一回，写刘姥姥在怡红院迎面看见壁板上的画中女孩儿，却误以为是真人，"满面含笑的迎出来"，实际上就是一幅通景贴落画。刘姥姥遇见的这位画中人，看上去仿佛从二维平面的墙板上凸显出来，脱离了绘画的媒介而变成了一个立体的、行动中的真人。在雍正和乾隆时期的通景贴落画（见图 12）中，一位年轻女子站在门后，或掀起门帘向观众张望或凝视，欲言又止，如有所待，正是一个反复重现的母题。她在邀请观众与她对视，并且接受她的邀请，进入她身后那个深远、神秘的私密空间。而刘姥姥便是通景画所预设的理想观众：她上前去拉画中女子的手，结果"'咕咚'一声，却撞在板壁上，把头碰得生疼。细瞧了一瞧，原来是一幅画儿。刘姥姥自忖道：'怎么画儿有这样凸出来的？'一面想，一面看，一面又用手摸去，却是一色平的，点头叹了两声"。这是通景贴落画在《红楼梦》中的惊鸿一瞥，也印证了清代文献的相关记载：来访者对北京天主教堂（例如康熙年间修建的北堂）的墙壁和天顶上绘制的错觉壁画，做出了类似的反应。在视觉不足以辨别真假时，他们下意识地用手去摸壁画，以触觉来弥补视觉的局限。长春宫的这幅壁画引诱我们顺游廊破壁而入，与宝玉画中相会，正是错觉画的故技重施，令人会心莞尔：我们发现自己被放在刘姥姥的位置上，一时重温了与通景画相遇的迷惑瞬间和喜剧场面。

作为一部小说，《红楼梦》从一开始就着迷并得益于清宫错觉绘画的"造假"艺术，在以文字呈现大观园时，营造了千变万化的视幻效果。而这样一部小说最终又以错觉壁画的形式，进入紫禁城，成全了《红楼梦》与清代宫廷视觉艺术的一段凤世因缘。在长春宫的这两幅壁画中，画师向曹雪芹致敬，并对他的小说及其对错觉画的呈现，做出了一个不乏机趣的评论。这两幅壁画作品因此具有了"后设绘画"（meta-picture）的特征。它们既是关于小说的绘画，又是关于绘画的绘画，也就是以错觉画的形式对错觉画自身做出了评论。

总之，长春宫的巨型壁画不仅以《红楼梦》为题材，还通过一个回顾的姿态，为《红楼梦》与清宫视觉艺术的渊源关系，提供了一次历史见证，同时也为《红楼梦》的大观园迷宫之旅，指示了一条门径。我们无妨由此出发，去观览文字造就的大观园，去领略《红楼梦》小说叙述艺术的视觉性，及其 18 世纪的鲜明的时代色彩。

2021 年 12 月修改

原载于《三联生活周刊》（2019 年第 20 期）

附记：

作者在本文的写作过程中得到了故宫博物院古建部的支持和张淑娴研究员的多方协助，长春宫的《红楼梦》壁画照片由古建部提供，特此致谢！

小说研究的路径与方法 *

细读、理论构建与考据

杨彬：最近国内出版了您的《礼与十八世纪的文化转折：〈儒林外史〉研究》，《儒林外史》是读者非常熟悉的作品，研究者也代出不穷。您的研究选取了思想文化史的角度，您是基于什么考虑，选取了这样一个文化分析的视野？

---

* 杨彬教授于 2012 年在哥伦比亚大学访学期间，与我长谈了一次。之后，他根据录音整理成文，我在此基础上又做了增删和改写。这是一次愉快和颇有收获的对话，在此我要再一次对杨彬教授表示诚挚的谢意。

商伟：采用这个角度，主要是由小说自身特点决定的。在所有的传统章回小说当中，《儒林外史》参与当代文化思潮的程度，可以说是名列前茅。同时代的《红楼梦》就很难跟一个具体的思想学术思潮联系在一起，在这方面它不太具备"当代性"。所以，文学史写到《红楼梦》这里就不大好办，因为很难对它的思想内涵做出历史化和语境化的处理——说明它为什么会出现在 18 世纪中叶，或只能出现在这个时期。而《儒林外史》的当代性就显得特别突出，从作者到作品都参与了当时思想界和学术界方兴未艾的儒家礼仪经典的研究，特别是颜元、李塨的礼仪主义思潮。另外，它的小说人物往往都有当代生活的原型，跟一般的小说虚构还不大一样。《红楼梦》当然也有生活原型，但主要是作者本人年青时代的经历和观察，在时间上已经有了一段距离。《儒林外史》就不同了，其中有的部分几乎采用了一种接近新闻体的写作模式，不断引进当代人物，又根据他们生活中出现的事变及时做出调整。像荀玫的贪赃案，写的就是两淮盐运使卢见曾的经历。这样一些当代事件，是在小说写作的过程中才发生的。吴敬梓开始写作时，根本就预见不到。也就是说，他是根据当下的经验来构造和调整他的小说叙述的。因此，从他对经验素材的使用，对时间当下性的直接关注，一直到他的思想和学术思考，都具有特别明确的当代性。这也就是为什么我选择了这样一个角度，把它跟当时的思想文化学术联系起来考察。

杨彬：从这本书的实践来看，您将文本细读、理论构建和考据等不同的方法整合在一起做，这当然是很多小说研究者有意追求的。但是在实际的研究过程中，究竟怎样操作？又如何把握分寸？不妨先以细读为例，谈谈您的感想。

商伟：细读是一个基本的出发点。文本有不同层面，有些层面人人皆知（例如故事情节），有些则隐而未显。细读不能只在一个层面上做，还要看小说怎样使用形象、比喻、象征，看它小说内部语言上的层层交织、呼应和对比。你得抽丝剥茧，把它们一层一层地揭示和梳理出来。此外，还要特别关注与其他文本的互文关系，这对解读《儒林外史》尤为重要。我们读一部作品，当然不应该判断在先，但在具体细读中，你还是可以看得出文本质量的差异。好的小说文本充满了内部的丰富暗示，你会不断有所发现，会读出新的东西来。如果小说的文本很单薄，你当然还是可以用它去说明某一个问题，但仅此而已，因为小说本身不够强大，不足以支撑它自己，一旦失去了外部问题的凭借，就没有更多的潜力了。《儒林外史》不同，它是一部经得起细读的小说。

杨彬：这要求有综合性的分析能力，能够前后勾连、对照，另一方面还必须通过细读找到与思想史建立对话的途径。

商伟：是的，不能仅仅是概述一下情节，分析一下人物形象，或者简单地说，吴敬梓就是持这样或那样一个观点——他不会这么说的，通常只是从小说的情节安排中，从它某些意象的前后对照，通过人物对话的前后呼应，暗示出某种意向。在这样一个复杂的语境中，即便是作者通过杜少卿——他虚构的自我形象——来说话，也不作数，因为这个人物也常常陷入反讽，暴露在不同视角的审视之中。

记得有一位作家说，我想得清楚的时候，写文章；想不清楚的时候，就写小说。这个"想不清楚"并不是脑子糊涂，而是在另一个层次上，使用一种不同的方式来思考。这一方式之所以必要，是因为有些问题太过复杂了，不排除从不同的、甚至相反的角度来观察和处理。《儒林外史》就是这样一部小说，它总是别有所见，也总是给予我们意想不到的启示。

说到小说如何跟思想史联结，很重要的一点，恐怕还是要小心处理小说文本内外的关系，不能简单地把思想史的结论套在小说的头上，把小说看成是思想史写作的注脚。这种注脚式的做法，等于是把当时的文人小说变成了我们当下思想史研究的附庸，可是思想史本身还在发展，我们不能拿它某一个发展阶段上的结论来做最后的认定。胡适早就说过，这是一部宣扬颜李学派的小说。果真如此，《儒林外史》就不可能是一部好的小说。而吴敬梓为什么还要写一部小说呢？他完全可以像他的朋友那样去写《礼乐论》，不是更直截了当吗？

所以，真正的问题在于：《儒林外史》到底产生出了哪些额外的东西？这个额外的部分是不可能完全纳入思想史里面去解释的。思想史有它自己的脉络，像颜李重视"礼"的实践，而不只是读书空谈，或者终日静坐，沉迷于心性之学。

你务必对思想史做一番梳理，然后看小说在哪一点上跟它产生交汇。但最终还是要回到小说，从小说内部发展的脉络来看，看它怎么处理有关"礼"的问题。《儒林外史》从前面写的家礼、泰伯礼，一直到第五十五回写到了市井四奇人的"礼失而求诸野"，可以看出这样一个演进和变化的脉络。由此也可以了解，吴敬梓对于"礼"的实践的观察和反省，是怎样通过叙述的形式而得到呈现和发展的。这样做是为了避免把思想史的现成思路和论述套用在小说上，替代了对小说自身理路的把握和理解。实际上，《儒林外史》通过叙述的形式，超越了当时思想史论述的一些基本观点和结论。

杨彬：您的研究中包含了大量细致的考证，也对我们熟悉的材料做出了新的解读。比如，吴培源与泰伯礼叙述的关系问题，关于虞育德人物原型的经验时间与小说叙述时间的关系等。在中国古代小说的研究中，考证是一个普遍的方法，您是怎样来处理的？

商伟：这也是我要讲的第三个方面，考据。很多学者已经在《儒林外史》上花了不少考据的功夫，重点是人物原型和小说原貌。这些也是我关心的问题，但在这本书里，我就"礼"的书写文体或形式、来源、特点和性质，做了一些考证。小说第三十七回写泰伯礼，事无巨细，洋洋洒洒，让今天的读者难以卒读。可是黄小田却说："皆《文公家礼》，吾乡丧祭所常用者也。"他是清代人，有当代的经验参照和敏感，一下子就看出来了。当然，他说的也不全对，但指出了这段文字的文体类别，却是不错的。《文公家礼》属于仪注类，是一种规范性的说明体的写作，也可以说是仪式指南。所以小说的这一部分不太像小说叙述，实际上是把仪注抄下来，改一改，就写了几乎一整章。这是一个考据，不能算是难度很高的一类。实际上，吴敬梓已经告诉我们，泰伯礼的设计者迟衡山在祭礼结束后，就把"仪注单"贴在了泰伯祠的墙上，还附上了所有仪式参与者的名单，也就是"执事单"，只是我们平常没有留心罢了。但你把这样的考据与小说细读结合起来，就会有新的发现，就可以在小说内部建立起新的连接点，并且提出了新的问题：为什么写到泰伯礼的时候，吴敬梓采用了仪注的形式？为什么他只是强调了仪式的操作和外部形式，而不是行礼者的内心状态或对泰伯礼的解释？这也是清初礼仪主义所关注的问题。

所以，应该把考据、细读和理论建构连接起来，让它们相互支持，推动自己的论述向前发展。否则，考据就是考据，不过就是证明这一章是根据仪注写出来的，仅此而已，不会对理解这部小说产生根本性的影响。可是实际上，这一发现的重要性远不止于此：一方面，仪注的编撰为我们提供了理解当时儒家礼仪主义的一个入手口，可以打通小说与历史语境，在二者之间建立起关联点。具体来说，这既与礼学的问题有关，又与仪礼的实践有关。例如，吴敬梓本人就与他的朋友樊明征一起为南京的谈氏设计过丧礼，他们撰写的丧礼仪注落到了另一位朋友程廷祚的手里，又引起了后者与樊明征的信件往还和批驳辩难；另一方面，仪注的编撰也暗示了解读这部小说的一把钥匙，因为小说并没到此打住。前面写了泰伯礼，之前还写了仪注形成和定稿的具体过程，后来又出了一个王玉辉——他本人就是做礼书的，平生编撰了三部书：《字书》《礼书》《乡约》。他编撰的礼书，实际上也属于仪注的类型，是可以供子弟操习的，而且他还带着自己的礼书到南京去见虞博士和泰伯礼的其他主持者。所以，仪注又以书写的形态呈现出来，获得了一个物质的形式，变成了叙述的对象。在南京，王玉辉没有找到泰伯礼的召集者，只是在泰伯祠读到了当年泰伯礼的仪注单，这等于是在小说的内部创造了一个重读第三十七回的瞬间，因为我刚才说过，这一回就是根据仪注的格式写成的。而王玉辉又不是一个普通的读者，他还是礼的实践者和仪注的作者。因此，仪注这条脉络实际上一直贯穿到了王玉辉的那一回。更重要的是，通过他回头再来读仪注单和泰伯礼，实际上就把他儒礼实践的创伤经历，纳入到一个回顾的视野当中。王玉辉在他自己的道德实践失败之后，来到了南京泰伯祠，为的是寻找答案，可他是一位迟到者，泰伯礼的主持人都四散而去，泰伯祠也早已荒废了，他在废弃的泰伯祠的墙上只是读到了一纸仪注而已，但完全无法回答他的问题。

就这样以仪注为线索，《儒林外史》构造出了关于儒家礼仪道德实践的一系列人物、场面和情节，也逐渐形成了一个建构和反省儒礼的思路。只有把考据、细读和理论建构结合起来，才有可能把这样一个连续性叙述系列的轨迹和思想深度，给完整地勾勒出来和揭示出来。

我在书的"附录"中还涉及了《儒林外史》的作者和版本问题。这些都是《儒林外史》研究的老问题，不少学者已经做出了可观的贡献。我借助了他们的成果，尝试着多走两步：首先，小说叙述时间上出现前后不一致的情况，未必能证明这一部分是伪作。这一点早已有人指出，但我想说的是，有时候小说在这方面出问题，恰恰是因为吴敬梓在写作时，脑子里想的是小说人物生活原型的经验时间。也就是说，他把原型人物的经验时间和小说人物的虚构时间给弄混了。所以只有他才能出这样的错。其次，这类考据涉及的不只是小说的作者和版本，还涉及小说叙述时间的建构特征、外在动力，以及小说的写作方式和写作过程等问题。这些问题对于解读《儒林外史》来说都是至关重要的。因此，考据只是一个起点，从这个起点出发，可以推动对小说的细读和解释。最终当然还是希望能将考据、细读和理论建构这三个方面综合为一体，相互交织，彼此推进。

杨彬：这也说明考据对理解小说本身的重要性，细读离不开考据，考据也不应该脱离小说的细读，而是为了提供回到小说内部的一个途径。

商伟：是的，考据既有助于我们在小说叙述与历史记载之间发现关联点，也有助于我们将小说文本内部的相关环节串联起来考察。像《儒林外史》中王玉辉的故事，就充满了内证：

他是徽州人，而徽州是理学的故乡，是朱熹和程氏兄弟的故乡；另外，吴敬梓还活用了程颐的"饿死事小，失节事大"的那个说法，又回应了金兆燕一首诗里写到的王玉辉女儿的原型——绝粒殉夫的新安汪氏。这不是我的发现，我只想说这种历史性的关联，不是从外部强加的，而是得到了小说文本内部的呼应。金兆燕的意思是说：你看"礼"在理学发源地已经衰败了，但恰恰是这样一位不知名的女性，义无反顾地把理学的道德付诸实践，而自称是理学家的文人，却成了口头道德家。小说呼应了他的这首诗，但又修正了他的立场，把金兆燕诗中汪氏女的行为推到了极端，展露出苦行礼的阴暗面及其矫枉过正的危险后果。我们不应该忘记，王玉辉本人正是以编撰字书、礼书和乡约为己任的，这些文本三位一体，构成了朱熹地方宗法社会建设的实践蓝图。从这些方面来看，王玉辉俨然就是朱子的后继者了。

通过这样一些互文和暗示等手法，吴敬梓把自己对当代儒学思潮（同时包括了理学的复兴和对理学的批判）与社会实践的观察和理解，细致地编织进了小说叙述的脉络之中。其中深厚而丰富的历史文化意蕴，两百多年后，仍然力透纸背。

小说是如何思考的

杨彬：在衡量《儒林外史》的价值时，您经常把它和《红楼梦》相提并论，并且对它的叙述艺术创新和思想深度给予了极高的评价，远比鲁迅、胡适以来的研究者的评定更高。您是怎样得出这样的结论的？

商伟：前几年南希·阿姆斯特朗（Nancy Armstrong）出了一本书，叫作《小说如何思考》（*How Novels Think : The Limits of Individualism from 1719–1900*）。当然，"小说"不能简单地与 novel 画等号，但涉及的问题还是相关的。小说的思考不可能采用论述的形式，它通过形象、比喻、象征和叙述，通过文本内部的结构和语词之间的关联和对照等方式，流露出某种意向。小说以此来观察、叙述和思考，来把握这个世界，处理生活的经验，也对生活经验做出反省和思考。小说的思考与叙述的形式是分不开的，比如说，《儒林外史》基本上摆脱了传统章回小说模拟说书的套路，这在中国小说史上还是第一次：吴敬梓不再依赖说书的陈词滥调和"文备众体"的形式，也不再求助于说书人的声音和视角，而是一以贯之，使用了自创的纯粹的散文体叙述，来呈现他对当代生活的直接观察和富于洞见的理解。这为章回小说带来了全新的个性化表述的可能性。更具体地说，像《儒林外史》这样一部全面拥抱当代文人思想文化生活的小说作品，在对儒礼和官方体制的反思等方面达到了一个新的高度，这是当时的思想学术讨论中所罕见的：它借助了颜李学派的礼仪主义立场，又揭示了后者未尝明言的一些观点，并对它可能带来的麻烦和问题，表达了惊人的洞见和深刻的思考。这个说法，我觉得一点儿也不为过。

还有一点也很值得强调：《儒林外史》是在吴敬梓移居南京后的二十一年内逐渐成形的，它的叙述也展现为一个不断自我反省，自我调整，自我质疑的过程。这是《儒林外史》叙述的突出特点，在哲学性和论述性的文体中就很难做得到。可以说，《儒林外史》是一个跟自己过不去的作品：它所体现的自我反省意识，本身就标志了一个前所未有的思想高度，对于理解 18 世纪的思想文化成就也有着直接的意义。它在这方面的重要性是无可替代的。

我在好几个地方讲到《儒林外史》的时间性如何在几个不同层面上体现出来，包括人物与原型的关系、小说叙述时间的当下性，小说本身的写作时间，以及小说在展开的过程中，如何不断对同样的问题做出不同的探索和思考，也不断回顾早先出现的人物和事件，做出复述、补充和重新评价。它真正做到了把时间性引进小说叙述。

从各个方面看，《儒林外史》都可以说是一部生长型的小说，而不完全是一个设计型的小说。它有一个设计框架，是从《水浒传》那里借用过来的，而第一回题作"楔子"，显然又受到了金圣叹修改《水浒传》的影响。但是，这个结构框架的具体内容是在写作的过程中才逐渐到位的，而且看起来也没有做过一次性的最后整合。这里的原因可能很多，吴敬梓受得了物质条件的限制，他用毛笔书写，要回过头来系统地改写一遍，不那么容易。曹雪芹写《红楼梦》，也没有这样做。这和我们今天使用电脑是完全不同的一个写作经验。小的修改会有的，但我相信他写作过程中的一些基本想法和叙述，还是被保留在最后的成品中了，所以你可以看到这个思考的过程，以及前后的变化，包括叙述语调和风格的调整，也可以间接地看到吴敬梓本人成长和成熟的轨迹。这是这部小说的精彩之处，但也往往容易引起误解和困惑。

《儒林外史》与"礼"

杨彬：您的研究特别强调章回小说对于当代社会思想文化的关注，不管是《儒林外史》，还是《野叟曝言》和《歧路灯》等都不例外。从您关于《儒林外史》的论述看，我的确感觉到您说的二元礼和苦行礼触及了儒家社会的一些核心问题。我想进一步了解您对这些问题的看法。

商伟：我想还是从清初对明代文化的反省和对宋明理学和心学的批评说起。当时许多儒家学者如颜元和李塨都将明朝覆灭归结为儒学误入歧途，变成了口耳之学、心性之学，导致了儒家精英生活中普遍的心口不一和言行背离。他们开出的药方，是回到经典儒学的礼乐传统，去恢复"六艺"的实践精神。在他们看来，当代儒学已经背离了"六艺"的传统，把"礼"变成了口头陈述和书写阐释的对象，从而放弃了身体力行的礼仪实践。

"六艺"本来是西周贵族修养的技艺，但其中的"礼"又不限于一种技艺，一个践行的仪式和有关祭祀与其他的礼仪场合，而是蕴含了个人行为和社会关系的理想规范的总和。所以，在孔子想象的理想的西周时代，"礼"可以说是无所不包的。在政教合一的贵族社会里，"礼乐不可斯须去身"，他们就生活在由礼乐构成的世界里。这样一个无所不包的系统，后来变成了很大的问题，因为礼乐生活与政体的典章制度之间势必产生紧张和冲突。前者承载神圣的价值规范，后者却不免行使世俗的、工具性的功能。在儒家的经典论述中，"礼"既构成了现存的政治、经济和社会关系的基础，同时又代表了评价这些关系的标准，这如何是可能的呢？它怎样才能克服或减弱自身内部的矛盾和张力呢？

一个体制化的做法，我们都很熟悉，那就是寄望于儒家精英的人格修养。落实在八股取士的制度中，便有了"代圣人立言"。"代圣人立言"的意思是希望文人设身处地，从儒家圣贤的立场来看这个世界，也就是通过言说和书写的模拟，将圣人的价值观念内化，转变为自己的第二天性。这样在处置世俗的权力和利益关系时，就能够自然而然地超越狭隘的利害考虑，而将"礼"的想象切入现实，用它来规范或制约社会、政治和经济行为。

清初反省明代儒学，往往认为问题就出在了言说和书写上。《儒林外史》在写到文人的虚伪和言行不一时，也呼应了当代儒者的批评和反省。不过，它的叙述又让我们看到了言说危机的更深刻的根源：儒家的言说不仅没有以"礼"的理念来规范世俗的权力利益关系，更谈不上弥合甚至克服它们内部的冲突了，反而被言说者利用来垄断道德制高点。在小说的前半部，自我利益的角逐首先就体现在言说和书写的领域中，像王德、王仁（亡德、亡仁的谐音）兄弟那样，"代孔子说话"，如同是在参加科举考试作八股文，但实际上既掩盖了他们的功利动机，又顺理成章地把道德权威兑换成了权力和利益的酬报。而这正是八股取士的双重性，看上去是道德文章、人格修养，但背后的驱动力却是仕途的成功，是小说中文人士子念兹在兹的"功名富贵"。

可以说，《儒林外史》让我们看到了儒家语言的破产：这一套伦理话语已经沦为政治和经济利益交换的工具。谁掌控了它，谁就可以在世俗的竞争中胜出，同时牟取道德权威和经济利益的双重奖赏。这真是无本的买卖，反正好处全让他们给占了去。

所以，我说在小说前半描写部分的文人生活中，可以看到一个"二元礼"或"言述礼"的模式在起作用。有的读者不明白这两个说法，以为我编造概念。可是我借助它们所表述的道理是显而易见的，这与当时人和当事人是否使用这些概念完全无关。无论他们自己是怎么说的，《儒林外史》对日常世界中的儒礼实践的深度描摹表明，所谓儒礼既是神圣的，又是世俗的；既是规范性的，又是工具性的；它所象征的理想秩序既合乎天经地义的自然秩序，又构成了世俗等级秩序和权力关系的依据。"代圣人立言"的言述活动，是为了调节这个系统内部的紧张和冲突，并且希望熟读经典的文人将儒家的价值内在化，变成他们内心的准则和行为指南，但结果却不然，往往沦为权力和利益角逐和协商的工具：这个既凡且圣的双重性的"礼"，只有在言辞上才是神圣的，在现实中却基本完全受制于世俗的权力利益关系。我刚才说到了，这不只是"礼"的规范被盗用和挪用，或被曲解和误解，而是这些规范本身就蕴含了矛盾性与内部的冲突。仅仅用文人的虚伪和人格破产，来解释小说所描述的普遍的言行背离和心口不一，显然是不够的。

《儒林外史》里面有很多对于儒礼和礼仪的叙述和描述，比如严监生的家礼，前前后后，一举一动，在思想史的论述和正史的叙述中，都不大读得到，但正因为如此，才格外重要。严监生在他的妻子王氏病危之际，想赶紧把他的妾扶正，为的是将庶出的儿子立为嫡子。要是不这样做，他的侄子们就会像"生狼"一样，把他的家产瓜分掉，因为按照法律，妾生的儿子不能合法继承家产，而王氏又没有留下自己的儿子。严监生于是就想办法，通过家礼来把这一诉求合法化，并且心甘情愿地破费了几十两银子，请求王氏的两个哥哥（王德和王仁）来主持礼仪，因为这样做，在族人和公众眼里，才显得名正言顺。

我们读朱子的《家礼》，里面闭口不谈分家产这一类令人尴尬棘手的事情，但在日常实践中，家礼却往往无可避免地履行了世俗的功能。也就是说，实际上，"礼"参与了与身份地位、权力利益不断协商谈判的过程，为行礼者提供了一个正当的机会和场合，使他们得以在"礼"的道德名义下，来表达自身的利益诉求，完成权力的运作。从结果来看，可以做到名利双收，又何乐而不为呢？这就是二元礼或言述性的"礼"。吴敬梓在小说中写出了他对当下的某些儒礼实践的观察，也看到了"礼"的问题出在哪里。

实际上，二元礼或言述礼又不限于礼仪的场合，而是渗透进了儒家精英生活的方方面面，变成了一个基本的模式：它是道德话语的依据，但实际上却以世俗利益为旨归，与体制和权力的运作密不可分。长于儒家语言的文人熟练地利用了这一点，通过绑架道德制高点为自身牟取利益的最优化，这构成了《儒林外史》反讽叙述的重要来源。在小说的前半部分，尤其是如此。

杨彬：您在书中又提出了苦行礼这个概念，作为对二元礼的批判性回应。

商伟：吴敬梓在他的《儒林外史》中不仅写到了二元礼的危机，也在探索回应的办法。从第三十七回的泰伯礼开始，他着手建构一个不同的"礼"的秩序。他的出发点，是假设这样一套伦理价值系统，既参与世俗秩序，又与它保持距离，并且能够超越它。这个超越性很重要，体现为对世俗利益和权力的否定，所以我称之为"苦行礼"。苦行主义（asceticism）在不同的社会文化传统中可以有不同的体现，如韦伯就曾经讨论过新教的苦行主义，所以这里不能望文生义，简单地把苦行主义等同于弃世类型的宗教实践。在吴敬梓对儒礼的重构中，也可以看到苦行的倾向，只是这个苦行礼不可能完全超越儒家的基本伦理关系。但它毕竟有了一个超越性的层面，没有跟世俗的权力利益关系、身份地位画上等号，甚至是以牺牲世俗利益为代价的。换句话说，苦行礼的宗旨在于摆脱二元礼的双重性，以确认"礼"的价值规范的绝对性。在儒家这样一种倾向于肯定既存秩序的伦理价值体系中，它试图超越世俗的关系去建立一个不容妥协的更高秩序，这一点很不容易，也十分罕见。这是《儒林外史》对儒家思想的重要突破与重要贡献。可惜我们思想史和哲学史的学者大多不读小说，既看不起小说，也不会读小说。

颜元的礼仪主义为吴敬梓的儒礼想象提供了重要的资源。不过，他本人并没有明确地阐发苦行礼的超越性，而是一再强调"礼"的实践性。这正是《儒林外史》构想的苦行礼的第二个核心特性：克服二元礼的途径无他，即以行动替代言述。言下之意，代孔子说话，是靠不住的，最后的试金石还是行动：通过礼仪的反复操习，把礼仪的行为模式转化为本能，这样就能够在日常生活中不假思索就做了应该做的事情。这就是礼仪实践的重要性，从效果来看，不亚于绝对的道德律令，因为如此严格履行的儒礼不允许丝毫妥协和讨价还价。

《儒林外史》所写的泰伯礼，及其召唤出来的一系列恢复儒礼的活动，标志着苦行礼实践的开始。

杨彬：可是吴敬梓对苦行礼也不是毫无保留，他的苦行礼想象最终还是失败了。

商伟：苦行礼也有它的问题：像余大、余二兄弟，为了给父亲安排葬礼而受贿等，可以看出苦行礼的道德狂热主义的一根筋、走极端的倾向，及其不可避免的阴暗面。王玉辉也属于同一个类型。他的道德狂热主义陷入了世俗的宗法关系，也就是另一种形式的权力和利益关系，而且他的自我牺牲和对世俗利益的拒斥，又变成了象征资本的投资，以牟取声望和道德地位的认可。总之，一旦在一个具体的社会语境中付诸实施，苦行礼就出了这样或那样的问题。

泰伯礼所象征的苦行礼的道德秩序是怎样构造出来的呢？泰伯由于辞让王位而被孔子称为"至德"，小说中的泰伯礼也因此超越了官方秩序和权力关系，并确认了南京与政治中心的北京相对立的位置。而我们看祭礼本身，也完全没有按照官阶和学衔来排位。除去主祭虞育德以外，大多数参与者都没有官位。尽管泰伯礼蕴含了祖先崇拜的意义，却又没有特别强调地方的宗法关系，也没有强调家族内部的等级秩序。所以，泰伯礼暗含了一个新的理想图景，一方面拒斥官方秩序，另一方面也不依赖于家族内部的等级关系；它从官方世界退出，又与地方社会保持距离。它召唤着文人群体内部一种乌托邦式的、相对平等的关系，也象征了南京文人通过古典礼仪与儒家先贤建立认同，并寻求自我新生的集体努力。

泰伯礼所代表的这样一个苦行礼的愿景，一直要到第五十五回的市井四奇人那里才得到兑现，不过那已是"礼失而求诸野"，变成了儒礼败亡之后的个人拯救。这四位市井奇人都寄居在南京这样一个都市里，远离地方宗族。这有点儿像吴敬梓——他本人年轻时饱尝家族内部家产纠纷的苦头，后来索性切断了家族关系，到南京去定居了。他把四奇人写在城市的背景上，而且不是未婚就是鳏居，有意淡化了儒家乡村社区中的家族和家庭的伦理义务；同时，他们也不是"儒林"的一员，身处官方体制之外，远离社会升迁的阶梯。这说明什么呢？还是我刚才说过的，你要行"礼"，就得独立于世俗的权力关系和政治体制之外，也不能陷入家族宗法的地缘血缘关系。

经过一系列挫败以后，吴敬梓重温了儒礼的话题，也对它重新加以定义，使它脱离开体制和宗法，变成了一种个人性的、冥想式的艺术体验和率性自足的生活状态。"礼"不再是泰伯祭礼那样集体的、公共的仪式搬演，而成了以"琴棋书画"为象征的个人技艺修养；不再是郭孝子和王玉辉那样的伦理实践，而变为审美体验；不再依赖于仪式的外部形式，而成为内心的沉潜和修炼。在吴敬梓的理解中，这或许就是回归"六艺"的传统，回归《礼记》所说的无声之乐、无体之礼和无服之丧。对这样一种个人独立自足的生命状态，当然还可以做出不同的解释，或者是改写了传统文人的退隐理念，或者是通过诗意体验而在都市中重建家园，也可能是在"礼失而求诸野"的命题之下，预示了某种现代个人的模糊诉求。无论如何，在《儒林外史》中，我们可以看到关于儒礼的新的叙述和思考，也可以看到这一叙述和思考的演进脉络。

吴敬梓放弃了乡绅的角色，又拒绝出仕。他寄居南京期间，周围有一批朋友，情况与他类似。而且他们也都没有接受地方官和商人的资助，走艾尔曼（Benjamin Elman）所说的"学术职业化"的路。可是从另一方面来看，他们又不是传统意义上的隐士。他们习礼作乐，研读儒家经典，试图在官方体制和地方宗族之外的社会空间中去做一些事情，但显然又没有形成一个社会力量，目的性也不是非常明确。所以，吴敬梓最后不得不借助市井四奇人，以寓言的方式来表达某种精神和价值的诉求。

杨彬："礼"是这本书的核心线索，有关"礼"的论述集中出现在第一部分，此后的两个部分分别关注"历史"和"叙述"，但与"礼"的讨论又有一些连续性，您能不能简单地说明一下这本书为什么采用这样的结构？

商伟："历史"和"叙述"都是理解《儒林外史》的核心课题。这样一部小说，自称"外史"，自然提出了关于"正史"和有关历史叙述的问题，何况它还设置在明代，相当严格地采用了明代的王朝纪年。所以，我在第二部分中，强调《儒林外史》如何在叙述时间和形式结构等方面打破了经典历史的纪传体的叙述传统，从而将自身置于这一历史叙述的谱系之外。第三部分讨论了小说叙述模式的创新，也是《儒林外史》最引人瞩目的成就之一，因为这部小说从根本上改变了小说叙述观察和呈现世界的方式。这样看来，仅就文学研究而言，"历史"和"叙述"都是题中应有之义。

不过，对我来说还有另外一个原因，那就是"历史"和"叙述"同时又构成了理解二元礼或言述礼的关键部分，因为言述礼通常是以经典历史为资源和范本的，与言说形式和叙述结构也脱不了干系。言述礼的问题因此又应该从这两个角度来深入考察：在《儒林外史》中，经典历史的话语和先例已经不再能够被转化为现实了，而权威叙述的形式也往往被人物挪用，服务于他们自身的利益。这些都正是言述礼内部出现的问题，导致了言述礼的破产，同时与小说自身的叙述结构的改变，也紧密关联。这些问题，我在书的第一部分中已有所涉及，但没有完全展开。到了第二、第三部分处理"历史"和"叙述"这两个命题时，才有机会做出进一步的阐述。

《儒林外史》的儒礼批判写出了经典文本言述的瓦解，从历史的语境来看，与考据学在 18 世纪的兴盛有一些关系，也标志着当时思想文化上的一大转折。我们今天对考据学固然可以有不同的理解，但无可疑义的儒家经典一旦被视为历史典章文献，变成了历史学和文字版本学考订和辨伪的对象，便失去了它们身上的神圣光环。与此不无关系，《儒林外史》展现了儒家精英的理想匮乏和价值失落，也写出了儒家文本和经典言述如何丧失了对现实世界的规范作用。

当然，有关"礼"的讨论也或多或少地延续到了书的第四部分和"跋"，前者探讨《儒林外史》的道德想象与自我反思，后者提出诗意场域和抒情体验的命题，都包含了对苦行礼及其最终失败的反省和回应。我刚才说过，即便不和"礼"的问题挂钩，《儒林外史》的自我反省和诗意小说的侧面，本身就很重要，和第二、第三部分中描述的"外史"的叙述时间特征和叙述模式创新一样，都是解读这部小说的紧要论题。从读者的角度来看，也未必非得同意我对"礼"的分析，才能接受这几部分的论点。这些部分有相对的独立性，不完全依赖全书的高层构架。即便选择与"礼"无关或关系不大的一些例子来读，也可以多少了解小说的自省意识和诗意特质。

小说研究大有可为

杨彬：记得在一次课上，您说到中国小说研究大有可为，让我们这些研究者感到非常振奋。另外，您也开过一个学年的戏曲讨论课。您怎么看小说和戏曲研究的相互关系？能不能更具体地谈一下小说研究的问题？

商伟：现在戏曲研究很热，当然有它的原因：从前研究元明清戏曲，基本上就是处理文本。现在扩展到戏曲的物质文化、戏台、戏班。从方法上看，又包括了实地田野作业，还有一些跨学科的研究，像戏曲与宗教，戏曲的表演、音乐、舞台设计，以及正在兴起的多媒体研究，等等。戏曲研究因此变得立体化了。

相比之下，小说研究毕竟只能凭借文本，不像戏曲来得那么丰富。这不等于说，小说研究就只能画地为牢或坐以待毙。西方的学者长期以来一直都在关注这样一个问题：究竟是什么构成了长篇小说叙述的特殊性？它的不可取代的特长是什么？长篇小说研究因此在西方是一个极为重要的领域，涉及现代性、主体性、个人主义、民族国家的形成，以及帝国主义等西方现代社会思想文化政治的重大问题。早期的著作有伊恩·瓦特（Ian Watt）写的《小说的兴起》（*The Rise of the Novel*），把现代个人主义、现实主义、资本主义的生产方式、阅读公众的兴起，全部都和长篇小说的兴起连在了一起。其中的一些观点后来受到质疑，但这些问题本身并没有过时。一方面有人继续这样的研究，另一方面又不断有人宣判长篇小说死掉了——它已经多次被宣判死刑，但新作还源源不断，尽管看起来长篇小说的篇幅在逐渐缩短，形式上也花样翻新。为什么长篇小说死不了？它的根本特质是什么？有人说是戏拟、戏仿，有人说是反讽。巴赫金出现以后，出现了复调小说、多声部叙述、狂欢化等不同的命题，一下子打开了一个新的局面，在一个完全不同的视野和话语场域中来理解和分析长篇小说。他在为小说立论时，走得很远，甚至认为，复调只能是长篇小说的专利，即便是莎士比亚的戏剧也做不到。

这个说法，深究起来，未必能言之成理。实际上，有的戏剧也部分地做到了巴赫金所说的多声部叙述。当然，这也要看我们在什么意义上使用这个概念。但你可以看到，这些学者都非常执着地想要把握住长篇小说观察、表述和呈现世界的特殊方式，解释它作为一个文体所具备的难以替代的特色。

回到中国传统的长篇小说，浦安迪（Andrew Plaks）就以反讽为基本概念，来描述它的核心特质，也借此和西方的长篇小说沟通起来。这样的做法有好处，至少打开了一个比较视野，但也不是没有危险，因为西方对于他们自己的长篇小说的认识也在不断发展变化。这里的问题可能还是要归结为对学术史的考察。需要回答的恰恰是为什么西方学界的小说研究，经历了这些学术范式的嬗变？讨论的问题又发生了什么改变？学术史的渊源和脉络究竟在哪里？

中国传统章回小说与欧美的长篇小说之间并不存在超越历史文化的对等关系。即便如此，多读一些西方小说的研究成果，多一些世界各国小说的阅读经验，还是大有益处的。仍然举南希·阿姆斯特朗为例，她长期以来一直从事长篇小说的研究，并且花了很大的气力来修正伊恩·瓦特的小说兴起论。她的《欲望与家庭小说：长篇小说的政治史》（*Desire and Domestic Fiction: A Political History of the Novel*，1987），以 18 世纪和 19 世纪英国的女性作者的小说，以及为女性读者所写的小说为主要研究对象，把女性的性别政治置于中心的地位，来考察中产阶级的形成与长篇小说兴起之间的关系（当然，英国中产阶级的兴起和时代起源，至今仍然是一个有争议的问题）。她在 2006 年又出了《小说是如何思考的》，我刚才已经提到。这部著作重温了长篇小说与个人主义的问题，但强调的是小说如何塑造了西方现代对个人的理解，也就是小说对个人主义的形成发生了怎样的影响。另外，她也探讨了小说与西方有关个人主义的论述之间的关系。这本书写得并不理想，但还是可以看到她对伊恩·瓦特的延续和修正，也可以看到她的一贯立场，那就是，长篇小说参与到西方现代性形成发展的过程中去了，而不能仅仅将它视为这个过程的结果或副产品。1999 年出版的《摄影时代的小说：英国现实主义的遗产》（*Fiction in the Age of Photography: The Legacy of British Realism*，1999）也持同样的观点。她回到了现实主义的问题，但引进现代摄像技术，证实了卢卡奇的一个基本观察：1848 年之后的英国小说开始具备了鲜明的视觉性和图像性。她认为，这一转折与石印技术的普遍使用，以及摄像镜头的出现，有着直接的关系。而小说写作与视觉技术的这一场革命相互配合，不仅成功地塑造了现代影像的历史，也塑造了读者对"真实"和"现实"的理解，以及他们的现实主义观念。致力于欧美长篇小说研究而又成绩斐然的学者很多，我这里只是举一个例子来说明这个研究领域自身演进的过程，说明它怎样通过对已有的学术成果的回顾和反省，发展出新的问题和方法。

杨彬：中国的明清小说史的研究还有哪些可以拓展的课题和空间？

商伟：中国的长篇小说有自身的一个漫长的演进历史。这个文体规模这么宏大，又异常丰富多样，并不具备内在的同一性。而且——我本人的看法——它的来历复杂，有多个源头，它的历史也充满了裂变。早期演义小说的体例是分成若干则，后来才合并起来，变成了我们今天所说的章回体。即便如此，演义体的章回小说与从《水浒传》衍生出来的章回体，在语言和结构等方面都有明显的差异。后来的章回小说，跟早期作品相比，变化也相当惊人。早期小说宗教色彩很强，像《平妖传》这些小说，跟我们后来读到的很不一样。而且在命名上，也一直没有一个确定的说法。"章回小说"的命名一直到 20 世纪初年才出现，为的是把传统的长篇故事叙述，跟西方引进的长篇小说做一个区分，于是就造出了这个词儿。在它出现之前，中国本土并没有一个统一的概念，专门来指称我们今天视为理所当然的这个文体，当时也不存在这样的需求。"小说"是一个无所不包的大袋子，什么文类都可以放进去，包括戏曲作品。仅仅通过梳理"小说"这一概念的历史来定义现代意义上的 fiction 和 novel 都注定没有希望，即便是以此而将归在中国传统"小说"范畴内的作品当作一个统一的文体来理解，也难上加难。不仅如此，所谓"章回小说"还有着非常复杂，而且也未必连贯的历史。这其实正是它的特性，蕴含了丰富的多变性和可能性。

我个人觉得，中国小说研究还是大有可为的。不一定要跟西方的长篇小说建立对等关系，才能理解它的重要性。它与时俱迁的这些变化，就是一个根本的特点。不是所有的作品都做得到这一点，但最优秀的章回小说常常如此。它们都参与到了自己那个时代独具特色的一些思想文化现象中去，而且篇幅庞大，又具有磁场般的吸附力和无与伦比的综合性，实际上变成了一个时代社会文化语言文学的百科全书。在这个意义上，章回小说与西方的一些长篇小说倒不乏相通之处，而在人物的规模和叙述结构上似乎还更具野心。因此，仅就小说来研究小说，恐怕还不够，你得有一个跟它匹敌的时代视野和知识参照，否则就驾驭不住。

杨彬：您在《儒林外史》的研究中，也谈及戏曲表演的问题。回到我刚才的问题，就是怎样处理小说研究与戏曲研究之间的关系？

商伟：明清小说中经常涉及戏曲的文本和表演，所以完全可以从这个角度来看戏曲，并且探讨小说与戏曲之间跨媒介和跨体裁的问题。我们的三大传奇《牡丹亭》《长生殿》和《桃花扇》，在规模和结构上，都足与长篇小说分庭抗礼，而且对《红楼梦》等作品也的确产生了影响。《红楼梦》的开头部分，采用了如此复杂精致的后设叙述模式，与传奇副末开场的框架结构，就不乏相似之处。副末既是戏中人，又出乎其外，对他置身其间的戏曲做出评论。我正在写一篇文章阐述这一观点。

我在《礼与十八世纪的文化转折：〈儒林外史〉研究》一

书中讨论这部小说如何处理戏曲表演，主要还是跟儒礼的议题有关。小说第三十回写杜慎卿的莫愁湖昆曲大赛，与第三十七回的泰伯礼，双峰并置，预示了泰伯礼的戏剧性和表演性的侧面，随之而来的，还有戏剧景观、角色扮演，以及诚实性等问题。小说在写到泰伯礼的"礼体"时，也强调了它的"吹打"场面，和观众"欢声雷动"的反应，但对戏子表演和文人做戏却又不无保留，还通过一位人物之口，把朝廷做的乡饮礼，比成戏子"缓步细摇"的做戏"排场"。这就自然引进了当时关于习礼的争论。颜元提倡"礼"必须从身上习过，但也招致了不少批评，说这是拿腔作势，有优孟衣冠之嫌，也与文人的身份不符。后来吴敬梓本人与樊明征设计丧礼时，因为引入了音乐演奏和招魂诗的吟诵表演，也受到他们的朋友程廷祚的指责，说这样的丧礼背离了儒家的礼仪经典，"与僧道之经醮，梨园之搬演"一样，"并讥失礼"。所以，这些关于戏曲和音乐表演的争论及其连带的一系列问题，在小说的文本内外都有所呼应，的确也构成了当时儒家礼仪主义者关注的焦点。

在梳理礼仪与表演的关系时，吴敬梓的《儒林外史》可以说是出类拔萃的。在他之前，有孔尚任的《桃花扇》，此后有满族作家文康的《儿女英雄传》，也都处理了类似的问题。不过，没有谁比他更贴近儒家礼仪主义的关注核心。即便是从社会史和思想史的角度来研究当时所理解的儒礼，也很难回避礼仪的表演性问题。在这些方面，文学研究责无旁贷，理应做出独特的贡献。

杨彬：从小说戏曲，可以顺便谈到小说戏曲评点。记得您写过一篇论文《一阴一阳之谓道：〈才子牡丹亭〉的评注话语及其颠覆性》，2005 年发表在华玮主编的《汤显祖与牡丹亭》。这篇文章选取了一个不太为人注意的戏曲评注的个案，关联了晚明戏曲、小说文本的丰富资源，也引出了更宏观的问题，这个做法和结论在我看来很新鲜。您对小说戏曲评点研究有些怎样的看法？

商伟：我们研究小说戏曲评点，通常采用文学理论、文学批评的框架。这当然有它的必要性。而且，在这个领域中，过去的三十多年也取得了傲人的成绩，相当有效地建立起了一套研究范式。不过，仅仅从这个角度出发，就会把很多"不着调"的评注，也就是不符合现代文学批评定义的评注文字给排除在外了。我这里处理的《才子牡丹亭》就是这样一本三十多万字，但又相当不着调的评注。不过，我感兴趣的，不是它对《牡丹亭》的解释是否荒谬，而是它为什么会采取这样一种方式来读《牡丹亭》。从历史的角度看，非常奇怪的是它竟然出现在康熙和雍正时期。照我们一般的理解，那是一个文字狱盛行，至少也是一个文化保守主义的时代，可是为什么偏偏出了这样一部近于语言狂欢的评点？当然，我最初的动机只是想要读懂它：我看到其中的第一篇就是序文，从《西游记》讲起，乍一眼看去，完全不得要领。我想最后我还是读懂了，因为我把它对《牡丹亭》的诠释方法，追溯到晚明戏曲小说和通俗歌曲的母题、暗喻和象征系统里面去了，这样一来，就豁然开朗了。假如一开始端好架子，非要做一篇文学批评或文学理论的文章，那恐怕就麻烦了。

杨彬：最后我还希望您谈一谈对小说研究前景的展望，在这个领域，甚至更大的人文学的领域中，在可见的未来，会出现一些什么新的范式或潮流，对我们自己的学术生活又会产生哪些影响？

商伟：这个话题可不大好说。自结构主义以来，学术界经过几次巨大的学术范式的变化，从解构主义一直到新历史主义，都各有贡献。不过，看上去不会再出现一个潮流统领时代的局面。如果仅就小说研究来看，它与几个邻近的研究领域的互动，已经产生了不少新的成果，比如采用书史和阅读史的方式来研究小说，就有一些不错的著作。总的说来，在小说研究的领域里，不乏有抱负的学者，不断从新的角度来回答一些重大的问题，其中的一些学者，未必是文学出身。本尼迪克特·安德森并不是专门研究小说的学者，但他对民族国家的想象社群研究就是从小说报纸和印刷文化开始的。

另外一个正在发生的重要变化，有可能与我们每一个人都有关，那就是人文学研究在一个信息数据化的时代究竟面临着哪些机遇和挑战。用计算机的数据统计来研究作者问题，在中国学术界至少可以追溯到 20 世纪 80 年代，但是近年来的文本数据化已经在完全不同的层次上改造了学术操作和写作的方式。从前做小说素材研究，得遍览群书，现在可能在电脑上敲进一两个名字，结果就跳出来了。大量的材料都可以通过数据库而为我们所用，这是从前难以想象的。所以，我想我们还会在乾嘉学的路子上走很久。

数据库不只是一个工具，还可能影响到学术范式：大量处理数据材料，并在其基础上建立模型，可以提供一个更大的视野，重塑我们对一个时代或其中某一方面的理解，也有可能会导致接近社会科学的研究范式和方法。当然，这还取决于我们提出什么问题。对于社会史家来说，终于有可能根据数据来验证北宋至南宋的转折时期，地方乡绅如何开始通过婚姻建立地方网络关系。而文学学者也可以采用类似方式，来考察奥斯汀小说人物建立社会关系的模式。在小说研究领域，弗兰克·莫莱蒂（Franco Moretti）一马当先，采用数据资料，描绘各种图表，展示 19 世纪英国和法国小说如何称霸全球，从文化上支持了中心与边缘的全新格局。他希望通过处理大量数据材料，给出一幅宏观图景，而不仅仅依赖个别文本的细读或一个模糊的总体印象。这种做法问题很多，但前景也令人振奋。为此，他还发明了一个词儿，叫"远距离阅读"。

数据化正在宏观和微观两个层面上改造当今的人文学研究，利弊参半，但提出了一些更基本的问题：什么是学术研究？怎样阅读？数据库和当下的网络一样，发生了民主化效应：不必是饱学之士，也能写论文；未必要通读全书，就可以大量征引——跳读、选读成了阅读的基本方式。在一个以数量衡量学术的时代，这也势必造成学术著作不成比例地堆砌材料、立论和推理能力的退化、细读为浅阅读所替代、写作的程式化和非个人化等可以想见的毛病。当然，即便如此，或者说，恰恰是因为如此，我们才不得不认真思考关于学术的最基本的一些问题：究竟是什么真正构成了学术研究和学术写作的不可替代的特质和意义？

随着电子资料库的日益普及，我们又站到了同一个新的起点上。真正的工作发生在出发之前和出发之后。

2020 年 12 月修改

原载于《文艺研究》2013 年第 7 期

传统小说是取之不尽的富矿*

中国古典小说的探究领域究竟还有多广？当许多人不得而知只能望洋兴叹之际，哥伦比亚大学教授商伟却是"凌云健笔意纵横"，其兴致之高，研究之深，近年来已出版的《礼与十八世纪的文化转折：〈儒林外史〉研究》正是一部拓人视野之力作。最近，商伟受邀回国讲学，这一次其演讲重点在于从视觉文化、物质文化等角度切入研究《红楼梦》，而新作《图像〈红楼梦〉》也不断有篇章问世，令人满心期待。日前，商伟接受本报记者独家专访，细谈其心中无穷无尽的中国古典小说研究世界。

---

* 原载于《深圳商报》（2015 年 7 月 26 日），魏沛娜采访撰文。

换一个角度解释《红楼梦》的主题

在这几十年来连篇累牍的"红学"研究中，淘沙式的研究似乎不见多少"金子"。而值得关注的是，商伟最近受邀到上海和武汉的演讲，主题是《假作真时真亦假：〈红楼梦〉与清代宫廷的视觉文化》，他希望"换一个角度来解释《红楼梦》的主题"。那么，他的勇气来自哪里？

"研究《红楼梦》的勇气和信心，主要的依据当然来自小说自身。"商伟说。《红楼梦》是中国文学、宗教、艺术和文化传统的一个精彩缩影，它的文本具有无与伦比的内在丰富性和复杂性，经得起反复细读，而且每一次阅读都会有新的发现。"我希望能把发现的喜悦传达给听众和读者，因为这正是《红楼梦》的魅力所在，也是它成为经典的内在原因。"

但是，在商伟看来，还有一点很重要，《红楼梦》这部小说经过读者接受和经典化的过程，已经变成了中国文化自我诠释、自我理解的重要组成部分，同时也参与了中国文化由传统向现代的历史演变过程：它讲述的是"我们"的故事。"也就是说，它参与塑造了我们，现在的问题是：我们和我们的时代究竟能否通过对它的研究和解释而有所回馈。从这个意义上说，对《红楼梦》的研究是永无止境的。"

也许有人会问：关于《红楼梦》，还有什么新的题目可做吗？让商伟感到好奇的是："为什么研究《神曲》和《堂吉诃德》的学者不提这样的问题，也不这么想？这两部经典的写作时间不是更早吗？研究的历史也更长。"

　　早在 2012 年出版的《礼与十八世纪的文化转折：〈儒林外史〉研究》一书中，商伟让许多读者在阅读过程中惊喜地见到了作者"吴敬梓"，换言之，他不赞同完全把小说和作者分隔开来看待。谈及此，商伟认为，18 世纪中后期的文人章回小说都多少有一些自传性，读这些作品的时候，完全把它们的作者撇在一边是不明智的，也没有太多的道理。"当然，关注作者并不等于做传记批评，更不意味着变成索隐派。无妨称之为小说解读的'语境化'，也就是在小说作品与它的历史语境之间寻找关联点。"商伟解释说，语境化阅读并不总是处理虚构与事实之间的关系，而很可能是在同一位作者或他的同时代作者的不同形式的写作中，发现某些类似的关注及其相互关联的表述方式，而这些书写实践本身就构成了作者生活于其间的"历史"语境的一部分。

从《野叟曝言》考察小说与清帝国的关系

　　目前商伟的研究课题，还涉及《金瓶梅》和其他一些作品。在他眼中，《金瓶梅词话》是章回小说史上的一座里程碑，它从《水浒传》那里脱胎出来，但衍生出完全不同的一部小说。商伟表示，这一现象本身就具有小说史的意义，同时也提醒我们注意这部作品内部文本构成的独特方式。"我们通常认为《金瓶梅词话》的特点是写实，固然不错，但失于简单。这个说法遮蔽了小说内部惊人的复杂性。"

尤要一提的是，除了《儒林外史》《金瓶梅》《红楼梦》这些众所周知的"经典"之作，商伟也对其他知名度不高的小说感兴趣，例如《野叟曝言》。"这部作品出现在乾隆中后期，鲁迅先生称之为'才学小说'，现代学者往往从传记批评的角度出发，把它读成了心理学和精神分析的标本。这些研究都有各自的价值，功不可没，但我想就它与清帝国的关系来做一些考察。"商伟指出，"尤其是小说的后三十回，围绕着戏和梦的母题，讲述了以儒教征服欧罗巴的海上霸业，匪夷所思，精彩纷呈，尽管整体而言，这部小说令人难以卒读。"在他看来，这对于理解18世纪中后期如日方中的清帝国的自我定位、"天下"想象，以及帝国内部的文化宗教和血缘族裔等问题，都有着无可否认的相关性。

"此外，《野叟曝言》在这一部分还连篇累牍，写了为小说的主人公文素臣的母亲水氏所举办的百岁寿辰庆典，并且上演了《圣母百寿记》长达百出的连台大戏，小说家的妄诞狂想似乎再度飙升。但仔细考察，就不难发现，这个情节和乾隆中后期崇庆皇太后的三次千秋节庆典不无关系，同时又蕴含了跟天主教的圣母玛利亚崇拜竞争对抗的潜台词，与小说中以儒教征服天主教的欧罗巴想象更是一脉相承。这样看来，这部通常被视为作者'意淫'和'梦呓'的作品，竟然涉及了那个时代的一些核心问题，也折射了至关重要的历史内容。

所以我经常说，古典小说研究实在是大有可为的一个领域。连这样一部知名度不高的小说，都大有文章可做。"商伟说。

他坦言，他的古典小说研究体现的可能更多的是一种态度和倾向，因为他希望在小说研究中，将历史研究与文本细读结合起来。"这是一个方向，说易行难，还有待努力。"其次，在具体的研究上，他持开放立场，主张量体裁衣，根据一部作品的特定情况，来提出问题，并采取相应的方法。"这意味着研究者不断丰富自己，拓展自身的知识领域，甚至做跨界研究。现代医学有诸如内科、外科之分，但研究章回小说，尤其是《红楼梦》这样的作品，是不能这样来分科的。"商伟认为，《红楼梦》是中国文学的集大成之作，是一部文化大百科。如果把它都分别划给了别的学科，"文学还剩下了什么？对小说作品的整体性理解，又从何谈起"？

商伟强调道："传统小说是取之不尽的富矿，小说研究因此才如此激动人心，令人神往。"

任思想恣意翱翔的蓝天

虽然商伟一直走在中国古典文学的道路上，但也许有人并不知道，他最初专攻魏晋南北朝隋唐文学研究，后来才转向明清小说。在当今学术分科壁垒森严的环境中，这样的转向可能有些不可思议，但商伟告诉记者，当时他"几乎没费任何踌躇"。

1978 年 10 月，商伟离开福州，开始了他在北京大学十年的生活。而在离开北大即出国前的两年（1987—1988），他一直在协助林庚先生写作和整理其《西游记漫话》。在此期间，他的研究兴趣也转向了小说戏曲。商伟坦言，这一段日子过得非常开心，像林庚先生在后记中说的那样，"谈论《西游记》成了生活中的一大快事"。

"你能想象那种快乐吗？"商伟问。后来他写过一篇文章，建议所有被学业折磨得痛苦不堪的学生，好好读一读这本小书。"这一段经验给我留下了深刻的印象。林先生的主要研究领域是古典诗歌，但转过来研究小说，也如鱼得水。所以，在我看来，似乎毫不费劲。当然，转向小说还有一个原因：在 20 世纪 80 年代后期的语境中，我越来越感到，小说提供了更大的空间，使得我们能够更自如，也更广泛地探讨社会文化历史等相关问题。"商伟说，这个想法大致反映了当时普遍的社会氛围和心态，未必人人都这样想，但的确影响了他的决定，也多少体现在他此后的学术取向中。

"无论如何，我今天仍然认为，重要的是从小说中发现有意义的问题，而其中的关键又在于学会解读小说的文本。只有在小说文本内部有所发现，才可能有效地与历史研究对接，或从事跨学科的比较。"商伟强调说。

从北京大学到哈佛大学再到哥伦比亚大学，游走于东西方的商伟也不无慨叹，当下国内从大的环境到学术氛围，都发生了巨大的变化。他觉得自己很幸运，在不同的阶段上都得到了良师的指导，也从学界的朋友那里不断获得支持和灵感。对此，他心存感激。"今天这个时代，给年轻人带来了许多我们当年无法想象的便利，但同时也造成了许多预想不到的困难和压力。时代的大环境，学术体制和就业市场——这些都不是我们个人可以左右的。我们所能做的，是争取为自己和年青的学生创造一个积极的状态。希望每一个人的头顶上，都有一个让思想和想象恣意翱翔的广阔天空。"这也是商伟对似乎消逝已久的 20 世纪 80 年代的"理想主义"仅存的美好希冀。

2021 年 11 月修改

《儒林外史》和《红楼梦》构成了中国现代小说的起点 *

文人时代的结束

问：在《剑桥中国文学史》中，你写的那一部分是清中叶的文学，你把这一段的中国文学称之为"文人的时代及其终结"。你这里的"终结"是何种意义上的终结？

商伟：我所说的终结，指的是我们所熟悉的、自中唐之后一

---

* 原载于《东方早报》(2013 年 7 月 19 日)，石剑锋采访。

直居于支配地位的文人文化，到了 19 世纪中叶开始变得难乎
为续了。鸦片战争带来了巨大的结构性变化，但这在此后的
长时段中才逐渐呈现出来。相形之下，太平天国的后果来得
更直截了当，立竿见影。这一场旷日持久的战争对江南和其
他经济、文化中心地域造成了灾难性的破坏，迫使那里的文
化精英迁往他地，包括新兴的半殖民地都市上海，并试图在
全然不同的政治、经济、社会和文化格局中，着手重建他们
的文化传统。太平军被平息之后，的确出现了文人文化复兴
的短暂时期，但整个历史语境已经无可逆转地改变了，文人
士大夫不得不面对一个他们无法理解、更难以驾驭的世界。

　　当然，这一变化并非一两个历史事变的产物，而是在此前
的时期中就已略见端倪了。在乾隆年间日益复杂而多元的社
会文化变迁中，作为文化精英的文人，一方面发生了内部的
剧烈分化，另一方面也在一些新兴的文化场域中失去了引领
潮流的作用。例如地方戏，基本上就是在文人的影响场域之
外迅速发展起来的。此外，在商业出版的新时代，文人作者
也被急剧边缘化了。早在 18 世纪，这样一些重要的结构性变
化就已经在酝酿和发生了，支撑文人文化的基础设施日渐削
弱，他们所珍视的价值和传统也正在遭受挑战。

问：你这一章的第一部分，你称之为"漫长的乾隆时期"，你
主要从文人小说和文人剧、地方戏来展开，可是小说和戏曲
通常都被认为是通俗文学的一部分，为何是小说和戏曲而不
是这个时代的诗文？

商伟：这是一个很好的问题。假如从当时文坛的当事人的角度来看，这一百多年（1723—1840）的文学，当然依旧以诗文为主。乾隆时期的文坛领袖人物，如沈德潜、翁方纲和袁枚，都以诗名世，而且尽享天年，作品也相当丰富。整个乾隆年间的诗文放在一起，可以说是汗牛充栋，不可胜计。如果以当时人的视野为依据来描述乾隆时期的文坛，显然应该把焦点锁定在传统的诗文上。关于这一时期的诗歌，你可以一直写下去也写不完。

可是在当时的文坛上，还有一些十分重要的变化正在发生，文坛的中心未必意识到了，而没有意识到不等于不重要。我们把明清时期的戏曲小说定位为"通俗文学"，但在乾隆中后期，出现了一些文人章回小说，无论以什么标准来判断，都算不上通俗。相反，它们被彻底文人化了，而且事实上也不再通过商业印刷来传播了。其中最著名的例子就是《儒林外史》和《红楼梦》，在作者生前和过世后许多年间，都只是以抄本的形式在亲友的小圈子内传阅，知名度也仅限于某些地域。但这一现象本身就标志着小说史上一个里程碑的变化。

同时，这一时期文坛的中心人物对地方戏的崛起也缺乏得力的回应，更谈不上有效的参与。地方戏活跃在舞台上，却没有产生文学杰作。随着昆曲的式微，文人主宰的戏曲文学时代也落下了帷幕。这是当时的文人精英所不愿看到，却又无力改变的，也是文学史应该认真处理的问题。

问：我很感兴趣的部分是那个时期的商业出版。在那个时期，商业出版与文学之间呈现什么样的关系？

商伟：印刷出版是这一时期文学传播的基本方式，就诗文和戏曲而言，主要是以私刻本为主。吴敬梓四十岁前的诗文作品也曾结集刊行，所以在当时的文人读者圈里，他也是以诗文而为人所知的。私刻本通常不以赢利为目的（当然也有例外），印行的数量和传播的范围都相对有限。

坊间的商业印刷就不同了。在明代中后期，以福建为中心的出版印刷业，形成了全国范围的发行网络，在小说和其他类型的书籍的生产和流行等方面，起到了至关重要的作用。当然，福建出版业一直可以追溯到宋元时期，但到明末就衰落了。

近年来的学术成果表明，在清初至乾隆年间，商业出版发生了巨大的变化，开始变得更为地方化和专门化，也更加关注书籍市场中基层读者群的需求，这样一来，与文人作者的圈子就逐渐拉开了距离。明代后期，文人直接参与商业出版，出现了像冯梦龙这样的职业或半职业的编者和作者。但到了18世纪，商业出版渐渐与文人作者脱钩了。这直接体现为文人白话短篇小说创作的式微，而乾隆年间的文人章回小说的杰出作品，如《儒林外史》《红楼梦》和《歧路灯》等，在当时则基本上是以抄本的形式流传，传播的范围和流行的程度都远远无法与晚明的章回小说相提并论。就像我刚才说的，从任何意义上看，它们都不能算是通俗小说了。作者并不打算或无法通过商业印刷来牟利，在写作的时候，也没有受到市场的压力。这从根本上重塑了章回小说。从效果来说，章回小说一方面经历了文人化的洗礼，获得了前所未有的深刻性和复杂性；另一方面在公共传播上则处于前所未有的劣势。这些作品有待于后世的"发现"，它们的影响力主要体现在 19世纪和 20 世纪。

章回体与中国现代小说

问：三联曾出版了你的一本专著《礼与十八世纪的文化转折：〈儒林外史〉研究》，这本专著的内容，在年代上与"文人的时代及其终结"是重叠的。在写作"文人的时代及其终结"的时候，是否也与你在这一领域中其他的学术思考和写作有关？比如说，关于《儒林外史》和《红楼梦》的历史影响与现代命运。

商伟：《礼与十八世纪的文化转折：〈儒林外史〉研究》的英文版出版于 2003 年，先于《剑桥中国文学史》的写作，不过，其中关心的问题有内在的一致性。《儒林外史》以局内人的角度描述了儒家精英社会的危机，也对文人文化做出了深刻的反省，为我们展示了一个当时的内在视野，这一点我觉得非常重要。吴敬梓压根儿就没打算写一本流行小说，在小说的形式和内容上都做了文人化的实验，并且在叙述展开的过程中，从不同的角度探索文人生活的新的方式、意义和生存空间。参照18世纪其他几部文人小说（包括《红楼梦》《歧路灯》《绿野仙踪》等）来读，我们可以窥见文人精神生活的一些重要侧面，也可以多少了解当时社会、文化和政府体制所面临的问题。

我这里只想举一个例子：《歧路灯》中的人物谭忠弼谈及文人精英自我再生产的危机和焦虑时，说"许多火焰生光人家，霎时便弄的灯消火灭，所以我心里只是一个怕字"。危机不只是来自体制内部，而且来自精英子弟的不满和幻灭。《红楼梦》中的贾宝玉和《儒林外史》中的杜少卿，与《歧路灯》中的谭绍闻多少有些相似，都是精英家族的叛逆子弟，对自己预定的社会角色毫无兴趣，既不能从地方乡绅的生活中获得成就感，更不愿意把生命浪费在毫无结果的科举考试上。他们寻求解脱或自赎的方式各异，但挣扎的历程都同样艰辛，同样充满了迷茫和痛苦。对于这样的叙述，五四以后的现代读者都感同身受，从中读出了现代的意味。

以《儒林外史》和《红楼梦》为代表的18世纪中叶的文人小说，标志着章回小说革新的最后一个高峰，并且将此后19世纪乃至20世纪初期的长篇小说，笼罩在它们的影响之下。即便在一个西方小说的影响日益卓著的时代，这两部作品也仍然是小说叙述创新的基本来源。从这个意义上说，它们预示了中国现代小说的出现，也在事实上构成了中国现代小说的起点。这不仅体现在晚清和民国初年流行于都市阅读公众中的言情伤感的章回小说中，同样不容忽视的是，在

1931 年之后，出现了以巴金的《家》《春》《秋》为代表的"激流三部曲"，它们都打上了《红楼梦》的鲜明标记。这表明，在西方小说哺育下生成起来的五四现代白话小说开始与传统小说合流，唯一不同的是，它们放弃了章回小说的形式。借助西方小说的外部形式，《红楼梦》转世再生，见证了它不朽的生命力，并吸引了大众读者。而在此之前，西方现代风格的长篇小说，像叶圣陶的《倪焕之》和茅盾的《子夜》，都只是小众文学。

不过，章回体并没有销声匿迹。像曾朴这样的作家，一直到 20 世纪 30 年代仍然在孜孜不倦地写作章回体的《孽海花》。我们知道，他本人受过良好的法国文学教育，可以通过法文阅读原作，还出版了不少译作。但是提起笔来写小说，他却选择了章回体的形式。这究竟是为什么呢？如果我们仔细阅读，就不难发现《孽海花》是一部极具企图心的作品，在一个宏大的时空框架内容纳了众多的叙述体裁、类型与母题。因此，曾朴心目中的长篇小说绝非西方小说的分类所能概括。恰恰是在章回的体式中，他找到了小说叙述实验所需要的凭借，看到了杂糅历史、驰骋想象的全景式宏大叙事的可能性。他在章回体中融入了许多西方小说的叙述技巧，而不是将章回体本身视为过气的形式，更没有把它当作现代小说创新的负担和累赘，必欲除之而后快。这一现象及其背后的意义，都足以发人深省。

在我看来，20 世纪关于中国现代性的宏大叙事，也正是在与《儒林外史》和《红楼梦》这类作品不断对话的基础之上，逐渐建立和发展起来的。从这个意义上说，这些作品构成了现代思想文化史的资源和研究对象。这并不意味着18世纪可以被纳入我们今天所说的现代史的时间范畴。而是说，20世纪知识精英对《红楼梦》和《儒林外史》的不断重读，不可避免地折射在了中国现代小说史，甚至中国现代思想史和文化史当中。中国现代的知识分子往往正是通过解读这些作品来理解自我，理解他们20世纪的处境和历史命运，并且理解他们自身的现实使命。

仍以巴金的"激流三部曲"为例，五四时代的反抗起源于对父权的反叛，它首先发生在大家族的内部，是一部传统家庭传奇（family romance）。五四青年在贾宝玉与贾政的关系中，读出了自己的故事，并且如临其境，刻骨铭心。他们所反叛的正是贾政这样的父亲，是他所代表的父权制的整个体系与支持这一体系的价值观和社会权力结构。巴金当然还受到了俄国小说的影响，他笔下那些欲振乏力的男主人公的身上，也打上了"多余的人"的印记。但就历史处境而言，他们与"多余的人"并无多少相同之处，倒是与贾宝玉同仇敌忾，有一些惺惺相惜的意思。

文学史的写作：
特权、局限与多元化的必要性

问：《剑桥中国文学史》的编写，是否可以这么理解，通过这些作者的视角重新定义何为经典，哪些作品可以进入文学史？在你写作的那一部分内容中，哪里可以体现这一点？

商伟：文学史的书写是建立文学典范的重要途径，但也最好不要滥用这个权力。写作文学史为我们提供了一次机会来面对文学史知识生产的基本问题：文学史不同于百科词条，必须对不同时期的文学风貌做出描述和叙述，那么，我们以什么为依据来做这种描述和叙述呢？又怎样来界定文学史的视野？用你的话说，哪些作品可以进入文学史？由谁来决定？

我们可以做这样一个设想：假如一位乾隆年间的文人起死回生，读到我们今天写的那个年代的文学史，他会做何反应？我们的后见之明与当事人的视野究竟有多少重合之处？在我们写的文学史中，他会碰到很多不熟悉的名字。我们把《儒林外史》《红楼梦》以及其他好几部文人章回小说放在了乾隆时期的中心位置上，这一定会让他大吃一惊。

让他吃惊的还远不止于此。我在这一章里还谈到了闺秀的弹词、市井的鼓词，以及地方戏的编辑出版等，这些恐怕全都在当时文坛中心的视野之外。我刚才说过，当时文人没有注意到的现象和作品未必就不重要，历史书写总不免求助于后见之明。但问题是，我们还要不要在文学史的写作中，尽量保留或努力恢复当时的视野？我们必须在后见之明与当时的视野之间做出选择吗？

实际上，这两个概念本身都值得深究。所谓后见之明，往往是历史目的论的产物，建立在"时间是最公正的裁判"这样一些似是而非、也无从论证的信念之上。而当事人的视野也有一个选择的问题，为什么是他的视野，而不是任何一个别人的视野？不仅如此，我们也丝毫没有理由假定当事人的视野就是单一的、固定的或一成不变的，是铁板钉钉的事实，等待我们去发现，而无须经过任何主观解释的过滤。

这些问题都应当引起我们的警觉，必要的时候也可以做出说明。无论是"接近历史真相"，还是以历史的名义对过去做出判决，都有各自的陷阱，也有各自的极限。正因为如此，在文学史的研究和写作中，我们应该鼓励多元化，尤其是对文学史的某个特定时期的文学风貌，做出多元化的描述和理解。我首先想到，能否以袁枚为中心或以南京为中心来写乾隆时期的文坛？写出他们的视野，还有他们的价值评判。袁枚是诗坛的另类领袖，与宫廷的桂冠诗人相对抗，同时也拓展了文坛的疆域。他广交在野的文人，也经常炫耀他的随园女弟子。这些话题近年来都已经进入了文学史写作的视野。他与吴敬梓和曹雪芹一样，都曾与南京结缘，但好像又失之交臂：他见过吴敬梓，也几乎可以肯定他知道吴敬梓写了一部《儒林外史》，读没读过就不清楚了；袁枚也听说过《红楼梦》，并且声称大观园就是他家的随园。但他本人是以诗闻名的，而他眼中的乾隆文坛，没有为这两部小说留下任何重要的位置。

这是我个人的看法：文学史的研究和写作都无妨多样化和微观化。在这方面，我们可以借助历史学的个人史和微观史的研究成果，把文学史的叙述对象限定在一个短时段中，或落实在一个有限的地域范围内，甚至以一个人物或一群人物为中心来展开叙述。这样写起来会更深入，也有可能达到以小见大、一叶知秋的效果。我们固然需要一个朝代的全景式文学史，但也不能动不动就来全景式的，看上去面面俱到、五脏俱全，实际上却像是开清单、摆拼盘，材料内部既缺乏有机的整体性，叙述的脉络也不清晰。文学史毕竟不是作家传记大全、作品选集介绍和史料汇编，也不是三者组合拼凑的结果。

我当然不可能在这一章里采用这种微观文学史的写法，但有义务指出《儒林外史》和《红楼梦》在当时并不广为人知的情况。除去个人的判断之外，还应该说明这些乾隆年间的文人章回小说在后世被发现和接受的历史。从流传和影响来看，《儒林外史》和《红楼梦》更多地属于 19 世纪和 20 世纪。这样一个历史错位是发生在漫长的时间过程中的，仅限于作者生活的年代，是完全无法预见的。

问：这几十年来，中国文学史的著作非常非常多，在你看来，文学史对文学的意义在哪里？

商伟：的确如此。不过，《剑桥中国文学史》的情况有些不同，因为它主要是为西方的读者撰写的。这些读者对欧美文学可能有不错的修养，但对中国文学却所知甚少。我们在写到文学作品时，不能假设他们具备起码的知识储备。这是一大挑战，但也迫使我们回到文学史的最基本的要素，那就是文学作品本身。也就是说，我们不得不寻找一种方式，去恰当地把握住这些作品艺术创造的核心特质，能够让具备文学阅读经验的读者对它们发生兴趣，产生阅读的冲动。

据说在最近的一项调查中，《红楼梦》在"读不下去的文学作品"中名列榜首。如此坦诚，也没什么不好，至少不必假装喜欢《红楼梦》。《儒林外史》不在其列，但也未必是什么好消息，因为很可能早就被打入另册，属于没人要读的书单。这对我们提出了一个显而易见的问题：在一个《红楼梦》都读不下去的时代，写文学史意味着什么，又该怎么写？

文学史不只是文学知识汇编，也不是著名作家和作品的排行榜。文学史的写作为我们提供了一个机会，向读者讲述过去时代发生的事件和产生的作品。这些作品未必对我们今天的胃口，与当下的生活也八竿子打不着。但是我们不能因此就只读自己熟悉的那点儿东西，更不应该画地为牢，以贫乏的自我为中心，假定我就只喜欢读我熟悉的作品，别的作品一概不感兴趣。我们应该走出自我的狭小天地，看一看过去的时代，读一读过去时代的作品，感受它们精深博大的精神风貌。这些作品不见得好读，但包孕了丰富的人生阅历和历史内涵，并且被很多人读过，影响了一代又一代的读者和作者。我们至少应该了解一下为什么它们如此重要，为什么经得起反复阅读，并且越读越精彩？为什么它们会产生如此巨大的影响，以至于那么多的读者在放下书之后，已无复故我，获得了新生？就这些方面而言，文学史不仅仍有必要，而且大有可为。

2022 年 10 月修改

时间也蕴含了错误和遗忘：
谈文学史的写作 *

文学史的分期不宜看得过于绝对

问：《剑桥中国文学史》的一大特色是各个章节的分期，不完全以传统的王朝为依据。您撰写的下卷第四章"文人的时代及其终结"是 1723—1840 年，始于雍正即位，止于鸦片战争。但这一章截止于 1840 年，是否仍旧是一个显著的政治分期？请谈谈这一章对于分期的考虑。

---

* 原载于《北京青年报》（2013 年 7 月 12 日），尚思伽采访。

商伟：关于这部文学史分期的总体构想，可以参见宇文所安、孙康宜两位主编的几次访谈。我在这里只能根据我写的有关1723—1840 年（即盛清时期）这一章来谈谈感想。写作文学史，分期是一大问题。近年来的一些文学史已经开始考虑以文学和文化的延续性和独立性作为分期的依据，以摆脱对朝代的依附。这样做很有意义，但真正的意义恐怕还在于提醒我们不能把分期本身看得过于绝对，变成了历史分期决定论。因为所谓分期不过是文学史叙述中一个人为的时间标志，或沿袭传统而来，或打破惯例以展现历史发展的另类可能。关键在于新的时代分期究竟能否名副其实地提供新的视野和新的历史洞见。

就我写的这一章而言，下限既可以是鸦片战争，也可以是太平天国，前后相差不过十年多一点儿，对于理解当时的文学创作不会造成根本性的差异。若就影响而言，太平天国的后果当然来得更直接。因此，我在这一章的结束部分也对太平天国之后的那个时期做了一个展望。鸦片战争的历史意义很多年后才真正显现出来，并非所有当时的精英都在一夜之间不约而同地意识到了它的划时代的严重性。

历史叙述需要戏剧化的转折标志，往往落实到某一年甚至某一天，但实际的历史过程却要复杂而缓慢得多。在中国这样一个幅员广阔、地域差异明显的国度，尤其是如此。文学史的展开不仅是时间性的，也是空间性的。在某些具体的例子中，空间的因素可能比时间的因素还要重要。

我们今天的学者得益于后见之明，往往比彼时彼地的当事人知道得更多。这是好事也是坏事，因为我们自诩的"历史高度"往往是以牺牲当时的视野和观点为代价的，后见之明有可能变成对历史的遮蔽。我们称16世纪晚期为晚明，朝着王朝覆灭的方向一路走去，但当时的文人和官员很少这样看。直到1620年之前，王朝末年的危机意识也不常见。后金的确构成了严重的边患，但1620年之后才逐渐升级，变成了危及王朝的挑战。至于世风日下、今不如昔的感叹，每个朝代都司空见惯，本不足为据。除非在朝廷上歌功颂德，以博取龙颜大悦，饱读诗书、谙熟历史的儒生很少会说今胜于昔。毕竟，作为儒家黄金时代的周代，只存在于历史的书写与记忆当中，无法重现于当下。我这里想说的是，我们不能拿今天的后见之明取代当时人和当事人对历史危机的认知与判断。其次，我们还应该提醒自己，空间是时间的载体。很多后来名载史册的历史事件，在当时有可能传之不远，也未必尽人皆知。即便明亡这样重大的消息，传到某些边远地区，不知延迟了多长时间。北京被清军攻陷之后，这些地区事实上仍旧生活在明朝。对于这些地区的老百姓来说，清廷关于服饰的诏令不过是一纸空文。哪怕是传达下来了，也几乎形同虚设，没有谁当下就可以更换服饰，与朝廷保持同步。

对于文学史的研究来说，我们通常有一个"全国"的整体观念，而且不假思索地预设当时的文人作者，无论身在何地，都生活在一个共享的透明的朝代空间中，完全低估甚至忽略了各类信息在广袤空间中传播时所受到的阻碍、延迟和耗损流失。他们无论信息如何灵通，也未必具备我们今天视为理所当然的关于那个时代的"常识"或"全景图像"。在历史研究，包括文学史的研究中，地区间的差异和相对隔绝是我们不能不考虑的重要因素。

对于文学史研究来说，分期无疑是必要的，但这又不过是一个人为的标志，无论怎样划分，都避免不了这样或那样的缺陷，而且意义有限。明白这一点比什么都重要：任何历史分期都只是暂时的、策略性的，并且通常是后设的。就某些具体的研究而言，甚至唯有修正乃至克服了这些事后设定的分界线，才有可能更接近当事人的经验和视野。

文学史与文化史

问：孙康宜教授在《剑桥中国文学史》中文版序言中说，该书"采取更具整体性的文化史方法，即一种文学文化史"。书中体现的文化史研究，或者按国内通常的说法是"新文化史"，其基本特点是什么？

商伟：关于这一点，当然还是应该问主编。就我个人来看，恐怕还是应该将文学文化史放在文化史（cultural history）的范畴和脉络中来理解，而与文化研究（cultural studies）区分开来。文化研究通常涉及物质文化、通俗文化或大众文化，但文化史不然。其中不乏传统意义上的宏大叙事，如 Jacques Barzun（雅克·巴尔赞）在 2001 年出版了一部近一千页的巨著，题为 *From Dawn to Decadence: 500 Years of Western Cultural Life, 1500 to the Present*（《从黎明到衰落：西方文化生活五百年，公元 1500 年至今》），对西方过去五百多年的思想、哲学、宗教、文学、艺术做出了一个宏观的回顾。他就立场而言是保守派，但声称自己的著作是文化史。显然，他是在更传统的意义上使用"文化"的概念。我们经常提到的心态史（history of mentalities）、印刷史、书籍史、阅读史等，也都可以放在广义的文化史的范畴中来理解。例如 Carlo Ginzburg（卡洛·金茨堡）于 1976 年出版的 *The Cheese and the Worms: The Cosmos of a Sixteenth-Century Miller*（《奶酪与蛆虫：一个 16 世纪磨坊主的宇宙》）就被认为是文化史的一部代表作。它以被主流史学所放逐的一位磨坊主的精神生活为研究对象，看上去符合、至少是接近我们通常所理解的通俗文化的定义。但这一研究又不能简单地归入通俗文化研究的范围，因为那位磨坊主的精神世界是透过他对《圣经》的解释折射出来的。而且这些解释原初只是口头的，经由法庭书记官的记录才得以保存至今。也就是说，这一份记录经过了书记官的中介与过滤，至少已经与磨坊主的看法隔了一层。因此，这样的心态史和文化史研究往往跨越了社会阶层和雅俗文化的分野。尤其值得一提的是，作者十分关注知识流动的现象，通过微观的个案研究，以小见大，揭示了启蒙运动、宗教改革和印刷术对磨坊主这样一个边缘化的小人物的渗透与影响。1989 年，Lynn Hunt（琳·汉特）编辑出版了一本论文集 *New Cultural History*，对此前十多年间出现的文化史研究成果做了一番总结与梳理，统称为"新文化史"。

说到文化这一话题，今天常见的"城市文化""原住民文化"和"大众文化"等用法，已经超越了传统的定义。这些词组中的"文化"指的是一种生活方式，受到了社会人类学或文化人类学的影响。

《剑桥中国文学史》的作者可能在几个不同的意义上使用"文化"的概念，未可一概而论。实际上，"文学"这个范畴，应用在传统中国，也找不到准确的对应词，在定义"小说"时，显然更不能以虚构性作为必要的前提。"文化"的概念则宽泛得多，可以涵括非虚构的文类的写作实践，也可以覆盖从思想学术到印刷文化和书籍史等诸多相关的领域，因此为文学史的叙述划出了一个更为广阔的整体空间。

摆脱文学史的迷思与崇拜：
文学史写作的突破有赖于专题研究

问：中国文学史的版本已经有若干了，而且文学史的写作还在持续。那么文学史研究有什么突破的可能吗？

商伟：如果算上断代文学史和文体文学史，中国文学史近年来新作不少，也的确出现了一些新的变化。读本科的时候，上文学史课，那时讲唐代的边塞诗派和山水田园诗派，还有白居易的"新乐府运动"——这个说法当然最早是胡适提出来的。把一些写作类似题材的诗人都纳入一个共同的诗派来讨论，也不管他们是否抱着相同的想法，甚至彼此之间有无交往。这从常识来判断，就很难成立。至于白居易的"新乐府运动"，主要证据就是他和元稹回应李绅的那一组诗作而已，可是白居易本人说，他在很长时间内，对此秘而不宣，"我有乐府诗，成来人未闻"，哪里谈得上"运动"呢？像这样的说法，新近编撰出版的文学史基本上都不再沿用了。北京大学中文系的杜晓勤教授写过一篇长文，专论所谓的"新乐府运动"。袁行霈先生主编的《中国文学史》甚至还在白居易那一节加了很长的一个注，总结了近年来这方面专题研究的学术成果。

这是一个很好的例子，有助于我们回顾和反省文学史写作的历史，这样一个回顾反省应该不分中外，打通古今，为中国文学史寻找恰当的描述方式，也为研究者自身重新定位。胡适本人热衷于"运动"，所以也指派给白居易一个莫须有的运动。他这样说，是沿袭了西方近现代历史叙述的先例——从启蒙运动、宗教改革运动到浪漫主义等，不一而足。浪漫主义的出场，伴随着声明和结社，大张旗鼓，闹得沸沸扬扬。后来的一些文学史，以此为先例，对欧洲现实主义文学也做出类似的描述，与实际情况有显著的出入。这一倾向到了苏联编写的文学史中更加发扬光大，甚至还生造了一个"批判现实主义"的概念，把它强加在文学史的叙述当中。实际上，所谓现实主义的出现是低调的、零散的，各自为政，互不相属，而且往往是通过事后的回顾而被总结出来的。

这个例子也表明，文学史写作的真正突破，有赖于专题研究的深入展开，而不能把希望仅仅寄托在文学史的形式本身。从体例上看，任何一部文学史都得或多或少地铺开来写，要照顾覆盖面，但正因为如此，真正能有几个突破点就功不可没了，不可能全面出击，也很难做到各个击破。

另外我觉得，断代文学史、文体史，编年史和地域文学史，也能够为文学史的写作提供坚实的基础和深入论述的契机。文学编年史和地域文学史，分别从时间和空间两个方面入手，如果相互配合起来，或许能在更为有限的时段（例如，长至乾隆中后期，短至一两代人，甚至为时几年的一个非常时期）和更为具体的地域范围内（集中在一座城市或一个地域，可以跟着文学现象走，也可以跟着文人作者的社交和文学活动的圈子走，未必要根据行政区域来做界定），为我们生灵活现地展示过去时代面貌各异的文学景观。当然，也可以围绕着更具时代感和地方性的问题，并参照地方社会史和文化史的研究成果，做出细致的梳理。我个人认为，在这些方面还有很大的空间和潜力。

文学史与经典的确立和建构

问：很多人认为，进了文学史的是好作品，是经典，坏作品会被时间自然淘汰。但是《剑桥中国文学史》通过对作品的传播和接受方面的研究说明，"经典"不见得是必然的，作品的流传并非完全依赖其文学品质。这样一来，"经典"乃至"文学史"的意义是不是被消解了呢？

商伟：时间当然可能会淘汰大量的平庸之作，包括轰动一时的作品，但也蕴含了错误和遗忘，谁都说不清有多少作品因为技术的原因、天灾人祸和艺术趣味的变迁，而被埋入时间的深渊。把时间看作"诗学正义"的化身，声称"让历史来做评判"，这是神学的命题，而不是文学史的命题。对于神学的命题，我们无法做出历史的分析，也难以通过经验来验证。

　　指出这一点，是为了恢复起码的常识感，谈不上石破天惊的发现，也不致于消解经典和文学史的意义。很多人误以为文学史就是排名榜，对历史上的作者和作品盖棺论定，决出高下。他们对诗文选本也抱着同样的误解，一听说谁的某一篇"经典"没有入选，就以为大逆不道，或大惊小怪。实际上，我们今天认定为"经典"的作品未必都好，也没有必要盲从。训练有素的读者完全可以做出自己的判断。我这样说，并不意味着否定文学作品的内在价值，而是希望我们能够对经典作品采取一种分析的态度。每个朝代都有自己的诗文选本，入选的篇目往往相去甚远，但天也没塌下来。曹雪芹写《红楼梦》的时候，哪里可以预见它的命运？吴敬梓作《儒林外史》，他的朋友还替他感到惋惜，说"吾为斯人悲，竟以稗说传"。他们做梦也想不到在现代人写的文学史中，这部小说会变成一部经典。可见，所谓"经典"是一个历史概念，时过境迁，当年的"稗史"成了我们今天的"经典"，并且在历史上产生影响，从而导致了别的作品的出现。讲述这样一个历史演变与历史影响的故事，是文学史的题中应有之义。

简而言之，经典是在历史演变的过程中逐渐确立和建构起来的，文学史的写作就是这个过程的一部分，因此也应该对经典的形成和构建的历史保持清醒的自觉意识。通过回顾一部作品如何在历史上被反复阅读解释并产生影响，文学史家需要问的是：自己的研究能否对它提出新的洞见？对于历史上被多次认可，乃至长期以来就被视为经典的作品，我们能否提出更有力的解释？这一解释应该包括内在和外在两个方面，以及这两个方面如何在特定的历史语境中交汇互动，从而产生了对这些作品的多样化的解读。越是优秀的作品，文本的意义内涵就越复杂，层次越丰富，所引起的解释也就可能越发多样化。经典作品之所以比别的作品更有生命力，这是原因之一。

问：第四章自然会写到《儒林外史》。您的《礼与十八世纪的文化转折：〈儒林外史〉研究》非常独特，您把这本书定位为"小说研究"。能否谈谈"小说研究"的可能性？

商伟：我所希望看到的小说研究是一种综合性的研究，不应该局限在狭义的文学研究的范畴，也不应该变成思想史或宗教史的附庸或历史佐证。从方法上说，则希望能将文本的细读、风格和叙述方式的分析，与考据和理论建构交织起来，相互推动。只有这样一个整体性的做法，才可能把小说叙述内部的巨大能量开发出来。除了《红楼梦》和《儒林外史》，还有《歧路灯》等其他几部乾隆年间的文人章回小说，都值得下一番大功夫。在这些文人作者的手里，作为文体的长篇小说被彻底改造了，变成了真正意义上的文人小说。不仅如此，如果我们希望理解当时文人的思想、心态和社会处境，以及文人的自我意识，也离不开这些作品。总之，18 世纪长篇小说的文人化是一个划时代的历史事件，需要以综合性的方式来加以考察和分析。

2022 年 8 月修改

唐诗与题写名胜 *

选题的三个维度：诗歌史、文学批评与文化史

问：《题写名胜：从黄鹤楼到凤凰台》（以下简称《题写名胜》）是您"重读唐诗"三部曲的第一部。为什么选择题写名胜作为考察中国古典诗歌和诗论的关注焦点？

商伟：这本书从大家熟悉的两篇诗作说起，一首是崔颢的《黄鹤楼》，另一首是李白的《登金陵凤凰台》。李白的诗作

* 原载于《上海书评》（2020 年 5 月 17 日），丁雄飞采访。

换了一处地点，但却模仿了崔颢的《黄鹤楼》，并通过模仿去与崔颢竞争。涉及这一话题的论文和论著，已经不少了。有人问我说，为什么要在这样一个几无剩义的题目上大做文章，写一本别人已经写过的书？

对这两首诗，后人评价不一，二者高下的聚讼更是没完没了。我不想加入这一争论，但令我感兴趣的是：关于李白《登金陵凤凰台》与崔颢《黄鹤楼》的模仿和竞争，他们究竟是怎么来看的，诗论的依据是什么，能说明哪些问题？比如说，从宋代江西诗派的"夺胎换骨""点铁成金"的立场出发，应该如何为李白辩护？立论的基础是什么？他们相信仿作可以超过原作，"述者"也可以后来居上，超过"作者"。当然，对模仿不以为然者，更是大有人在。他们为李白辩护的方式恰恰相反，首先就否认《登金陵凤凰台》是仿作，甚至认为与崔颢的《黄鹤楼》完全无关，最多也只是无心偶合罢了。这听上去有强词夺理之嫌，但问题是，他们为什么非要这么说不可呢？

题写名胜与登览、行旅、宴饮和访古等场合相关，属于后人所说的"即景诗"或"即事诗"。这与"神游"和"冥搜"的传统不同。神游，即冥想"玄览"，所谓"收视反听，耽思傍讯；精骛八极，心游万仞"，在写作的构思阶段上，向内心世界去搜寻作诗的材料。道家的仙界奇景仅见于"杳冥"之所，而在佛教看来，相由心生，境唯心造。因此，诗人在取境造境之时，精思所至，可以洞见幽微，妙通万象。凭借"冥搜"之"神游"，既能够出有入无，驰骋于虚构之境，也无妨借助心灵之眼，遍览人迹罕至的名山大川，如李白的《梦游天姥吟留别》就是一个著名的例子。

即景诗则不然，通常需要落实在具体的场合上。这其中就包括了我这里所说的题写名胜：既然是登览题写，就务必亲临其地，并且即兴而作，也就是通过写作来捕捉诗人此时此地的所见所闻、内心感受和情感状态。

这一假定对中国古典诗歌具有普遍的意义，不仅限于题写名胜的场合，但无疑构成了题写名胜的必要前提。用清人沈德潜的话说，李白之作"从心而发，即景而成"，没有给崔颢的《黄鹤楼》留下介入的空隙。追本溯源，这一看法出自《诗大序》的"情志说"，假设了诗歌内容与经验世界（作者的内心感受和外部经验）之间具有未经媒介的直接关联和连续性，而且诗歌艺术的高下取决于诗人的经验感受是否真诚，吟诵或作诗是否发自内心的冲动。这里的要害不只是诗歌的"情"与"志"的内容，而在于"在心为志""发言为诗"的整个过程，而这一过程恰恰被理解为是自发的、下意识的，因此也是不可控制的。在这种状态下，诗人的训练、技巧根本就派不上用场，变得完全无关了。这有点儿像庄子所说的"天机"，一旦触发，不知其所以然而然。又让人想到柏拉图的"迷狂说"：诗人唯有在神灵附体的状态下，才能作出动人的诗句，而并不取决于诗人本人是否有能力和才华。此二说与《诗大序》不尽相同，因为它们都将动因归结于天或上帝，但在否定当事人的自主性、自觉意识和自我控制这一点上，却不失相似之处。

这样看起来，如果说《诗大序》果然推出了一个诗学的雏形，那只能是一种悖论式的诗学，或去修辞学的诗学。但它出自正宗，来头不小。执此利器，在辩论中所向披靡。

回到《登金陵凤凰台》，或许真正的问题是：为什么这样一篇看上去直书所见所感、触景生情之作，竟然脱胎于崔颢的《黄鹤楼》？它是即兴之作，无心偶成，还是刻意为之的精思巧构？或者还有别的可能性，而不必二者择一？如果李白借助《黄鹤楼》来看凤凰台，那么，题写名胜的诗作与它所题写的名胜又构成了怎样的一个关系？仅就这一点而言，无论是强调主观表达还是强调客观描摹，都未免有些不得要领。

李白对《黄鹤楼》所作的各种回应，为我们提供了一次机会，来重温和检验古典诗论的一些重要命题。我希望通过对诗歌作品以及作品之间的互文性细读，重构具体语境中形成的诗歌批评的话语场域，由此激活古典诗论的传统资源。

问：讨论题写名胜，为什么要集中在唐代？您强调唐代的"当代文学"视野，能谈谈题写名胜与初盛唐诗坛，以及近体诗的成立定型的关系吗？研究唐代的题写名胜之作，对于我们理解诗歌史有什么意义？

商伟：唐诗很多精彩的名篇都与题写名胜有关，只是我们平常未必留心。要是把这一部分作品都抽掉了，唐诗就会失去太多的光彩，甚至变得面目皆非。

我将这些作品统称为题写名胜，因为它们以名胜之地的地标建筑为主题，同时也往往采取了题壁的方式。名胜之所以成为名胜，固然有不同的原因。自然风光的引人入胜，自不待言，但有关古迹或圣迹的传说，似乎也不可或缺：历史人物或传说中的人物，乃至神仙，曾出于此地或在此短暂栖息，或者传奇般的事件，曾经在此发生。地标建筑因此往往具有纪念性，如黄鹤楼，仿佛以物质的形式，见证了黄鹤的一去不返，或仙人驾鹤而去的传说；或者变成了对纪念者的纪念——后人来到此地，自然会缅怀修建地标建筑的前人。人去楼空因此也成为题写名胜的常见话题。

题写名胜并不始于唐代，但初唐盛唐无疑占了天时、地利、人和。首先，南北统一造就了新的名胜版图，历史胜迹被重新确认，同时又出现了新的地标建筑，如滕王阁、岳阳楼、镇江万岁楼、长安慈恩寺、岳麓山道林寺、巫山神女祠，以及重建的黄鹤楼和济南历下亭等。其次，盛唐兴起了漫游之风，文人读万卷书，行万里路，把诗歌题写在了名胜版图上。其三，近体诗定型于初唐，可以说恰逢其时。初盛唐时期，题写名胜的作品兼用各体，包括骚体、古诗和歌行体，但近体逐渐胜出，尤以七律五律为主。这一切都把唐代题写名胜之作推到了一个新的起点上。

需要说明的是，盛唐时期的近体诗固然有声律上的要求，但还不像后来那么严格，禁忌也不至于太多。按照宋代以下的标准来看，崔颢和李白的这两首诗大概都不能算作七律。可是，为什么宋人严羽竟然称《黄鹤楼》为唐人七律第一呢？这或许可以看作是他反对当下诗风的一个姿态吧。关于这个问题的争论，更多地告诉了我们评论者本人的立场，而盛唐的诗人倒未必十分计较。

细分起来，题写名胜的作品还可以分出一些子类别，例如崔颢的《黄鹤楼》就可以归入登楼诗一类。这些作品以登楼为缘起，多写登高望远所引起的羁旅乡愁，或抚今追昔的感慨。而所登之楼，从一般的城楼到天下名楼，不胜枚举。初盛唐时期的登楼诗，往往押"侯"韵，这个韵目的字包括"楼""流""秋""忧""愁"等，它们形成了登楼诗主旋律中的敏感音符。李白的《登金陵凤凰台》并非登楼之作，但因为回应崔颢的《黄鹤楼》，所以押了"侯"韵。其他的登览题写之作，也有这种情况。

从题写名胜入手，可以看到唐代的名胜版图，是怎样被诗歌创造出来的。而这个名胜版图同时也造就了唐代的诗坛版图，所以题写名胜具有双重意义：首先，每一处名胜都产生了一个诗歌题写的系列，每一个系列都有一篇奠基式的作品。这奠基之作未必总是题写此地的第一首诗篇，而是由于迟到者的选择与回应，才把它推上了这个位置。而它的作者如崔颢、孟浩然和杜甫，也因此一劳永逸地将此处名胜"占"了下来，"据"为己有。他们各自的身后，出现了一道绵延不绝的人文风景线。

其次，正因为如此，这些诗人不仅在名胜版图上各据一方，还把自己写进诗坛版图，在其中获得了一席之地。后来者不断地以诗回应，向他们致敬，在一个回顾的视野中将他们的作品典范化，同时也在持续题写的过程中，折射出时代诗风的沿袭变迁和诗人地位的升降起伏。这样看来，每一处名胜的题写历史岂不就是一部微型的或缩微版的诗歌史吗？

缩微版的诗歌史可以折射唐代诗坛的整体风气及其变化，更重要的是，具体而微地揭示了诗歌史形成、演变的要素与方式（包括题壁的展示与别集选集的编纂等，事实上，将题壁诗汇编成书的例子也不少）。一部唐诗史正是由这些微型的诗歌史组成的，需要根据它们来加以调整和修正。此外，还取决于从哪一个时期来反观唐诗，不同的时代，在视野、趣味与判断上也不尽相同。

除了黄鹤楼的题写之作，我在第七章集中分析了岳麓山道林二寺的题写系列，是这方面一个相对完整的例子。宋之问的《高山引》曾被后人视为岳麓山道林寺题写系列的奠基作，并在相当长的一段时期内勉为其难地维持了这一地位。这固然是因为他在初唐诗坛上曾经地位显赫，但主要是得力于后来者杜甫的推崇。骆宾王的题写之作，虽早于宋之问，却久已湮没无存了。这与他追随徐敬业起兵讨伐武则天，败亡后下落不明有关，可以说政治的因素在此起了重要的作用。随着中唐之后杜甫地位的不断上升，他本人开始变成了后人回应和致敬的对象。相比之下，宋之问的题写之作逐渐被冷落。这自然是由于他的地位自中唐之后开始滑坡，尽管在唐人的诗选中他的作品仍旧被看好。但还有一个原因，那就是此后的诗人题写名胜通常不再采用《高山引》这一类自拟歌行的标题，后世的读者也看不出这是一篇题写岳麓山道林寺的作品，所以杜甫与之平分物色的这篇作品就这样渐渐淡出了读者的视野。直到清代的一位学者，才把它重新指认出来。元代之后，二寺渐衰，明正德四年（1509 年）道林寺遭毁。这一段题写的历史不仅至此结束，而且此前的题写之作也散见于各家的别集，很少被放在同一个题写的系列中来解读了。

问：除了从现代学科体制所确立的"文学"维度进入，您还把题写名胜当作文化现象来研究。

商伟：是的，题写名胜是一个具有普遍性的文化现象。我在书中涉及题写方式、物质媒介、关于空间的历史记忆及其方式、名胜的文本化与文本化的名胜等问题。这些问题都超出了文学史和文学批评所通常关注的范围。做文化史研究，势必要走出文学，在文学之外去寻找、收集和整理、排列材料。但文化史最终还是应该回到文学，落实在文本上。它会改变我们文学阅读的前提，也为文学阅读带来新的视角和新的理解。

文化现象有它自身的历史记忆和延续性。我们看题写名胜的冲动至今犹在，只是诗歌没有了，变成了"到此一游"。说起来好像都是孙悟空的错，他开了一个坏头。我记得读过一篇报道，今天的黄鹤楼设有电子屏幕，供游客题写签名，以免随处涂鸦——这大概就是现代版的"题诗牌"或"题诗板"吧，题什么就不好说了。

今天所存的唐人别集中，偶尔也收入访游名胜的"题名"和"留题"文字，不过寥寥数语，有时仅仅是记下作者和同游者的姓名或游览的时间而已，读起来如同是游记的结尾部分。例如韩愈曾游惠林寺，留题曰："韩愈、李景兴、侯喜、尉迟汾贞元十七年七月二十二日鱼于温洛，宿此而归。昌黎韩愈书。"而长安慈恩寺塔的"题名"连日期也没有，当然也可能是编集时漏抄了，只是记下了同游者的姓名而已，几乎就是后来的"到此一游"了。

诗歌细读与问题意识：从影响焦虑到文与迹

问：《题写名胜》的理论资源之一是哈罗德·布鲁姆的影响 – 竞争学说，贯穿于您对沈佺期的《龙池篇》、崔颢的《黄鹤楼》和李白的《登金陵凤凰台》的细读中。您间或会使用"情结"和"防卫"这样的精神分析术语，甚至《题写名胜》最早就脱胎于一篇题为"History of Obsession"的报告，您用"执念纠缠"（obsession）形容李白，而您 1994 年发表的英文论文《诗囚与造物》也用"poetic obsession"对译孟郊的"诗癖"。不过保罗·德曼曾在他对布鲁姆《影响的焦虑》的评论中，将此类主体中心的心理学叙事视为虚饰，认为应该把迟到者和先行者的关系置换为读者和文本的关系，用语言学取代心理学。布鲁姆的后作如《误读图示》吸收了德曼的部分观点，也保留了根本的分歧。您是怎么看这个问题的？

商伟：李白写下《登金陵凤凰台》与崔颢竞争，但并没有就此打住，而是在一系列作品中继续回应《黄鹤楼》。我们或许会问：他这是在竞争还是在模仿？或者通过模仿来竞争？无论如何，在题写名胜时，迟到者开始感到了压力。他试图在先行者设置的规则中，与之一较高下，甚至将其击败。从诗歌史来看，这一现象在李白之前并不多见。诗论也要等到宋代的江西诗派，才有所呼应。但李白并非常人，故此得风气之先，而诗歌批评滞后于诗歌写作，在文学史上也寻常可见。关于李白的"黄鹤楼情结"，不少学者都已经谈过了，赵昌平先生还曾经说李白有司马相如情结。

我从布鲁姆那里得到了一些启示，他的"影响焦虑"和"强力诗人"说，的确富于洞见。不过，我并没有把这些说法当作放之四海而皆准的理论来加以"应用"。全书读下来，你会发现，随着论述的展开，我对布鲁姆的理论也做了偏离和修正。他从修辞和心理两个方面来建构他的误读理论和影响焦虑说，但心理论述不算成功，而且打上了过于明显的时代烙印。而我所讨论的"执念"，实际上完全体现在文本之间的反复纠缠。另外还有一点与布鲁姆不同：我强调的不只是强力诗人个人之间的捉对厮杀，或单篇作品之间的一对一关系，而是更广泛的、无远弗届的互文关系。李白在他的《登金陵凤凰台》中，不仅向崔颢个人挑战，而且在回应崔颢的《黄鹤楼》时，上追沈佺期的《龙池篇》，因为崔颢的《黄鹤楼》实际上是出自《龙池篇》的。因此，所谓出处又别有出处，范本自身也是仿本。这样一来，他竞仿的范本，也被剥夺了独一无二的优先地位，陷入互文关系的天罗地网中了。

问：您在书中讨论了中国古典诗学的两种学说：《诗大序》的"情志说"和《文心雕龙》的"彰显说"，认为前者对"文"保持警惕，唯恐失之"矫情"，后者的"文"的观念可以与"互文"的概念产生关联。那么，彰显说和互文本性（intertextuality），或者用您的说法，"互文"的宏观层面和微观层面究竟是什么关系呢？借用郑毓瑜在讨论"天文"与"人文"的类比时的表述，宇宙之文（"物""景"）、人心之文（"心""情"）、文学之文（"言"），以及文学之文与文学之文之间（文本间）彼此是什么样的通道？

商伟：《诗大序》的"在心为志，发言为诗"说，将诗歌吟诵和创作理解为自然而然，而又不得不然的自发冲动，因此力戒人工的介入。刘勰的《文心雕龙》体大思精，综合众说。这样做当然有很大的难度，他在解释"天文"与"人文"的关系时，就未能做到圆融自洽。如果我们把他的论述当作考察的对象来看，可以深入分析它的构成和来源，而不必采取个中人的立场勉为其说。如果想从中发展出一套规范性的批评话语，用来描述和阐释古典诗歌作品，那还需要从论述上加以展开才好。

关于"天文"和"人文"的说法，最早见于《周易》："观乎天文以察时变，观乎人文以化成天下。"显然将它们视为两个平行类比的领域，而刘勰则以"心"来统摄二者。在他看来，人为性灵所钟："天地两仪，惟人参之。"只有人才能参悟天文之妙。更重要的是，"心生而言立，言立而文明"。天文的自然图式无法完成它的自我显现，只有经由诗人的观照和书写才被昭示和彰显出来。这就是他的"彰显说"。在宏观的层次上解释天文与人文的关系时，此说超越了内外、天人和主客观二元对立的模式。落实到具体作品上，诗并没有将它所指涉的世界作为对象来加以"模仿"和"再现"，而是通过书写揭示了无所不在的"天文"，并且彰显了它自身参与构造的"人文"图式。

对于"文"的彰显至关重要的是：整体性观照、心灵的连类感应和文字书写。无论是天文还是人文，都离不开人的参与。也就是通过人的观照、感应和文字符号的使用，最终达成文的显现。而所谓文的彰显，因此又可以理解为将天地万物的征象（包括诗歌自身的内容与形式）连缀并呈现为普遍的图式。就具体的文学作品而言，"文"这个概念完全可以落实到诗行的句法句式（如对仗关系）的微观层次上来分析。而走出单篇作品，又与文本之间的互文关系不乏内在的一致性。总之，我想要强调的是：以文与互文性的相互关联为依据，我们有希望重建中国古典诗学的基本框架。

问：您在第一章分析"凤去台空江自流""此地空余黄鹤楼"和"白云千载空悠悠"等诗句时，论及名实、有无、见与不见等母题，到第八章讨论缺席写作时，又回到了相关问题，这时您把它们往德里达的方向上做了延伸。但不论是第八章还是全书里，您又非常强调宛如"同一张织机"的"语言系统"，您认为您的论述中是否存在结构主义和后结构主义的张力？

商伟：我借用了德里达的"延异"说，只是为了说明语词意义的产生有一个复杂的过程，并不意味着全面接受他的解构主义理论。由于每一个字词总是通过与别的字词的关系来界定的，意义的产生因此不得不经由无穷无尽的能指链条而被延迟了。这对钟嵘的"直寻"说和王国维的"不隔"说，是一个矫正和建设性的补充。实际上，一首古典诗歌的意义生成，不仅限于语词的层面，而且涉及作品之间的互文关系。互文关系编织出一张无所不在的文字之网，而每一首诗都必须通过它与另一首诗或许多其他诗篇的关系来解释，这是一个更广泛意义上的延异。

诗歌在构筑名胜风景时，并没有排除外部经验世界的具体细节和特殊性。但诗人与外部世界的接触，是发生在一个他们所共享的意象组合与篇章句式的系统中的，而这一系统又是通过互文关系而逐渐形成并不断充实起来的。它制约了，甚至在某种程度上规定了诗人的感知和表达方式，因此具有惊人的稳定性和延续性。个人可以从内部做一些调整，但不可能脱离它，另起炉灶就更难了。这让我想到了柄谷行人教授关于在现代日本发现"风景"的论述。

问：《题写名胜》一书配有大量插图和图说，与正文相呼应。

正如您的《红楼梦》研究的一个关注点，是曹雪芹的写作与其时受欧洲影响的清宫视觉文化的联系，《题写名胜》内部也有视觉和物质维度。您能谈谈古典诗歌的"互文风景"与夏永《黄鹤楼图》《滕王阁图》呈现的"移动的风景"的关系吗？

商伟：是的，配图和图说就是书中的"副文本"或"衍生文本"（paratext），对正文和注释做出补充或延伸论述。我在说到互文风景时，提及元代夏永的一系列名胜图，例如《黄鹤楼图》册页，现存好几个复制品。图上的楼阁占据了右下方几乎一半的画面空间，左上方可见一位仙人驾鹤而去。他的《滕王阁图》，构图几乎全同，楼阁的建筑风格也大体一致。只是同样位置上的题记变成了《滕王阁序》。最有意思的是，仙人乘鹤离去的形象被扬帆而去的一叶孤舟所替代。这一移置、替代的手法，与李白重复和变奏了崔颢《黄鹤楼》诗的结构句式，却以"凤凰"置换"黄鹤"，几乎如出一辙。互文风景转入视觉艺术的领域，便有了可以移动的风景。

类似的情形在版画艺术的制作生产中更为普遍，如《西厢记》《红楼梦》的版画插图，往往都是在一个现成的模板内部略做调整，然后不断翻刻。而挪用别的书籍插图，或被别的书籍插图所挪用的情况，也屡见不鲜。

问：您通过题壁诗和诗牌现象，以及后世由作为名胜/文本的黄鹤楼、鹦鹉洲而衍生出来的命名和书写行为，展示了语言和物质的相互转化。您认为物质性在何种意义上是中国古典诗歌和诗歌史的构成性因素？

商伟：文字书写是承载历史记忆的基本方式，说到名胜建筑，也不例外。历史上的黄鹤楼，历经时间的侵蚀和天灾人祸的威胁，周期性的毁坏造成了建筑历史的断裂和空白。而每一次重建，建筑的形制风格都发生了变化，连地点也游移不定。关于黄鹤楼的空间记忆主要不是通过建筑，而是通过连绵不绝的诗文书写来维系的。这是一座高度文本化的黄鹤楼，并不依赖那座同名建筑的物质实体而存在。哪怕楼废人空，登楼诗照写不误。

但换一个角度来看，题写名胜本身又蕴含了丰富的物质性。书写的行为离不开物质媒介，题壁诗尤其如此，需要预先粉刷墙壁，或写在题诗牌或题诗板上，然后固定到墙壁上，或者偶尔也刻写在石碑上，供游客阅读观赏。这样看来，诗歌题写实际上就是名胜的物质实体的一部分，而且后来者看到的所谓名胜也经过了历代诗歌书写的媒介与塑造。也就是说，我们往往是透过题写的诗歌来观察和感受名胜风景的，而诗歌本身又构成了它所题写的名胜风景的一部分。不同之处仅在于，它不依赖于建筑，也不像建筑那么脆弱。名胜的地标建筑历经周期性的毁坏，题写在建筑上的诗篇也随之而去，但诗篇还可以通过刊印而绵延不绝，传之久远。很多未能亲临其地的读者，都是通过阅读而在纸面上认识名胜，并喜爱上名胜的。

　　更有甚者，题写名胜的诗歌有时反过来创造了它所呈现的物质对象，或从中衍生出新的建筑。比如，后人因为"晴川历历汉阳树"而特意修建了晴川阁，在崔颢所写的"芳草萋萋鹦鹉洲"沉入长江之后，又将附近新淤积而成的小岛命名为"鹦鹉洲"——这就是我所说的诗歌引发事件，文字创造建筑的奇迹。

　　有意思的是，题壁诗的物质性并不只是一个外在于诗歌的因素，也不限于诗歌的书写媒介和传播接受的领域。与题壁相关的活动和物质媒介，有时又被写进诗中，不仅构成了诗歌的主题或内容，更重要的是转化为需要破译的语言密码：对唐代的诗人来说，新刷粉壁就是一次题壁的邀请。至少在我分析的一首诗中，只有读懂了这一邀请的姿态，才能敲开它隐喻的意义之门。

　　最后，我想说的是，前人提到古代留下的名胜时，往往用含"迹"这个字的词来描写或指涉，如"胜迹""遗迹"等，而前人的名胜题写，又称作"手迹""墨迹"。因此，所谓胜迹往往指的是古人残存的手迹或根据手迹复制的碑刻和碑刻的拓印件。它本身就是名胜之迹，也正是后人寻访和题写的对象。题写名胜因此成为"迹"的生成累积的过程，并且自成谱系。参与题写系列，就意味着通过诗歌的题写，加入名胜的人文风景。在此过程中，经由墨迹和拓印的物质媒介，可以在主体与客体、能指与所指之间完成相互转换。关于这一点，我在书中粗陈梗概，没有做出充分的论述。我的想法，正是围绕着题写名胜的诗篇，以"迹"、文和互文为核心概念，去发展中国古典诗学的一个主要脉络。

理解中唐诗歌：转变的脉络与叙述笔法

问：《题写名胜》的故事在第七章发生了转折，主角从李白变成杜甫，时间从盛唐进入中唐。您能比较一下李杜对待先行者态度的差异吗？为什么在名胜版图大致确定的时代，迟到者会公然背离亲临现场的传统，内求诸己，或者相反，在题写名胜之际，有唯恐不受"影响"的"焦虑"？

商伟：中唐以后，情况有所变化。名胜仍有所新建或重修，但沿袭而来的名胜版图早已布满了先行者的足迹。对题写名胜的诗人来说，首要的需求是加入这一书写谱系，唯恐不受影响的焦虑因此日益增长，后代更甚。这里的问题并不仅仅是创造还是模仿，至少不完全能够通过这一对概念来描述和理解。不同时代和不同地域的诗人通过题写同一处名胜而为自己创造了一个共同所属的、跨越时空的想象的群体。这是他们社会交往的延伸，是他们"尚友"的方式，通过诗歌写作来获得归属感。

但只有加入的诉求又不够，在成千上万蜂拥而至的题写者中泯然众人，没有人记得住你是谁。自李白以下，屡经后人回应，崔颢的《黄鹤楼》终于一次性地将黄鹤楼定义下来，黄鹤楼因此又称"崔氏楼"。而李白也通过自己的回应，提出了崔颢之后，该如何题写黄鹤楼的问题。

到了杜甫那里，先行者以一首诗占领一处名胜的观念，已逐渐形成共识，并引出了不同的应对策略。他在岳麓山道林寺读到了宋之问的题诗，于是题曰："宋公放逐曾题壁，物色分留与老夫。"意思是：幸好宋之问的题诗没有把这里的"物色"全部占去，而是给我这位后来者留下了一份。也就是说，先行者的一篇诗作并没有穷尽或占有全部的物色。这是对上述共识的一次回应，但它同时又暗示这是一个例外，正像一位造访道林寺的晚唐诗人感叹自己来得太迟："两祠物色采拾尽，壁间杜甫真少恩。"墙壁上的杜甫题诗，将二祠的风光物色采拾殆尽，而没有分留给他。与此相似，中唐的白居易评刘禹锡的《金陵怀古》说："吾知后之诗人不复措词矣。"不难看到，中晚唐的诗人如何在题写名胜和怀古诗的系列中，围绕着这样一些话题，相互对话，前后呼应；达成共识，也留下了分歧。

与题写名胜相似，怀古和咏怀古迹也属于即景即事的传统，但刘禹锡并没有去过金陵，详见宇文所安教授的论述。即景诗的缺席写作现象，以前有没有不敢说，但 8 世纪中期以后，开始多了起来。令人感兴趣的是，这一现象并不限于诗歌，韩愈作《新修滕王阁记》，大肆炫耀说，他虽然从未造观滕王阁，但"窃喜载名其上，词列三王之次，有荣耀焉"。缺席写作渐成风气，在"记"体中自成一格，甚至变成了题记的话题。这是很值得注意的一个现象,作者脱离即景写作的现场,却不妨碍作品跻身名胜题记之列,甚至还成了纪念金陵胜迹的奠基之作。这无疑违背了题写题记的惯例,对即景生情、即兴而作说,也提出了一个不大不小的问题:一篇诗文凭什么占领一处名胜?它与所题写的名胜之间的关系,究竟应该怎样来理解?

规范陈述永远没错,因为它表达的是理想价值,但理想价值未必能解释诗歌实践的个例。在诗歌写作中起作用的很可能是别的东西,取决于具体的条件和情境。

问:就方法而言,您说您做的是文学批评史,可以读作"文学-批评-史":"将作品的细读,与文学史的叙述和文学批评的论述综合起来。"但核心在于从作品细读进入文学批评,不同于文学批评史的通常做法,您能谈谈吗?

商伟:做诗论研究和诗歌批评史研究,应该从读诗开始。杜甫在《上白帝城二首》之一的开头写道:"江城含变态,一上一回新。""变态"一作"百态",皆指江城蕴含着千姿百态,每一次登览都别有所见,如同是第一次发现。言下之意,它不可能被一劳永逸地界定下来,更不可能被一首诗所穷尽。这是中国古典诗歌史上的一个重要的诗学陈述。我刚才提到他的"物色分留与老夫",刘勰在《文心雕龙》中有《物色》一篇。此处写到"态",而《物色》篇说"物有恒姿",认为物色繁多,但物姿有常,诗之为体,不能与赋争锋,模山范水，穷形尽相，而是应该据其"要害"，以简驭繁。也就是以只言片语，来把握物之"恒姿"。杜甫的看法不同，他强调了物色取之不尽的丰富性与变化无常的状态：在诗人的每一次观照之下，江城都会呈现出一个新的面貌和姿态。

这些关于诗歌的看法与思考，都来自诗歌作品本身，是通过文学的语言、象喻、陈述和其他修辞方式表达出来的。它们富于洞见，具有原创性，并且对诗论话语做出了反省和评论，尽管这并不意味着杜甫是在直接回应《文心雕龙》。

我想重申的是这样两个看法：一是研究诗歌批评史不能只读论述性的文体，还要把诗歌作品包括进来。关于诗歌的许多看法是通过诗歌作品体现出来的，蕴含在形象化的修辞、想象和譬喻当中。二是通过读诗来考察诗歌批评史，尤其要注意诗人是如何通过诗歌写作来回应前人的有关作品，并以这种方式来参与跨越时空的对话。正是在这种跨越时空的对话中，形成了诗论的话语场。我们今天研究唐代的诗歌批评，首先应该把这个话语场考虑进来，重构它的内在思路与逻辑，而不要一门心思向别处寻找诗论研究的材料。我在书中一再强调这一点：从这个角度来细读诗歌文本，本身就是在做文学批评研究，就是在做诗论研究。

问：落实到书的写法，《题写名胜》不时有类似悬疑小说的叙事推进，这是有意为之？

商伟：的确有读者问我是不是因为研究小说，而在读诗时借鉴了探案小说的叙述手法。我在书的写法上是有一些考虑和设计，希望能由此及彼，顺藤摸瓜，而又前后呼应，构成一个连贯的叙述脉络。但这也不完全是预先安排的结果，主要还是在写作的过程中逐渐形成的。这一过程带来了许多意想不到的发现和启示，令我乐而忘返，欲罢不能。

说到叙事，关于这些诗作，后来也的确有一些"本事"叙述，试图复原有关写作的具体场景。例如，历史上有关于李白登黄鹤楼，读到崔颢的题诗，就此搁笔的传说，又说李白后至金陵，作《登金陵凤凰台》一诗以拟之。但这毕竟只是传说，不足为据，不过是以叙述的方式对这些诗篇做出解释而已。这一叙述性的解释出自诗歌作品，真正的依据还是诗歌自身。

叙述性还有一个来源，那就是李白留下的好几首与黄鹤楼和鹦鹉洲有关的诗篇，都蕴含了与崔颢的《黄鹤楼》对话和较劲儿的意思，体现在意象、比喻、修辞和通篇结构上。其中有几篇自身就具有很强的叙述性和虚构性，例如，《醉后答丁十八以诗讥余捶碎黄鹤楼》（以下简称《醉后答丁十八》）。李白曾在一首诗中说"我且为君槌碎黄鹤楼"，这一篇顺着这句诗而来，写黄鹤楼果然被捶碎了。黄鹤归来，找不到落脚之处，就向玉帝告了一状，玉帝令当地太守重修黄鹤楼。

诗歌作品中的此类叙述固然有趣，但仅仅是复述这个故事，还远远不够。《醉后答丁十八》这首诗表面上叙述了黄鹤楼的毁灭与重建，俨然把题写黄鹤楼的历史和文字都一举抹去了，不留丝毫痕迹，为的是在修复的黄鹤楼上重新题壁作

诗。但在语言结构上，这首诗的前两联却仍旧在复制崔颢的
《黄鹤楼》，不过略做调整罢了，并没有摆脱它的魔咒：

> 黄鹤高楼已捶碎，黄鹤仙人无所依。
> 黄鹤上天诉玉帝，却放黄鹤江南归。

《醉后答丁十八》从内容与形式这两个方面，写出了诗人
与崔颢《黄鹤楼》诗的双重纠结。因此，内容与形式之间的
这一戏剧性对比，恰恰是理解这首诗的关键所在，也正是这
首诗最有趣、最引人入胜的地方。《醉后答丁十八》展示了一
个关于它自身的故事，一个从崔颢《黄鹤楼》的影子里挣脱
出来，到"与君烂漫寻春晖"的重获写作自由的心灵解放的
过程。这是一个隐而不宣的故事，唯有通过诗的内容陈述与
语言形式之间的反讽张力，才得以完整地呈现出来。

这里涉及我们怎样读诗：读诗不能仅仅注重诗歌自身的主
题陈述，主题陈述当然是一目了然，谁都能懂的。但关键所
在，不是诗歌说了什么，而是它暗示了什么。它没有直接说
出来的部分，也许远比它的声明和陈述要来得重要，也更有
意思。也就是说，我们要看一首诗的意义是怎么通过它的结
构、语言和修辞手法（包括不断变奏的母题）而产生出来的，
要学会从这些层面上来解读作品。正像解读小说，不能永远
停留在主题学和人物分析的层次上。

我们今天有关文学的论文和论著往往只论不读，把文本
的细读排斥在外。原因之一恐怕是把细读与鉴赏混为一谈了，

而论文论著当然不应该写成鉴赏文章。但这是一个误解，因为细读不等于鉴赏，鉴赏也替代不了细读。鉴赏可以不带入问题，细读则不然，务必从作品中读出有意义的问题来。实际上，细读之所以重要，正是因为只有通过细读，才有可能从文本中发现问题和提出问题。否则就有可能出现这样的情况：我们在论文论著中自说自话，侃侃而谈，但问题来自别处，与文学作品处于隔绝或游离的状态。

归根结底，细读是为了贴近诗歌文本，倾听它们的声音，把握它们回应的问题或显现的问题，并且梳理出它们展开的脉络。

问：在叙述的展开过程中，全书各章谋篇又仿佛从不同角度切近同一个问题。

商伟：的确不只是叙述，叙述本身是由问题来推动的。在串解这些作品时，最好能找到它们背后的问题链，这样就可以从一个问题引出另一个问题。或者说是不断改换角度，来切近同一个问题的不同方面。从写作来看，就是逐步向前递进，并且一环套一环，以避免论述的停滞、枝蔓和平面化。

就像我刚才说过的那样，在题写名胜的时候，后来者往往通过写作与先行者展开对话，形成呼应。当然，呼应关系也往往体现在其他方面，而读诗的过程就是把那些看似互不关联的孤立的点连成线：有时是追踪某一个意象的重复和变异，有时则是揭示一个比喻的连贯性和多义性，但都离不开对文本内部和文本之间的理路与文化逻辑的追踪和把握。

问：“重读唐诗”还未出版的后两部是《诗囚与造物：中唐的
诗歌观和诗人的自我想象》《长诗的时代：韩愈与中唐的诗歌
转型》，从标题不难推测出，它们分别关注的是中唐诗歌的内
容和形式。这两本书缘起何处？您在 1994 年发表了《诗囚
与造物：韩愈和孟郊诗歌中的诗人自我形象》［*Prisoner and
Creator: The Self-image of the Poet in Han Yu (768-824) and
Meng Jiao (751-814)*］一文，下一本书沿用了这个标题。此
外，“重读唐诗”系列的这后两本与《题写名胜》之间的关系
和连续性是什么？

商伟：这两本书分别从诗囚与造物和长诗时代这两个角度来
审视中唐诗歌。与《题写名胜》相通之处，在于它们对诗歌
史和诗歌批评的一贯关注，并且结合诗歌文本的细读，把二
者连成一体。同时，也希望以此为切入点，来描述古典诗歌
从盛唐到中唐的突破与历史转型。

　　古典诗歌不只是关注人的感情和社会生活，它也关注宇宙
的创化。而从宇宙创化的意义上来重新定义诗和诗人，正是
中唐诗坛的划时代事件，也是打开中唐诗歌之门的一把钥匙。
从晚年杜甫，到中唐的韩愈等人那里，已经在这个高度上发
展出了关于诗人与诗歌的一套完整表述：诗是一种宇宙的语
言与启示，诗人是诗歌王国的造物主。孟郊赞美贾岛说：“燕
僧摆造化，万有随手奔。”他的诗句有重塑自然的力量，对

造物主形成了挑战。之前固然已有能工巧匠（包括画师）巧夺天工的说法，但到他们这里，才被广泛地应用于诗人和诗歌作品，并且围绕着宇宙和社会、创造与破坏、秩序与失序、正义与惩罚、语言文字的魔力、工匠制作的技艺与劳役等问题，全方位地得到了展开。他们以新的方式为诗正名，为诗人张目，赋予了诗人前所未有，也令人不安的力量、勇气和企图心，同时也揭示了诗人的苦吟、劳作、挣扎与受难，以及诗人无可逃避的宿命。他们学会了自嘲与反讽，是自黑的好手，手段登峰造极，不亚于讥讽他人。但又正是他们将诗人的自我形象空前神圣化了，凌驾于尘世万物之上。

为诗辩护是一个普遍的话题，古今中外皆然，可以做比较研究，而中唐诗人的做法无疑突破了已有的思想框架。这是一个新的关于诗人的宏大叙事，试图在宇宙的秩序中来安顿社会中流离失所、无所适从的诗人，为他们找到一个超越世俗之上的位置。但问题在于，他们手边有哪些思想资源可以帮助他们来想象这样一个超越性的宇宙秩序？这一宇宙秩序在什么意义上有别于既存的社会秩序？这是一次极限探索，是不能确保成功的思想历险。如果"天公"不过是周公在宇宙秩序中的代言人，那么，以造物主和宇宙的陶钧者自居的诗人，就注定只是失败的叛逆者和僭越者。他变成了窃得息壤而遭天惩的鲧，而不是成功治水、规划九州的大禹。如此看来，以造物为诗人辩护，又是一个复杂的辩护：对力的礼赞与恐惧并存，僭越的诅咒，伴随神圣的光环，如影随形，挥之不去。

我希望厘清一下这一宏大叙事的内在关联环节与整体的结构关系，更好地把握它在古典诗歌史、文学批评史和社会观念史上的意义。你刚才提到我的那篇英文论文，发表于 1994 年，之后我才知道京都大学的川合康三教授，在此期间也发表过有关这一主题的论文。接下来着手成书，还需要做更深入的拓展。

说到唐诗，尤其是中唐诗歌时，也不应该忽略长诗。讨论长诗当然有些吃力不讨好，古典诗词毕竟以篇幅短小的作品而广为流传。我想沿着杜甫到韩愈的这条脉络，来看一看长诗如何带来了完全不同的一个诗歌范式、审美理念和心灵状态：它在中唐的崛起，打破了魏晋之下短诗垄断的诗坛格局和自《文选》以来建立的精致典范，是古典时代的一次革命。同时它也为中唐诗坛拓展出了表现空间的另类维度，替代了以短诗为表征的"瞬间的艺术"。称中唐为长诗的时代，是为了在这个命题下来描述和理解诗歌史上的这一全新的变化与发展。

2021 年 12 月修改

天人之际：诗中自有陶钧手

　　提起杜甫的诗歌，我们自然会想到他的经历、人生体验和至死不泯的入世情怀。这固然不错，但杜甫的意义又不仅限于此。他还在天地造化的意义上来理解诗歌写作，开启了诗人造物的宏大想象。这是我们较少谈论的另类杜甫，但有了这一面，才构成了完整的杜甫，成全了他的伟大。

　　伟大的诗人不仅需要细腻的感受力和博大的同情心，还要有勇气、魄力和胆识，并且经历过思想的淬炼与智性的磨砺，尤其是在一个大破大立的时代。杜甫是一位有原创性思想的诗人，可惜的是这一点往往为我们所忽略。说起杜甫，就是诸如"一饭不忘君"这一类陈词滥调，被宋人弄成了一个中规中矩而近于冬烘的儒者形象。这样一个杜甫怎么能写出好诗来呢？如果没有舍我其谁的气魄和无坚不摧的思想锋芒，杜甫如何能在盛唐之后，为诗坛打出一个新天地？

中唐时期的诗歌和诗论都出现了划时代的突破，突破的深度和广度为魏晋以下所罕见。但理解中唐的转变，根源却在杜甫，尤其是他晚年的诗作。而我们都知道，杜甫直至中唐才被重新发现，并开始产生影响。杜甫是中唐诗歌思想的策源地和大本营，韩（愈）孟（郊）与元（稹）白（居易）虽然分道扬镳，却都从他那里各取所需，发扬光大而自成流派。在中唐诗歌和诗论的历史转变中，有一个观念起到了关键的作用，那正是诗人造物说。由此发展出诗人与造物争功的观念，导致了对诗人和诗歌的重新认识和重新定位。

诗不只是人间的语言，也是造物的语言。诗人因此变成了神一般的存在。他借助语言的魔力来点化天地万物，如同造物那样，成就了一个自我主宰的世界。

"登临多物色，陶冶赖诗篇"

"登临多物色，陶冶赖诗篇"是杜甫在《秋日夔府咏怀奉寄郑监李宾客一百韵》中的一联诗句。关于"陶冶"一词，有的注家解作"陶冶性灵"，语出《颜氏家训》，并引杜诗为证："陶冶性灵存底物，新诗改罢自长吟。"但此处未提及"性灵"，当从仇兆鳌注："登临而见景物，常藉诗篇以摹写之。"又引王洙曰："陶如陶者之埏埴，冶如工冶之熔铸。"今存南宋宝庆元年（1225 年）《九家集注杜诗》卷二十九王洙注曰："登高临远，多有景物，所以象其变态者，有诗以陶成之尔。"陶冶的过程离不开机械和模具，即陶钧或陶甄（制陶使用的转轮）和熔炉，由此将黏土和矿石等原料熔化调和，塑造成不同形状和用途的制作。"陶冶"用作动词，合"陶钧"与"冶铸"而为一。可知杜甫在此把诗篇比作了形塑和冶炼的技艺：登临所见物色虽多，仍有待于诗篇的陶钧和熔铸，如同黏土和矿石那样，被制成陶瓦和金属器物。诗篇因此是制匠之作，其营造、转化和形塑之功，堪与匠艺媲美。

在先秦和秦汉典籍中，陶冶之功还往往被比作天地造化。洪炉大冶自不待言，如《庄子·大宗师》："以天地为大炉，以造化为大冶。"陶钧也是如此，故有"天钧""大钧"之说。落实到人世，则与圣王贤臣制礼作乐，治理天下相提并论。这些比喻因此被赋予了宇宙创化和规治人世的双重意义。而杜甫也曾分别在这两个意义上使用过"陶钧"和"造化炉"的说法。

说到陶钧，大禹尤其值得一提。杜甫《瞿唐怀古》的尾联追怀大禹曰：

> 疏凿功虽美，陶钧力大哉。

仇兆鳌《杜诗详注》引黄生语：此诗以"西南万壑注，勍敌两崖开"开篇，极写大禹疏凿航道的奇观，但结束在对造化的礼赞上，"瞿唐天险，盖出于造化神力也"。"怀古"即追怀大禹之意，结尾却归功于造化，似与题意不合。明人王嗣奭的《杜臆》指出："怀古亦怀禹也。人但知'疏凿'之功，而不知其'陶钧'之力。"所言甚是。杜甫的《柴门》曰：

禹功翊造化，疏凿就欹斜。

在杜甫看来，大禹劈山泄洪即辅翊造化之举，与造化彼此难分。因此，《瞿唐怀古》的尾联说：大禹疏凿治水尽管功不可没，但真正令人叹为观止的，还是他为山川赋形的陶钧之力。《尚书》云："禹平水土，主名山川。"大禹的功绩在于平定水土，掌管和命名山川，由此奠定了地理疆域的文明版图。杜甫提醒我们，大禹正是"陶钧"之力的化身，无须向别处去见证"陶钧力大哉"。

从"陶钧力大哉"到"陶冶赖诗篇"，杜甫将诗艺提升到天钧造化的层次上来加以呈现，而诗人就正是诗歌世界的造物主或陶钧手。将作诗与造化陶钧相提并论的做法，在中唐的韩愈、孟郊手里发扬光大，也普遍见于元稹和白居易等人的作品。为诗辩护可以有不同的做法，但至此可谓登峰造极，无以复加了。

中国思想传统中的造物说

比较文明史的学者曾经认为，在古代中国的学说中，宇宙创造只是一个自发自生的过程。而造物或造物主不过是自然力的化身，与这一自然过程之外的意志和目的无关，也不依赖工具与劳作。他们得出结论说，中国的思想传统中没有产生关于 Creator（造物主）的想象，也缺乏真正意义上的"创造"观念。不过，这一看法已经受到了来自不同方向的质疑。这并不意味着它全无可取之处，但否定人格化的造物主的存在，却不免一叶障目，忽略了中国造化说的丰富性与多样性。中国古人并不总是将宇宙视为自我生成的，也没有简单地把造化看成是自然而然的过程。相反，造物往往被人格化，具有独立意志、目的性和行动力。他们的计划无人知晓，动机神秘莫测，但匠心独运，天工超绝。秦汉典籍经常以陶钧、大冶来描述造化。这不仅是比喻的妙用，也暗示着工具和机械的介入。

"陶钧"和"陶冶"等比喻构成了理解中国传统造化观的关键所在。而这一造化观的主要特点又可以通过与希伯来创世叙述的对比彰显出来。

学界普遍认为，希伯来《圣经》（即《旧约》）打上了近东（苏美尔、巴比伦、迦南等）多神教的烙印，呈现出复杂的面貌；自公元前 6 世纪波斯帝国的兴起后，又在琐罗亚斯德二元论宗教的影响下，形成了撒旦与上帝分庭抗礼，重塑世界的叙述。但是，后世神学基于对《创世记》第一章的解释，发展出了一神教的创世观：创世神是唯一而全能的，他的创世是"从无到万有"（creatio ex nihilo）、一次性完成的事件。由此形成了意义深远的希伯来创世观。

与此相对照，中国传统的"造化"说包含"造"与"化"两个部分；它将世界的形成理解为一个绵延不绝的演化过程，而非无中生有的一次性"创造"。造物就像使用转轮和熔炉那样，持续不断地将既存的材料制成形制不同、大小各异的器物，由此重塑了整个世界。也就是说，造化说并没有把世界的出现和形成，讲述成从无到有的诞生，而且世界也不可能一成而不变。严格说来，所谓"造"就是"再造"和重塑：山川地貌被重新赋形，形成唐诗中经常写到的"变容"和"变态"。就当下所见的某一处山河而言，我们固然无妨去追想它最初成形的时刻，但这并不意味着造化的过程就此停歇。无论我们察觉与否，世界无时无刻不处于沧海桑田的变化之中。

正因为如此，推动和参与造化者就不仅限于造物而已，还有地方神祇或半人半神者，如劈山造河的河神巨灵。据说它分别在华岳之上和首阳山下留下了手印和足迹，如同作者的签名，确认了自己作为当地形胜的塑造者（fashioner）或陶钧手（potter）的身份。这些地方神祇看上去各行其是，又各司其职。而大禹除了凿山开河，还在一个宏观的层次上，承担了整体规划的使命。传说中的禹迹遍布九州，神秘的禹谟暗藏了造化的天机。后世的寻访、搜索之旅因此络绎不绝。

根据这一造化说，重要的不是单数的、唯一的造物，而是参与造化的形形色色的陶钧手。或者说，他们之间不存在明确的分界线。更重要的是，这些陶钧手不仅包括地方神祇、半人半神者，甚至还可以包括人本身，例如诗人，而诗人也因此被神圣化了。我在这个开放的意义上来使用"造物"一词，考察它作为比喻的用法，以及它在不同语境中所产生的衍生义。而追溯有关造物、陶钧的各种说法，又经常会把我们带回到中唐时期。当时的文人围绕着这一话题，展开了深入的对话和激烈的争论，涉及宇宙观、宗教观、伦理学和诗学等不同的领域，标志着中古思想文化突破的最新前沿。

韩愈的《调张籍》追慕李白、杜甫曰："夜梦多见之，昼思反微茫。徒观斧凿痕，不瞩治水航。"在韩愈的笔下，李杜就如同大禹那样，疏凿水航，改造山川。大禹当年施手治水的场景虽不复可见，他留下的斧凿之痕却依然历历在目。李杜的诗篇也是如此，其鬼斧神工之迹令人浮想联翩："想当施手时，巨刃磨天扬。垠崖划崩豁，乾坤摆雷硠。"韩愈径自将李杜写成了陶钧手大禹：他们着手作诗时，巨刃摩天扬起，垠崖划然崩豁，震天动地，轰鸣之声经久不息。诗的写作与重整山河的造化奇观彼此重合，声息相通。当此之际，唯有作诗才能够重现大禹劈山凿河那个一去不返的神奇时刻。韩愈在《南山诗》的结尾赞美终南山为造物的杰作：

> 大哉立天地，经纪肖营腠。
> 厥初孰开张，僶俛谁劝侑？
> 创兹朴而巧，戮力忍劳疚。

得非施斧斤？无乃假诅咒？

鸿荒竟无传，功大莫酬傀。

终南山赫然耸立于天地之间，如同是人的身体，外部需要经纪肌理纹路，内里离不开营卫血气。为了创造这座生命之山，造物不得不忍受劳疚，并且借助诅咒（语言），施用斧斤（工具）。"大哉立天地"一句，仿佛在呼应杜甫的"陶钧力大哉"。在造物留下的杰作面前，我们除了赞叹还能说什么呢？创化的奥秘久已湮没无存，而造物之功又如此宏大，任何酬报都不足以偿其耗费。韩愈只能像他想象的造物那样，乞灵于语言的魔力，以一首《南山诗》去克服时间的遗忘，拯救这鸿蒙开辟的奇迹。

巧夺天工的诗与画

将诗人比作造物者或陶钧手，在杜甫之前已略露端倪。一方面，汉代司马相如声称："赋家之心，苞括宇宙，总揽人物"，晋人陆机说："笼天地于形内，挫万物于笔端"，都是在"赋体物而浏亮"的思路中孕含了一个造物的视野。另一方面，在书论画论中，书法丹青"合造化之功"或"穷极造化"之说，更是屡见不鲜。所以，杜甫的《赠秘书监江夏李公邕》

赞李邕的书法文章："情穷造化理，学贯天人际。"他在《戏题王宰画山水图歌》中写画家王宰"十日画一水，五日画一山"，成就了一幅咫尺万里的吴地松江山水图。在杜甫眼中，这幅画就如同是微缩版的吴地风景，让人心生异想："焉得并州快剪刀，剪取吴松半江水？"言下之意，哪怕是拥有了这幅画的一角，就如同是拥有了吴地松江的半壁风光。你可以把它剪下来，随身带走。这虽然是人工的山水，是画师耗时费力，苦心经营的产物，却足以取自然风景而代之。壁上的山水图因此既是实地风景的微缩版，又是它的替代物。杜甫的《画鹘行》描写画中的苍鹘栩栩如生，乍看上去，也令人误以为真："高堂见生鹘，飒爽动秋骨。初惊无拘挛，何得立突兀？"细察方知为画，故此感叹画师得造化之秘："乃知画师妙，功刮造化窟。写此神骏姿，充君眼中物。"

杜甫的《丹青引——赠曹将军霸》更进一步，赞誉画师不仅能以假乱真，而且巧夺天工，令造物的作品相形见绌：

> 先帝天马玉花骢，画工如山貌不同。
>
> 是日牵来赤墀下，迥立阊阖生长风。
>
> 诏谓将军拂绢素，意匠惨淡经营中。
>
> 斯须九重真龙出，一洗万古凡马空。
>
> 玉花却在御榻上，榻上庭前屹相向。
>
> 至尊含笑催赐金，圉人太仆皆惆怅。

皇帝诏令曹霸当众作天马图，曹霸下笔如神，斯须之间，但见绢素之上，"真龙"现身，仿佛从天而降。画中的骏马不仅"一洗万古凡马空"，也足以与墀下的天马分庭抗礼，乃至令天马为之减色。曹霸的天马图深得天子的欢心，此时此刻，"玉花却在御榻上"，正是"充君眼中物"，唯此"神骏姿"了。于是，天子决定厚赐曹霸，宫中养马的圉人太仆不禁为之意气沮丧，怅然若失。

这里有两点值得注意：首先，尽管图画看上去是依照天马描绘而成的，可是又唯有图画才能揭示它"真龙"的姿态。画师探得造化之巧，从本源着手，知其然亦知其所以然，根本无须亦步亦趋地摹写庭前之马。庭前的天马是造物的作品，但与画师的作品相比，却不免黯然失色，更不用说古往今来的凡马了。其次，尽管图画须臾而就，画师却不免"惨淡经营"。他的艺术创造正像造物陶钧那样，离不开苦心孤诣的经营劳作。

回到杜甫的"登临多物色，陶冶赖诗篇"，不难看出杜甫的一个连贯的思考脉络：与绘画、书法相似，诗歌功期造化。通过诗歌写作，诗人也像画师和书法家那样，直接获取了造化之源，"情穷造化理"，由此塑造了自己的宇宙。这个诗的宇宙自成一体，并且与造物的世界平起平坐，甚至比造物的世界更好地体现了造化的精义。

我在《题写名胜：从黄鹤楼到凤凰台》一书中指出，杜甫先后尝试以不同的方式，回应先行者以一首诗占据一处名胜的看法。例如，"宋公放逐曾题壁，物色分留与老夫"和"江城含变态，一上一回新"。前者声称此处名胜的物色并没有为先行者宋之问的诗篇所穷尽，而是为迟到者留下了一份，等待他的到来。后者把重心移到诗人身上，表明正是在他每一次登临观照之下，江城呈现出了新的姿态。江城蕴含着千姿百态，隐而不显，唯有诗人的独特眼光才足以揭示它此时此刻的霎时呈现。杜甫在这里用了"变态"一词，有的版本作"百态"。唐人还喜欢用"变容"来写山水的容态，可知在他们的眼中，山姿水态并非固定不变，更不可能一目了然，或一览无遗。

"登临多物色，陶冶赖诗篇"这一联换了一个思路，从外部的"物色"和诗人对物态的观照，进而落到了诗篇上，凸显了诗歌写作无所依傍的原创性。诗人登临所见的物色隐含着千姿百态而又千变万化，但物色本身不过是原料，如同黏土和矿石，尚未陶冶成陶瓦之具与金属器物，故此无足自恃，仍有待于诗人将其题写成文，也就是借助诗篇的陶冶而斐然成章。细玩王洙和仇兆鳌的注释，正是此意。仇氏强调的是诗篇的"摩写"之功，因为在杜甫出现之前，"分留"的"物色"一直处于等待的状态，有赖"老夫"题写成章。"陶冶"因此成为"摩写"的一个譬喻。王洙曰："所以象其变态者，有诗以陶成之尔。"显然，他记起了老杜的"江城含变态，一上一回新"那一联诗句。在杜甫看来，登临所见物色虽多，仍只是眼中之景，未经诗篇的"摩写"，不足以"象其变态"，更不足以"陶成之"。因此目之所见还有待于诗篇的陶冶之力，从而将物色转化、形塑成辞采文章。而辞采文章与物色的关系，正如图绘的天马之于眼中所见的天马。这是一个以诗歌文字为本体的世界，得造化之秘，故此巧夺天工。它可以取物色而代之，或令物色相形见绌。

1893 年，作曲家马勒到奥地利北部阿特湖畔度假作曲，据说他对正在欣赏湖光山色的朋友说："不用看了，我已经把它们都写在音乐里了。"此话或可为杜甫作注。

诗艺：劳作与征服

从杜甫的"一洗万古凡马空""乃知画师妙，功刮造化窟"和"陶冶赖诗篇"，到李贺的"笔补造化天无功"，已是水到渠成，顺理成章了。诗人破译了造化之谜，然后借助语言文字，创造了自己的世界。因此，诗篇的世界不是对外部世界的模仿。相对于自然而言，也并非第二性的或衍生性的。如此界定诗歌与自然的关系，暗示了诗人与造物平起平坐的地位，也蕴含了诗人凌驾于自然之上，而与造化相抗衡的可能性。实际上，"陶冶赖诗篇"一句不仅把作诗比作陶冶之功，还明言陶冶有赖于诗篇，而非相反。

由上可见，杜甫的陶冶说所关注的核心问题，是诗歌写作与自然的关系。这一思路后来又有所延伸和拓展，例如宋代的黄庭坚在《答洪驹父书》中说：

> 古之能为文章者，真能陶冶万物。虽取古人之陈言入

于翰墨，如灵丹一粒，点铁成金也。

所谓"点铁成金"即"陶冶"之意。只不过黄庭坚将陶冶的对象从自然的世界延伸到了古人的文章，包括"古人之陈言"。韩愈的《答李翊书》主张"惟陈言之务去"，在作文时，务必摒弃和排除陈言。但黄庭坚的看法不同，他把古人的文章和其中的陈言都纳入了"万物"的范畴。写作即陶冶，而经过作者书写的陶冶，天地"万物"，包括前人文章中的陈言，都因此焕然一新，完成了一次夺胎换骨、点铁成金的转化。显然，黄庭坚所说的万物，并不限于天然之物。人工的制品如文章，也是万物的组成部分。此后朱熹谈"格物致知"，所格之"物"正是一个极为宽泛的概念，囊括了制度和人类的物质文明。同样是以物为对象，黄庭坚强调的重心在于文章写作的陶冶之功。在文章家的笔下，万物被重新赋形，重新塑造。正像陶钧者将现成的材料制作成不同形制与不同功能的器物，造物者改造了大地山河的模样与格局。随着陶冶的对象从自然之物扩展到人工制品，陶冶作为一种制作的技艺，与自然而然、不假劳作的造化天成说也渐行渐远，甚至背道而驰了。

有人或许会问：如果在杜甫这里，陶冶说主要着眼于书写与自然的关系，而非与前人文章之间的关系，那么，诗人得造化之秘，通过书写来复制自然，又岂非顺应天意，辅佐造化之举？换句话说，诗人的所作所为并不具备自主性和能动性，而只是构成了造化过程的一部分。如果造化是一个自发自生的过程，诗歌也正是自然而然的结果，而非诗人有意为之的产物。不难看出，此说不仅沿袭了对造化的传统理解，而且承继了天与人的同一性与连续性的看法，试图以天统摄人、以自然容纳人工，从而泯灭后者的特质与属性。

这一说法见于不同时代，的确包含了文人审美理想和艺术价值判断的重要方面。可是，一旦将它视为普遍性的命题，并且以它替代具体历史时期的语境分析，则又大错特错了。仍以陶冶为例，远溯先秦时代，荀子在讨论陶人与他们制作的陶器时，就特意说明"器生于陶人之伪"。也就是说，陶器是工匠有意为之的结果，是人工而非自然的产物。时至中唐，韩愈、皎然等人都已不再借助"自然""天真"的名义，来为诗辩护了。皎然反驳"不要苦思，苦思则伤自然之质"的看法曰："夫不入虎穴，焉得虎子？取境之时，须至难至险，始见奇句。"而杜甫早就说过："为人性僻耽佳句，语不惊人死不休。"（《江上值水如海势聊短述》）他不仅为劳作正名，还第一次将诗歌的修改打磨变成了言说的话题，开了中唐诗人的"苦吟"之风。

杜甫在写下"登临多物色，陶冶赖诗篇"后不久，又作了一首长诗，题为《寄刘峡州伯华使君四十韵》。诗中盛称刘君诗艺精湛："雕刻初谁料，纤毫欲自矜。神融蹑飞动，战胜洗侵陵。妙取荃蹄弃，高宜百万层。"其中"雕刻初谁料"一句又作"雕刻初谁解"。可知与"陶冶赖诗篇"相似，这首诗强调了诗篇形塑万象的能动性，只不过这一次杜甫把诗笔比作刻刀。诗句的大意是说，刘君的诗作雕刻物象，皆出人意表或难以理喻，然而纤毫毕现，又足以令作者自矜自傲。清人朱鹤龄提醒读者注意，这一节从晋代陆机的《文赋》化出："雕刻初谁料"即"笼天地于形内，挫万物于笔端"；"纤毫欲自矜"即"考殿最于锱铢，定去留于毫芒"。在我看来，最值得一提的是，雕刻为人工的刻意之举，旨在重新为万物赋形，因此非苦吟劳作而不可得。

我们知道，此前的文论诗论对苦吟多持否定态度。陆机在《文赋》中写道："是以或竭情而多悔，或率意而寡尤。虽兹物之在我，非余力之所戮。"梁刘勰在《文心雕龙》的《神思》篇中说："是以秉心养术，无务苦虑。含章司契，不必劳情也。"刘勰的确承认诗文的构思写作难免苦虑劳情，但他认为写作的疾徐迟速，取决于作者的禀才和文章制体的大小。因此，他提到历代文人苦思的例子，大多限于大赋和长文的写作。而这些论者之所以反对殚精竭虑的刻意写作，除了养生的考虑之外，更重要的原因还在于，苦虑劳情有悖于他们对写作本身的理解。

陆机在描述写作的状态时，使用了"感应之会"和"通塞之际"这样的字眼，而得出结论说："故时抚空怀而自惋，吾未识夫开塞之所由。"刘勰则选择了"关键"和"枢机"的譬喻。他的说法是"志气统其关键"和"辞令管其枢机"，但是"意翻空而易奇，言征实而难巧"，可知关键和枢机的运作机制有其难以预料、无法掌控的部分。六朝以降，文人写作获得了日益显著的自觉意识，文体说、修辞学和创作论都因此得到了长足的发展，但陆机和刘勰用来描摹写作状态的此类比喻，仍然令人想到庄子的"天机"说。庄子在《秋水》中写了蚿与夔的一段对话：传说中的夔仅有一足，只能跳着走，它好奇蚿怎么能驱使万足却又协调自如，走得飞快。蚿答曰：

> 不然。子不见夫唾者乎？喷则大者如珠，小者如雾，杂而下者不可胜数也。今予动吾天机，而不知其所以然。

依照蚿自己的说法，这绝非它自主自觉的行为，更不是刻意操纵的结果，而是天机使然。一旦天机发动，便身不由己，不得不然。就如同打喷嚏，完全超出了个人的意愿和控制，而喷嚏"大者如珠，小者如雾，杂而下者不可胜数也"，也绝非出自预先的安排。在天机触发之际，蚿不过听其自然而已。因此，它只知其然，而不知其所以然。在陆机看来，写作也与此同理，非当事人所能解释："虽兹物之在我，非余力之所戮。"

汉代的《诗大序》虽未必出自以上的学理脉络，但它对诗歌吟诵或创作的描写却不无相似之处：

> 诗者，志之所之也，在心为志，发言为诗。情动于中而形于言，言之不足，故嗟叹之。嗟叹不足，故永歌之。永歌之不足，不知手之舞之、足之蹈之。

类似的说法也见于早期乐论，不同的是，这一段话以诗为中心，讲的是诗人兴发感动之际，在内在情志的驱动下，不知不觉地发乎言辞，继而嗟叹咏歌，甚至下意识地手舞足蹈起来。这一论述不乏内在的矛盾或张力，因为序文的作者从内在"情志"谈起，突出了当事人的意图和情感。尽管根据古典乐论和有关性情的论述，"情"可以被理解为人对外部情境的"自然"反应，因此是发乎天性的，但"志"的含义要复杂得多。它的本义为意念、意向，并且由意向指向目标；同时还表示记，即用文字或标志性符号记下来。"在心为志，发言为诗"，于是展示了内心意念逐渐向外呈现，最终诉诸语言媒介形成诗歌的完整过程。但令人诧异的是，序文作者却着重强调了这一过程中当事人身不由己的自发状态。从言说到嗟叹、咏歌，一直到手舞足蹈，《诗大序》生动地揭示了吟诵者或创作者的忘我状态和失控瞬间。在诗、歌、乐、舞合为一体的礼乐时代，诗歌创作与吟诵、舞蹈、仪式行为是密不可分的，甚至此处究竟说的是诗歌创作还是诗歌吟诵，也难下断言，或兼而有之。

在后世的视野中，《诗大序》的情志说构成了中国古典诗学的正宗起源。就其本质而言，这是一个悖论式的诗学，即反修辞学的诗学，因为它在事实上否定了作者的自主性和能动性，甚至从根本上取消了作者的作用，也没有为写作技艺与文体修辞留下必要的空间。仅就这一点而言，《诗大序》的说法与柏拉图的"迷狂说"倒不无可比之处。柏拉图将诗人的作品理解为神灵附体的结果，是上帝通过诗人的作品与我们说话。这与庄子的天机说和《诗大序》的情志说固然有所不同，但就结论和效果而言，却相去不远：作诗或吟诗是超越诗人控制的自发行为，因此与他的能力和技巧无关，也无须训练与劳作。

将苦吟说置于上述思路中来考察时，我们不应该忘记，杜甫在《寄刘峡州伯华使君四十韵》中也曾赞美诗人"神融蹑飞动"和"妙取筌蹄弃"，俨然关键始开，枢机方通，故此一片神行，而不执着于字句。同样，杜甫坦言自己"晚节渐于诗律细"（《遣闷戏呈路十九曹长》），并且自许"语不惊人死不休"，但在《江上值水如海势聊短述》这同一首诗中接下来却补充说"老去诗篇浑漫与"。"漫与"即兴之所至，率意而为。这难道不是自相矛盾吗？苦吟与漫与又岂可兼得？

我认为皎然的说法或许可以解答这一疑问：在强调了"苦思"的重要性之后，他随即说道："成篇之后，观其气貌，有似等闲，不思而得，此高手也。"《文镜秘府论》也说："但贵在成章以后，有其易貌，若不思而得也。'行行重行行，与君生别离'，此似易而难到之例也。"可见苦思苦吟发生在取境立意的写作过程中，但在作品中却要泯去痕迹，并且作品的完成也若有天助。因此，看上去如无心偶得，妙手天成。用一句老话来说，仿佛得来全不费功夫。由此看来，"神融蹑飞动"和"妙取筌蹄弃"二句也正应了《丹青引》所写的"斯须九重真龙出"：曹霸笔下的天马即是"真龙"，虽不免惨淡经营，却最终见证了一个奇迹的诞生，如鬼使神差，自天而降。正因为如此，《文镜秘府论》还屡次传授"无令心倦"的方法，以供诗人自助或自救之用。在一个苦吟的时代，息心养神之术颇有些供不应求。它的再度流行告诉我们，当时的诗人如何调动各种手段以胜任写作与应对疲惫，也就是在身心两方面做出准备，对难以预料的写作行为尽其可能地施加掌控。

总之，杜甫在承继前说的基础上，发扬光大了作者的自觉自主意识，并且凸显了书写劳作与修辞技艺的重要性。而与强调诗人的苦心劳役、诗歌写作的匠艺相一致，作诗变成了对自然的重塑、对抗与征服。由此可见，对诗的理解不同了，作诗的方式也发生了改变。二者之间彼此关联，相互作用。我们可以借助从杜甫到中唐诗人有关诗歌的比喻，来考察这些变化的轨迹及其深刻涵义。

例如，杜甫在上面这首《寄刘峡州伯华使君四十韵》中便以征战来比喻作诗，所谓"战胜洗侵陵"。战事攻伐，故有侵犯凌暴之说。而在杜甫眼中，刘君在诗歌的征伐中轻易胜出，横扫天下的侵陵者，或令侵陵者为之一扫而空。杜甫此处又一次用了"洗"字，令人想到他的"一洗万古凡马空"。与此类似，韩愈等中唐诗人更进而把作诗比作猎奇探险，以获取造化之秘。这是诗人内心的"冥搜"之旅，捕逐于八荒之表，搜寻于幽冥之域，升天入地，向至难至险处去立意取境。为此，他们还不时诉诸身体和暴力的譬喻，迫使自然为之屈服或透露造化的奥秘，如取虎子于虎穴，探骊珠于龙颔。

杜甫曾经这样评论当代诗坛：

> 才力应难跨数公，凡今谁是出群雄？
> 或看翡翠兰苕上，未掣鲸鱼碧海中。

尽管嘲笑初唐四杰者仍大有人在，但没有谁的才力在他们之上。杜甫因此诘问道："凡今谁是出群雄？"他在自问，也在挑战当代的诗人。那些风雅之士，只是一味地观赏翡翠鸟在兰草的花茎上嬉戏玩耍，把诗作得精致讨巧，赏心悦目。他们不知道作诗还是一场力的较量与征服，是孤注一掷的冒险。鲸鱼是大自然磅礴伟力的象征，而真正的诗人，就应该拿出全副的胆识和勇气，赤手空拳，到碧海上去将它制伏！

这样的诗人，杜甫说他还没有看到。半个多世纪后，韩愈出来应战了。他在《调张籍》中描写自己的作诗经历时，回应了杜甫的提问：

刺手拔鲸牙，举瓢酌天浆。

尽管迟到了多年，这样一位"出群雄"毕竟出现了。韩愈大声宣布：我来了！不仅我能鲸口拔牙，我还有几位朋友，他们也做得到。韩愈在《送无本师归范阳》中赞美贾岛说：

蛟龙弄角牙，造次欲手揽。

贾岛早年出家，号无本。宋人喜欢讲郊寒岛瘦，而在韩愈的笔下，却是"无本于为文，身大不及胆。吾尝示之难，勇往无不敢"。蛟龙在海上张牙舞角，不无卖弄炫耀之意，贾岛竟然徒手而上，率意、鲁莽、若无其事，却必欲将其收服而后快，全然不知恐惧为何物。孟郊在《戏赠无本》中索性把贾岛写成了一位随手摆弄造化，重新安排世界的诗人：

燕僧摆造化，万有随手奔。

诗人的双重身份：造物与诗囚

然而，以造物之名征服自然和重塑自然，最终难逃僭越的指责。《山海经》曾这样记载禹的父亲鲧："鲧窃帝之息壤以堙洪水，不待帝命。帝令祝融杀鲧于羽郊。"诗人以大禹自许，却没能逃脱鲧的结局。他们像窃取息壤的鲧那样，窥伺造化的奥秘。"不待帝命"坐实了僭越的指控，而诗人的文字泄露天机，又让我们想起仓颉造字，"天雨粟，鬼夜哭"的传说：作为文字原型的卦象蕴藏了造化的密码，人类因此足以攫取鬼神的权威，并对它们形成威胁。

诚如孟郊所言："文章得其微，物象由我裁。"杜甫也早就说过："雕刻初谁料？"依照这一说法的逻辑走下去，会得出什么结论来呢？诗人使用文字，一如刀斧，雕刻山川，剪裁物象，其结果势必破坏了大自然浑然一体的原生状态，导致万物的分离隔绝，并且将它们各自生存的隐微情状暴露在光天化日之下。韩愈盛赞李白和杜甫的勃兴，致使天地万类遭受了"陵暴"。而卢汀一旦有机会驰骋雄怪之才，连造化恐怕也禁不起他笔锋的百般"镌劖"。他们都像杜甫那样，在描述诗歌时使用了与"侵陵"和"雕刻"相关联的词汇。这些都并非沿袭的比喻或陈词滥调，而是被赋予了可以触摸的物质性：诗人手中之笔如刀斧般锋利，削铁如泥，势不可当。

韩愈在《双鸟诗》中把自己与孟郊写成两只巨鸟，它们喋喋不休、震耳欲聋的鸣叫对自然秩序与社会秩序都造成了严

重的干扰和破坏，雷公因此向天公告了一状，历数了双鸟的
所有罪过：

> 自从两鸟鸣，聒乱雷声收。
> 鬼神怕嘲咏，造化皆停留。
> 草木有微情，挑抉示九州。
> 虫鼠诚微物，不堪苦诛求。
> 不停两鸟鸣，百物皆生愁。
> 不停两鸟鸣，自此无春秋。
> 不停两鸟鸣，日月难旋辀。
> 不停两鸟鸣，大法失九畴。
> 周公不为公，孔丘不为丘。

于是，出现了这样一个问题：既然在中国古典的创化叙述
中，造物并非单数的、唯一的，还有其他地方神祇和半神半
人者参与其间，为什么诗人以造物陶钧手自许，却变成了僭
越者，丧失了正当性呢？

说到人世间的造物陶钧手，我们往往不假思索，以为他
们具有天然的正当性，并且引用《尚书·皋陶谟》为证："有
邦兢兢业业，一日二日万机。无旷庶官，天工，人其代之。"
但深究其意，却不简单。联系上下文来看，《尚书》的意思是
说，天叙有典，天秩有礼，天命有德，天讨有罪，而人间有
五典五惇、五礼、五服、五章五刑，与之一一对应匹配。邦
国的政体也是如此，天设其官，而由人代司其职，无令职位

空缺或所任非人，空居官位，而务使居官者兢兢业业，日理万机。这把我们带回到文章开头说到的问题，即宇宙自然界的造物主与人世间的造物陶钧手的关系。

人世间的造物陶钧手分属两个不同的领域：其一指政教治理，如制礼作乐，规治天下；其二指制作之艺，包括工匠技艺与诗文写作。在人世治理的领域中，圣人贤者以陶钧手自居，或被称作陶钧手，功期造化，都不存在道德上的暧昧性。他们无可怀疑地站在了造物主一方，起到了辅翊天工造化的作用。这正是"天工，人其代之"的意思。而在儒家的宇宙观中，社会秩序与自然秩序原本就是相互一致的，具有内在的同构性。自秦汉统一天下，这一同构关系更因为政治教化的原因而得到了强化。

可是，一旦转向文字书写的领域，情况却变得复杂起来。诗人以造物主或陶钧手自许，并不具备道德上不证自明的正当性，甚至还无可避免地与造物产生了冲突。这一方面固然是因为"文字觑天巧"，为造物所忌，另一方面则是因为诗与自然秩序和社会秩序之间，也未必具有天然的亲和力，尤其是到了中唐时期，甚至还产生了竞争性和敌对性。众所周知，孔子曾经通过对《诗经》的论述发展出了儒家的伦理诗学。经典儒家的礼乐说，进而在社会秩序与自然秩序的对应关系中来定义诗的位置和作用，形成了诗与礼乐相互配合的政教说。但到了后世，关于诗的这一整体性的伦理想象已变得有些难乎为续或名不副实了，而尤以中唐为甚。诗因此再次变成了问题，诗与自然和社会的关系也不得不重新界定。

具体来说，诗人通过文字书写而创造的宇宙，与造物主宰的世界平行存在。这个文字的宇宙相对自主自足，但又构成了造物所主宰的那个世界的一部分，并且反过来作用于造物的世界，与之产生互动。也就是说，诗人一方面宰制诗歌的疆域，与造物分道扬镳，分庭抗礼；另一方面又借助文字的神力，侵入造物的世界，或取而代之，或对其施加影响，甚至造成干扰和破坏。无论何种情况，诗人都具备了陶钧之力。他参与了造化的过程，并重塑了造物所营就的世界。

为什么诗人造物说兴盛于中唐时期？其原因和意义何在？就动机和效果而言，诗人造物说试图通过世界创化的宏大叙事，来拯救与安顿流离失所和困塞自囚的诗人。也就是在宇宙秩序中，为他们创造一席之地，并且补偿他们人世间的磨难。为了达到这个目的，诗人有必要将宇宙秩序定义为一个有别于社会秩序的更高秩序，并以此为依据来为自身正名。于是，诗人得以从社会中的失败者一变而成为文字世界的主宰者，与造物平起平坐，甚至凌驾于造物的世界之上。

这一看法具有强大的挑战性，注定充满了争议。韩愈的《双鸟诗》便昭示了这样一个传统的观念：诗人与造物争功，也同时意味着与周公、孔丘为敌。天帝与周公、孔子的联盟，再一次印证了自然与社会的对应关系，而没有为另类空间或更高的秩序留下任何可能性。在此，韩愈无疑遭遇了古典思想的极限。诗人在社会秩序之外去定义自我，并寻找安身之地，就不得不面对越界的指责，结果自然是进退失据、左右为难。于是，惩罚接踵而至。登上造物圣坛的诗人，又重新跌回了自我囚禁的"空山"。在韩愈和孟郊看来，这是诅咒，也是赞美。与其说他们为诗人正名的努力终归于失败，倒不如说这一努力太过高调了。诗人被推上了前所未至的高度，令人叹为观止，而又心惊肉跳——这是一个危险的高度，从那里他已难以平安返回了。如果诗人再次跌落，而且摔得不轻，那或许正是因为他舍弃了坦途，也不走平地。

这一冲突与对抗关系不只是体现在诗人与外部世界之间，也内在于诗人自身，转化成了诗人的自我对抗与自我冲突。孟郊曾经感叹："诗人多清峭，饿死抱空山。"又说："万事知何味，一生虚自囚。"在堕落的时代孤独自困，恰恰证明了一个人的品德高贵，孔子因此有"君子固穷"之说。但这里的麻烦是，他穷途困顿，并不仅仅因为他是君子，更因为他是诗人。他因诗而囚，为诗所囚，成为元好问所说的"高天厚地一诗囚"："见书眼始开，闻乐耳不聪。视听互相隔，一身且莫同。天疾难自医，诗癖将何攻？"（孟郊《劝善吟》）诗人与外部世界的疏离，破坏了他自身的内部和谐与平衡，作诗变成了受难的根源。没有谁逼诗人写作，但他们却不能自休，跟自己过不去。孟郊在《苦学吟》中自问："如何不自闲，心与身为仇？"不错，诗人即是造物，但这一比拟于事无补，从结果来看，甚至更糟。归根结底，即便是造物本身，也无法逃避劳役的折磨。在贾岛笔下"笔砚为辘轳，吟咏作縻绠"的日复一日的写作劳役中，不难看到造物"戮力忍劳疢"的身影——"劳疢"是一个很重的字眼儿，指劳苦疾病，所谓久病曰疢，也指内心的痛苦。宇宙造化是何等辉煌宏大之事，然而对于造物来说，却是一场劳苦和疾病，不能不为此而长时间地忍受身体磨难与精神创痛。此说自韩愈始盛，而在他笔下，磨难和创痛更因为发生在造物身上，而被放大了，超乎世俗经验之上。对以造物自居的诗人来说，辉煌与受难是成正比的：诗人获得了凡人难以享有的造物的荣耀，但也不得不分担造物所经历的凡人无法承受的劳役和创造的痛苦。显然，这些中唐的诗人们都不再只是从道德立场出发来定义或毁誉诗人了。一旦带入了诗和诗人的话题，好人受难的传统故事就不得不做出修改。在诗人的自我想象中，造物与诗囚互为镜像，相反相成，缺一不可。

同样，关于探险和征服的譬喻也是一把双刃剑。韩愈称贾岛胆敢手揽蛟龙的角牙，孟郊却不忘调侃他说："拾月鲸口边，何人免为吞？"韩愈的幼子韩昶（小名符郎）颖悟早慧，长于辞章，孟郊作《喜符郎诗有天纵》：

> 海鲸始生尾，试摆蓬壶涡。
> 幸当禁止之，勿使恣狂怀。

鲸口拾月，与鲸口拔牙，骊颔探珠同类，绝不像探囊取物那么轻而易举。即便诗人侥幸生还，也不乏隐忧和后患，因为年轻诗人日益增长的纵恣不羁的力量，开始令人不安，并心生恐惧，甚至连孟郊都给吓住了。这固然是一句玩笑，但玩笑并不足以勾销探险的顾虑：为了避免被鲸吞噬，就不得不拥抱它，与它合为一体，甚至变得比它还要强大。诗人终于以巨鲸的形象出现了，探险者变为危险的化身，征服者成了需要被征服的对象。君不见，刚刚长出尾巴的幼鲸，已经在蓬壶一带的海面上兴风作浪，小试身手了！

总之，中唐诗人以造物说为诗人辩护，但这又是一个复杂的辩护。韩愈、孟郊等人将诗人造物的命题推向了极致，让我们看到了它所带来的冲突，也看到了与冲突相伴随的创造性张力和无可避免的后果。为诗人正名，意味着将诗人提升到超凡入圣的位置上，并赋予他形塑世界、征服自然的伟力，而这又反过来坐实了对他的指控，也加剧了诗人内在的张力与失衡。与此相应，韩愈崇尚力的诗学，打破了传统的诗歌观，为诗歌写作拓展了一个超越性的知性空间，同时造就了自我神圣化与自嘲、反讽相混合的复杂风格。这一切在此前的诗坛上都是难得一见的。

双鸟的命运与诗歌谱系

韩愈在《调张籍》中，继续借用双鸟来比喻李白和杜甫："惟此两夫子，家居率荒凉。帝欲长吟哦，故遣起且僵。剪翎送笼中，使看百鸟翔。"诗人如同被剪去翎毛的双鸟那样，被天帝所囚禁。但反讽之处又在于，恰恰是囚禁成全了诗人，他们因为囚禁而歌唱，而且唯有囚禁才能使他们如天帝所愿，长久地"吟哦"下去。这是天地间"善鸣者"的命运，悲怆而无奈。无论这是天帝的奖赏还是惩罚，诗人终归在劫难逃。

这让我想到了韩愈《双鸟诗》的结尾，双鸟被天帝囚禁噤声，因为不制止它们的歌唱，就会导致四季失序，中断了造化的过程。这与《调张籍》的说法相比，又更进了一步。那么，天帝把它们囚禁起来，究竟是想要它们"长吟哦"呢，还是希望它们从此噤声？韩愈对天帝的动机和意图，似乎给出了矛盾的解释。在他眼里，天帝对诗人的态度有些暧昧，既爱又恨。有一首归在韩愈名下的《赠贾岛》这样写道：

> 孟郊死葬北邙山，从此风云得暂闲。
> 天恐文章浑断绝，更生贾岛着人间。

在作者看来，上天不希望文章断绝，为此就只能听任诗人叱咤风云。韩愈崇尚动力诗学，所谓"大凡物不得其平则鸣"，就是说万物只有在失去平衡时，才能发出鸣响。诗人也是如此，一旦风云暂歇，心平如水，就失去了动力之源，诗歌也无从谈起了，更谈不上"其歌也有思，其哭也有怀"了。这既是自然现象，也是心理现象和社会现象，因此打破了内外的界限，主观与客观的分野。无妨说，这是韩愈以他自己的独特方式，表述了诗人与自然／社会，以及诗人与自我的双重对抗关系。

与此同时，韩愈的动力诗学也给天帝出了一道难题。在静与动、平衡与动荡、秩序与无序，控制与失控之间，天帝偶尔不免产生摇摆，但最终还是对秩序和权威的诉求占了上风。他对诗人的赏识不是无条件的，对他们的宽容也有一个限度。

天帝如此对待诗人，而对他们的诗篇又做何想呢？在同一首《调张籍》中，韩愈写天帝在李白、杜甫死后，通过仙官敕令六丁，前往人间遍求遗作，务必将它们全部收回上天。韩愈借此来解释为什么他们存世的作品会如此稀少："流落人间者，太山一毫芒。"但在我看来，这既见证了天帝对诗人的眷顾和赏识，又重申了天帝对诗人命运的最终掌控。上天而非人间，才是他们诗作的最后归宿。

具体来说，收回诗人的作品，也是为了避免它们流落人间，泄露天机。韩愈写李杜留下的文字是"平生千万篇，金薤垂琳琅"。薤为多年生草本植物，所谓"金薤"指倒薤书，如王惜所言："小篆法也，垂枝浓直，若薤叶也。""琳琅"有二说，一说"石"也，一说"玉名"。钱仲联释曰："言李、杜文章，播于金石云耳。"有趣的是，韩愈曾经赴衡山（即岣嵝山）寻访神禹铭未果。在他的想象中，神秘的大禹铭也是如此：

> 岣嵝山尖神禹碑，字青石赤形摹奇。
> 蝌蚪拳身薤倒披，鸾飘凤泊拏虎螭。
> 事严迹秘鬼莫窥，道人独上偶见之。
> 我来咨嗟涕涟洏，千搜万索何处有？
> 森森绿树猿猱悲。

所谓"薤倒披"正是古书记载的"倒薤书"。又有蝌蚪文，即古篆体，以其头粗尾细，类似蝌蚪而得名。此外还有八分小篆，"蛟龙盘拏肉屈强"。韩愈为什么如此不厌其烦地去想象禹碑的书体呢？因为这些书体尽得象形会意之妙，深蕴造化的无穷奥秘。如许慎《说文解字序》曰："古者包牺氏之王天下也，仰则观象于天，俯则观法于地，观鸟兽之文与地之宜，近取诸身，远取诸物；于是始作易八卦，以垂宪象。"因此，仓颉所造书契，后来又称鸟虫书或鸟迹书。出自同样的原因，传说中的大禹铭，令韩愈不胜神往，又因为求之不得而愈感神秘莫测。

照韩愈说来，曾经有一位道人偶然见到过神禹碑文，不知所据为何。历代注家指出，唐人访寻神禹遗迹者甚多，刘禹锡徒闻其名，而未至其地，唯有崔融似曾见之。入宋之后，据说有一位道士拓得七十二字，刻于夔门观中，后不复可见。不过朱熹作《韩文考异》，认为韩愈误听传闻，本无其事。韩愈以排斥佛、道闻名，但佛、道对他的影响着实不可低估。这个例子说明道教的影响已经渗入了大禹的传说，而韩愈执念于禹碑，也与此不无关系。

有趣的是，韩愈写到李白、杜甫留下的诗篇时，并没有如实地说是手稿，而是将它们与传说中神圣而又神秘的禹铭等量齐观，以倒薤体篆刻于玉石之上。这一写法的象征寓意不言而喻：作为造化奇迹的见证，李杜诗篇属天帝所有，最终收归上天，得其所哉。注家在《调张籍》的"仙官敕六丁，雷电下取将"处，多引《异人记》或《龙城录》曰：

上元中，台州道士王远知善《易》，知人死生祸福，作《易总》十五卷。一日，雷雨云雾中一老人语远知曰："所泄者书何在？上帝命吾摄六丁雷电追取。"远知惶惧据地。旁有六人，青衣，已捧书立矣。老人责曰："上方禁文，自有飞天保卫，金科秘藏玄都，汝何者，辄藏缃帙？"远知曰："青丘元老传授也。"

这一段逸事据说发生在唐高宗上元年间，但《异人记》和《龙城录》的成书时间或不早于韩愈的年代，能否引用来为韩诗作注，尚且存疑。然而此类传闻由来已久，道教的因子也显而易见。道教传说中这个习见的叙事套路，被韩愈用在了李白和杜甫的头上。他们的诗篇加入了金科秘籍的行列，属于"上方禁文"，仙官因此奉天之命摄六丁雷电搜寻追取。

简言之，韩愈为我们描述了天帝所面对的一个悖论情境：天帝想要听到诗人的鸣唱，但又对此心存戒意。他无法容忍世界持续性地处于失衡状态，尽管这是诗人鸣唱歌哭的必要前提和必然后果。他也没有放弃对诗人及其诗作的最终管控，至少不希望李杜的诗篇广为传播，致使造化的奥秘失落于人间。这与道教的"谪仙"叙事不无关联，但诗篇散失人间又在所难免。天与人的界限模糊松动，并不意味着可以一笔勾销。成神绝非没有条件，后果近乎自我毁灭。无论是鸣唱还是书写，诗人都成功地复制或延续了造化的奇迹，介入了造化的过程。然而他的成功又正是失败的开始：当他从模仿造物走向替代造物，并企图凌驾于造物之上时，便不能不为自己的成功而付出超人的代价。他功败垂成，虽败犹荣。

回到韩愈的《双鸟诗》，诗人写到被天帝囚禁的双鸟被迫噤声思过，结果究竟如何呢？有趣的是，双鸟不仅毫无悔意，甚至还心生不满。它们变成了饕餮，胃口大得惊人，直吃得天昏地暗，万物失序，喝到了海枯石烂，河床生尘。显然，停止了鸣叫之后，它们开始养精蓄锐，但放肆吃喝与尽情鸣叫无异，同样造成了天地秩序的紊乱。它们不需要多做什么，仅仅是因为无与伦比的体积和能量，双鸟的存在本身就构成了威胁。更何况它们还叫个不停，被迫噤声之后仍旧发誓说，三千年后要卷土重来，接着鸣叫："朝食千头龙，暮食千头牛。朝饮河生尘，暮饮海绝流。还当三千秋，更起鸣相酬。"其志若此，令天帝情何以堪？

这两只反抗秩序、桀骜不驯的巨鸟，已迹近撒旦，发布了中唐版的"摩罗诗力说"。在韩愈的笔下，双鸟的谱系从李白、杜甫延续到自己和孟郊。他还曾开玩笑，劝张籍不要太热衷于地上人间那些庸庸碌碌的无趣经营，而应该加入自己，一同追逐李杜，凌空颉颃：

> 顾语地上友，经营无太忙。
> 乞君飞霞佩，与我高颉颃。

北宋的欧阳修对此心领神会，在《读〈蟠桃诗〉寄子美》（一作《读圣俞〈蟠桃诗〉寄子美》）中把双鸟写成了他与梅尧臣的比翼翱翔。而造物陶钧之说，至宋代也依然盛行不衰。

陆游因此说："从来造物陶甄手，却在闲人诗句中。"

但从陆游的口吻可知，这不过是一个有趣而又习以为常的话题，失去了它最初的冲击力和震撼力。欧阳修认为韩愈、孟郊死后，幸有梅尧臣（字圣俞）继之而起，"郊死不为岛，圣俞发其藏"。另一个版本还有"嗟我于韩徒，足未及其墙。而子得孟骨，英灵空北邙"四句，显然都是在回应我们前面读过的《赠贾岛》那首诗。但双鸟已不再是韩愈笔下那两只叛逆的巨禽了，被天公囚禁却绝不低头服输，而不过是鹤立鸡群，孤芳自赏罢了。甚至梅尧臣本人也有些不以为然：他不喜欢欧阳修把自己比作孟郊，并且喋喋不休地强调他们的穷寒。据说他曾对收到欧阳修（字永叔）诗作的苏舜钦（字子美）抱怨道："永叔要做韩退之，强差我做孟郊。"这句话在宋代流传甚广，见于不同的笔记札记，文字略有差异。闻者评曰："虽戏语亦似不平。"

梅尧臣固然不是孟东野，欧阳修又如何担当得起韩退之的角色？双鸟的谱系仍在延续，但时过境迁，那个"勇往无不敢"的激动人心而又惊心动魄的年代，已一去不返。

2022 年 9 月修改

删节版原载于《读书》（2021 年第 2 期）

附记：

卢燕新、张一帆为我的修改稿核实了杜诗的不同版本和材料，谨致谢意。

下编

与林庚先生相处的日子

1978 年 10 月，我离开福州，开始了在北京大学十年的生活。1979—1980 学年，第一次听林先生讲课。记得那是在第一教学楼二层朝阳的一间教室，课的名称是"屈原研究"。这门课对我的影响，多年后我才明白。

这是一门选修课，内容包括先生正在撰写的《天问论笺》。先生用了好几堂课的工夫讲解《天问》的考证和错简的问题。我对楚辞学一无所知，听起来当然像天书一样困难。不过，先生化繁为简，举重若轻，竟然将考据和笺注这样的题目讲得有声有色，引人入胜。先生说：我们固然不是为考据而考据，可是考据的问题又总是无法回避。考据并不意味着钻故纸堆，堆砌材料，闭目塞听。好的考据家就像是出色的侦探。

我们每天上课下课，走的是同一条路，可是对周围的世界，或者视而不见，或者熟视无睹。如果福尔摩斯也从这条路上走过，他的观察就和我们不一样。他能在我们熟悉的事物中看出问题。任何细微的变化，哪怕是蛛丝马迹，也逃不过他的眼睛。他甚至凭嗅觉就知道发生了什么。这种锐利的直觉和发现问题的能力，是侦探的职业敏感，也是考据家的第一要素。

先生的话引起了我们对这门学问的兴趣。年轻的大学生一谈起考据就想到坐冷板凳，皓首穷经，因此视为畏途，避之唯恐不及。可是说到侦探，有谁不跃跃欲试？仿佛唾手可得。其实，这两门行当，如果不是旗鼓相当，至少也可以触类旁通。不论是侦探还是考据，都需要耳聪目明；推理之外，还得有洞察力和想象力。我后来才知道，先生的这几句话也同样适用于诗人和学者，更是他本人的写照。先生治楚辞学，并没有被历代浩如烟海的注解所困扰和迷惑，而是目光如炬，从诸如《史记》的《秦本纪》这样常见的史料中发现了诠释《天问》的线索。此外，先生快刀斩乱麻，处理了一向众说纷纭的《天问》错简问题，又在它的不相连贯的问话体的文字中理出了宇宙起源和历史兴亡的主题脉络。这些考据的难处和好处，当然都是我当时体会不到的。

二十多年以后回想起来，先生的讲课留给我最深刻的印象是他诗人的气质和风采。先生神清气爽，如玉树临风，完全不像年迈七十的老人。他身着丝绸长衫，风度翩翩，讲课时不读讲稿，只是偶尔用几张卡片，但是思路清晰，且旁征博引，让我们一睹文学世界的万千气象。讲到《九歌》中"帝子降兮北渚，目眇眇兮愁予。嫋嫋兮秋风，洞庭波兮木叶下"和宋玉《九辩》的"悲哉秋之为气也，萧瑟兮草木摇落而变衰"如何开了悲秋的先声，将汉魏数百年的诗坛笼罩在一片秋风之下，又怎样余波袅袅，在此后的诗文歌赋中不绝如缕，先生用的几乎是诗的语言，而他本人便如同是诗的化身。我记得当时我们完全被征服了。全场屏息凝神，鸦雀无声，连先生停顿的片刻也显得意味深长。这情景让我第一次感受到诗的魅力和境界。1982 年本科毕业之前，我决定报考中国古典文学的硕士研究生，师从林先生的弟子袁行霈先生，专攻魏晋南北朝隋唐诗歌。

先生的"屈原研究"是退休前最后一次为本科生授课，是先生告别讲坛的仪式。在听众中，经常可以见到当时系里的一些老师。大家心里都明白，这是一个时代的结束。我得以亲历其境，当然深感荣幸，不过荣幸之余，又不免有些担心，因为期末得交一篇论文。我煞费苦心炮制的那篇文章，细节已记不清楚了，题目好像是《从离骚中的龙与马谈起》。《离骚》讲述上下求索的旅程，刚刚说到"驷玉虬以乘鹥兮溘埃风余上征"，却又说"饮余马于咸池兮总余辔乎扶桑"。终篇前的一节同样是以"龙"开始，一变而成为"马"："为余驾飞龙兮杂瑶象以为车"，及至"陟升皇之赫戏兮忽临睨夫旧乡"，则"仆夫悲余马怀兮蜷局顾而不行"。有的注家觉得这前后的变化殊不可解，于是引证《仪礼》"天子乘龙载大斾"一句，又引郑玄注"马八尺以上为龙"，以为这样便一劳永逸地解决了"龙""马"之间不相一致的问题。在我看来,这一说法未免胶柱鼓瑟,大煞风景,于是慨然命笔,指出《离骚》中的"龙""马"之变与诗中的想象逻辑、情感律动正相合拍。展望前程,意兴飞动之时,诗人便"驾飞龙""驷玉虬";而徘徊眷顾,怅然失意之时,则龙的形象便为"蜷局不行"的马的形象所替代了。

当时比较文学之风大炽,我也不免受到影响,于是在文章的后半部分,又与但丁的《神曲》大加比较。其实我对但丁的了解仅限于中文译本,只是因为但丁描述他炼狱、地狱、天堂之旅使用了精确得近乎是天文学和地理学的语言,给我留下了深刻的印象,让我想到屈原所想象的天上的行程,绝少受到物质世界的羁绊,在诗歌的语言上也更倾向于抒情的跳跃而非叙述的连贯。这一切为《离骚》创造了诡异变幻的想象空间,如同是中国戏曲舞台的虚拟背景,任凭演员呼龙唤马,御风而行,虽朝发苍梧夕至悬圃,亦无不可,而龙马之变,又何尝出乎情理之外?

文章交上去不久就发了回来,我的成绩是 A!那一年我不过十七岁,于古典文学尚未知深浅,因此,兴高采烈之余,竟有些踌躇满志了。学期结束后,有一次又听先生的助教钟元凯说,先生以为文章写得不错,这当然更让我大喜过望。曾经想去拜访先生,可是事出无因,未免唐突,终于也就作罢了。多少年后,袁行霈先生告诉我说,林先生曾经向他打听过我,问这位商伟究竟何许人也。这我当时全然不知。

（一）

1984年底，我获得了中国文学的硕士学位。在此之前的几个月，听袁先生说，系里在考虑安排我留校任教。记得有一天晚上，在学校礼堂看了一部挪威作曲家格里格的传记片，回到宿舍，脑子里还回响着影片中的旋律。钟元凯忽然来敲门，问我能不能出来谈一件事情。来到门外，他说他很快就要离开北大回南方去了。因为得知我留校的安排，他问我是否愿意在任教之外，接替先生的助手工作。系里或许也有类似的考虑，不过我当时并不知道。他说如果我愿意的话，先生希望先见一面。几天后的一个晚上，在元凯的引导下，我第一次走进了燕南园62号。记得那天室内的灯光略显暗淡，但先生兴致很好，问了我的年龄后，大笑说："我们之间隔着半个多世纪！"就这样，开始了我与先生相处三年多的珍贵时光。

因为我刚刚开始教书，助手的工作耽搁了一段时间才真正起步。不过，很快我就发现，为先生做事，和先生聊天，是相当愉快的经验。按照当时的日程，我们每周见一两次面。首先是整理出版《唐诗综论》。其中的文章大多已经发表，只有两篇得从头开始。一篇是《唐代四大诗人》，另一篇是《漫谈中国古典诗歌的艺术借鉴》，是根据先生1984年底为中文系学生做的最后一次讲演，记录改写而成的。先生因为常年手颤，书写不便，我们的工作方式通常是先生口述，由我记

录整理以后，读给先生听。如此往返几次，最终定稿。（见图13）

先生以治中国古典诗歌而闻名，讲论唐诗更是他的本色当行。记得先生每次说到唐诗，总是神采飞扬。若不是师母叫停，真的是欲罢而不能了。这些谈话留给我的印象，至今新鲜如初，仿佛唐诗的精神已经化作了先生的生命血脉，不必假以外力，即可呼之欲出。而在我的理解中，诗与生活的融会贯通、水乳交融，不正是中国艺术的最高境界吗？

先生讲唐诗，以"盛唐气象"和"少年精神"最为引人注目。而不论是"盛唐气象"还是"少年精神"，又都是出自对文学的直接的感受，保留了丰富的感性的成分。先生论王维："古人称王诗'穆如清风'，那就仿佛是清新的空气，在无声地流动着，无时不有，无处不在。"（《唐代四大诗人》）王维的《同崔傅答贤弟》曰：

> 洛阳才子姑苏客，桂苑殊非故乡陌。
> 九江枫树几回青，一片扬州五湖白。
> 扬州时有下江兵，兰陵镇前吹笛声。
> 夜火人归富春郭，秋风鹤唳石头城。

先生评论这几联诗句说："仿佛是在最新鲜的空气中一路走来。他并不在描写具体场景，也不是记述行程和路线，而只是将一路上的感受写了下来，靠着沁人心脾的气息连贯为一体。"虽然三言两语，却准确地把握住了王维诗歌中跳动的脉搏。这样的语言，新鲜明快而恰到好处，既不摆论文的架子，也全无八股的习气。借用后人评唐诗的说法，是"色泽鲜妍，如旦晚脱笔砚者"。也就是说，先生将唐诗批评提升到了唐诗的境界。

先生对文学的评论还有其智性和哲理的层面。例如："艺术并不是生活的装饰品，而是生命的醒觉；艺术语言并不是为了更雅致，而是为了更原始，仿佛那语言第一次的诞生。这是一种精神上的力量。物质文明越发达，我们也就越需要这种精神上的原始力量，否则，我们就有可能成为自己所创造的物质的俘虏。"先生在退休前为全系师生所做的最后那次公开演讲中，曾经这样说过。我当时在场，而且负责做笔记，之后根据笔记整理成文，收进了先生的《唐诗综论》。可惜先生不同意录音，今天的读者只能透过文字来想象先生当年的风采和神气了。在 20 世纪 80 年代中期的历史环境中，忽然听到这样一个声音，真有如空谷足音，令人感到陌生而新奇。而回首反顾，先生的话又仿佛是一个预言，在当下这个物质主义的时代，愈发显示出了它的相关性和迫切性。

早在 1948 年发表的《诗的活力与诗的新原质》中，先生就特为强调了诗的"原创性"。先生认为，诗的突破性在于它的全部力量凝聚在一个点上，如同光聚成焦点而引起燃烧。点的突破是一切创造性的开始。点的延伸而有线，历史便是线的展开。可是线性的历史终不免有所因袭，因袭的力量愈强，原初的动力就愈弱。而艺术就是要克服这因袭的力量。先生在讲演中因此又说道："就艺术来说，它本来就是要唤起新鲜的感受。这种感受是生命的原始力量，而在日常生活中，它往往被习惯所湮没了。因为生活中一切都是照例的，不用去深想，也留不下深刻的印象，所以感觉也就渐渐僵化，迟钝起来。例如我们经常往来于未名湖畔，其实往往是视而不见。我们都有这个经验，如果因久病住院，一旦病愈，带着一片生机走出医院时，看到眼前的一草一木就会感到特别新鲜。因为使人感觉迟钝的习惯被割断了一段，就又恢复了原有的敏感。这敏感正是艺术的素质。谢灵运'卧疴对空林'之后乃出现了'池塘生春草'那样'清水出芙蓉'一般的天然名句，其所以鲜明夺目，就因为它生意盎然。"

在我的印象中，先生对文学艺术抱有非同寻常的信念。这在今天这个物质过剩、精神匮乏的时代，大概要难乎为续了，然而也正因如此才显得更加难能可贵。先生认为，物质超出我们个人的需要，就成为负担。而物质的世界，一旦走进去就出不来了，因为物质有引力——别忘了先生早年是清华大学物理系的学生。结果，我们每个人都不免像先生的一首诗中所写的那样，瞻前顾后，患得患失：

> 火热的心已离开了地球飞向远去
> 舍不得放弃一些于前
> 之后更忐忑于因此所失掉的
> 不能断然撒手的人
> 乃张皇于咫尺的路上

在先生看来，艺术是一种更高的精神的呼唤，是反物质主义的。先生用火和光做比喻：是火就要燃烧。火是光的起源。然而，火又同时带来了灰烬，这光最后也可能就要消失在这物质的残骸里。因此，艺术要不断摆脱灰烬，这就要在精神上不断为自己找回那个起点。先生所以赞美原始性，不是说艺术要写原始人，或者我们回到原始时代，而是说那是一切开始的开始。

这些话显然已经不只是在谈文学和艺术，而是涉及了生活的态度和人生的境界。我们知道，先生的这种人生的哲学经受过多重的考验。的确，生活中的各种磨难，日常琐事，人事纠缠，战乱和政治运动，都足以让人意气消沉，失魂落魄，窒息了生命的火焰。先生那一代学者经历了抗战期间的流亡，他本人就曾在临时迁移到长汀的厦门大学任教。师母回忆说，长汀的条件异常艰苦，动不动还得抱着孩子跑防空洞，躲避日军飞机的轰炸。在"文革"中，先生也照例吃了不少苦头。运动初期，被指派去打扫学生宿舍，家中的客厅又挤进了另一户人家，情形之窘迫，可想而知。后来因为师母多病，而又近乎失明，先生悉心照料，每日心悬数处，真是谈何容易。

可是先生多次说："我这些年身体还可以维持，就是因为有一个好的精神状态。"而这又岂止是说说而已？真正的精神力量，并不需要叱咤风云，或表现为金刚怒目。"文革"十年，是物质和精神双重匮乏的时期。不过，先生自有他对付的法子。在《西游记漫话》的"后记"中，先生说："十年动乱期间，夜读《西游记》曾经是我精神上难得的愉快与消遣。

一部《西游记》不知前后读了多少遍，随手翻到哪里都可以顺理成章地读下去，对于其中的细节，也都仿佛可以背诵似的。而已经如此熟悉了，却还是百读不厌，这或许正是《西游记》的艺术魅力所在吧。"至于厦大的那段经历，我只记得先生有一次说到，他在长汀的球友多少年后还从海外来看他，一起回忆当年"弦歌不辍"的日子。先生的豪爽和达观，于此可见了。

（二）

《唐诗综论》定稿之后，我们又接着整理先生的《中国文学简史》（上）。因为有现成的文本为依据，修订的工作进展得非常顺利。接近完成的时候，我们便开始讨论下一个计划。很早就听说先生对《西游记》颇有心得，只是从未见诸文字。闲谈的时候，先生偶尔提到他的一些发现和想法，我听了以后，在日记中连声惊叹"非同小可"。就像是说书，听了前一章，便迫不及待想知道"后事如何"，我多次敦促先生赶紧开始。于是，从 1987 年的春天到 1988 年的 7 月，前后历时一年多，这篇题为《西游记漫话》的长文终于脱稿了。

用先生"后记"中的话说，"这一段时光是愉快的，谈论《西游记》成了生活中的一大乐事"。这种兴奋愉快的心情也贯穿了全文的字里行间，仿佛一气呵成，得来全不费功夫。在先生的著述中，我尤其喜欢这篇文章，这当然也与我后来转向古典小说有关。我为研究生开中国小说的讨论课，规定学生必读，因为它太好读了，读过之后，让我们恍然大悟，知道学问原来还可以这样做。所有为学术折磨得苦不堪言的学者，都应该读一读这篇文字，因为它提醒我们当初为什么会喜爱文学，又为什么要研究文学。

据说《西游记漫话》已经多次重印和再版，它的好处，读者自有判断，无须我在此赘言。我所感兴趣的有两点：一是先生善于从文学作品中发现问题，二是他可以在不同类型的文本之间建立联系。前者需要敏锐的眼光和判断力，后者更多地依赖运思的巧妙。先生在文章的前半部分着意于揭示《西游记》的市井文学的特性。比如孙悟空如何投在一位走江湖、"打市语"的师父门下，然后才变得灵巧善变，成为我们所熟悉的那个孙悟空的形象。那么，如何来确认孙悟空作为市井文学的英雄形象的依据呢？先生引证了两类作品：其一是"三言""二拍"中描述市井神偷和江湖好汉的白话小说，比如《宋四公大闹禁魂张》中的宋四公和赵正，《神偷寄兴一枝梅》中的懒龙，与孙悟空在身体特征、行为方式、行骗偷盗、腾挪变化的本领，一直到使性命气，"大闹"官府的"造反"生涯，都如出一辙。其二是"三言""二拍"讲述客商行旅的江湖风波的故事，同时对照《水浒传》中江湖好汉的历险传奇。孙悟空西行的劫难因此不过是江湖历险的翻版而已。其中的一些细节，例如孙悟空在高老庄收编猪八戒，与鲁智深在桃花村大战周通，不仅出自同样的母题，在叙述的方式上也有惊人的相似之处。

建立了这样的两个联结点，就像下棋到了关键时刻，走出了两步高招儿，结果是满盘皆活。因为这两个点找对了、认准了，不论怎样比较，都能够左右逢源，水到渠成，如百川之归海，浩乎其沛然矣！从来研究《西游记》，只提及上古的神话，中古的志怪、传奇，同时代或稍晚的《封神演义》，极少想到同时代的"三言""二拍"和《水浒传》，因为"神魔小说"的定义就像孙悟空用金箍棒给唐三藏画的那个圈子，一下子把我们的想象给牢牢地限制住了。跨出这个圈子，我们并没有被妖怪拿去或者吃掉，而是看到了一个新的天地，听见了一些遥远的话语，声息相通，如相应答，向我们讲述一个从未听说过的故事。

协助先生撰写《西游记漫话》的另一点感触是，先生在以上论述的基础上，笔锋一转，进而指出《西游记》的想象力和喜剧性如何最终统一升华为一种童话精神。

关于童话或儿童文学的问题，五四学者如周作人等，均有所讨论。当时的基本思路是通过与西方文学的对比，反过来问中国文学或者中国文化缺少了什么。比如说，中国为什么没有神话和史诗，或者至少是没有系统记载的神话和充分发展的史诗？中国的戏曲小说为什么晚出？也有人问为什么中国没有童话，为什么中国文学中儿童的形象如此罕见，而动物一旦开口说话就变成了妖怪，哪里还谈得上欧洲童话中那些可爱动人的王子公主呢？依照这种思路，接下来的诊断很可能就是中国文化又出了一个老大民族可以预想的毛病，那就是，我们的传统教育扼杀了儿童，窒息了天真的幻想等。周作人因此着意于介绍欧洲的童话，或者从中国通俗或口头的文学中去探寻童话的消息。

现在看来，这些问题并不简单。自从 1960 年法国学者菲利浦·阿利埃斯（Philippe Ariès）出版了他的名著《儿童的世纪》（*Centuries of Childhood*）以来，不少学者认为，在欧洲的语境中，童年（childhood）是一个现代的概念。生长在中世纪欧洲的儿童与成年人穿的是一样的衣服，打一样的工。像成人那样不识字，因此也像成人那样受到口头文学的影响。毫不奇怪，儿童即便偶尔出现在中世纪的文学和绘画作品中，也不过是小大人的形象。如果童年是现代的产物，欧洲童话的观念也不免要有相应的调整。事实上，近三四十年来，欧美学者对格林童话的来源和性质已经提出了质疑，指出其中的不少作品并非如格林兄弟声称的那样来自民间的口头传说，而是出于作者本人的创作。而在 18 世纪的法国，为儿童讲述的故事，在今天的读者看来，甚至包含了不可思议的、令人恐惧的，至少也是儿童不宜的内容。

因此，追问中国的传统文学何以没有产生童话，从一开始就可能是一个错误。而如果从晚明的《西游记》中竟然可以确认某些童话的因素，则又不啻是一个重大的发现，不仅可以修正我们理解童话问题的习惯的前提和出发点，而且有可能由此而提出一系列新的问题供我们思考和讨论。

先生在《西游记漫话》中，从动物王国、儿童的游戏性与模仿性、天真的童心、非逻辑的想象、不连贯的叙述等方面，来描述弥漫在《西游记》中的童话气氛。这是文章中最精彩的部分，最能见出先生的童心和慧眼。例如，小说第三十三回写孙悟空在平顶山与小妖换宝贝，先生评论说：

> 这一场戏是孩子气十足的。儿童好奇心重，总是看着别人的东西好，所以也就最喜欢交换。孩子们碰在一块儿，各自带来自家心爱的东西，像什么邮票、糖纸、烟盒，甚至拾来的石子、贝壳等等，拿出来夸耀一番，然后相互交换。怕事后翻悔，又赌咒发誓。这原是儿童生活中常见的场面，我们读来并不陌生。甚至连孙悟空与小妖的神情语吻也似曾相识，比如孙悟空听伶俐虫说要换宝贝，心中暗喜道："葫芦换葫芦，余外贴净瓶：一件换两件，其实甚相应！"即上前扯住伶俐虫道："装天可换么？"那怪道："但装天就换，不换我是你的儿子！"这一段对话读下来，就如同是在看一场儿童的游戏，神情姿态，直是毕现无遗了。

此外，论述孙悟空在狮驼洞与老妖周旋的那一段文字也同样精彩：

> 孙悟空能跑到妖怪的肚子里，这本来就只有童话才想得出，而他在妖怪的肚子里竟然又打秋千，竖蜻蜓，翻跟头乱舞，简直就像是一个无法无天的顽童。孙悟空后来出

来了，却还将绳子系在妖怪的心肝上，用手牵着，直扯着妖怪漫天里飘荡。小说接着写道："他（老魔）害疼，往上一挣，大圣复往下一扯。众小妖远远看见，齐声高叫道：'大王，莫惹他！这猴儿不按时景：清明还未到，他却那里放风筝也！'大圣闻言，着力气蹬了一蹬，那老魔从空中，拍剌剌，似纺车儿一般，跌落尘埃。"可见，不仅孙悟空在游戏，在小妖眼里，这一场搏斗也正有如放风筝的游戏了，还埋怨说"不按时景"。这真正是一种儿童的兴趣，恰好可以说明《西游记》中追逐格斗的游戏性质。

总之，《西游记》中的小妖常常好戏连轴，而在先生看来，他们有时竟像是一群天真烂漫的快乐儿童。若以常情度之，上述场景和对话简直是无理取闹。而这正是它们的好处，因为它们讲的是儿童的道理。这样一个观察的角度，在我们的《西游记》研究中，实在不可多得。因为我们好大喜功，一心一意要在文本中寻找微言大义，仿佛不如此，就对不住这部小说，而这部小说也就因此不够伟大了。于是，我们轻易地放过了小说中这些神来之笔，忘记了小说之所以吸引我们，并不是因为它的宗教框架，而所谓西行取经通常不过是一个方便的借口，为的是让这里所读到的精彩游戏，连番登场，层出不穷。

先生谈到小说第七十四回中小妖"敲着梆，摇着铃"的一段文字时，提到丹麦童话作家安徒生的《火绒箱》中曾经这样写一个走在路上的士兵："一个兵沿着大路走来——一、二！一、二！他背上有个背包，腰边有把腰刀，他从前出征，现在要回家去了。"先生说："这个'一、二！一、二！'用安徒生自己的话说，就是'照着对小儿说话一样写下来'的。"无论自觉与否，先生这里是在回应周作人的问题了，因为周作人曾经翻译过安徒生的这段话。由此看来，先生对《西游记》的思考，虽然完成于20世纪80年代，其中的问题，却可以追溯到他的青年时代。

（三）

写到这里，我不禁记起先生关于治学的一些谈话。《中国文学简史》（上）修订完成以后，有一天，先生说他又重读了他1947年出版的《中国文学史》。这部早期的论著，出自诗人的手笔，充满灵性和启悟，也极具个人的色彩，与《唐诗综论》中的《谈诗稿》可以对读。先生颇有感慨地说："当时虽然有些想法不够成熟，有些表述也还有待斟酌，但是我的思维高度却是年轻时确立的，我从来没有超过那个高度。"如何在年轻时期为自己一生的学术建立一个制高点，这是先生一再强调的。记得在我离开北京前的一个月，先生还郑重地谈到我将来的学术发展：像你这个年龄是最可宝贵的。重要的是培养你自己的职业敏感和良好的素质，这样才有突破力。

就像一把刀子是锐利的，遇到问题，可以迎刃而解，不论进入哪个领域，都能做到游刃有余。人不可能把材料都收集全了才开始研究，追求真理的过程就是一个不断发现的过程。就像侦探总是顺藤摸瓜，科学家从苹果落地这个事实中探索地心吸力的原理。这是别人都做不到的。别人也看到了这些现象，可是只有他才创造了地心说的理论。这种在常见事物中独具慧眼的能力，是一切发明创造的前提。谈到写文章，先生反对铺陈，因为铺陈只是在面上展开。最重要的是要有纵深，要从一点深入进去，把问题说透，这样才能获得一个高度。严羽说："唐人与本朝诗，未论工拙，直是气象不同。"这是一个境界高下的差别。而对于每一个人来说，这个敏感性的高度是在青年时代获得的，此后发展的规模取决于这个高度。所以，必须首先去发现自己的敏感点，找到自己的突破口，全力去培养它、发展它。

先生多年前的这番话仍然时常给我以醒觉，提醒自己不要被汗牛充栋的书本压垮了，湮没了，或者因为日常的事务而变得迟钝平庸，消磨了锐气和想象力。我更忘不了先生曾经这样说过：无论什么样的学问，都应该高屋建瓴，也就是要保证是在高水平上进行的。就像是唐诗，工拙姑且可以不论，毕竟气象不同。这气象便是一个人的综合素质的体现。

与先生谈话，总是这样令人感到精神振奋，仿佛蓄电池又一次充满电。而与先生相处，又每每有如沐春风之感，令人神清气爽。先生是诗人，可是先生说，诗人是一场修炼。先生对学术有自己的标准，却从不固执己见，更不落于迂腐；

性情豪爽豁达，而又重人情、讲事理；无论是日常平居，还是待人接物，处处流露出淳厚的性情修养和文人本色。

1988 年 7 月的一天，我上午刚刚在先生那里协助完成了《西游记漫话》的"后记"，下午又收到先生托保姆转来的一个便条："见条后即来一晤为感。"我匆匆赶到燕南园，一进门，先生就拉着我的手说："有一件事情，你无论如何得答应我。"我一时不知该如何回答才是。先生说："你上午说机票涨价，我不清楚到底涨了多少。这是三百元钱，你就用来买机票吧。"我这才想起来，上午说到等出国签证期间，我打算回家一趟，顺嘴提到了机票的事情。我有些措手不及，又后悔上午多说了一句话，连忙说，我已经决定买火车票回去了。先生坚持说："不管买不买机票，这钱反正你是需要的，买衣服、置行装，都需要。我们相处了这几年，真舍不得你走！可是不知道怎样来表达才好。这种方式当然未能免俗，可是清高不解决问题。你现在有困难，我就应该帮助你。好在这是我们的一场情谊，不在乎方式。"

一个月后，我离开了北京。此后的几年中，我一直与先生保持通信联系，也偶尔通话。曾经多次打算回去看看，可是由于众所周知的原因，直到 1996 年才终于成行。1997 年和 2000 年，我又先后两次踏上了燕南园的小径。燕南园 62 号仍然是当年的样子：进了门，走过长长的过道，便是客厅了，那里的家具摆设几乎完全没变。唯一的改变是墙上挂着师母的相片，默默之中，含笑注视着我们。我随着先生走进书房，像从前那样各坐在书桌的一边，随意聊着。阳光也和过去一样，透过窗前婆娑的竹叶，静静地洒落在案头。那一刻让我心生恍惚，仿佛自己从未离开，就好像在继续昨天中断的谈话。周围的世界渐渐隐入了背景，离我们远去，只有空气中的微尘在阳光下明灭闪烁。在这相对晤语之间，十年的时光已悄然流逝！

记得 1988 年初，我陪先生去校医院检查身体，医生告诉我说，先生的脉搏和心跳像年轻人那样健康有力。他用的是诗的语言，说先生有一颗年轻的心。我想，我们比他更明白这句话的意思——无论是读过先生的文章，还是听过先生的课。我姑且就借用这句话来结束这篇文字，并从大洋的另一端为先生祝福。

2004 年 10 月完稿，2022 年 1 月修改

收入《化雨集》（人民文学出版社，2005 年）

删节版载于《读书》（2005 年第 2 期）

那个年代的空间驰想

第一次听说恢复高考，那是 1977 年的春天。

那一年的年初，我们一家刚从江西的抚州搬回阔别了八年的福州。春季开学前，我去福州第三中学报到。没想到当即就被安排去"劳动实习"，地点是北峰日溪乡的汶洋分校。20世纪 70 年代，福州的二十多所中学都在北峰设立了分校，据说先后有三万多学生在那里劳动生活过。于是我和两个高一班一共百十号同学，一起住到了离城八十多里外的大山里。

在北峰的这两个多月里，我们每天除了上午偶尔上一两堂课，全部时间都用来"劳动"了。这其中包括了上山砍柴和下地插秧。上山砍柴是为了每天烧饭用，下地插秧，去的是学校的"试验田"，那是几里之外山坡上的一片梯田。我们的任务，首先是清除梯田中的杂草，然后插秧、挑粪，外加施化肥。劳动实习的时间虽说不长，春季的农活儿一样都没落下。

除了干活儿，生活本身也是一次新的经历。我们睡大通铺，自己烧饭吃。春天是雨季，雾雨连绵。一旦公路打滑，汽车进不了山，分校的补给线被切断了，我们就只好吃咸菜下饭。说是下饭，其实难得吃上一顿大米饭。上一年（1976年）唐山地震之后，粮食供应短缺，政府配给了一些地瓜干，临时充作口粮。这地瓜干该怎么吃呢？我们灵机一动，去敲附近老乡家的门，借用他们院子里的石碾，把地瓜干磨成粉，然后用饭盒盛好，放到笼屉里蒸着吃。村头有一个供销社，货物奇少，门庭冷落。有一天，我们三位好友饿急了，进去转了一圈，只买到了一罐炼乳。当即找了一处竹丛下，号称竹林三结义，准备好好犒劳自己一番。但我们不知道炼乳要兑水稀释，打开罐头直接就喝，结果可想而知：甜得齁咸，这是给人喝的吗？查看罐头上的说明，竟然是繁体字——原来还是积压了十多年都没卖掉的陈货。

说来有趣，中学四年，记得住的日子不多，倒是北峰大山里的这两个多月，令人终生难忘。山区的贫困与风景的秀丽，形成了强烈的反差。入夜的山村，四下漆黑，灯火暗淡，变得陌生而神秘，让我们领教了山的沉默和寂静。明月当头的夜里，偶尔有一支凄凉的二胡曲，从不远处的民居幽幽地传来。我们会忽然间静默、倾听，暗自心惊。可是天一亮，一切又仿佛重新开始了，夜的痕迹荡然无存。最让我着迷的是山上的晨景：云雾沿着远近山峦缓缓地浮动、弥散，又迅速地组合成新的图案。然后随风蔓延、远去，融入茫茫雾海。迷幻的风景像慢镜头的画面那样，留在了我记忆的底片上。多少年后，我还会经常梦见自己又回到了那里。那里的山路、溪水、月光和晨雾，全都那么熟悉、亲切，近在眼前。

难以忘怀的还有两件事情：一是抢救山火的一次经历，另一件要算徒步下山回家了。山里的风景平日百般可人，可说变就变，一转眼就可能变得狞厉凶险。有一个大风天的下午，山谷里忽然着起火来。火苗腾空而起，又被山风裹挟着，顺着山谷狂奔而下。我们听说救火，想都没想就全体出动了。用当时报刊上报道英雄事迹常用的话来说，正是"明知山有虎，偏向虎山行"（北峰从前的确有过路的华南虎，可惜我们没遇上。进山的路上有一个村子就叫"伏虎村"，据说是明代命名的。五六十年代还有人见过老虎，到我们那个时候都已是传说了）。可是我们完全没有经验，刚赶到火场，就被扑面而来的浓烟呛得喘不过气来。转身后退，这才发现山谷里长满了一人多高的"钢筋草"，叶片锋利如刀，划到衣服上就是一道口子。正不知所措，几位村民赶来了。他们大声呼喊："这样太危险了，赶紧撤下来跟我们走！"我们跟在他们身后回到了公路上，一路往下风口跑。直到把山火甩在身后老远了，才重新下到谷底。然后在它必经之路上找了一处开阔地带，提前打出一条几米宽的防火道。山火终于来了，但前行受阻，左冲右突，渐渐显露了颓势。我们环顾四周，已是一片夜色笼罩。

　　实习快要结束的时候，我们正准备下山，忽然接到了通知，说预约的汽车有一辆因故不能来了。于是计划临时改变，女生乘车返回，男生各自分组步行下山。为了避免白天暴晒，我们一行五人打点好行装，背上水壶和干粮，天不亮就动身了。顺着盘山公路下山，很早就在晨曦中看到了山脚下的福州城。那是希望在远方召唤，但可望而不可即；又像是海市蜃楼，一拐弯就消失不见了。就这样从期待和兴奋，一次又一次跌落失望的谷底。不知道绕了多少圈，才走出了盘山路，那大概已经是下午三四点。不记得又走了多久，不知是谁忽然指着远处说："你们看，那不是大礼堂吗？"果然，正是我们大院的礼堂，那座20世纪50年代的苏式建筑。总算到家了！我们长长地松了一口气，栽倒在路边，再也走不动了。

　　时代正处在巨变当中，我们在大山里浑然不觉。真是山中方一日，世上已千年。直到有一天，班主任突然把全班召集起来开会。他在会上兴奋地宣布了恢复高考的消息，并且说今年夏天就要正式开始了。我后来查了一下，教育部恢复高考的正式决定是9月份发布的。他当时不知从哪儿听来的非官方消息，便迫不及待地告诉了我们。在山上我们很少读书念功课，可是老师说："大家下山之后，就要全力准备高考了！没上山的班级都已经开始了。"他是"文革"前的大学毕业生，说到高考，声音提高了八度，两眼放光。我们这一代人对大学哪有什么概念？但老师的情绪感染了我们，大家都隐约地感觉到，自己即将告别过去，踏上新的、未知的旅途。

（一）

我是 1978 年的 10 月到北京的，直至 1988 年的 8 月离开，这十年基本上就是今天所说的 80 年代。我和北大的这一段因缘与 80 年代相始终。

那是我第一次离家远行，坐了将近两天一夜的火车硬座，既疲惫又兴奋。那时的我对即将开始的生活一无所知，却怀揣着无限的期待。火车到北京已是夜里了，乘车去北大途经长安街，只见两旁华灯齐放，沿着宽阔的大街直线延伸，最终交会在一望无际的远方。那如同是我对未来的展望。

10 月初的北京，一下子就让我明白了什么是帝京气象和秋高气爽。跟南方的气候相比，北京的秋天异常干燥，从南方来的同学一开始都难以适应，嗓子嘶哑，嘴唇干裂出血。但是不久就适应了，并且爱上了它晴朗的天空和爽快的秋风。以后每一次过完暑假重返北京，我都会对此有一番新的感受。那时的海淀没有什么高楼，空气污染也不严重。傍晚时分绕着未名湖边散步，放眼望去，可以在夕照中看见远处玉泉山的塔和颐和园的万寿山。

1978 年的那个秋天，迎接我们的是一个百废待兴的校园。未名湖区是老燕大留下来的，风景依然。但学生区的宿舍楼是 20 世纪 50 年代盖起来的，不过二十几年，就已经破败不堪了，宿舍的狭窄和拥挤就更不必说了。但同学们并不在意：我们一个班 52 人，我年纪最小，其他的同学有的到农村下放过，有的当过工人，还有现役军人，加在一起就是一个小社会。除了我们几位应届高中毕业生，其他的同学都吃过苦。我同宿舍的一位室友来自湖北农村，他是挑着担子进京的。尽管经历不同，年龄悬殊，但我们有一个共同的感受，那就是终于可以名正言顺地念书了！

当年对读书疯狂到了什么地步，今天回想起来，有些不可理喻。打一个比喻来说，就像是没有空气而不能呼吸。说起读书，自然会想到功课，但我们把主要的时间都用在了读课外书上。一心一意只知道念功课会被同学看不起，觉得没出息。当时的情况是：能抓到什么书就读什么，碰到了好书，大家轮流传阅。学校实施作息管制，夜里十点一刻，宿舍一律熄灯，只有楼道的灯是例外。于是，我们每天夜里都可以看到这样的奇观：昏暗的灯光下，大家分坐在楼道两旁，手里捧着书，一直读到夜里一两点钟，而且安静得出奇，没有人聊天废话。冬天的时候，楼道的气温接近户外，这些不知疲倦的守夜人不得不全副武装，穿上了所有御寒的冬装，还得戴上手套和棉帽。

三十多年过去了，回想刚入学的那一段时光，印象最深的大概就是这种对书和知识的饥渴。这是一种近乎求生的欲望，随之而来的是无以言状的狂喜和满足。我不敢说三十年前我们就一定活得更幸福。那个时候有那个时候的麻烦，让人头疼的事情也不少。若是按照今天的某些权威版的幸福指数来看，当年的我们恐怕连幸福的门儿都没摸着哩。可是那样一种心气儿和状态，那种百分之百的专注和全身心的投入，的确有如昙花一现，后来就难乎为续了。

我们评价 80 年代的标准说法是思想解放。时过境迁，当时让我们热血沸腾的许多争论，今天回过头看，不免显得有些热情大于理智。有的甚至还十分幼稚，或者近于抬杠，避坑落井，未见得高明。不过，仅就学术而言，倒是有两点值得珍惜：一是学术与思想不分。这倒不是说当时真有什么了不起的思想，而是说学术与平常的思考分不开，至少也是内心生活的一部分。二是对学术抱着天真的信念，相信写作和学术在谋生之外，还有一些别的什么意义。往大里说，是能够托付生命的，而不是一个退了休就可以不做的"工作"。当然，这一点来自中国文人的悠久传统。用曹丕的话说，文章是"经国之大业，不朽之盛事"。"古之作者，寄身于翰墨，见意于篇籍，不假良史之辞，不托飞驰之势，而声名自传于后。"今天还有谁这样说话，他首先得学会自嘲才行。80 年代以降，社会和学术的大格局和大氛围都发生了根本性的变化。这样的变化有它势所必然的原因，其中的利弊得失，非一言所能尽。

（二）

回想二三十年前，另外一个印象就是，那是一个充满了可能性的时代。可能性有好有坏，伴随着随机性和不确定性，但好处是大家都有所企盼。当下只是临时状态，我们就生活在对未来的期待和向往中。回顾 80 年代，这或许正是它最值得怀念的地方。

我们今天的生活有了太大的改变，要想说清那样一种心境，多少有些困难，说得太多了，又难免言过其实。事情想来也简单：那时的生活，尤其是学院的生活，还没有真正体制化、规范化。而校园外的诱惑也不多，走穴捞外快还没有形成风气，尽管那个时候真的是一无所有。平时除去上课以外，几乎全部的时间都属于我们自己。今天回想起来，这真是一笔巨大的财富，是失而不可复得的奢侈品。当今的学院生活，有了太多的计划、项目和指标，每个人都在记事本上密密麻麻地写上几个月后该做的事情。当年的生存状态截然不同，我们没有项目和指标，也没有手机，连用电话都不方便。有人来找你，是不会预先打招呼的。常常是直到晚上上床睡觉，也说不准明天做什么，反正非做不可的事情好像也不是很多。

往往有这样的时候：清早醒来，忽然发现窗前一片银白，立刻欢呼起来——原来下了一夜的雪。正想着如此良辰美景，该做些什么呢？恰好有朋友敲门，说我们去圆明园看雪吧！这是圆明园的召唤，有谁抵挡得住？难怪我一大早已如有所待了。就这样，我们花了一个上午在圆明园里漫无目的地游逛。当年的园子是一片废墟，还没有打造成光鲜亮丽的旅游景点；如今却筑起围墙，开始卖门票了。这倒好了，让我们无意中捡了一个大便宜，偌大的园子竟成了我们得天独厚的乐园。想什么时候去，拔腿就走。乘兴而来，兴尽而返，真的是乐何如之！即使南面而王，不与易也。

回想起大学和研究生时代，我记得住的中秋节的夜晚，大多是在圆明园度过的。那个季节的北京，暑气渐消，一早一晚，已经有了初秋的凉爽。附近高校的学生刚刚过完暑假返校，说到中秋赏月，除去颐和园，还有什么地方比得上圆明园呢？可是颐和园还得买门票，也不如圆明园来得尽兴，可以通宵达旦。另外，圆明园的空地大，即便是倾校出动也不显得拥挤。于是，夜幕之下，西洋楼一带点起了星星点点的篝火，空气中沁透了歌声和吉他声，随风拂动，时远时近，若有若无。而在月光下遇见三五成群、四处游荡的同学，真是异常美妙，感觉既陌生，又亲切。我们在那一刻同属一个月光的世界。白天的一切都被过滤、屏蔽了。读研究生的时候，有了一辆自行车，活动的范围就更大了，可以从园子的一头逛到另一头再折回来。一路上海阔天空，无所不谈，又把记得起来的歌儿唱了一个遍，直到天色微明，这才打道回府睡觉。

当然，"兴来每独往，胜事空自知"的时候也不少。登上灌木丛生的高台，向四周眺望，脚下踩的是一段历史：据说这就是海晏堂蓄水楼的台基了。海宴堂的原貌，我们今天只能通过当年的铜版画，还有1870年前后拍摄的一幅照片，得到一个大致的印象。我后来写过一篇文章，涉及圆明园的方河与线法墙，才想起当年也去过那一带，在长春园的东北角。

两百多年前，乾隆皇帝曾在那里砌起南北平行的五列砖墙，在墙上悬挂描绘欧洲城镇的风景画。这些图画是根据西洋透视法绘制而成的，并且随季节更换。可以想见当年，隔着150多米长的方河，朝东望去，这些图绘的异域景观仿佛是歌剧的舞台布景，把西洋楼一带的欧洲风光一直推向了遥远的地平线。可惜这些是我后来才知道的，当初只觉得圆明园的这个角落格外荒凉，遗迹也所剩无多，一无可观之处。这个印象其实不错：线法墙营造的视觉幻境，如镜花水月，本来就只能供我们通过想象来凭吊。

到了春夏之际，圆明园绿色满园，荒草齐腰。凡是能生长灌木的地方，都迸出了绿叶。这是园子里最好的季节了，但几乎没有游客，放眼望去，看不见一个人影。顺着小路往前走，随手翻开一块石头，就会有好几只叫不上名字的昆虫什么的跳了出来，还没来得及多看上一眼，就飞快地蹿入草丛，留下窸窸窣窣的一串声响。草叶一片颤动，叶子上的日光和地上的投影斑驳凌乱，几秒钟后，复归于平静。就这样走走停停，不多一会儿就迷路了，或者发现本来就无路可走。"行到水穷处，坐看云起时"的乐趣，想来也无过于此了。

这座废园空旷无序，颓败荒凉，无人打理，却因此有着太多的野趣和活力，无拘无束地野蛮生长。它没有边界，向四周敞开，任我们自由自在地漫游、冥想，也处处留下了我的青春记忆。

（三）

今天回过头来看，80年代那种缺乏规划的生活状态，与当时特殊的大环境是分不开的。一方面，既存的政治、行政和学术控制系统已经发生了松动，另一方面，以学术管理为名而实施的新的掌控体制尚未成形，这样就给我们留下了腾挪与游走的空间。所以，尽管物质空间相当有限，个人的活动和想象空间却没有受到过多的挤压，生活中有许多随机性和可能性，充满了即兴的幻想和行动。大家毫不怀疑，未来会更好、更激动人心，而当下能做的就是将梦想尽快变成现实。

那个时候的学生经常四处走动，建立联络。不少人喜欢张罗事儿，像办刊物，或者建立跨系、跨校，甚至跨地区的文学社团。北大的五四文学社也办了一个自己的刊物，就叫《未名湖》。封面是请徐冰设计的，他是北大子弟，当时正在中央美院当学生。刊物出来了，但没有发行渠道，而且经费严重不足，我们就骑着自行车分头到别的高校去摆摊零售。我记得我们那一组去了北师大，好像还到过别的校园。学术界踩着同一个节拍，不久也出现了民间或半民间的同人团体和学术刊物。有一段时间，不少热心人还想办法去寻找资源，筹集款项，希望建立体制外的学术评价和认可机制。这样的尝试后来都无疾而终了。

80年代初的研究生教育，基本是手工作坊制。中文系一届硕士生最多不过十几位，规模和现在没法儿比。这种制度有它的局限性，但好处也不少，比如，师生可以走得很近，交往不限于课堂。另外，具体实施起来，因人而异，很难做到一刀切。记得跟袁行霈先生攻读中古文学，除去修课，就是读原典，从三曹开始，一家一家排头读去。两三周交一次读书报告，然后面谈一次。五院是中文系的办公室，但整个古典文学教研组只有一个房间，肯定是指望不上的，可又没有别的地方可去，只好到袁先生的家里见面。这在当时是家常便饭。跟倪其心先生读《文选》，也是去他家里上课。晚饭后去未名湖遛弯儿，有的时候会遇到陈贻焮先生。谈得兴起，他便邀请我们去他家里坐坐——陈先生的家就在湖畔的一个院子里。有几次他谈到正在写作中的《杜甫评传》，这部大部头的著作耗时费力，为了确保良好的状态，陈先生说他每天都坚持锻炼。

回想起来，我们当年去过许多老师的家，有时是因为有事儿要办，有时就是去聊天。那时的老师不像今天这么忙，与学生交谈也不是什么负担或例行公事。记得袁先生和杨先生有时还会邀上白谦慎兄，一同到家里读帖。兴之所至，便铺开宣纸，每个人轮番上阵挥毫。这就是我 80 年代的研究生生活。

（四）

写到这里，我又想起林庚先生的燕南园 62 号。

1984 年底留校之后，因为兼任林先生的助手，我每周两次去先生家里，协助整理论文和书稿。林先生于抗战胜利后，从福建长汀的厦门大学返回，担任燕京大学教授。因此，举家搬入燕南园，不久就住进了 62 号，这一住就是五十多年。我常常想，林先生讲唐诗，以"少年精神"和"盛唐气象"说而著称，可是过去的这么多年，周围的环境已经面目皆非，生活的空间也日渐窘迫，不知先生心里做何感想，又是如何应对的。

先生的住宅紧贴着燕南园的南墙，原本是老燕大的南墙。那个时候，墙外有开阔的农田，是名副其实的海淀，地道的田园风光。到了夏天的夜晚，周围一片蛙鸣。宅前朝南的庭院，面积不大，但因为四周敞亮，显得天宽地广。离别八年，重返北平，先生再一次体验了他喜爱的北国之秋，蓝天那么辽阔，秋风那么爽朗，而又如此熟悉和亲切！先生跟我说，他站在庭院里，常常可以看见雄鹰在碧蓝的天空中盘旋翱翔，划出谜一样的弧线。就这样仰面凝望，直到它们越飞越远，消失在肉眼看不见的高空。

到了 20 世纪 50 年代，那个如火如荼的建设时期，燕南园的南墙外盖起了一排又一排的学生宿舍楼，田园风景，从此荡然无存。东墙的外边是学生食堂，高大的烟囱拔地而起，耸立在周培源先生住宅的上空，喷云吐雾，粗鲁而且嚣张：反正我就这样，你能拿我怎么办？后来，一场政治运动紧接着一场，整个校园人人自危，燕南园也无复宁日。我们入学的时候，燕南园劫后余生，依旧四处凋敝，满目风尘。而且不知从什么时候开始，还在图书馆和学生区之间开了一条通道，正好从林先生的窗前经过。读本科的那几年，每天夜里10点图书馆关门，同学们便成群结队从这里走过，噪声之大，可想而知。好在这条通道后来关闭了，燕南园终于恢复了平静。

20世纪90年代又出了新的花样。商业大潮席卷而来，不是每一个单位都能把持得住。于是，燕南园的一处南墙被推倒了，就在先生家不远的地方，一座小楼正在破土动工，据说是什么饭馆儿。林先生听了，写信给校领导，希望他们三思而行。系里的一些老师也鼎力相助，说在燕南园动土，这可使不得。后来，先生在来信中自嘲说，自己如同是鲁仲连，一箭却秦军。秦军当然是不会轻易退却的，工程也没有下马，只是不盖饭馆儿，改办书店了。后来究竟派做什么用场，就不得而知了。等到20世纪90年代后期，我再次拜访先生，发现卧室的阳光果然被遮去了一块，房间也不如从前豁亮了。先生好像并不介意，指着卧室里的书桌对我说："我每天就坐在这儿神游。"

先生晚年出版的诗集《空间的驰想》中有这样两句："蓝天为路，阳光满屋。"那正是他神游的自况了：只要心下澄澈，就自有蓝天和阳光在。我又想起了先生的另一首诗是这样开头的：

> 我多么爱那澄蓝的天，
> 那是浸透了阳光的海。
> 年青的一代需要飞翔，
> 将一切时光变成现在。

　　这是面向无限的展望，让生命处在迎接开始的饱满状态。无论环境如何恶劣，哪怕乌云密布，烟尘弥漫，先生的头顶上，永远可以看到年轻时的蓝天。这就是先生的"空间的驰想"了——尽管今天已经感觉遥远，有些陌生，毕竟隔了不止一个年代，但它曾经属于我，也属于我们当中的每一个人。

　　让我们时刻提醒自己，去重温那一种状态，并且把它打入行囊，无论走到哪里，都与我们同在。正像林先生在另一首诗中写到的那样：

> 天蓝得像是一道河流，
> 白杨上的风正要吹起。

2022 年 9 月修改

原载于《书城》（2012 年第 6 期）

"虽未量岁功，即事多所欣"：
记我的导师袁行霈先生

袁行霈教授是我的硕士导师，我是袁先生的第一位硕士研究生。

那是 20 世纪 80 年代的初期。当时攻读硕士学位需要三年时间，但我那一届特殊：由于一系列阴差阳错，我们 1982 年 9 月入学，1984 年底论文答辩，两年半就毕业了。应该说，我从那时开始，才真正接触到学术，而袁先生正是我的引路人。

（一）

早在中学时代，我就知道了袁先生的名字。在家里的书架上，摆着《阅读与欣赏》和《中华活页文选》等读物，其中《阅读与欣赏》收录了"文革"前中央人民广播电台在同名节目中播出的文章。袁先生写的是曹操的《观沧海》，他在文章中写道：古人写大海的诗篇不多，曹操的《观沧海》是其中的佼佼者，而像"日月之行，若出其中。星汉灿烂，若出其里"这样囊括宇宙、吞吐日月的境界，更是难得一见。袁先生从这个层次上来分析这首诗，让我感受到魏晋诗歌从平凡世界中升华起来的力量。这也是我第一次在诗歌中认识了大海，为"文革"期间像我这样渴望读书但又深感前途渺茫的少年，打开了通往想象世界的一扇天窗。

那是我做梦的年纪，在一个除了梦想一无所有的时代。可即便是做梦，我也无论如何想不到，七八年后，我竟然会成为袁先生的研究生！并且在跟随袁先生研读魏晋至隋唐的诗歌时，又正是从曹操的作品开始读起。

常常听到这样一个说法：把自己读进书里，或把书读进自己的生活里。这并不意味着有意为之，而有意不见得就好，更不可能对结果打包票。可谁也说不准哪一天，在不经意间，阅读跟我们的生活发生了神秘的关联。原本是两条平行的轨道，忽然在那一个点上交会。读过的文字和文字的作者，从此走进了自己的生活。

我记得同一册《阅读与欣赏》中还收了吴小如先生的一篇鉴赏文章。而那时我刚读过王瑶先生写的《李白》，对唐诗也发生了浓厚的兴趣。尤其是书中写到李白青年时代在青城山隐居，读书习剑，"养奇禽千计，呼皆就掌取食，了无惊猜"（李白《上安州裴长史书》），又描述李白如何在二十五岁，只身出蜀，顺长江而下，"仗剑去国，辞亲远游。南穷苍梧，东涉溟海"，都令我不胜神往。"曾梦想仗剑走天涯"——那句歌词写的就是当年的我。仗剑不过是一个姿态，但远走高飞却梦想成真了。1978 年 10 月我远赴北京大学，这才知道自己有多幸运，原来这三位先生当时都在中文系任教。

（二）

中文系七七、七八两级的学生，都不会忘记袁先生教过的课。他关于中国古代诗歌艺术的选修课，得到了学生的普遍好评。32 楼前的中文系黑板报上，曾经公布过学生的问卷结果：在中文系那一年的授课老师中，袁先生名列榜首。由于选课的人太多了，袁先生第一次讲授这门课时，系里决定只对七七级开放。第二年袁先生重开此课时，我很早就报了名。等到本科毕业前夕，我已经拿定主意，要报考袁先生的硕士研究生，主攻魏晋南北朝隋唐文学。

　　1982 年秋季，我考入了硕士班。袁先生当时正在日本讲学，暂时由冯钟芸教授指导。等到袁先生从日本回来，我正好读到了南北朝时期的诗文集。记得我交给袁先生的头一篇读书报告就是关于梁朝的"宫体诗"的。两周以后，又交了第二篇。关于这个题目，"文革"前只有可数的一两篇论文，其他的论著和论文又都无从查找，只能从原始材料入手，做一些排列和梳理。袁先生读过之后，约我到家中见面——当时的系办公室在五院，但古典文学教研室只有一间办公室。所以，平常与袁先生见面，都是去先生在蔚秀园的公寓。因为是第一次听袁先生评论自己的读书报告，心里不免有些紧张。一见面，先生就告诉我说，报告写得不错，让我松了一口气。他接着建议我把两篇报告合为一篇，从结构上做一些调整。然后话头一转，说别处也有待改进。他指着我引用《梁书·徐摛传》的那段文字"摛之文既别，春坊尽学之。宫体之号，自斯而起"，问我说："这里的'春坊'，你查过了没有？"所谓"春坊"，即梁简文帝太子当时所在的春宫，也是将宫体诗与简文帝太子和徐摛之子徐陵编撰的《玉台新咏》联结起来的一个重要的中介环节。可惜我年少心粗，竟未留意，事后想来，简直难以原谅。但先生并没有批评我，而是对我说："你回去先查一下书，我们下次见面再谈。"这一次经历，让我了解了先生指导学生的特点，更重要的是，了解了他"望之俨然，即之也温"的长者风度和待人接物的方式。

　　研究生的读书生活平淡无奇，波澜不惊。当时的做法，就是从曹魏时期开始，依照时代顺序，读每一家的别集，然后写读书报告——我们管这叫大运动量训练法。阅读诗文固然十分愉快，但写读书报告却并非易事，因为大量的阅读未必当即就能产生相应的想法。而阅读训练又往往与文学批评的素养，以及广泛的阅读经验是分不开的，不可能毕其功于一役。因此，所谓读书报告常常只是一些片断的札记而已，未必能走多远。但今天回过头来看，在研究生阶段通读一遍诗文，有一个不可替代的好处，那就是对这一时段的作品可以获得一个总体的印象。尽管没有刻意记诵，日后随便拿起一首诗来，也可以八九不离十地指认出它的时代和作者来。为了写论文而急来抱佛脚式的阅读，是完全不能相比的。

我 1984 年底硕士毕业留校工作后，袁先生开了一门初唐四杰的研究生讨论课。当时的计划是从王勃开始，花几年工夫整理初唐四杰的诗文集，并做出校注本。为此，袁先生草拟了一份校注本的体例和样本。我记得当时孟二冬、马自力都在课上，此外还有古典文献专业的吴鸥女士和几位外校来的访问教师。大家兴致勃勃，在对王勃集的版本情况做过梳理之后，每个人分别负责注释王勃的几首诗，然后拿到课堂上来逐一讲解。袁先生也与巴蜀书社取得了联系，一切看好。但由于出版体制转型，变成自负盈亏，书社打了退堂鼓，这一计划最终搁浅了。但这门课就如同是一次实战训练，令我终身获益。

三十多年之后，回想当年的研究生生活，不免会生出许多感慨。那个时候，硕士生很少。1982 年入学的那一级，全中文系加在一起，不过十几位。所以，我们每个人都得到了导师分外的关照。20 世纪 80 年代的师生关系，说起来颇不同寻常。一方面，自 1957 年到"文革"以来的人际关系紧张时代已告结束，这是师生之间最好相处的时期：老师不再有政治上的顾忌，用不着担心学生告发批斗，也没有同辈间的某些历史包袱，在很多问题上都可以跟学生坦诚交流。所以，正是在空前宽松的历史环境中，出现了一种新型的师生关系。另一方面，体制化、职业化和商品化的大潮尚未到来，师生关系相对单纯。学生毕业后由单位统一分配工作，读书期间，大可不必为此预支烦恼（有家室的同学另当别论，夫妻任何一方调动工作都需要解决户口问题）。因此，没有过多的和各式各样的利益和利害关系介入，也不会受到项目基金的牵制，更不至于在师道尊严的堂皇名义下，蜕变成为某种人身依附关系。师生关系取决于许多因素，具体情况也各有不同，但在 20 世纪 80 年代的特殊氛围中，学生与导师相处相对容易，往往亦师亦友，关系密切而且平等，如同是忘年交。见面时除了汇报读书修课的情况，还可以无拘无束地聊天，很少有这样或那样的顾虑。

并不是所有的学生都有这样的机会，但在袁先生指导下读书，的确是难得的幸运。碰到聊天的场合，师母杨贺松先生也会加入谈话。话题随心所欲，没有固定的范围，从时下的新闻、思想文化界的形势、学术动向、出版讯息，到学生正在讨论什么问题、读什么书，甚至流行什么歌曲，我们都有过热烈的交谈。这样的谈话一直持续到我留校教书之后。1986 年，崔健的摇滚乐开始流行，一时轰动了北大校园，袁先生和杨先生也都十分好奇。有一次，谈到兴头上，我还在他们的催促下唱了一曲《一无所有》。那真是一段一无所有，但又简单快乐的日子！

除了上课以外，这样的谈话成了我研究生生活的一个重要部分。而谈话的话题，范围广泛而又即兴改换。有的时候，袁先生会顺手拿起一本碑帖或画册，说到他最近读帖读画的感想。而先生在自己的诗歌研究中，也旁涉诗论、书论和画论。此外，或讨论魏晋玄学关于言、意、象的命题，或上溯《山海经》和《汉书·艺文志》中的"小说"概念。他还前前后后花了二十年的时间，收集海内外博物馆和私家收藏中有关陶渊明的图像，精心撰成《陶渊明影像》一书。这一切都给我留下了一个潜移默化的印象，那就是文学、艺术和思想之间可以触类旁通，左右逢源，而且让我相信，学术能够带给我一个自由翱翔的天空。这样谈话的时候，时间总是过得飞快。如果是下午见面，聊得晚了，就在先生家里吃了晚饭才离开。

先生在"文革"十年之后百废待兴的这几年当中，正在全力投入学术研究和写作，许多重要的著作和论文都完成于这一时期。可是，每一次我们见面谈话，先生却显得那么从容不迫，在我这一个学生身上，不知道花了多少时间和精力。在今天看来，这真有些不可思议。而在当时，却是一个普遍的现象，而且从老师到学生，都非常享受这样的交谈。当然，那时也不像现在这么忙，这么头绪繁多，终日汲汲皇皇。多少年过去了，回想当年的那种状态和心境，已恍如隔世了，但也因此越发令人怀恋。（见图14、图15）

（三）

袁先生带学生，把做人放在重要的位置上。在 2015 年北大的迎新会上，他代表人文学科的教授致辞，又一次说到了这一点——他希望年轻人在北大四年，能够得到精神的修炼和陶冶，"保持人的尊严、理性和智慧，以及人格的独立"，"一言一行都透露出人文涵养"。这样的忠告，对于当今的大学生，非常及时，也非常重要。在为人处世方面，袁先生和杨先生从来都严于律己，以身作则。和袁先生比起来，杨先生更心直口快。见到袁门弟子，她会耳提面命，谆谆教诲，以防患于未然。有一次听杨先生转述自己的原话，用语之率真，令人绝倒。杨先生 1957 年后历尽坎坷，但几十年下来，她直言不讳的个性，可一点儿都没变。

说到人文涵养，我想起了袁先生于 1982—1983 学年赴日本讲学的一件事情：在他任满返京之前，东京大学中文系主任伊藤漱平教授给北大中文系主任写信，希望袁先生能够延聘留任，并在信中称袁先生"学识渊博，人格高尚"，当时北大校报好像还做过报道。这是一则海外讲学载誉归来的新闻，在中外文化教育交流尚未真正展开的 20 世纪 80 年代初期，十分罕见，故一时传为美谈。不过，我后来才知道，事情原来并不简单。按照当时的政策规定，东京大学付给先生的工资，一大半都上缴给了教育部和北大。可想而知，袁先生在日本一年期间，过得并不容易。其中的甘苦，不足为外人道。

但他授课认真，敬业尽职，与日本同行交往时，持身谨重，不卑不亢，赢得了他们由衷的尊敬。

还有一件小事，我至今记忆犹新。1979 年，林庚先生在第一教学楼讲授"屈原研究"。这是他退休前最后一次授课，因此，不断有系内系外的老师和同学前来旁听。有的时候，教室里的椅子不够，只好从旁边的一间教室临时挪用几把。管楼的师傅本来就脾气不好，见状更是不依不饶。有一次，她冲进教室，当着林先生的面大声训斥，并勒令大家当即把椅子全部归还原处，场面一时颇为紧张和尴尬，我们都一时不知如何是好。那天，袁先生正巧在场。只见他从人群中缓缓地站了起来，向师傅道歉说："非常抱歉，椅子是我搬的。您也看到了，今天听课的人多，座位不够。但下了课，我们保证马上把椅子搬回原处，请师傅多多原谅。"多年后回想起来，这竟然就是袁先生留给我的第一个印象！而令我难忘的，不只是他的态度，还有他的声音和语调——平缓，富于磁性，有亲和力。

写到这里，我忽然想到，不知袁先生读了这一段文字，会做何感想。先生在北大生活了六十多年，这些磕磕碰碰的事情难以数计，恐怕早就忘到脑后去了。当然，先生更不喜欢人为地替他拔高，好在我也没想拔高。北大今天的情况应该已经大不相同了吧，但在那个时候，后勤和行政部门尾大不掉，衙门作风十足，还不时给人气受，弄得不好，斯文扫地。像先生这样，以低调平和的姿态，从容应对，不失尊严，但又没有因此而变得愤激不平，牢骚满腹，或在性情上留下任何阴影，靠的正是个人的涵养，尽管于情于理，愤激不平也丝毫没有不对的地方，甚至还入情入理，至少是情有可原。在我的印象中，袁先生总是那么阳光。他是一位谨慎的乐观主义者。

熟悉先生的人大概都知道，他在人前人后，从不说别人的坏话。遇到令人不快的事情，也很少会放在心上。他希望我们常念着别人的好处，多谅解别人的难处，他常说的一个词儿是"感激"：比起他那些历经磨难的同学们，先生觉得自己相当幸运，没有什么可抱怨的。

有一次聊天，不知说到什么话题——好像是提到了俄国的哪位作家，袁先生正好起身去接电话了，杨先生顺口评论说："你的袁老师没有俄国'情结'。"我听了愕然，怎么会呢？20世纪50年代的大学生，尤其是读文科的大学生，当年都多少经历过俄苏文化的洗礼。连我这位六零后，还赶上了一个余波：在"文革"期间，谁没偷着读过俄国小说，听过俄苏歌曲？但转念一想，杨先生的话还真的有些道理。

平常聊天，袁先生也会谈到俄苏文学，但喜欢俄苏文学不等于有俄国情结。在袁先生的大学时代，全国上下以集体组织的方式，大张旗鼓地学习俄苏文化，难免引人反感。记得先生自己说过，他向来是闲云野鹤的逍遥派，对任何有组织的、一边倒的活动，都没太大的兴趣。可以想见，在那些群情激昂的狂热场面中，先生会显得多么落落寡合，要不就是心不在焉，多少有一些反感和抵触。当然，以先生的性格，我想恐怕也很难认同俄国文学中常见的自我戏剧化的倾向和斯拉夫气质。这或许也是一个原因。

先生喜欢读巴尔扎克的小说，早在 1986 年就购进了十卷本的《巴尔扎克选集》，在书架上一字排开，而且很快通读了一遍。这让我有些惊讶，因为巴尔扎克离唐诗宋词未免太远了，趣味也完全不同，但先生读得津津有味。他喜欢巴尔扎克对人世的透彻观察，也喜欢傅雷的译笔。正值 20 世纪 80 年代，《傅雷家书》走红，人手一册。有一次闲聊，先生说他也读了，傅雷先生很有见地，但又补充了一句说："不过，我可受不了家书的那个腔调。"这样的意见，我还是第一次听到，但我明白先生的意思。

就个人的性情涵养而言，先生是传统的、文人的。袁先生平常喜欢作旧体诗，也写得一手漂亮的散文随笔。他在 1984 年发表了一系列短文，记述在日本教学期间的所见所闻所感。这些文字中最打动我的，是先生繁忙之余的寂寞和冥想，于简约平淡中见深情，读起来波澜不惊，但余味无穷。先生写在东京寓所独处的黄昏时分，想到了燕南园的林庚先生，为我们留下了一个亲切而传神的剪影：

> 有几次想到了静希师的书房，我们坐在窗下谈诗，他右手夹着一支香烟，胳膊竖起在圈椅的扶手上，似乎随时准备吸上一口，却总不见吸。青烟从指间嫋嫋上升，直到燃尽。

（四）

1997 年秋季，袁先生到哈佛燕京学社访问四个月，也应邀来哥伦比亚大学做演讲。我记得先生随身带着一大摞稿件，在纽约短暂逗留的那几天，一有空，就拿出来读上几页，还不时在上面做修改。原来，先生正在主编四卷本的《中国文学史》，除了主笔其中的一些章节，还负责全书的统稿。在此期间，袁先生去过不少地方讲学，后来还到西海岸转了一圈，一路上一直带着这部厚厚的书稿。有一次上飞机，前台的工作人员打量了一下这件块头不小的行李，建议托运。先生一听，这怎么行？他宁愿把其他的随身物品托运了，也不能冒这个险。他据理力争，最后想办法腾出了一个小手提箱，才把书稿带进了机舱。

我知道先生在此之前主编过《历代名篇赏析集成》等大型著作，但《中国文学史》（高等教育出版社，1999 年）的情况不同，参与全书撰写的学者一共有三十位之多，来自全国各地的不同高校。因此，从全书的总体设计到最终完稿，经过了反复的讨论和多方的协调配合，工程庞大而复杂。此后，除了他本人的学术专著和单篇论文之外，袁先生还主持并参与撰写了数种多卷本的大型学术著作，从四卷本的《中华文明史》，到三十四卷本的《中国地域文化通览》，还有正在进展当中的《新编新注十三经》等，并亲自担任其中最为艰巨而困难的《诗经》校注的工作。而在过去的几年中，《中华文明史》也相继被译成了英文和日文等不同语种。

北大很早就成立了国学研究院，袁先生出任院长，又担任了大型学术刊物《国学研究》的主编，他在许多场合都谈到了国学的重要性。不过，等到后来媒体上出现了"国学热"，先生却反而显得有些游离其外了。他不喜欢"热"这个说法：值得做的事情好好做就是了，为什么一定要"热"呢？任何事情热过了头，都会出问题。先生更感兴趣的，是做出一些实绩来。近年来，他尤其致力于中华文化的传承、发展、海外传播和中外交流。从《中华文明史》的外文翻译，到英文刊物《中国文学与文化》（美国杜克大学出版社）的创办等，都涉及体制、资源和人力的配置等诸多方面，实非易事，但他不遗余力，从各个方面来促成和推进。

袁先生主持这些合作项目时，我已经离开北大，也不可能参与，但他注重细节，事必躬亲的作风是不难想见的。近些年来，先生的工作负担更有过于从前。每一次我回京探望，在客厅里坐不上多久，就会有电话进来，通常都是有事相商，而不是一般的寒暄。每当这个时候，袁先生也不免要感叹："你可不知道我有多忙！"在同辈学者当中，袁先生看上去身体并不算强健，甚至还小毛病不断，但他节制自律，认真守时，办事从不拖拉，往往承担了超限的工作量，并且效率惊人。除非外出，先生每次收到邮件，都当即回复。有一天晚上，我通过附件传过去一篇一万多字的文章。没想到，第二天一早打开电脑，就收到了先生的回信，他不仅通读了全文，还建议我补充一条材料。

提起传统文人，我们通常想到的不是工作伦理，而是"目送飞鸿，手挥五弦"这样"潇洒送日月"的姿态，而且我们心目中的文人又以"业余精神"而为世人所知，听上去跟敬业的态度也大相径庭。这些印象固然不无道理，但又失于偏颇，因为中国文人历来有"天行健，君子以自强不息"和"士不可以不弘毅"的传统。从先生的学术生涯中，我看到了这一传统的绵延不息和发扬光大。

尽心做事，又绝非服役的苦差，而必须乐在其中，才有可能持之以恒。先生能够几十年如一日，锲而不舍，不知疲倦地工作，正是因为他对中华传统的复兴与发展抱有极大的热忱，并且承载了一种使命感。这是一个文化上的担待，宁静淡泊，任重道远。

（五）

袁先生的第一部学术专著是 1987 年出版的《中国诗歌艺术研究》。其中的主要观点，先生自 1979 年开始，在同题的选修课上逐一讲解过，并且先后以单篇论文的形式发表在学术刊物上。全书分上下两编，上编以"言""意""象""境"为核心范畴，重构中国古典诗歌艺术的理论框架。下编依照时序，选择诗歌史上的大家，然后根据这个理论框架，对他们的作品展开分析。全书以诗论为经，以诗史为纬，广涉思想史、宗教研究、语义学和诗论画论等相关领域，而着力于诗歌作品的精解。这样一部著作完成于"文革"之后短短的几年之内，给当时的学界带来了不小的惊喜，也为探索中国古典诗歌的艺术批评，提示了大有可为的思路。像"言""意""象""境"这些观念，既可以去深入探讨它们出现的文化语境，及其丰富涵义和历史演变，揭示其中的玄学和佛教因子，又可以尝试从中提炼具有普遍性的分析语言，以此作为我们解读古典诗歌的工具和重建古典文学批评理论的基石。因此，这样的学术研究既是描述性的，也具有规范性的意义，同时涵盖文学批评史与文学批评这两个领域。此后袁先生还沿着这一思路，撰写了一系列论文，分别考察"风"和"天趣"等概念与"文气"说等等，深入探索中国古典文论的理论特色和本土色彩，同时也暗含了比较批评的视野与丰富的可能性。

袁先生在为《中国诗歌艺术研究》写跋的时候，提醒自己"该向更深、更广的境地努力探索了"。这一探索的成果，集中体现在他的陶渊明研究系列当中，也就是《陶渊明研究》《陶渊明集笺注》和《陶渊明影像》这三部著作，出版时间前后跨越了十二年。袁先生向来喜爱陶渊明，在决定转向"深挖井"式的诗人专题研究时，毫不犹豫地选择了陶诗。他从诗人的年谱、作品系年和诗集的版本考辨与笺注这一类基础工作着手，纂成《陶渊明集笺注》。这是此后陶渊明的研究者都绕不过去的一座学术丰碑。先生在陶集上倾尽心力，竭泽而渔。在诸多版本中，他选择以毛氏汲古阁藏宋刻《陶渊明集》十卷为底本，综述旧说，而又新见迭出。《陶渊明研究》就相关的问题，展开深入的论析，也不回避陶渊明研究中历代积累的难题和争议，包括陶渊明的卒年和钟嵘《诗品》陶诗源出应璩说。其中《陶渊明与晋宋之际的政治风云》一篇，更以精湛的历史考察和知人论世的洞见而令人折服。

钟嵘《诗品》称陶渊明为"宋征士"，是"古今隐逸诗人之宗"，《宋书》也把他收在了《隐逸传》中。但陶渊明并非生来就是隐士，他在最终决定避世隐居之前，曾五次出仕，最重要的两次分别入桓玄军幕和任镇军将军刘裕的参军。桓玄和刘裕都是当时政坛上叱咤风云的人物，并且先后篡晋。影响所及，历代论者在处理陶渊明的生平时，也多少有些顾忌。他们或者否认镇军将军为刘裕，或者曲意为陶渊明辩解，而拿出来的理由，如陶渊明耻事二姓，或坐实他本人亲老家贫的托词，都不免流于陈见，蔽于一端。为什么陶渊明会在风云动荡之际选择出仕，并且加入了足以左右东晋政局的两个军府？究竟是什么因素起了决定性的作用？外在的情势如何，又有哪些因缘巧合？袁先生结合史料与陶诗，抽丝剥茧，条分缕析，像讲故事那样娓娓道来，令读者屏息凝神。这篇文章发表于 1990 年，但在此之前，我就听先生谈到过。有一次他说起桓玄的荆州兵和刘裕的北府兵，二者曾经势均力敌，但无论是谁，掌控了其中一支，都有可能威逼首都建康，并伺机篡位，正所谓时势使然。陶渊明的曾祖父陶侃曾任荆州刺史，口碑甚佳，可即便是他也潜怀觊觎之心，陶渊明不会不知道。经过这一番近距离的观察，我们对东晋政局的诡谲变幻与吉凶莫测，几乎可以感同身受，对陶渊明的仕宦生涯和复杂心境，也多了一份设身处地的同情和理解。像陶渊明这样家世背景的士人，最终放弃建功立业、拯物济世的志向，而归隐田园，真是万般无奈的一件事情。说是痛苦和幻灭之后的觉醒，也不为过。

陶诗看似质朴平淡，但深究词义，却不简单，对阐释者提出了不同的挑战。收在卷三的一些作品，诗题偏长，交代作诗的场合与缘起，起到了小序的作用。关于这些诗作，历来有不同的解释。例如《始作镇军参军经曲阿》《庚子岁五月中从都还阻风于规林》和《辛丑岁七月赴假还江陵夜行涂口》，应该怎样断句，"赴假"指的是什么，陶渊明走的是陆路还是水路，前后的行程如何，等等。经过袁先生的细致辨析梳理，这些问题都涣然冰释。而陶渊明入仕生涯的大致轮廓也因此昭然若揭了。

袁先生著述甚丰，兼顾义理、考据、辞章等诸多方面，不可能在这里一一列举，但我还想说一下《中国文学概论》。这本书篇幅不长，却很有特色，由香港三联书店和台湾五南图书出版公司于1988年分别出版了繁体字版，第二年高等教育出版社又出了简体版，此后多次重印，并且有了彩图本和增订本。这是一本课堂讲义，是先生当年为赴日本爱知大学讲授中国文学而准备的。因为选课的学生对中国文学所知无多，先生没有习惯性地采用文学史的形式，而决定尝试一下概论的写法。这给了先生一次难得的机会，通过生动易懂而又具有概括性的语言，来表达他对中国古典文学的一些整体性的看法和思考。其中第三章"中国文学的地域性与文学家的地理分布"和第六章"中国文学传播的方式与媒介"，尤其令人耳目一新。这些问题此前学界也有所涉及，但大多散见于某些专题研究中，没有像《中国文学概论》这样，以专题的方式来集中讨论，并纳入文学发展的连贯视野而予以考察。时至今日，无论是关于文学的地域性研究或广义的文学地理学，还是文学的出版媒介研究，都已经有了长足的发展，甚至变成了文学史领域的重要分支。而在这些方面，袁先生的《中国文学概论》可以说是得了风气之先。

袁先生当时不过五十出头，年富力强，正处于紧张而又兴奋的工作状态中。为了赶在动身前完成讲稿，他每天早上四点起床，伏案写作十几个小时。写好一章，就交给我和马自力分头抄写，如同是一场接力赛。因为通话不便，我们誊抄好了一章交给袁先生，便预先约定来取下一章的时间。我记得原稿是写在十六开的竖格稿纸上的，潇洒漂亮的行书，通篇连贯而下，一气呵成，很少涂抹修改。多年后先生谈起往事，常常感慨说，那是最令他怀念的一段日子。

（六）

只要熟悉袁先生，都知道他一向为人低调，从不喜欢唱高调或说过头话。2015 年年初，袁先生的同事和学生就开始张罗着为先生祝寿，结果被先生叫停，最后只是由古代文学教研室的同事出面，举办了一个 36 人参加的小型聚会（出席人数纯系偶然，与天罡星的梁山泊聚义无关）。王能宪兄邀请著名的雕塑家吴为山为先生塑一小型铜像，以志纪念。为此，先生作了一首诗，题为《应王能宪教授之请，雕塑家吴为山为我塑铜像，形神兼备，憨态可掬。遂效白乐天、苏东坡和陶体，兼采启功俚语笔调，口占一诗，以致谢意。时八旬正寿》。我远在海外，未能与会，好在傅刚兄和程苏东兄当天就通过微信把诗传了过来，聊补我缺席之憾。这首诗既是题写塑像，又处处自我调侃，文字通俗诙谐，妙趣横生，在先生的诗作中，独具一格：

日月如穿梭，瞬已髦朽状。

何德复何能，名家为造像。

昔有戴安道，建康称巨匠。

今有吴为山，写意不相让。

一瞥似电闪，慧眼何明亮。

妙手捻又搓，须臾见模样。

笑尔癯如柴，鼻准大无当。

笑尔目昏眊，何堪察悖妄。

腹中既空空，举止每招谤。

寡学又无术，岂敢常亮相。

吴公多美意，祝尔寿无量。

同学诸胜流，纷纷寄厚望。

桃李已盛开，湖水正荡漾。

相期十载后，重聚各无恙。

　　诗后附注曰："吴先生的雕塑追求神似，他的作品享誉世界，他对这件作品挺满意，据说要摆在他个人在南京的展厅里。但我不好意思摆出来，只将'自己'放在一个书箱里，与书为伴。"铜像被存入箱底，束之高阁，正是"岂敢常亮相"之意。而这最后一联的"相期十载后，重聚各无恙"，既是对与会者说的，也是对铜像——那另一个自己——说的，呼应了前面的"吴公多美意，祝尔寿无量"那一联。

　　这就是我平时所熟悉的袁先生：谦恭风趣，富于平常心和好奇心，也不乏即兴的快乐。先生当年在青岛上中学的时候，学过一些英文，1953 年入读北大，改学俄文。此后历经"反右"和"文革"的蹉跎荒废，大有"学书学剑两无成"的遗憾。"文革"后重新拾起英文，虽然已经不再可能投入大量的时间和精力，但先生却从未放弃，甚至学得兴味盎然，还经常向专攻英国文学的女儿请教。那一年，先生应邀来哥大讲演，我陪他去看世贸大楼和华尔街。先生一路上主动用英文问路，而且应对自如，让我十分惊讶。眼看就快到华尔街了，先生不肯放过最后一次问路的机会，对我说"你稍等一会儿"。其实，华尔街已近在眼前，被问的那位用手一指："噢，那就是了。"对话练习到此方才打住。

有一年，哥大东亚系的一位美国学生前往国内收集博士论文材料，去北大拜见袁先生。正巧袁先生开了一门陶渊明的讨论课，他得到许可，旁听了一个学期。返回纽约后，他告诉我说，在袁先生的课上读陶诗，是一次愉快而难得的体验。有时候碰到歧义之处，袁先生还会请他译成英文，或者对照和比较已有的译本，让同学们一起来讨论。就这样往返于中英文之间，字斟句酌，令他对陶诗有了更深入、更精确的理解，也对英文翻译的利弊得失，获得了新的体会和认识。

记得大概是 1986 年，袁先生曾经请白谦慎兄为他刻两个闲章，一句是"翼彼新苗"，另一句是"即事多所欣"。前一句出自陶渊明《时运》（其一）的"有风自南，翼彼新苗"，写暮春郊游的欣悦感：在和煦的南风中，他看见新苗仿佛生出了拍动的翅膀。后一句见陶渊明《癸卯岁始春怀古田舍二首》之二："虽未量岁功，即事多所欣。"这两首诗写诗人初春之际躬耕南亩的心情：因为南亩离住处有一段距离，陶渊明感慨自己还从未在那里下田耕作过。这一天他起了一个大早，装备好车驾："夙晨装吾驾，启涂情已缅。鸟哢欢新节，泠风送余善。"他像第一次晨起外出的孩子那样，对这新的一天的开始，充满了期待和欢喜。

关于"平畴交远风，良苗亦怀新。虽未量岁功，即事多所欣"这几行诗句，袁先生在他的《陶渊明集笺注》中注曰：

"意谓虽未计算一年之收入，而即此目前之农事已多所欣喜矣。"又进一步阐发说："'虽未量岁功，即事多所欣。'得道语也。做事原不必斤斤计较其结果，愉快即在创造之过程中。亦即只管耕耘，不问收获之意也。"（第205、206页）这样的说法，也同样适用于袁先生本人，或者可以说，正是先生的夫子自道。以只管耕耘，不问收获的态度和"即事多所欣"的期盼心情与新鲜感受，投入每一天的学术工作，这是先生对自己的期待，也正是他在学术的道路上，锲而不舍、永不怠懈的力量之源。

在祝贺先生八十大寿之际，我们也期待着未来的欣喜和收获。

2015年9月30日写于曼哈顿，2020年11月修改

删节版原载于《读书》（2015年第12期）

附记：

这篇文章的初稿发表在《读书》（2015年第12期），并收入王能宪、董希平、程苏东编《双清集——恭祝袁行霈教授八秩华诞文集》（中华书局，2016年）。修改稿于2021年4月20日由北京大学国际汉学家研究基地的微信公号上推出时，遵嘱附记如下：

经常有年轻人问我，当初为什么选择学术生涯？我说我没做选择，因为没想过还有别的选择。这是我2015年为袁先生祝寿写的文字，不过我不希望写成祝寿体。文章发表后，又做了一些补充和修改。今值袁先生八十五岁寿辰，谨以此文再一次向先生致真诚的谢意！学术生涯会有许多美好而幸运的相遇。对我来说，这一切从袁先生那里开始。

韩南先生最后的礼物

2014年4月27日上午，获悉韩南先生去世，深感震惊。过去的几个月内，先生往返于医院与康复中心，身体状况时有反复，近几周似乎已渐趋稳定。我在记事本上写下了最新的电话号码，心里想着这一周的什么时候就可以跟先生通话了……

过去的半年多来，韩南先生的病情成了我们牵挂的话题。大家当年同时或先后师从先生，现已各自东西，但是通过电子邮件又重新聚集了起来，商量着能做些什么。除去寄花篮和卡片，还有人寄去了电子阅读器。另外又排出了时间表，轮流与先生通话，或者驱车前往探望。先生一生谦和低调，从不麻烦别人，对学生也不例外。或许正因为如此，在这几个月内，我们每一个人都觉得应该为先生做点儿什么了。无论多少，尽一份心意。

韩南先生于1997年退休，但退休后，不仅一如既往地致力于学术研究，而且成果丰富，有过于退休之前。在我们的印象中，还很少有谁像先生这样健康地适应退休生活。记得1997年在哈佛大学为他举办的荣休仪式上，韩南先生说："很多人在退休之前，心里犯嘀咕，或老大不情愿。可是转念一想，所谓退休，不就是一次永久性的学术休假（a permanent sabbatical）吗？不用教课，也不做行政，一门心思做学问。天底下哪儿有比这更好的事情？"

这话出自先生之口，绝非场面上应景的机智修辞。他是真正做到了这一点。退休以后的学术，是出自纯粹的乐趣。直到2013年年底，在目力极度微弱的情形下，韩南先生还在修订和校对刚刚译出的两部作品。真的，他还有很多事情要做。去年4月，在芝加哥大学为芮效卫（David Roy）教授组织的一次小型的祝寿活动中，我见到了先生，他仍然敏捷如常。问起接下来做什么，他回答说："人过了八十五岁，就不敢想几年的计划了，但短期的事情倒还不少，够我忙上一阵了。"当时，他正在修订《三遂平妖传》的英译本。先生早在1964年，就在亚洲年会上宣读过关于这部小说的论文，在此基础上整理的那篇《〈平妖传〉著作问题之研究》发表于1971年，对这部小说的材料出处、与《水浒传》等作品的互文关系，及其看似朴拙，却别具一格的幽默，及其在小说史上的重要地位，都做出了精当的分析。把《三遂平妖传》译成英文，是他多年的凤愿。在晚宴上，我们还谈到了《金瓶梅词话》。先生说起当年未及深入追踪的线索，有几位相关的历史人物很值得注意，或许还有一些探究的潜力。他说自己已经不可能去做这方面的研究了，但这几位人物的名字，他脱口而出，丝毫无误。我答应记在心上，得空去查查看。那次交谈的时候，我无论如何也想不到，先生不知疲倦的学术生涯，竟然在一年后悄然终止了！

（一）

韩南先生是海外汉学界古典小说和明清文学研究的一位重要的奠基者。几十年来，他笔耕不辍，著译甚丰，影响卓著，而且在漫长的教学生涯中，培养了众多风格各异的学者。韩南先生是新西兰人，20 世纪 50 年代赴英国求学，就读于伦敦大学，开始对中古英语文学感兴趣，后改读中国古典小说戏曲，博士论文以《金瓶梅词话》为题。当时，《金瓶梅》研究还在起步阶段，有关论文和资料都极度匮乏。韩南先生安排家眷去新西兰住下，自己前往北京收集资料。那时候，除非来自东欧和苏联，从欧洲其他国家申请入境访问的人，总不免诸多困扰。韩南先生为此曾得到了郑振铎先生的多方关照，他后来也多次说起吴晓铃先生对他的帮助和信任：吴先生不仅把自己收藏的善本拿给他看，还让他带回住处去研读和摘抄。吴先生去世后，韩南先生和米列娜女士为他合编过一个纪念集，收集了好几位国外学者的回忆文章，其中有韩南先生的一篇。在我的印象中，先生平时极少写这类文章。

除去《金瓶梅词话》的开创性研究，韩南先生还以他对古典白话短篇小说的系统梳理和论述而闻名于学界。他在这个领域中的建树早已有目共睹，无须赘述。先生立论谨严，文风简约，要言不烦，而且独具慧眼。例如，他没有采用学界关于"话本"和"拟话本"的二分法来处理短篇小说，而是着眼于对小说作品的叙述分析，提出了"模拟说书语境"的说法。在此之前，"话本"为说书底本的假设已经受到了质疑。事实上，说书人是否采用底本，甚至是否识字，都大有疑义。在此基础上，将"三言"一类作品定义为"拟话本"，当然更难以成立了。这些作品与说书表演的关系是间接的和想象的，并且经由书写和印刷技术的媒介，变成了小说文体的书写模式和相沿成习的传统。近年来关于说书艺术的研究表明，说书人本人反而不像这些作品那样频繁使用所谓"说书"套话。这些套话是书写的产物，用在说书的场合，效果未必就好，更何况说书的形式也并非千篇一律，不同的说唱形式各有自身的特殊性。即便历史上曾经出现过某一种相对固定的说书形式，也不可能一成不变，南北通用，时代和地区的差异都不可低估。

从今天的立场来看，"模拟说书语境"总是令人想到窒息创新的陈词滥调，但这只是事情的一个方面。另一个方面也不容忽视，因为对这一传统的不断挪用、改写压缩和戏仿颠覆，又反过来为白话小说（包括长篇小说）提供了创造性的机缘。这方面最突出的标志就是《儒林外史》和《红楼梦》，分别通过削减压缩模拟说书修辞，或将其个人化和多样化，而成功地改造了长篇小说的叙述形态。由此看来，我们完全可以通过考察每一部作品与"模拟说书语境"的远近距离和各种不同的关系，来建构中国小说史的叙述。

此外，韩南先生还为现存的白话短篇做出了一个初步的断代编年，并在此基础上建立他对小说史的整体描述。不仅如此，他对小说的叙述分析也多有新见，其中包括对李渔小说戏曲主题风格的观察和评论，对《豆棚闲话》的"框架小说"的独特发现，有关短篇小说的主题和结构类型的论述（如哥特式小说、愚行与后果小说和与"单一"小说相对而言的"连环"小说），以及关于"席浪仙"的考证，都能见人所未见，并启发了不少后续的研究和论述。

在他关于白话小说的两本专著中，先生的学术风格也尽显无遗。他虽然沿用了 vernacular story 一词来描述"白话小说"，但在行文之间，却避免概念先行或一概而论，而是从冯梦龙的具体例子出发，展示了口语和书面语自身的复杂性，及其相互之间的多变关系。他不喜欢把话说得太满，在论述中扣紧具体情境，处处留有余地。时至今日，他关于"席浪仙"的推测仍有待证明。我记得先生有一次对我说，他本人也不认为这是定论。但他希望大家注意他归在浪仙名下的那二十二篇小说，尽管收在《醒世恒言》中，却与冯梦龙编辑改写的作品不同，在主题形式和小说类型上都自成一体。在他看来，这些作品更近似另一部短篇小说集《石点头》。而《石点头》的作者自署"天然痴叟"，冯梦龙在序中称他为"浪仙"。

韩南先生最初从中古英语文学转向中国古典小说，并没有选择轻松的捷径，反而是从最基础的版本研究入手。这原是中国学者的强项，韩南先生能在这个领域中有所建树，的确令人肃然起敬。我记得大概是1993年的一天，韩南先生告诉我说，他写了一篇关于《肉蒲团》的版本考据文章，还没有发表过。当时陈庆浩和王秋桂两位先生正在编辑出版《思无邪汇宝》，而《肉蒲团》是选目之一。因此，先生问我能否帮他译成中文，然后交给王秋桂主编的《书目季刊》发表。我答应尽快完成，拿回家一遍读下来，发现文章虽然不长，却尽显考据的妙义。

韩南先生研究的这个抄本，从前为日本学者长泽规矩也所收藏，后存于东洋文化研究所的双红堂文库。他仔细考察了这个抄本，初步推断它抄自《肉蒲团》最早的一个版本，而这个版本也正是现存清代木刻本的底本。清代木刻本广为人知，藏于东京大学东洋文化研究所图书馆和哈佛燕京图书馆，但它在第十二回误排了一页，从而造成了叙述的中断和混乱。无独有偶，刊行于1820年之后的清木活字版也出了同样的错误。可知这两个本子出自同一个误排的模板，不排除木刻版是根据一个装订错误的印本刊刻的，因为韩南先生还发现，木刻版的一些严重错误往往出现在每一回的末尾，这或许正是因为原刊本每册结尾处最易磨损。而这个抄本却没有这个问题。韩南先生认为它抄自同一个底本的更早的一次刊印本，那个刊本还没有出现错页。他更进一步推断，这个底本就是《肉蒲团》的原刊本。支持这一推断的证据很多，其中一条与版式有关。木刻版和木活字版的错页一共 641 字，约半页 320 字。而现存李渔小说的原刊本都是半页八行，每行 20 字，共 320 字。回头看抄本，也严格保持每行 20 字。如果还原为半页八行的格式，则错排的 641 字恰好合为抄本的两页，也就是原刊本的一页。因此，尽管原刊本已不复可见，但拿抄本与木刻本对勘，仍然可以大致重构它的面貌。

韩南先生还指出，虽然这个抄本也略有瑕疵，但总体质量优于木刻本，并且足以纠正木刻本的许多错误。此外，抄本还保留了原刊本的一些特征。例如，它抄录了 70 条眉批，很可能出自李渔的朋友杭州人孙冶之手。通过抄本的序言还可知，原刊本的出版时间为 1657 年夏天，原题为《肉蒲团小说》，或许还附有插图，尽管已不见于抄本。总之，在现存所有的版本中，这个抄本最接近《肉蒲团》的原刊本。

可惜的是，韩南先生把文章的译稿交给《书目季刊》发表时，《思无邪汇宝》中的《肉蒲团》已经见书了，因此失去了参校抄本的机会。我在这里概述韩南先生的这篇短文，既是为了欣赏它考据艺术的妙处，也是为了强调它的重要性。但愿将来无论谁有机会重印这部小说，都不要忘记这个抄本。

自 20 世纪 90 年代以来，韩南先生主要转向晚清小说研究。他结合考据、历史和文学史的解释，以及翻译注释，为这一领域拓展出了一个新的空间，也迫使我们重新估价 19 世纪中国小说叙述的内在活力和创造性。先生很早就写过关于鲁迅小说的论文，但晚清研究对他来说仍是一个相对陌生的领域，而且晚清时期的小说作品和报刊史料浩如烟海，漫无际涯。弄得不好，摊子铺得太大，难免浅尝辄止或顾此失彼，结果很可能是事倍功半，甚至劳而无功。先生以近七十岁的高龄转入 19 世纪文学，却在很短的时间内，通过一系列精彩的个案研究，为自己找到了突破口。在今天这个众口一词大谈特谈学术"内卷"的时代，这一点很值得大家借鉴，我尤其希望学界的新生代能从中获得启示，受到鼓舞。

韩南先生的晚清文学研究成果涉及王韬的《圣经》翻译和晚清的翻译小说、《恨海》对《禽海石》的回应、传教士小说的历史，以及傅兰雅（John Fryer）的小说征集活动等不同话题，而每一个话题都有持续拓展的空间。傅兰雅于 1895 年 5 月发起一场小说征文竞赛，号召作者以小说为社会改良的工具，以革除鸦片、时文和缠足这三大弊端。从大的方面来看，这次小说征集活动的确开了七年后梁启超小说界革命的先声，韩南先生因此称之为"新小说前的新小说"。当然，这次征集的作品当时并未发表，而且从回应来看，仍以教会的圈子为主，因此直接的社会影响相当有限。韩南先生承认这一点，但也指出，其影响所及，仍出现了像西冷散人的《熙朝快史》和詹熙的《花柳深情传》这样的小说作品。

值得一提的是，傅兰雅当年在中国的文化界十分活跃，也颇有一些名气。他在《孽海花》的第三回中露过一面，说

"一口好中国话"。后来去了加州大学的伯克利分校，任东方语言文学教授。有趣的是，2006 年伯克利东亚图书馆迁址，意外发现了当年征集的小说作品，一共 162 篇，今存 150 篇。由上海古籍出版社于 2011 年影印刊行，题为《清末时新小说》，共 14 册。韩南先生曾应邀到伯克利的东亚语言文学系去宣读他的这篇论文，让那里的同行重新认识了他们一个世纪前的先辈。

韩南先生还是一位出色的翻译家。除了冯梦龙与李渔的短篇小说和《肉蒲团》，他还翻译介绍了《三遂平妖传》《蜃楼志》《风月梦》《恨海》《禽海石》和《黄金祟》等作品。先生的译笔精准到位，而又清通晓畅，有很强的可读性，用于课堂教学，效果极佳。在国外大学的中国文学课上，李渔的作品之所以风行不衰，令学生忍俊不禁而又爱不释手，在相当的程度上应该归功于韩南先生精彩风趣的译笔。可以毫不夸张地说，是韩南先生重新发现了李渔，并且对他艺术创新与机智（witty）谐谑的一贯风格，做出了恰如其分的描述和估价。这一切都奠定了韩南先生在中国小说研究与英译中国文学领域中难以匹敌的地位。而在晚清小说的译介上，更是无人能出其右。不难看到，上述作品中有好几部鲜为人知。先生披沙拣金，从中发现了一些耀眼的亮点，真可谓来之不易。他的译文和评介蕴含了一位优秀的文学批评家的眼光和判断。

可以看得出来，韩南先生在他的晚清小说研究中，相对注重以城市为背景的《蜃楼志》（1804 年）、《风月梦》（1848 年）和《海上花列传》（1894 年）这类小说。《蜃楼志》描写的是通商口岸广州的生活，新时代的面影隐然浮现，又似乎来得太早。韩南先生称《风月梦》为扬州小说，但在结尾处预示了上海的崛起：一个旧时代的享乐中心，即将被新时代的国际大都市所替代。那正是《海上花列传》所呈现的世界。这一城市小说的历史谱系仍有待充实，但参考近年来相关的学术成果，其基本脉络已隐约可辨。

就语言风格而言，韩南先生不希望过高估计所谓白话小说的通俗性。晚清乃至民国初期通过报刊而流行的作品，通常半文半白或采用了浅近的文言风格。对于当时的作者和读者来说，这是一种更方便、更易于写作和阅读的风格。我认为这一看法是接近实情的。

韩南先生翻译了民国时期的陈蝶仙的《黄金祟》，还对他的传奇身世和其他的自传性作品，包括《桃花梦》《他之小史》和《泪珠缘》，做了一番考察和梳理。令人惊讶的是，这位笔名为"天虚我生"的浪漫才子，不仅勤于写作出版，还是一位相当成功的实业家：他是无敌牌牙粉的创始人，先后经营了造纸厂、印刷厂和其他企业，产品包括玻璃、蚊香等。自从韩南先生把陈蝶仙发掘出来之后，后续的研究接连不断地涌现。他的生平和作品不仅引起了文学研究者的兴趣，还吸引了社会史家的注意，由此提出了社会史、经济史和科技史的新问题。除此之外，韩南先生在传教士小说的研究上，也有筚路蓝缕之功。近年来传教士小说研究已初具规模，形成了一个独具特色的学术领域。

在材料繁多的晚清小说领域，以考据擅场的韩南先生也几度小试牛刀。1873 年至 1875 年在《瀛寰琐记》上连载了 26 期的翻译小说《昕夕闲谈》的前半部，这是第一部汉译长篇小说，但英文的原著究竟是哪一部？多少学者为此殚精竭虑，但漫天撒网，又何异于大海捞针？先生着手研究这部小说的时间并不长，可似乎没费多少气力，就破解了谜底。原来是爱德华·利顿（Edward Bulwer Lytton，1803—1873）于 1841 年发表的《夜与晨》（*Night and Morning*）。作为小说家，利顿生前获得了巨大的成功，直到 19 世纪 70 年代，他的作品仍然多见于英国中产阶级读者的书架，并且与狄更斯相提并论。但好景不长，此后声誉日跌，几至于默默无闻。有趣的是，韩南先生还发现，他的另外一部小说于 1879 年被译成日文，可以说是第一部日译小说。钱锺书先生曾经写过《汉译第一首英语诗〈人生颂〉及有关二三事》，讲述美国诗人朗费罗（Henry Wadsworth Longfellow）的这首诗如何被译成汉语的曲折故事。韩南先生的这篇《论第一部汉译小说》与之堪称合璧，背后的故事同样引人入胜，而由此引出的问题还更胜一筹。

尽管 1905 年的一份广告误将《昕夕闲谈》的译者写成了蒋子让，韩南先生还是令人信服地确认了《申报》主笔蒋其章的译者身份。他接下来指出，《申报》报馆主人美查（Ernest Major）扮演了合译者的角色。他看上去并没有通读过译稿，因此译文中留下了一些英文理解的错误，但这种双人合译的方式在晚清时期相当普遍。在其他几篇论文中，韩南先生对这一翻译方式做了更为细致的描述。他推断说，最初或许正是美查向蒋其章推荐了这部小说。当时利顿的名望仍如日中天，他的《昕夕闲谈》不仅以英国为背景，还写到了法国和意大利。正如《申报》的广告所说，它提供了关于西方风俗的丰富信息，这一点对两位译者来说颇有吸引力。

韩南先生大量阅读了利顿的作品，包括他的自传。在他看来，利顿虽然写的是小说，心里却惦记着讲演术、欧里庇得斯的悲剧和莎士比亚戏剧中的长篇独白。他喜欢冗长的格言体，热衷于倒叙、插叙，迷恋戏剧化的效果和浮夸做作的语言风格。这一切显然给《昕夕闲谈》的汉译制造了不少麻烦，且不说它在叙述方式、结构顺序和人物介绍等方面，都与传统的章回小说相去甚远。于是，韩南先生仔细考察了译本在应对这些问题时所采取的策略。他更进一步总结了译者如何尝试各种不同的方式，向中国读者介绍西方风俗，即广义的西方文化。他的这篇文章告诉我们，如果着眼于译作所行使的文化功能，及其具体运作的复杂机制，翻译研究实在是妙趣无穷，大有可为的。

韩南先生的敏锐观察还在以下两个方面富于启示性：其一是关于译作的评点，其二涉及小说的报刊连载的方式。《昕夕闲谈》的译者评论体现在小说的正文内外：译者有时越俎代庖，把自己的意见混入小说叙述者的议论，而附加的小说评点又为译者提供了一个额外的途径，从外部对读者的阅读施加控制。韩南先生注意到，译者自评显然受到了金圣叹的影响。有趣的是，译者通过评点称赞小说的精妙之处，往往出自译者自己的改动，而并非属于原作。这一点与金圣叹对

《水浒传》中自己修改的部分不吝溢美之词，也完全如出一辙。至于在评点中借用传统小说的评点语言，盛称《昕夕闲谈》如何"烘云托月"之类，更预示了此后林纾的做法。林纾在他"翻译"的欧美现代小说中读出了太史公笔法，既不是无可理喻的例外，也不像我们想象得那么奇葩。

自英国的维多利亚时代起，报刊连载长篇小说就已蔚然成风，由此塑造了新型的作者、读者关系，对小说自身的写作方式、情节结构和叙述时间也产生了直接的影响。学界关于连载小说的研究由来已久：有的学者将这一现象与资本主义的生产方式和消费模式联系起来考察，近年来更多的学者开始从书籍史和阅读史的角度来研究它，可谓八仙过海，各显神通。《昕夕闲谈》不仅是第一部汉译小说，也是中国的第一部报刊连载小说。然而在报刊上连载的《昕夕闲谈》看上去却有些水土不服，运气欠佳。尽管利顿的小说在日本一路走红，《昕夕闲谈》却仅仅刊登了前半部便黯然收场。韩南先生根据钱征的《屑玉丛谭初集·序》，将失败的原因归结为小说的版面太过局促。在这方面，《瀛寰琐记》的编辑尚缺乏经验，而读者也一时难以适应。这一尝试的失败不无后果，下一次报刊连载小说，要等到1882—1883年《字林沪报》推出夏敬渠的《野叟曝言》。今天的读者大概很难把《野叟曝言》与通俗小说相提并论，但它的连载在当时大获成功，却是不争的事实。原因恐怕不止一个，我想至少与《字林沪报》改进了刊载方式和扩大了每一期的篇幅不无关系。历史总是给我们带来惊奇和不解，《野叟曝言》的连载成功并没有当即产生示范效应。此后还要等上九年，也就是到了1892年，才有了《海上花列传》的报刊连载。从此逐渐进入了连载小说的黄金时代，而连载的方式也变得日益多样化了。在这个现代写作、出版和发行阅读的领域里，仍大有深入研究的空间，用不着担心题目被做完了。

考据一事，不免要靠运气，毕竟有的历史之谜已经永远地沉入了时间的海底，不再有重见天日的机会。然而考据又是对一个人的直觉、知识素养和判断力的综合考验。读韩南先生的考据文章，可以看出他的一贯风格。能形成自己风格的学者不多，韩南先生就是其中的一位。无论材料如何浩繁，问题怎样复杂枝蔓，他总是能凭着经验和直觉，找到恰当的切入口，以最简捷有效的方式接近正题。他不止一次地告诫学生说，做考据要有分寸感，要懂得适可而止，学会及时修正或调整自己的假设。切忌固执己见，一意孤行，以至于在无法论证的题目上浪费时间，或在错误的方向上越走越远。当然，最重要的还是要对根本的问题做到心中有数：自己的考据能引出什么新的有意义的线索，怎样才能推进我们对作品的理解与相关问题的思考。读韩南先生的《论第一部汉译小说》可知，考据只是起点，而非终点。考据的意义取决于它最终将我们带向哪里。

（二）

我第一次见到韩南先生，是 1987 年 10 月的一天。那一年我通过北大递交了哈佛燕京学社的博士奖学金申请，而韩南先生也正巧刚刚出任哈佛燕京学社的主任一职，并且前来北大参与面试。面试的地点是临湖轩的会客厅，在朝东那一侧，当时好像主要用来接待外宾或举办小型的座谈，之前我只去过一两次。我们先是在隔壁的房间等候，轮到我的时候，自愿作陪的外事处负责人恰巧有事不在，或者出去抽烟了。韩南先生与我握手寒暄之后，当即言归正传，告诉我说：虽然我申请的是博士学位奖学金，可是寄到燕京学社的还是早先申请访问学者的表格。他已经为此跟北大外事处交涉过了，但一直没有得到答复。看起来，现在最好的办法，还是由我本人出面，催促外事处尽快把奖学金的申请表寄给燕京学社。原来如此！若不是先生告诉我，我还一直蒙在鼓里呢。

初次见面，前后不过二十分钟，韩南先生的善意和处理事务的审慎态度，都给我留下了难忘的印象。而这次谈话，也从此改变了我的人生。

韩南先生性情温润如玉，待人接物有君子之风，他对学生的爱护和帮助，也早已成为学界的佳话。他一生以学术为乐，于人于己皆无所求，更不会张扬自己。曾多次获奖，也得到过其他形式的荣誉，却从未听他自己说过。有一年，新西兰政府给他颁发了一个大奖，我只是从别人那里偶尔听来的。

听到别人的赞扬，先生会立刻变得局促起来，你可以感觉到他的不自在，不是装出来给别人看的。可我知道，无论什么时候，只要我们需要，他都会默默地站在我们的身后，给予最大的支持。先生的无言信任，既是动力的来源，也设置了更高的标准，令人无法懈怠，更不能庸碌无为。

记得先生退休时，曾经根据学生的研究兴趣，将他办公室的许多藏书分赠出去。我的办公室的书架上，现在摆着好几套丛书，就是先生当年送给我的。他说：我现在主要研究晚清文学，这些书不大用得上了。哪怕偶尔要用，在燕京图书馆里也可以找到。就这样，我无功受禄，得到了一大批好书。其中有一些，后来还果然派上了用场，但愿没有辜负先生的初衷。

韩南先生心里惦记着学生，却从不显山露水。他无论为我们做了什么，都不愿让我们感到有任何附带的期待或回报的压力。我还记得 1995 年我参加博士毕业典礼的那一天，刚刚获得博士学位的应届毕业生一大早就聚集在哈佛院子（Harvard Yard）中，然后列队向桑德斯剧院（Sanders Theater）走去，仪式即将在那里举行。快要进入剧院的时候，忽然看见韩南先生，穿戴正式，打着领带，正穿过马路朝我们走过来。他来到队列的旁边，与我们东亚系的这几位博士毕业生一一握手，表示祝贺。我们没想到会在这里见到先生，连声说谢谢。他摆摆手说："不用谢，我只是碰巧路过，看到了你们真高兴！"这的确是一个意外的惊喜，真是太巧了！可事后回想起来，我一下子明白了，这其实是先生在轻描淡写。他从家里到办公室，不路过这里，何况还是早上？每次想到先生起了一个大早，站在路边等待我们列队经过，我都会心头一热。他总是这样心细而又低调，让我们感到温暖而舒适——这是一种老派的作风，今天已经不多见了。

与他的学术风格相似，韩南先生做事讲效率，举重若轻，干脆利落，今天能做的绝不拖到明天。他的办公桌上永远片纸不留，光可鉴人。而先生的性格，也素来谨严自律而偏于内向，与人打交道时，客气而略显腼腆。我每次到他的办公室交论文或书信和申请报告，除非事先已有别的安排，他总是接过去当即就读，并且会顺手拿起笔来，一边读一边修改。我记得他第一次这样做的时候，略微迟疑了一下，然后客气地问我："我做一点修改，你在意吗？"我没料到先生会有此一问。当时刚到美国，正在为英文写作犯难，导师给我改英文，是求之不得的事情，岂有在意之理？先生看我没有当即答话，又补充了一句："当然，我只改英文，不会改你的想法的。"很多年后，我向先生提起这桩往事，他笑着解释说："那是我当了一辈子编辑养成的习惯，可是有的时候也可能引起误会。"

韩南先生带学生，既宽松又严格。宽松是因为他放手让我们发展自己的兴趣，很少加以干涉。刚到哈佛的时候，我对社会科学感兴趣，想去人类学系和社会学系选课，可是担心先生不同意，没想到他听了之后，不仅没有反对，还当即表示鼓励。我后来才发现，在对文学作品的解释上，他的学生可以走得很远，而不必顾虑过不了先生这一关。但先生也有他严格的一面，比如说，他不允许学生跳过基础的研究工作，而直接进入对作品的解释。你得首先弄清一部作品的来龙去脉，包括它的不同版本和文字的出处。这是一种滞后的满足（deferred gratification），但滞后既是必要的，也是富于建设性的，因为那些看似前奏性的研究，有可能为我们解读作品本身提示意想不到的丰富线索。所以，尽管他的学生在理论和方法方面的兴趣千差万别，各行其是，但一般来说，都对文本的历史性抱有基本的尊重，很少有人直接从理论假设出发，架空作品来讨论它的意义。这与先生的影响是分不开的。

1997 年我搬到纽约，开始了在哥伦比亚大学东亚系的执教生涯。此后无论遇到什么重要的学术选择和事业上的疑难之事，我总是会向先生通报和请教，而先生也一如既往，耐心地为我提供建议、支持和帮助。1999 年 7 月，在台北"中研院"举办的一次会议上，韩南先生应邀做了主题讲演。会议结束后，在主办方的安排下，包括我在内的与会者二十余人，一起赴台南一行。此后的几天，我们饱览了沿途风光，一路上轻松愉快。（见图 16）尤其让我高兴的是，在往返的火车上，我都被王德威安排坐在先生旁边，意外地有了长谈的机会，而看似内向腼腆的先生竟然也十分健谈。我们轻松地从一个话题转到另一个，不知不觉就到了目的地，仍然兴犹未尽。先生说，坐火车让他想起有一年去中国面试哈佛燕京学社的候选人，因为临时改变了行程，没有订到从北京去武汉的卧铺车票，只能最后一分钟去挤硬座。上了车一看，好家伙，满满地坐着一车厢的大学生！一整个晚上，大学生们轮流换座与他聊天，一是想了解美国大学的情况，二是顺便也练练英语对话。先生说，就这样说了一路，等到了武汉，他的嗓子嘶哑，几乎说不出话了。

2013 年 8 月，我们全家去麻省度假。返回纽约前，我与韩南先生通话，希望能够绕道去剑桥镇拜访他。先生听了很高兴，当即约好了时间。几天后，我们带上一束鲜花和水果，驱车来到了先生所在的康复中心。上楼敲门，听见先生熟悉的声音说请进。我们推开门，只见先生身着病号服，正安静地坐在房间里等待我们。令我们惊讶而又欣慰的是，他还像平日那样举止敏捷，目光澄澈，完全看不出近乎失明的迹象。彭昕和我先是征得先生的同意，与他合影留念，接下来又把我们的两个女儿介绍给他——在纽约出生的她们还是第一次见到我的导师。四个月不见，先生的健康状况发生了意想不到的变化，这是让我异常痛心而又深感无奈的事情。我的电脑里还保存着 2013 年 4 月底至 6 月间的往返信件。我是从先生的电子邮件中，第一次得知了他的病情。先生在目力受损的情况下，勉力回信，还因为略有拖延而表达歉意。我随即改成通话，希望能及时跟进先生的治疗过程。现在，好不容易终于面对面坐下来谈话，我多想再一次感谢先生这么多年来对我的支持与厚爱啊。看得出来，先生也有很多话要说。

回想那一年刚到剑桥镇不久，也是这样一个晴朗的八月天，我第一次敲开了他办公室的门。先生打开门，看到是我，笑着说："你终于到了！"接下来他又问了我的起居情况，"一切都安顿妥当了吗？"先生眼睛里满是笑意，目光明亮而澄净。我常常想，心无渣滓的人才会有这样的目光。他穿着一件短袖上衣，显得干练利索，完全看不出实际的年龄——准确地说，在我们交往的二十多年中，先生从来没有显示出老态。我在他的办公桌前坐下，环顾四周：这是一间相当宽敞的办公室，靠墙是一排深棕色书柜，清一色的玻璃橱窗，给整个空间定下了一个温暖而宁静的基调。书柜前面摆着一张更大的书桌，后来才知道是课桌。上讨论课时，学生围桌而坐，而我就是他们中的一员。先生上课时，会随手从书柜里抽出一本书或一函古籍，让我们传阅，或对照现代排印本与木刻本的异同。

一年后的夏天，还是在那间熟悉的办公室，同样是在一个明亮得有些令人晕眩的日子，先生与我有了一次郑重的谈话。他告诉我说："应该全力提高英文学术写作的水平，争取在英语学术界站住脚，因为你没有别的选择。但是不要担心，我会帮助你的。"我没想到先生会这样说，我预约去他的办公室见面，是因为学期论文无法按时完成，需要延期。那个夏天发生了太多的事情，一时间天崩地裂，我还没能从震惊中清醒过来，千头万绪，不知从何说起。先生的这一番话就如同是一服清凉剂，让我顿时冷静下来，去面对突如其来的现实。是的，已经没有了退路，但我还有先生的支持和信任！谈话至此，是长长的静默，我的内心涌起了一股暖流。那真是一个世事艰难多变，也令我百感交集的夏天。二十多年过去了，那天谈话的情景仍然鲜活地留存在我的记忆中。

可惜的是，这次探望先生的时间太不凑巧了。我们没聊上多久，护士便进来清理房间。接着，医生也来了，给先生量血压测心率，并且说已经安排了康复活动。我只好起身，向先生告辞。真是万分遗憾，就这样失去了与先生最后一次长谈的机会。走在剑桥镇的烈日之下，眼前的一切都太过清晰了，反而变得有些恍惚失真，令人难以置信。我想起了临湖轩的第一次会面，还有多年前的那个夏天，心中有难言的酸楚和伤感。

得知先生过世的那一天是周日。整整一天，在电脑上收信发信，大都与此相关。悲伤、遗憾，却不得不接受这样一个不愿承认的事实：我们从此失去了一位纯粹的学者、一位令人尊敬爱戴的恩师和谦恭淳厚的君子。

第二天去系里教课，看见信箱里摆着一件包裹，打开一看，没想到竟然是韩南先生的最新译作 *Mirage*（《蜃楼志》）！这本译著的序文写于去年 11 月 24 日，先生在病中，每每提及，好在终于在先生辞世前出版了。因为眼疾的缘故，先生无法手书，题词和签名由他的儿子代笔。题词和签名下面的落款时间是 2014 年 4 月。

这是韩南先生寄赠的最后一份礼物。我会永远把它珍藏在身边，作为对先生的纪念。

2014 年 5 月 3 日写于曼哈顿，2022 年 7 月修改

附记：

2014 年 9 月 12 日，韩南先生的家人、同事、好友和学生在哈佛大

学的费正清中心参加了为先生举办的追思会。大家在讲台上，分享了对韩南先生的回忆。宇文所安教授致辞中的几句话，尤其令我感同身受。他称韩南先生是一位 gentle man 和 gentleman，又说他希望年轻的学者能有机会见到他，了解什么是 a gentleman scholar of the old school（一位老派的绅士学者）。他说随着韩南先生的离去，自己不仅失去了一位好友和同事，而且感觉到了一代人的逝去，因为失去的不只是个人，还是 a way of being that he represented more perfectly than almost anyone I have known（"一种存在的方式，而在我所认识的人当中，几乎没有谁比他更完美地体现了这一存在方式"）。的确，每一代人都会有自己的特点和方式，而韩南先生带走了一种特殊的品质和氛围。

除了学术论文和译文，先生很少留下其他的文字。尽管如此，我们仍然可以从他学术写作的文风和译笔中，感受到这一品质和氛围的某些方面。可以告慰的是，韩南先生的同事和学生写下了不少回忆文章，而且大多已译成中文发表了，见陈思和、王德威主编《史料与阐释》第三期中的《韩南纪念文集》。在当下这个信息爆炸、知识生产日新月异的时代，一切都来得快，去得也快。涨潮好不喧闹，落潮荡然无存。正因为如此，我们才更应该珍惜那些穿越时间之流而隐然生辉的品格。学术写作是一位学者身上综合素质的体现，不能简单地化约成几个观点或结论。学术的观点和结论固然重要，但我相信文字的灵晕（aura）也自有其久远的意义和生命力。

学问的背后应该有更大的关怀[*]

（一）

问：您那时候选择北大中文系是什么原因？也是文学青年吗？

商伟：我小时候学画，想考美术学院，最大的理想就是考进浙江美院，就是现在的中国美术学院。为了学画，我还花了不少笨功夫，手抄了好几本书，其中有俄国的《契斯恰科夫素描教学体系》，还有一本就是浙江美院的素描教材，做了两

* 删节稿载于《南方都市报》（2013 年 5 月 30 日），李昶伟采访。

个抄本，一本给了借书给我的那位，因为他也是从别人那里借来的。前几年，我们带着两个女儿去杭州，也走到了西湖边上的美院，我指给她们看——这就是浙江美院，是爸爸小时候最向往的地方。可是，"文革"期间学画的人太多了，考美院谈何容易？所以后来还是老老实实、按部就班地高考，结果竟然进了北大中文系。这当然是我没有想到的，在填写志愿时，差一点儿没报北大，感觉有些遥不可及。我所在的那个中学，理工科应届生考进大学的多，文科几乎全军覆没，基本上被老三届给挤掉了。毕竟老三届在"文革"前上中学，文科底子厚，训练比我们全面。

当时不光北大中文系的文学专业被看好，别的大学的中文系也很火爆，大概有点儿像今天的经济管理和国际金融，其实到了学校才知道文学专业是学什么的。说到文学，很多年轻人都喜欢，但完全不知道文学专业是怎么一回事儿。

对我们来说，那个时候的坏处是体制不完备，好处也是体制不完备。假如像今天的高考这么严格，从幼儿园就开始起跑，我们当中的很多人可能连大学的门儿还没看到就给淘汰掉了，更谈不上进北大了。"文革"期间读小学和中学，课程缺胳膊少腿。我的英语不行（好在当时不算正式的考试科目），数学也不灵。最后进了北大，靠的是总分，当然也靠运气。

问：北大中文系七七、七八级很有名，出了不少人，你们班上的作家就有刘震云，还有张曼菱等。

商伟：那个时候文学专业的学生都一门心思扑在文学创作上，最想做的事情就是写小说。成全一个作家需要很多不同的条件，凑齐了不容易，做学问就不大一样。但对大部分同学来说，这不是一个选项，不在考虑范围之内。

问：当时印象比较深的有哪些先生？

商伟：当时没有刻意要学现代文学或古代文学，只是古代文学的课选得稍多一点儿。到了研究生阶段，才开始大量选修这方面的课程，其中包括陈贻焮先生开的杜甫选修课，张少康先生开的《文心雕龙》等。古典文学专业之外的课，我也上过一些，像语言专业蒋绍愚先生开的唐诗语言课。此外，我还上过裘锡圭先生的文字学，修过历史系张广达先生的中晚唐政治。在我上过的课程中，这两门最难。裘先生以严格著称，远近皆知。记得期末成绩我得了85分，已经是万分幸运了。据说有的研究生成绩不理想，希望得到一个弥补的机会，裘先生维持原判，完全不为所动。张先生的课倒不难懂，但布置的作业却令我生畏，这或许是因为我来自中文系吧。记得有一次，他指定了一个具体的年份，要求我们在唐代的地图上画出那一年河北藩镇的边界线。

　　当然，旁听和蹭课在当时是家常便饭。英语系的王式仁先生讲授英国诗歌，其实我听不太懂，但他读诗的发音和语调非常优雅，所以只要感兴趣就跑去听。往教室里一坐，还拿了一份油印的讲义，没有人问你是哪儿来的。

我记得读本科时，我们班的很多同学都选了陆卓明先生的世界经济地理课，他的父亲是老燕大校长陆志韦先生。课讲得精彩不说，还让我们眼界大开，开始从全球的自然资源、经济和市场，以及军事地理的角度来看世界。我们经常是夜里下了课，一直争论到上床睡觉。他还是音乐迷，每次上课都自带录音机，课间休息，就播放西方古典音乐。在二教三四百人的阶梯教室里，我第一次听到了西贝柳斯的交响诗《芬兰颂》，从此记住了它如歌的旋律。这个二教不知是什么时候被拆掉了。

问：20 世纪 80 年代那种活跃的氛围，想必也体现在校园生活中了？

商伟：那时候的学生生活比现在简单，毕业由国家分配工作，所以入学以后暂时用不着操心，操心也没用。中文系的功课不难，赶上什么好书，就跟着大家一块儿读，就这样读了大量的课外书，而且老师在课后也挺喜欢跟我们来往，对我们几乎有求必应。

我记得修俄苏文学课，其中的一位老师提到，她当时正在翻译艾特玛托夫的长篇小说《一日长于百年》，顿时引起了我们的好奇心。今天回过头来看，他的作品到底有多好，重读的感受恐怕会有些不同。但这无关紧要，因为当年我们都是他最疯狂的粉丝，把能找到的译本全读过了。听说了他的这部长篇小说，更是恨不得早一天读到才过瘾。那年冬天我没回家——回家太难了，坐火车要两天一夜才能到，而且还是硬座，拥挤得动弹不得。所以寒假基本上就不回去了，连春节也是在校园过的——我的一个同学，他也没回家，不知怎么就跟这位老师联系上了。按照当时的条件，通电话几乎是不可能的：一座宿舍楼就一部，还经常收起来不让用，何况老师家里也都还没有。我想他大概是写了一封信或在俄文系的办公室留了一个条子，没想到竟然收到了回信。于是，我们约好了一天晚上去老师的家里请教。那天冷得出奇，地上还有残雪，我们穿上军大衣，可也不大管用。呼一口气，立刻化作一团白雾。就这样裹着一身寒气，我们找到了老师家，记不清是蔚秀园还是燕东园了。我们走进灯光暗淡的门洞，上楼、敲门，她果然正在家里等着我们！那天谈了很久，我们问了所有能想到的问题，因为担心占用老师太多的时间，才起身告辞。夜里的校园，已是灯火阑珊，气温也更低了。可我们好像不觉得很冷，一路上兴奋地说个不停。那真是一个非常特殊、非常神奇的年代。

问：寒假不回家，在学校接着念书吗？

商伟：是的，我寒假基本上都是在北京过的，读读书，也偶尔出去走一走。现在想起来真是不可思议，大部分同学都走掉了，校园里相当安静，也很寂寞——那是我们今天不熟悉的一座几乎看不见人的燕园。但也总有几位同学没回家，大家就会一起出去弄点儿吃的，或者用电炉煮面条。尤其是春节那几天，连办得实在不怎么样的学校食堂都关门了。

读本科的时候，有一年中文系五院晚上没人看门儿，系里就来找我们，看有谁愿意帮忙。其中一个是我，另一位是海军来的现役军人，我们管他叫"海军司令"。有"司令"在，就好办了。我们俩二话不说，住进了五院二楼角上的那个大房间，当时是中文系的活动室和会议室。寒假中的校园里安静得看不见什么人，到了晚上，我们把院门锁上，又拿书桌把房门顶上，因为房间没锁也没有门闩。早上起来，阳光照进窗来，外面是一角清冷的蓝天，好像很近但又很遥远。窗格子上的油漆已经完全剥落了，让我想起这些建筑的历史沧桑，忽然有了一种不知身在何处之感。三十年前，这里是燕京大学的女生宿舍。

问：后来为什么选的是魏晋南北朝隋唐文学研究？

商伟：那时候中古文学这一块儿是大头，诗歌更是一个重头，师资多，开的课也多，当然受到的鼓励也相对要多一些，各方面的力量都推着你往那个方向走。而且诗歌研究的方法也不大一样，像林庚先生、袁行霈先生，是一种做法，而陈贻焮先生，喜欢传记批评，是另外一种做法，所以我觉得这个领域是可以有所作为的。

问：接着本科毕业就跟袁先生读研究生了是吗？

商伟：对，跟袁老师读研究生。当时袁先生正好在日本，头一个学期的导师是冯钟芸先生，任继愈先生的夫人，前些年过世了。她带了我一个学期，读魏晋那一部分。另外，也谈到其他的话题，比如安史之乱与李白、杜甫的命运。记得在《文史知识》上读过她写的一篇文章，对那一段历史和宫廷政治的内幕吃得很透，所以驾轻就熟，娓娓道来，令我大感兴趣。那一年的寒假我没回家，她知道了，怕我太过寂寞，就让她在北大工作的小儿子给我送来一些电影票。隔三岔五，我便骑着车进城去看电影。

等到袁先生回来了，我接着往下读，正好到了南北朝时期。我的第一篇读书报告写的是宫体诗，后来由袁先生交给《北京大学学报》发表了。当时很少有人做这样的题目，而且由于资讯不发达，外加各方面的限制，连港台有关方面的论文也读不到，所以几乎完全依赖第一手的材料。就这样开始了我的古典诗歌研究。

问：您留校之后，就开始做林庚先生的助手吗？

商伟：留校后任讲师，这是当时的制度。在教书之余，帮林先生做一点儿事情，大概算我四分之一的工作量。1984 年底硕士毕业留校，到 1988 年的 8 月离开，一共三年零八个月的时间。我写过一篇文章，谈这一段经历。

问：我记得您文章里面写到第一次上林先生课的情景。

商伟：对，那是 1979 年，在第一教学楼朝阳的一间教室，阳光照进来，林先生身穿丝绸长袍，站在讲台上，那个印象现在还很清晰。

问：您觉得给林先生做助手，对您后来的治学有些什么样的启发或者意义？

商伟：林先生属于五四时期成长起来的那一代人，一生崇尚五四精神。我们今天说到五四精神，常常忘掉了一个重要的方面，体现在林先生这里，就是追求一种人生与艺术统一的精神境界，这种追求是反物质主义的，也是超政治的，是浪漫主义的而又不落入感伤和颓废。所以，林先生谈古典诗歌的"少年精神"和"盛唐气象"，与五四传统的这个脉络有着内在的一致性。他对文学、艺术抱有一种信念，相信文学、艺术能把人提升起来，恢复一种元气和精神力量，这是非常理想主义的看法，与我们今天的这个时代背道而驰。我们生活在一个散文化的时代，诗的空间越来越小了，甚至连什么是诗都不得不打上一个括号，暂时搁置不论。

当然，从另外一个角度看，中国有悠久的诗歌传统，如何在世俗世界里继续这一传统，或者更准确地说，如何以诗来拯救人生和安顿人生，至迟到了明清时代的文人那里，就已经变成了一个问题。我在解读《儒林外史》时，论及诗意场域、乡愁与失落的家园，实际上也是在回答这个问题。

林先生读《西游记》，从中发现了当时市井文学的共同母题及其各种变奏，但又超越了市井文学，因为他看到了童心和童趣，看到了童话精神。这些都是发人所未发的见解，对我启发不小。另外一点就是他会找关联点，把一些看上去互不相关的文本连起来读，并且从中发现一些新的问题。这对我后来研究小说也很有益处。

（二）

问：以学术研究为终身志业也是在那个时候确立的吗？

商伟：现在的年轻人老犯嘀咕，因为做学术是一个不讨巧的职业，竞争这么强，又有那么多的考核指标，更何况本来就业机会就不大好。这样一想，所有的问题都来了。我们那时候比较简单，觉得有兴趣，就接着读下去好了。20 世纪 80 年代生活也不容易，户口、住房和收入，都是难题。不过我在班里年纪最小，又没有拖家带口，做起决定来大可不必思前想后。当时没有今天这么严格的学术管理体制和条条框框，年轻人的机会相对多一些。另外，经济收入的分化还不明显，不用为走穴挣钱的事情去操心。校园的围墙为我划出了一个相对独立的空间，师长、同事和学生给我创造了一个宽松、温暖的环境。从内心里，我是不想离开校园的。做自己喜爱的学问并且与自己喜欢的、有趣的人打交道，还有比这更理想的生活吗？我想不出来，所以根本就没考虑别的选择。

问：所以 1988 年后来到哈佛东亚系读博也是顺理成章的事？

商伟：最初并没有打算出国读博士。我有一位同学，当时正在哈佛人类学系读博士，他说你也应该出来看一看。当时我就想，做一年访问学者吧。正巧那一年韩南教授任哈佛燕京社的主任，他建议说："你这么年轻，还是考虑读博士好了。"于是我就改成了申请读博士。我们第一次见面，是韩南教授来北大面试候选人，地点在未名湖边的临湖轩。

问：那时候直接选韩南做导师是吗？

商伟：申请访问学者的时候，我说好了要研究小说。协助林先生做《西游记漫话》时，就有了这个想法，觉得做小说的空间更大，可以更多也更直接地介入社会思想文化的问题。所以借着这个机会，便从诗歌改成了小说。当然，我后来也没有放弃诗歌研究，出国后还发表过关于韩愈和孟郊的论文。

问：韩南先生的学术以小说为主，开了西方《金瓶梅》研究的先河。

商伟：他的博士论文写于 20 世纪 50 年代，探讨《金瓶梅词话》的版本和素材来源，那个时候没有什么网络资料和检索系统可供使用，纯粹靠自己摸索，很多稀见的书籍和版本都得四处寻找搜集，亲手去过一遍。在当时的条件下，做出这样的成果，的确很让人震惊。从学术训练来讲，韩南先生是中古英语文学出身，有一套西方版本学、考据学的训练，转入《金瓶梅》研究，在方法论上是一脉相承的，用不着另起炉灶。

前不久在芝加哥大学举办的一次活动中，我还见到了韩南先生。八十六岁高龄，已经退休十六年了，但每天都在从事翻译和研究，成果之丰富，不亚于退休之前。谈到与《金瓶梅》有关的文献和历史人物时，他像从前一样，记忆清晰，要言不烦，还给我提了一些具体的建议。这让我非常感慨，学问做到这个境界，与功利和所有外在的东西都完全无关了。

问：您去美国读书之前已经开始做研究了，出去以后，对两边的学术氛围、研究方法上的差异，感受应该会比较深吧？

商伟：我是中文系出身，当然会觉得有些变化，何况我也到别的系去上课，比如人类学系和社会学系，并没有循规蹈矩，守着自己的"两亩三分地"。每个学科和领域都有自身的历史，在这个历史过程中各自形成了一套学术语言和研究范式。西方现代学术的不同学科不断相互借鉴，英文的学术语汇往往是从法文、德文那边过来的。但总的来说，每一个学科的发展脉络还是比较清楚的，学术问题之间的关系也有迹可循。

可以看得出来，从一个问题到另一个问题，从一个概念到另一个概念，这个路线图是怎么形成的。一个思潮学派出现不久，就会有人拿它和其他的学说来比较，看它是否采用了新的方式来处理类似的问题，还是提出了新的问题。看它从哪儿来，又到哪儿去，长处和潜力在哪里，它的方法论前提暗含了什么样的内在局限性。伴随着学术的发展，是这样一个不断清理总结和反省批评的过程。

中国学界就比较复杂，就文学研究而言，有传统文论的资源，也有后来引进的俄国和苏联的文学批评。到了 20 世纪 70 年代后期，开始介绍西方近现代的哲学和文学批评，西方几百年间发展出来的学说，同时涌入中国。原本是脉络清晰的历史发展的产物，结果在接受的过程中，一下子变成了共时性的东西。这当然会造成混乱和误解，而且这样二三十年狂轰滥炸下来，也不免导致对理论的疲惫。但是理论疲惫不等于问题疲惫，这是两个题目，不应该混为一谈。

问：您的意思是说问题意识始终应该有？

商伟：是的。这些年学术职业化和体制化，给人造成一些错误的印象，觉得学术既然是一种职业，学术成果就应该绝对客观，无须涉及什么"问题"，能远离价值判断就更好。客观性固然绝对重要，但不应该成为学术研究和学术写作日益程式化和机械化的借口。学术界要吸引年轻人，首先得有一些令人好奇，也令人兴奋的问题，让他们觉得进入学术研究的领域是一个发现新大陆的体验，因此跃跃欲试，或欲罢而不能。只有这样，一个人的潜力才可能调动起来，也才可能真正有超水平的发挥。

（三）

问：您的《礼与十八世纪的文化转折：〈儒林外史〉研究》一书，英文版是 2003 年出版的，您能谈一下这本书是怎样成形的吗？

商伟：英文版出版之后不久，三联书店就希望译成中文。译文很早就完成了，但一直到 2011 年，我才终于坐下来从头理了一遍，增补了一些部分，在语言上也尽量改得符合中文的风格和习惯，所以跟英文版有了一些出入。

问：我的感觉是，这本书里，您想把文学研究和思想史之间的墙打掉。

商伟：我并没有把小说当作历史来读，但是说《儒林外史》完全是虚构，也不准确，因为它采用了大量的当代生活经验，其中的许多人物都有原型依据。的确，我的兴趣在于把《儒林外史》跟思想史联系起来。至于说怎么对接，我的想法是找到它跟思想史的交汇点。思想史的问题与范式都有其发展演变的脉络，一部小说的内部也有它自身的叙述脉络，因此关键在于，二者究竟在哪里产生了交汇？我一再强调，不能把思想史套在《儒林外史》上。套用思想史的结果，就会得出胡适的那个结论：《儒林外史》是一部宣扬颜李学派的小说。真要是这样的话，这部小说就写砸了，对不对？

在小说与思想史之间建立对话，不能老想着去跟思想史拉亲戚、套近乎。为什么不能以小说为主体来考虑这个问题呢？吴敬梓在《儒林外史》中所处理的，在他本人看来，正是理学和心学危机的现实，所以才有了对儒礼，也就是儒家象征秩序的反省和重建。从小说前半部写到的儒礼，到泰伯礼及其追随者的伦理实践，一直到第五十六回中市井四奇人的"礼失而求诸野"，你可以看到他对儒礼思考的展开过程，中间也发生了不小的变化。在泰伯礼之后的部分，他试图把礼从官方的体制和世俗的权力利益关系中摆脱出来，但在宗法的地缘和血缘关系中，礼又一次陷入了困境。所以到了市井四奇人那里，只能在官方秩序和地方宗法秩序之外，去试图恢复已经失落的泰伯礼的理想。这里有对儒礼的反省，也有对儒礼以及"六艺"传统的新的思考和探索。在我看来，不仅意义重大，也蕴含了新的可能性。

《儒林外史》不同于思想史，还体现在它思想的特殊方式上：这部小说展开了一个不断自我反省、不断自我怀疑和自我否定的过程。它对同一个人物事件和问题，也往往会从不同的角度来观察和回顾，随着叙述在时间过程里展开，这部小说揭示出观察和思考的多面向的可能性。哪怕对颜李学派这套东西，也不是没有保留的。小说可以这样写，但在论述性的文体里就不容易做到：你很难说我既支持这个观点，又对它表示怀疑，至少在同一篇文章里不能这么做。当然也不是所有的小说都做得到，在这一点上，《儒林外史》有它的特殊性。

像《儒林外史》这么深刻参与当代思想学术思潮的小说作品不多，它把章回小说这个文体给彻底地文人化了。吴敬梓把他对生活的观察和思考、个人和朋友的经历、读到的笔记杂集、听到的传闻轶事，以及平常讨论和争议的话题，全都得心应手地融入了他的小说当中，而且让我们看到了生活与思想的全部复杂性和其他可能性。我觉得这些都是思想论述所难以企及的，也是小说思考的一种特殊的形式与无可替代的贡献。对此，我们的学术界仍然缺乏足够的重视。

问：关于《儒林外史》的研究，我对您的一句话印象非常深，您说这部小说让我们看到一个局内人对儒家的自省和批判到底能够走多远。

商伟：是的，对儒家文化的自我反省，并不是因为受到了西方的压力才出现的，而是从文人自身的文化传统内部发展出来的。自我反省对于思想文化的发展非常重要，要达到一个精神的高度才做得到。在这一点上，《儒林外史》确实和《红楼梦》是并驾齐驱的，所以我觉得 1750 年前后是一个特殊的时期。问题是你怎么来解释 18 世纪中叶出现的这个重要现象？原因当然很复杂，我在书里面提到了当时文坛的氛围，也指出当时这一类章回小说实际上完全与商业出版脱钩了：作者不可能通过小说写作去牟取仕途的成功和文坛的声望，也不靠它来谋生，所以，这些作品不仅与仕途和官场无关，而且也不是通过市场来流通的商品。它们对儒家传统和文人身份的自我反省，跟市场没有关系。这蕴含了另类的可能性，与我们通常对现代性的起源和动力的认知不同，迫使我们重新理解文学与市场的关系。

问：小说的生产机制不一样了？

商伟：清中叶的文人小说是在市场和官场之外的空间里面产生出来的。一部小说首先是通过手稿和抄本的形式，在文人读者的小圈子中流传，而流传的抄本未必就是定稿。一方面，作者可以一边写作，一边修改；另一方面，他也有可能根据人物原型的情况和读者的回馈，及时地改动稿本，调整写作计划。这种写作、传阅的方式，以及作者与人物原型和读者之间的互动关系，对乾隆时期的文人章回小说的形成和发展，起到了至关重要的作用。

问：所以说《儒林外史》与从前的章回小说很不一样，标志着文体上的巨大变化，它与当时的文人生活也有了更直接的关系。

商伟：这完全是一种全新的章回小说。写法变了，形式也不同。它经历了文人化的洗礼，发展出深刻的自省意识。

你看吴敬梓那个圈子里的朋友，他们在一起讨论各种学术、非学术的问题，写信互相辩驳，争论关于礼的问题。一位松江女子在丈夫死后，独自来到南京谋生，吴敬梓给了她一些帮助，并对她大加赞赏，可是他的朋友程廷祚大不以为然，写信告诉他这样做不对，对那位女子也没有好处。他们把这些事情看得很重，争论起来也很当真。他们没有官职，不在其位，不谋其政，可是他们显然并不这样想。

这样一种生活状态和精神状态，如果完全依照我们今天的现实经验，大概就有些难以理解。吴敬梓与全椒的族人脱离了关系之后，和妻子一起移居南京。他既没有官职，也没有其他的职业来养家糊口，主要靠祖上的遗产，还不时得求人。在这样一个处境中，他居然还管那么多闲事儿。为了设计丧礼，他与程廷祚也有过争议，并且花了二十多年时间，写一本根本就不可能挣钱，也没打算挣钱的小说。

所以，我觉得理解吴敬梓和南京文人圈子，需要一些历史想象力。他们给自己创造了一个生活世界，既不在官场体制之内，也没有在地方社会中继续扮演传统意义上的乡绅角色。他们聚在南京这个大都市里，平常都做些什么？关注什么？当时的南京，还有一个现象值得注意：吴敬梓周围的文人有着广泛的学术兴趣，有人精通蒙古托忒文，有人研究天文学，他的儿子吴烺跟着刘著学算学，还出版过一部《周髀算经图注》。其中有的人，包括吴烺，也没有放弃考试，最后甚至还考中了进士，但他们并不全是靠着学衔和官职来谋生的。

我说这些，是为了了解《儒林外史》生长的土壤与空气，了解当时文人圈子的氛围和风气，没有这样一个环境，《儒林外史》就写不出来，写出来也不会是我们今天读到的样子。但是，小说的写作又不是生活的照搬。我在书中举了一个例子：为了那位松江女子的事情，吴敬梓和程廷祚发生了意见分歧，先是口头争论，第二天又发展成了书信辩驳。可是这个事件写到小说里，吴敬梓却没有坚持从自己的立场来叙述：在沈琼枝的那一回中，他没有让杜少卿——他虚构的自传性人物——的意见占据上风，反而通过其他人物之口，把程廷祚的想法和顾虑也充分地表达了出来。也就是说，吴敬梓观察自己有如他人，与自身拉开了距离，甚至把代表自我意见的声音暴露在争议之中，而不是一味为自己的观点做辩护。这就是小说艺术的成就，是我一再强调的《儒林外史》的反躬自省的精神和多角度的叙述。

问：您对明清时期出版文化的研究是怎么开始的？是怎样的一个初衷？

商伟：出版研究在《儒林外史》这本书里面反映得不多，但对《金瓶梅词话》就很重要。我基本认为《金瓶梅》是商业印刷文化的产物，它借用了那么多当代的文体和材料，占去了小说的重要篇幅，如果没有当代商业出版的快速流通，这部小说大概是很难想象的。另外，当代商业印刷有一些基本方式，包括书籍的页面版式，文体的组合方式，而与此相对应，出现了《金瓶梅》那样段落式、片段式、分叉式的叙述形态。明代后期刊行了一些文学杂集，采用一页多栏的版式，有点儿像我们今天的杂志报纸，把长短不一、性质不同的文本呈现在同一个印刷空间中，与此伴随的是新的阅读习惯。这与《金瓶梅》的叙述模式的形成，以及当代读者的回应和接受，都具有内在的一致性。

问：您正在写《〈红楼梦〉影像传奇》，还在做关于《金瓶梅词话》的研究，其中有几篇文章也已经发表了。这些研究是阶段性的吗？是一个时期集中在某部小说上还是怎样一个方式呢？

商伟：这很难讲。《红楼梦》这个题目有点儿偶然性，别人约我写文章，我就写了，觉得不过瘾，还想接着写，这样就从原先的计划中岔出去了。但我一直对绘画有兴趣，王维说他自己"宿世谬词客，前身应画师"，我当然不可能是王维，不过他说的那个意思很好。拐到这个题目上来，也不完全出乎意外。

《金瓶梅词话》是特别不同的一部小说，它对当时的章回小说做了一个前所未有的突破，但它展开的面向跟《儒林外史》比，有很大的差异。研究《儒林外史》已经是很久以前的事情了，换一部完全不同的小说，可以满足其他方面的兴趣和思考。《儒林外史》研究所需要的知识储备跟处理《金瓶梅》很不一样，时代当然也不同。我觉得这是另外一种研究经历，让我非常向往。

问：我有一个好奇，像在海外做中国古代小说的研究，沉浸在一个中国传统社会的世界当中，相比较欧美出身的学者做中国古代的这种研究，感受会不会更复杂一些？

商伟：每个人都会受到他自身的阅历、生活世界，及其时代的学术潮流的影响，这其间只有程度的区别，而不是有和没有的区别。程度的差异，有时候也表现为自觉与不自觉的分野。在国内的语境里面，你可以给当代读者写流行书，用古典小说来影射现实，愣把它们读成当代社会的写照也没什么关系，反正读者读起来心有戚戚焉，觉得挺过瘾。

在英文学术写作的语境中，就不可能这样做，当然归根结底，学术书也毕竟不是一般意义上的流行书。但是一个学者对问题的关注和敏感，以及决定采取什么样的方式和角度来做研究，这些都不可能是在真空里发生的，而总是跟时下有关系。你说沉浸在中国传统社会的世界当中，这是不错的，可是另一方面，那些过去时代的文本也没有成为史前史的化石，里面所写的某些现象，即便在今天也不失其相关性。所以，这两方面的经验又是分不开的。

历史当然不会简单地重复自己，但历史也不是一次性的，一个历史过程或周期可能很长，尤其在中国这样一个连续性的，也有着未曾中断的文字记载的文明当中，情况就更为复杂。所以，研究中国的学问，应该有这样一个历史意识，或者说是历史的自觉。比如《金瓶梅》，像西门庆这样一个地方上的暴发户，一个消费性的商人，又如此成功地加入了地方精英的行列，甚至凭借他的经济实力，一手通天，也一手遮天。你有中国社会这个背景，就不难知道，他的经商模式，发迹变泰的历史，进入体制的过程，都不是纯粹虚构出来的。从这个人物身上，可以看到历史留下的痕迹，也可以看到某些不断重现的母题和模式，姑且就叫作"西门庆现象"。这一现象本身并没有随着历史而成为过去。我们对当下社会的观察可以帮助理解它的连续性和重复性，至少是理解其中可以重复的那一部分，还有它不断重现、不断自我再生产的社会文化机制。

这里的一个核心问题是官商勾结，商业与权力结合。这与早期现代欧洲的情形有所不同，欧洲的商人不同程度上受到贵族的压制，与国家权力也处于紧张状态，例如法国就形成了第三等级，所以他们要强调商业的自治领域，争取自身的权利。明末商人的处境大不相同。他们社会地位固然不高，但身份是可以转换的。他们也不像早期现代的法国商人，受到那样的打压和排挤。事实上，商人的财富倒是为他们打入精英圈子提供了必要的资源和手段。真正的麻烦是，他们在成功地把自己变成精英后，便从内部腐蚀并最终瓦解了精英统治。这对中国这样的传统社会是致命的一击。

就今天的情形而言，不同社会形态的国家都出现了一个全球性的精英治理的危机，尽管这些国家各自的历史条件、政治制度和文化传统都不尽相同。如果理论家的假设仍有可取之处的话，资本主义上升时期，毕竟出现了"新教伦理"和"公共领域"，构成了精英治理的动力与合法性基础。但丹尼尔·贝尔（Daniel Bell）早已指出，西方资本主义世界的"新教伦理"后来如何在消费主义的冲击之下，荡然无存，而所谓"公共领域"，即便曾经存在过，也同样所剩无几了。

中国的精英治理有更悠久的历史。唐代之后，贵族制度土崩瓦解，中国由此进入一个新的精英统治的时代。学位、官位加乡绅（土地拥有者并且在地方社会中扮演了权威角色）三位一体的精英阶层，构成了理解中国政治、社会和文化的关键所在。这样一个精英治理的模式是如何运作的，成败的原因是什么，对我们今天有怎样的意义？从这些角度来解读《金瓶梅词话》，理解"西门庆现象"，就不仅有中国本土的特殊意义，也可能具有更普遍的意义。

我的想法是应该站在一个更高的层次上，对过去时代的文学做出回顾和思考。不是简单地拉郎配，一对一地类比和影射，或在知人论世的经验层次上，对小说人物做出分析。但要有一些更大的关怀，这些关怀直接或间接、或多或少地会体现在学术里面。否则，我们就辜负了今天这个天翻地覆的时代。历史上有影响的思想学术都产生在剧烈变化的时期，承平年代提不出有意义的问题，在学术上也趋向于守成。当然，如果太贴近现实，索性拿过去的文本说事儿，借古人酒杯浇胸中块垒，那就不是在做学术了，而且弄得不好，会变得很简单、很肤浅。像我刚才说的，我们还需要历史想象力。

问：除了学术研究，您还有什么业余爱好？

商伟：住在纽约有一些好处，可以随时去逛博物馆，听音乐会。天好的时候，我们会带女儿沿着哈德逊河骑自行车。平常送她们去钢琴课，我有时也会坐下来听老师讲解，老师很不错，让我明白了从演奏的角度，她是这样来理解音乐的。就我个人而言，还有一个嗜好，就是看足球。到了美国以后，发现曲高和寡，孤掌难鸣。有一回世界杯前夕，遇见了一位拉美地区来的同事，终于有了一次高水平的谈话。我问他对美国队怎么看。他说，美国队有速度，但没有超级球星，更麻烦的是，它没有自己的风格。果然是拉美来的，一上来就是风格。没有风格，赢球也白搭。

2022 年 10 月修改

文本内外：回顾与断想 *

关于"人文与社会科学的现在与未来"这样一个题目，固然可以在任何时候提出来讨论，但在当下这个时刻又着实有一些不同寻常。回顾 20 世纪 80 年代以来的历史进程，我们会发现今天站在了一个非常特殊的时间点上。20 世纪八九十年代，中国经历了改革开放的复杂转型，而三十多年后的世界也早已面目皆非。当下中国的变与不变，往往出人意料，不免说来话长，一言难尽。但真正令人惊异的，是中国以外

* 按：2022 年 6 月 10 日和 11 日，清华大学人文与社会科学高等研究所召开了以"经验、问题与学术——人文与社会科学的现在与未来"为主题的线上会议，这篇文章是根据我在会议上的发言修改补充而成的，特此对会议的主持人、评议人和其他与会者表示感谢！

的世界发生了并且仍在经历着巨大的转变，不仅没有印证所谓"历史终结"的预言，反而是面临着战争、新冷战和内外分崩离析的危机。这是任何一位 20 世纪 80 年代的过来人都无法预见的。

从事中国古典文学和历史文化研究的学者，当然未必会直接面对当下的迫切问题。而学术风气的改变与问题意识的养成，也并非一朝一夕、一时一地之事，实际上受制于大学体制、政治环境、学术资源等诸多因素。我一直在想，经历了 2008 年的金融危机之后，经济学界究竟做了哪些反省？是否仍旧"照常营业"（business as usual）？学术研究有其自身学科的继承性与延续性。即便是突破，也是针对已有的成果而言的，而且许多问题都出自对学术史的回顾与反省。但我们与自身所处的大环境毕竟是分不开的，时代的风云变幻也或多或少地折射在学术写作中，留下不难辨认的印记。无论如何，我们都会以各自的方式接受时代的导向与制约，要么就是对当下的变局做出自觉的回应。而这一次大变局的意义和影响，还有待时间来见证。

（一）

我是 1988 年出国留学的，借着这次机会，我也从古典诗歌转向了小说戏曲研究。记得刚到哈佛的时候，我第一次见到以古典诗歌研究著称的宇文所安教授，他笑着问我："你一直专攻古典诗歌，为什么改成了小说？"我未经多想，就脱口而出："我觉得诗的时代已经过去了，我们今天生活在一个散文时代。"他大概没料到我会这么看，反问道："果真如此，那我们就更应该读诗了。你听没听过这样一个说法：文学是对时代的报复。"我们常说，文学是时代的产物，但文学也往往与产生它的时代处于一种敌对状态，因此二者之间的关系或许又只能以否定的方式来界定。这个说法我还是第一次听到，感觉很新鲜，也很有意思。可我决心已定，只不过此后也没有放弃诗歌，而是把它变成了副科。

为什么转向戏曲小说呢？主要是因为处在 20 世纪 80 年代的社会巨变中，让我感到戏曲小说与时代生活的接触面更广，可以为自己提供一个更大的空间来探索更广泛的社会文化问题。在方法论上，或许也有更多的可能性。所以，我当时申报的研究课题是唐宋时期的城市文学，自称要做"城市社会学"，尽管我对社会学所知甚少。之所以打算做城市文学研究，大概是当时读了费孝通先生的《乡土中国》，于是想到那个乡土中国的模式。那么，这种模式放在商业城市的背景上还能否成立？乡土的地缘和血缘关系会发生哪些改变？当时还恰巧读到了施坚雅（William Skinner）主编的一部论文集《中国帝国晚期的城市》（*The City in Late Imperial China*），增强了我对城市和城市文化的关注。在学术界，施坚雅的主要贡献在于以集市为中心构建了一个中国区域系统，而这个系统与行政区域系统往往不相吻合。他认为前者是自然形成的，后者是人为的设计。这个说法有一些明显的问题，尽管他也承认行政区划有时也会反过来影响集市区域的版图。真正有意思的是，如果在他给出的这个版图上，叠加方言区和族裔分布区，这四者之间会出现更为复杂的相互交错，而非彼此重叠的情况。而方言区与族裔区本身就足够复杂，并不是各自为政，界限分明。历史上的移民所造成的局面更是千差万别，不一而足。这表明，试图从集市的商业经济网络、政府的行政系统、方言和族裔等角度出发，将中国的地方区域视为具有内在同质性的自主领域，都近乎是徒劳的。他的这个模式对于理解传统中国的经济地理空间，以及区域空间内部的多元性，都是非常重要的，但对于文学研究却缺乏直接的相关性。我后来才明白，文学研究可以借鉴社会史的问题与方法，但社会史更多地属于历史学，与作为一门学科的社会学反而渐行渐远。

带着走出文学的简单而天真的愿望，我开始了博士学业，第一年就不知深浅地选修了人类学系和社会学系的课。记得教"人类学介绍"那门课的是一位伊朗裔的助理教授，他采用的是一个标准的课程表，从埃文斯·普里查德（E. E. Evans-Pritchard）1940 年出版的名著《努尔人》（*The Nuer*）开始讲起。但作为授课老师，他也可以根据自己的判断对书单做一些调整。于是，他加上了 1987 年刚刚出版的一本符号人类学的著作《流动的符号：泰米尔的成人之道》（*Fluid Signs: Being a Person the Tamil Way*），一问才知道他本人正是这一流派中的一员。社会学的授课老师是玛丽·沃特斯（Mary Waters），她主要研究移民、族裔身份认同，及其相关问题，但这门课上读的是社会学的经典，包括韦伯、涂尔干和马克思这三大家。其中的涂尔干，我之前从未听说过，但他的宗教研究，有关法国大革命的论述，以及现代社会的有机组合和传统社会的机械组合等观点，读来都颇有启发。除了讲课，她还为课上的博士生每周上一次讨论课，我记得在读到马克思的《路易·波拿巴的雾月十八日》的时候，她问我们："在马克思的分析中，阶级到哪里去了？"

这些课程打开了我的视野，帮助我了解人类学家和社会学家是怎样观察一个社会的，他们如何提问，关注的是哪些问题，又采取了什么方法。这对我的文学研究产生了多方面的影响。我对仪式研究发生兴趣，是从读涂尔干开始的。后来，我博士论文选择了《儒林外史》为题，并且以泰伯礼为中心展开论述，也与此有关。当然，儒礼包括仪式的部分，但又远远超出了仪式。即便是就仪式的部分而言，儒家讲的是"不可须臾离此身"。这与西方人类学家通常强调仪式的神圣空间和时间与世俗时空的隔离，也有很大的不同。而这样的参照比较，又反过来加深了我们对礼的独特性的了解。

上课是一种学习，而从同学那里也学到了不少。在哈佛读书期间，虽然功课很紧张，但我还是跟同学有许多往来，包括东亚系的同学（主要是美国学生），也有来自比较文学的同学。平常在一起上课，课后也经常见面，喝咖啡聊天，或者一起过生日、吃蛋糕。此外，我交往甚密的大多是外系的同学，其中又以来自中国的同学居多。那个时候中国留学生还很少见，平常走在剑桥镇的路上，对面过来一个亚洲模样的年轻人，双方都不免要停下来打一个招呼，还会问对方是哪儿来的，没有谁觉得过于冒昧。与中国同学聚会，是难得的放松和充电的机会。周末呼朋唤友，开着叮当乱响的二手车去海边钓螃蟹、打排球，倒也乐在其中。多年前的那些伙伴，如今早已散落天涯。中国同学中来往最多的，来自人文学和社会科学的不同科系，如宗教系、英文系、人类学系、社会学系、比较文学系和艺术史系。与这些同学平日交谈，听他们说上了哪些课，读了哪些书，正在研究什么问题，偶然也去听他们系的讲座。这些都是学习的重要途径，而由此得到的收获不只是学问，还有友谊与思想学术的交流。

（二）

20 世纪八九十年代，正是美国社会科学的转型时期。以社会学为例，哈佛大学的塔尔科特·帕森斯（Talcott Parsons，1902—1979）以功能主义理论统领社会学界的历史已告终结。他为社会学的理论化做出了重要贡献，并由此整合了作为学科的社会学。但如何概括和评价他的学说，至今仍旧是一个有争议的话题。即便在他如日方中之时，已经有一些学者对他的社会学理论表示不满，进而展开了另类探索。例如，长时段的社会史研究，部分地受到了年鉴学派的影响，试图将时间与历史变化带入社会学的研究视野。这方面的代表人物包括哥伦比亚大学的查尔斯·蒂利（Charles Tilly）和哈佛大学的西达·斯考切波（Theda Skocpol）。哈佛社会学系还有一位重量级的资深学者丹尼尔·贝尔，他以关于资本主义文化矛盾的论述和后工业社会的预言式的精湛分析，而成为美国思想界的领袖人物。但我入学不久他就退休了，当时社会学系的少壮派教授在私下里谈到丹尼尔·贝尔时，固然不能不承认他的影响力，但话头一转，又说他们那一代的学说都难免落入宏大叙事，大而无当，无法证实。他们希望研究可以被验证的问题。此外，在他们的心目中，此类宏大叙事也不足以体现社会学的学科特征。他们没有明说，但言下之意，丹尼尔·贝尔所做的学问更接近社会哲学或政治哲学，有时又像是文化批评，而缺乏社会学的学科性。

什么才是社会学的学科特征呢？什么才是可以被验证的社会学研究呢？我念书的时候，一个流行的说法就是"中程理论"（theories of the middle range）。这是罗伯特·莫顿（Robert King Merton）在 1948 年首次提出来的，但到了 20 世纪八九十年代被重新加以阐释，变成了不同于宏大叙事的另类范式，并借此克服前者的弊端。中程理论在中文学术界通常译作"中层理论"，但也产生了一些望文生义的误解。其实，中程理论与论题的大小无关，也没有真正做到实证主义所标榜的价值中立，而是在事实上接受了"理性化选择"（rational choice）说的前提，以"理性人"或"理性 - 经济人"（Homo economicus）的假设为出发点，也就是将人的需求分成不同等级，认为理性的个人总是以利益最优化为行动的目标。在将这一假设广泛地运用于社会政治文化的分析时，有的学者对利益这一概念也做出了相应的调整：所谓利益不仅包括经济利益，也包括社会、文化、道德感情等方面的补偿效应。但无论如何花样翻新，中程理论所假设的"理性"都没有超出马克斯·韦伯所定义的"工具理性"的范畴。依照这一理论，即便是基督教的兴起也完全可以通过市场的"理性主义"和供需关系与交换原则来理解了。

社会学以及社会科学的学科性与可验证性，最终落实到了统计方法与数字模型上。而在这两个方面，社会科学实际上又严重依赖自然科学。其学科性特征不过体现为将自然科学的模式延伸到了对人的行为与观念的研究当中罢了，但问题恰恰发生在这一点上，对此提出质疑的学者已大有人在。统计的方法和大数据的运用，已经在很大程度上重新塑造了社会科学，其贡献自有公论，但问题也不容忽视。首先，数据化的方法只有在充分意识到自身局限性的前提下，才有可能发挥积极的正面作用。并非任何现象都可以通过数据或模型的方式来处理：我们可以用图表来呈现古代文人的师门关系和家族联姻，却无法用图表来标识他们之间的远近疏密关系。其次，建构分析模型时，应该将哪些因素当作变量考虑进来，而将哪些因素排除在外？在这个问题上，往往见仁见智，莫衷一是，或有所预设，先入为主。由此得出的结论，往往令人失望，如果不是主题先行的执念，就是众所周知的"常识"。麻烦正出于社会科学的普遍做法，那就是将选定的变量抽离历史语境而加以界定，然后置于预设的、封闭的因果链条关系中来给予解释。这一做法所引出的问题恐怕要远远多于它试图解决的问题。

当下的社会学和以社会学为标志的社会科学研究，当然并不仅限于上述做法，何去何从，仍有待观察。但整体来看，社会科学家对所谓"地方知识"（local knowledge）仍旧相当排斥，在非历史化和去历史化的路上，也大有愈走愈远的趋势。他们对社会科学的学科性的强调，未免有画地为牢、作茧自缚之嫌，从效果来看，有些得不偿失。丹尼尔·贝尔本人其实并不在乎别人眼中的他是不是一位合格的社会学家，他对于消费文化和大众传媒的批判，早已在社会学的领域之外获得了广泛的回应，落地生根，开花结果。

在社会学业已放弃或无意于问津的领域里，社会史和文化史大显身手。回顾近三十年来的学术界，从微观史、书籍史、出版史、阅读史、广义的物质文化史，一直到晚近兴起的全球史，都带入了新的关注点、敏感性和问题意识。过去的几十年间，文学研究也攻城略地，开疆拓土，在主题和方法上都发生了重要的转变。其中如"新历史主义"，首先在莎士比亚和文艺复兴的研究领域中建立起新的解释范式，由此证明了自己的意义和价值。而新历史主义的创立者斯蒂芬·格林布拉特（Stephen Greenblatt）毫不讳言，他从克利福德·吉尔兹（Clifford Geertz）的人类学论著中汲取了启示和灵感。

在许多课题上，历史学家和文学研究者不分彼此，联手合作。尽管各自的角度和方法仍有所不同，但对话交流并无大碍，更理想的结果当然是彼此推进，相得益彰。学界的新格局已然浮现。就我个人而言，从走出文学，到重回文学，这期间文学研究的领域已经广为扩展，从问题到方法，都跨越了许多学科的边界。

（三）

我的专业是中国古典文学，与现当代文学研究有所不同。不过，既然是研究文学，就离不开文本。不管采取什么方法，讨论哪些问题，都应该以文本细读为出发点。回想起来，当初转向戏曲小说可能还有一个原因，这也是我后来才意识到的：我所面临的一个困难，恐怕是找不到切入文本的有效且多样化的途径，也就是拿文本没有太多的办法。但当时的感觉或许是，至少阅读小说戏曲的文本，会比仅仅读诗有更多的方法上的选择。无论如何，作为文史学者，跟各式各样的文本打交道是一辈子的事情。文本细读，一方面是建立在广泛的文学阅读的经验基础之上的，一辈子只读《红楼梦》，是不大可能读懂《红楼梦》的；另一方面还需要在方法上有所参照，有所自觉。为什么选择某一种解读的方法，它会将我们带向何方，最终能走多远，与预期的目标是否吻合？这些都是我当时感觉亟待解决的问题，至少应该尽量做到心中有数才好。

读古典作品，自然会遇到经典阅读的问题。这个问题谈的人很多，而我们知道，"去经典化"一度成为学界激进主义的旗帜。所谓经典化是在一个历史过程中产生的，而这一过程本身也不断受到质疑，为学术界的自我反省提供了契机。我在这里只是就作品的影响力来讨论经典，一部作品如果具有长久的影响力，必定有其内部的文本依据，不可能完全归结为外部的和偶然的原因。也就是说，所谓经典作品，本身是经得起细读的，而且邀请和召唤反复的阅读。

这并不意味着忽略其他的作品。只是在我看来，对于古典小说戏曲的学科建设来说，很重要的一环，就是围绕着一些有影响力的作品，建立起核心基地。一方面通过文本细读与这些作品产生互动和积极对话，另一方面又对与它们相关联的思想学术史上的论题和解释范式做出回应。这双重的对话有助于我们回答"经验、问题与学术"这三个相互密切关联的问题，而这正是我们这次会议的中心议题。

暂且把中国古典小说放在一边，让我们来看一下欧美小说的研究情况。以塞万提斯的《堂吉诃德》为例：这部作品被后世确认为第一部长篇小说（novel），至少在欧美的历史语境中这样说并不为过。有的学者甚至认为，我们几乎可以在此后所有的长篇小说中辨认出它的身影；作为一部全新的小说作品，它包含了这一文体的全部潜力。《堂吉诃德》的影响不限于学术界和思想界，而是直接启迪了一代又一代的小说家，从菲尔丁、斯特恩、巴尔扎克、狄更斯、马克·吐温、梅尔维尔、陀思妥耶夫斯基、乔伊斯、卡夫卡，纳巴科夫，一直到米兰·昆德拉。一个完整的小说家名单和小说书目，几乎涵盖了大半部西方小说史，且不说它的众多续书了。但《堂吉诃德》又是时代的产物，深深地植根于作者所生活的历史语境之中。它从流浪汉冒险小说中衍生出来，对刚刚落下帷幕的骑士传奇做出了出色的戏仿。这部小说并没有被它所戏仿的对象束缚住，或把自身降低到后者的层次上，以至于在颠覆骑士传奇所体现的价值的同时，变成了对后者的反向模仿。相反，它将时代的废料转化为养料，创造出了超越它所属时代的杰作。不仅如此，《堂吉诃德》还为我们展开了一幅广阔的社会生活画面，无论是文学研究者还是历史学者，都可以从中有所发现，有所收获。事实上，历代的学者、思想家和小说家，都以各自的方式不断诠释"吉诃德主义"（Quixotism），甚至对它做出了相反的理解和演绎。这些思想论述与文学想象本身也反过来构成了我们研究和反思的对象。福柯在他的《词与物》（*The Order of Things: An Archaeology of the Human Sciences*）中，曾经将《堂吉诃德》视为欧洲现代开始的标志，因为古典时代建立在词与物的对应性和相似性基础之上的世界秩序已宣告破产。

也许有人会问：既然有了历代累积的学术成果，想必早已题无剩义了，又何必要在《堂吉诃德》上做无用功呢？即便只是在博士论文中写上一章，恐怕也难上加难。的确，要说

"内卷"的话，除了荷马史诗和莎士比亚戏剧研究，恐怕没有哪个领域比《堂吉诃德》研究更"内卷"了。但事实却并非如此。其中的原因很多，有人或许会说，学术范式与时俱变，一代人有一代人的学术。这是不错的，但与经典作品本身也不无关系。经典作品之所以具有强大的生命力和影响力，正是因为其文本内部具有无与伦比的丰富性与多义性，可以向任何一个时代开放，而每一个时代的读者也都有可能对其中的某些意义层面产生特殊的共鸣，从而带入当下的个人经验与时代阅历，对它做出不同于从前的解释。

在当今的语境中重读《堂吉诃德》，或许会格外注意小说中有关移民、瘟疫和宗教迫害的叙述。天主教对犹太教和伊斯兰教的打压在小说叙述的背景中隐约可见，信奉天主教的国王刚登基便下令驱逐境内的摩尔人，其中一位就是桑丘的邻居。从这里回到小说产生的时代，可以一窥欧亚非三大洲波澜壮阔的移民史，了解不同族裔的宗教传统、语言文字、阶级身份（包括奴隶）和他们所从事的农业及商业活动，进而考察他们之间的冲突、协商与混合交错，及其与帝国政治权力错综复杂的关系。这一历史是割不断的，因为它直接或间接地塑造了我们当下的世界。而由此回过头来重读小说文本，也足以将相关的情节和对话串联起来，揭示出一个可供深入解释的文本层面。

其他一些长篇小说，如美国作家梅尔维尔的《白鲸》，知名度不如《堂吉诃德》，但对于理解现代社会，尤其是现代美国，却是难以多得的经典之作。有关这部作品的论著论文早已汗牛充栋，但新的成果仍不断涌现。关于白鲸的象征意义，从前的学者有过无数精彩的解释。梅尔维尔的巨鲸解剖学为我们解读小说提供了一部包罗万象却从未完成的大词典，白鲸的象征解释因此层出不穷。但是，白鲸又不仅仅只是一个喻体，而且构成了小说描写和叙述的对象。近年来，借助文化研究的"物的转向"和生态学的兴起，有的学者开始探讨《白鲸》对物（包括植物和动物）的描写和叙述。在他们看来，物在作者的笔下获得了能动的力量。这并不令人感到意外：小说对白鲸以及海洋的关怀的确包含了超越以人为中心的认知视野和其他的可能性，而且人与自然的主题也不应该仅仅从象征的意义上来理解。

经典作品与开放性的文本看上去是两个互不兼容的概念，但经典之所以成其为经典，恰恰是因为其内在的开放性，经典的长篇小说尤其如此。昆德拉在总结《堂吉诃德》的遗产时说：小说家教读者把小说当作一个问题（question）来理解。这是我们对待经典应有的态度，那就是学会理解小说提出了什么问题，又是如何提问的。回应小说提出的问题及其提问的方式，构成了现代思想学术史的一部分，并且参与塑造了每一代人对自我及其所处时代的理解，变成了后人自我理解的思想资源。从这个意义上说，经典小说的解读史正是读者与作品对话的延续，同时也为我们提供了学术的凭借。它是凭借而不是负担，是参照而非样板，更不是盖棺论定的不刊之论。从学术史上来看，那些具有影响力的作品本身还构成了新的学术范式和方法的实验场。唯有在这个实验场中做出了为学界承认的新成果，新的范式和方法才能真正站住脚。

中国古典小说戏曲的研究也需要建立自己的思想学术策源地和实验场。这样做并非没有基础，因为《红楼梦》和《儒林外史》在很多方面已经起到了类似《堂吉诃德》和《白鲸》的作用，而且在其他方面的作用甚至还有过之而无不及。这样的作品还有一些，包括《金瓶梅词话》《牡丹亭》《桃花扇》。将它们转化为具有潜力的经典作品，还需要学者们做出更具自觉意识和方向感的努力。通过积累、总结和不断的回顾与反思，我们就有可能建立起我前面所说的双重对话，与此同时清理出自己的问题脉络和学术演进的路线图。

回到"经验、问题与学术"的话题，还有一个问题需要回答：我们的当代经验在经典阅读中究竟应该起什么作用？所谓经验包括直接经验和间接经验，除了参与、亲历而得来的直接经验，还有通过旁观和阅读获得的间接经验。我们不能左右自己的直接经验，但能够通过扩大观察视野和广泛阅读来拓展和丰富自己的间接经验。阅读经典的一大益处正在于超越我们个人狭小的生活空间和认知局限，去拥抱更辽阔也更久远的生命体验和历史想象。或许更重要的是，我们有可能将由此得来的生命体验和历史想象内化，变成我们观察与思考的重要参照，并且反过来充实自己的理解力和想象力，从而对异己的、陌生的他者经验获得设身处地的同情体验，同时，对自以为熟悉的经验保持批评的距离。无可否认的是，直接经验无论如何丰富，毕竟受到时空的局限，具有一些偶然性。但正如艺术家徐冰所说的那样，愚昧也是养料。他在看了一个朝鲜的绘画展览后，深切地体会到自己的艺术语境是何等的愚昧和糟糕。我于是想到，塞万提斯又何尝不是如此？与许多同时代的读者一样，他本人也读了大量的骑士传奇，但是唯有他，才将平庸的熟套转化为养料，从而创造了《堂吉诃德》，成功地超越了他所处的时代。不是每一个人都能真正超越自己生活的时代。只有首先在自己身上克服了时代，才有可能把个人的时代经验转化为宝藏。做到了这一点，或许就可以说是生活在了一个最好的时代，做不到则无异于生活在一个最糟的时代。这在很大程度上取决于我们自己，在与时代的关系上，我们并非完全没有主动权。不错，我们每个人都是经验的产物，经验当中总是有好也有坏，关键在于看清自己和自己所处的环境，学会分析和调动自己的经验，最终将它转化为创造性和想象力的资源。这一点既适用于小说家和艺术家，也适用于学者，适用于我自己。

生活在一个全球性的空前巨变与充满危机和不确定性的时代，未必不是一件好事。这让我们在短短的三四十年间，领略了从前需要几代人才能见证的历史变化，更何况这些历史变化的内容在许多方面是前所未见的。这一全新的人生经验与高度浓缩的历史阅历，召唤着与之相应的思想与学术，并将以其自身的方式，影响和介入我们的学术思考，重塑我们对自我和世界的感知与认识。

（四）

中国研究所面临的一个普遍现象是：我们有经验、有文本，却没有自己的学术话语。时下常见的说法，就是缺少自主的话语权。如何从经验和文本出发，建立自己的话语系统，这是学界经常说起，并且争论不休的话题，其重要性和方法论的意义无论如何估计都不为过。

提到话语权，自然会涉及权力的不平等关系，而中国现代学术的形成发展原本又是与中国现代化的历史过程分不开的。无论如何评价其功过是非，一个难以否认的现实是，当今的思想学术界早已屡次经历了现代话语与学科体制的洗礼。的确，文学批评的话语是困扰学界的老问题了，在古典文学艺术的研究中更显得突出。我们究竟应该使用什么样的学术语言，才能恰如其分地将古典文学艺术的内在逻辑与核心特征揭示出来？而不是把其纳入一个外在的观念框架中，削足适履，造成歪曲。任何一套话语都暗含了自身不言而喻的前提假设，也蕴含了由此及彼的问题脉络和路线图。它不仅支配了我们对文学艺术作品的阅读，而且直接影响到问题的提出和论述自身的展开。因此，我们需要对自己所使用的分析性或规范性的语言概念时刻保持高度警觉。

经历了20世纪80年代初中期的思想解放之后，中国学术界提出了重建学术规范的问题。但当时所谓的学术规范，主要涉及学术研究与学术写作的技术性方面，包括论文格式的标准化与引文注释的规范化，后来才意识到，事情并不那么简单。进入 20 世纪 90 年代后，在外在和内在于学界的诸多因素的作用之下，产生了学术游离于问题和解释之外，而着重实证的"客观主义"取向。换句话说，也就是将实证研究理解为去问题化和去解释化。但即便是所谓实证研究，也无法摆脱现行的知识论体系和学术话语。只不过这一体系和话语划出了一个被指认为"事实"重构的领域，使得我们可以在技术操作的层面来处理文字和实物等材料，而暂时悬置其中所蕴含的需要解释的意义和有待分析的问题。实际上，古典文史的实证研究同样不能回避其不言而喻的前提，更不应该理所当然地从前提走向结论。就算是沿用"文学"和"小说"这样通用的说法也不例外，因为它们分别预设了文学与非文学、虚构与非虚构的对立关系。而这些预设，是现代的和非历史主义的，很可能带偏我们对材料的分析和处理。

如何避免这一陷阱呢？一个不难预见的回答，便是回归中国传统的批评论述。近年来，本土话语本位诉求日益高涨，希望以中国自身的传统概念为基础来建构规范语言和分析框架。这无疑是一个具有内在合理性，也具有巨大潜力和诱惑力的议题，但首先仍需对历史上形成的批评语汇与这里所说的规范语言或分析语言做出必要的区分。历史上形成的批评语汇往往构成了我们今天解释和分析的对象，如果试图将其转化为解释和分析的工具，也就是规范语言或分析语言，那还需要经过一个理论化（conceptualization）的过程。倘若将二者混同起来，即采用解释对象和分析对象的语言而对其加以解释和分析，就会失去批评的距离，变成了自说自话，落入循环论证的陷阱。此外，历史上的批评语汇往往是在一个漫长而复杂的时间过程中逐渐形成并持续演变的，而非预先给定或一成不变的。其中的一些语汇也是在接受外来文化影响的过程中产生和发展出来的，刘勰的《文心雕龙》就是一个很好的例子。历史化过程为这些概念语汇提供了生生不息的源头活水，并且赋予了它们丰富多变的内涵。这既是它们的优势，也带来了令人棘手的麻烦。如何将其中的一些概念语汇的内涵充分理论化，从而转化为具有普遍适用性的分析语言或规范语言，而非依赖于历史语境，对其做出此一时彼一时的语境化的解释？这仍是我们面临的一大挑战。

（五）

2021 年夏天，我读到了郭宝昌和陶庆梅的新书《了不起的游戏：京剧究竟好在哪儿》。他们一再强调，有必要建立京剧自己的表演艺术的理论体系。而这首先就遇到了"概念纠缠"，也就是上面说到的批评话语的问题，尤其是斯坦尼斯拉夫斯基的"体验说"和布莱希特的"间离说"之间的取舍选择。这不只是两个不同的概念，而是涉及两大互不兼容的戏剧表演体系。而运用这两套体系来描述和解释京剧的表演艺术，早已构成了 20 世纪京剧发展史的一部分，构成了京剧自我解释和自我理解的一部分。但它们听上去更像是似是而非的附加说辞，与京剧自身的实践做不到水乳交融。的确，如果这两套彼此打架的理论都可以用来说明京剧表演艺术的内在逻辑与核心特征，那无非证明了二者都不合适，而且都没有说到点子上。

如何摆脱概念纠结，从京剧艺术鲜活而丰富的舞台表演经验中提炼出它自己的观念表述，进而建立京剧艺术自身的理论体系？这本书在这方面做出了可贵的探索与尝试。书的两位作者之一陶庆梅，长期从事戏剧史研究与当代戏剧评论，对当代剧场美学和小剧场艺术实验也做过深入的思考与探索。另一位郭宝昌，是著名的影视剧导演。他的作品以电视连续剧《大宅门》最为广大观众所熟知，几乎家喻户晓。他在话剧、传统戏曲和戏曲电影等方面也成就斐然，而且他本人还是京剧的老戏迷，对京剧表演艺术有着个中人的切身体验和精彩洞见。2019 年，哥伦比亚大学东亚系与芝加哥大学东亚系联手在芝加哥大学举办了一次研讨会，以郭宝昌的影视艺术实践为主题，重点讨论了他的戏曲电影《春闺梦》。当时《了不起的游戏》还没有脱稿，但郭导一口气做了一个长达两三个小时的主题报告，讲的是戏曲电影，后来发展成为书中的第六章"戏曲电影还能拍好吗"。芝加哥会议开得十分成功，讨论也相当热烈。按照会前的安排，2020 年移师哥大再聚，但很快就发生了疫情，结果一拖再拖，最后在 2021 年秋季开了一次小型的线上会议。好在此前《了不起的游戏》

已经出版了，于是，会议便顺理成章地围绕着这本书所提出的问题展开讨论。我在会议上的发言，后来经过补充和加写，以《京剧、戏曲表演与中国古典艺术的理论建构》为题发表在了《文艺研究》上。

两位作者在《了不起的游戏》中，从京剧表演艺术的丰富经验出发，提出了几组彼此关联的概念。其中包括"出戏""入戏""丑戏"和"游戏"说；又以观众和剧场空间为中心，来总结京剧表演艺术的审美特征，体现在"观演一体"和京剧"有剧场"而"无戏台"，以及"叫好"一章中对观众参与表演的描述中。对此，我在《京剧、戏曲表演与中国古典艺术的理论建构》中已经做过了评论和分析，这里只想强调"出戏"这个说法。所谓"出戏"，指的是演员的表演不仅限于呈现人物和剧情，而是游离于人物和剧情之外，并且通过旁白和即兴表演等方式，与观众直接产生交流，由此打开了一个另类的表演与交流的空间。这些做法显然破坏了戏曲表演的整体性和连续性，瓦解了戏曲人物情节的内在逻辑，同时也使得观众无法沉浸于戏台幻觉的"入戏"体验之中。当现代的戏曲演员有时会借用斯坦尼斯拉夫斯基"体验说"的词汇，来描述人物塑造的表演方式，但这最多只能部分地适用于戏曲表演的"入戏"部分而已，而在一些基本的前提下却与戏曲艺术格格不入。布莱希特通过对中国戏曲的认识而发展出"间离说"，固然可以说明戏曲程式化表演的某些特征，但对程式化表演的内在原因、形成机制和运作方式却语焉不详。在我看来，"出戏"说为我们重新认识戏曲艺术提供了一个富于潜力的观察角度。

所谓"出戏"不只见于戏台的表演，而且也普遍见于戏曲的文本中，包括明清文人撰写的"案头剧"。这些戏曲文本当中就包含了大量"出戏"的成分，有的来自表演的惯例和习套，有的则出于戏曲家的刻意安排。因此，文本的细读与戏曲表演的经验是可以相互参证的。把"文本内外"结合起来，或许可以找到从经验进入学术的一条途径。

举例来说，中国古典戏曲中的演员，不论是在戏台上还是在文本里，都不只是在扮演人物，同时还承担了叙述人的角色。他们往往从第一人称或第三人称的角度来描述自己的行动和戏台上的场景，并且交代剧情的来龙去脉。换句话说，他们既是人物，又是说书人，既在戏内又在戏外。戏曲史家往往对传统曲艺抱有成见，认为戏曲艺术只有脱离了说唱艺术才能走向独立和成熟。殊不知戏曲艺术原本就是一门综合性的艺术，它不需要摆脱说书艺术而自成一体，而是将说唱的不同形式纳入其中，化为己有。这是我们理解中国古典戏曲的一个基本起点。而就此而言，古典戏曲与以现代话剧（drama）为主的西方戏剧之间并不具备严格的对等关系，在文体类型上和表演性质上也很难相提并论。任何比较研究都只有在充分意识到这一差异的前提下，才有可能得出有意义的结论。

需要说明的是，戏曲演员在描述自己的行动和交代剧情时，往往依旧保持人物的角度，但他们的描述和交代却是以观众和读者为对象的。正因为如此，他们通常以叙述人的身份直接面对观众表演。而在描述和交代的过程中，他们有时也会游离于人物自身的视角或视野，接近乃至混同于全知叙述人，亦即说书人的声音。作为叙述人的演员，势必与他所扮演的人物产生疏离感，而与观众和读者在另外一个空间和时间中展开交流。总之，在一台戏的表演过程中，演员自如地往返于人物与叙述人之间，频繁地入戏与出戏，由此造成了戏曲表演的多重时间与多重空间。他们并不只是通过模仿人物和创造逼真的幻象来吸引和感动观众和读者，而是与此同时在叙述人所带入的时空中与观众和读者频繁相遇，并产生互动。

除了戏曲人物和叙述人这双重角色，演员的表演还在相当大的程度上受制于戏曲的脚色行当。每一个脚色都有其自身的特点和规定性，而每一位演员也在同时表演他所属的脚色。或者说，他是通过脚色的媒介来完成其戏曲人物的扮演，而不是通过个人的沉浸式体验来塑造戏曲人物。在同一出戏曲中，也不时可见同一个脚色改扮不同的人物，同一个人物改由不同的脚色来扮演的情况，这其中还包括了性别反串。于是，形成了演员在人物、叙述人和戏曲脚色这三者之间往还互动的复杂关系，由此构成了传统戏曲表演的内在机制与运作方式，而这是体验说和间离说都不曾涉及的。

只有考虑到以上这些因素，我们才可能对古典戏曲的一些显著特性获得同情理解。严格说来，长篇传奇并不总是以塑造具有内在一贯逻辑的人物性格为己任的。例如，《牡丹亭》的主角杜丽娘的生前死后，以及死而复生，在内心与行动两方面都判若两人，几乎完全无法根据现实主义戏剧的原则来解释，而强调人物的性格发展和处境改变也不足以令人信服。而戏台上扮演女鬼和离魂的通常是魂旦，例如《长生殿》中的杨贵妃，死后魂游，直至升仙才回归旦角。《牡丹亭》最早出场的是末，由他来介绍剧情梗概，行使了北杂剧以来末尼引戏的职能。所以戏的开场这一出，他实际上身在戏外。他的身份不是别的，正是末这一脚色。到了第四出，他再次出场才开始入戏，扮演老儒陈最良，当上了杜丽娘的私塾教师，杜丽娘死后，又改换了身份，替她看守墓地。然而他前后性格大变，不亚于杜丽娘的生前死后和死而复生。同样值得注意的是，自始至终，陈最良都没有放弃引戏的职能，既扮演人物又同时扮演叙述人。而作为叙述人，他暂时脱离自己扮演的人物和剧情的规定场景，也就不难理解了。

我在"文本内外"的标题下，对《了不起的游戏》做出了以上的延伸论述，同时也补充了拙作《京剧、戏曲表演与中国古典艺术的理论建构》所阐发的观点。这是因为不久前我看到了一部话剧，不少朋友想必也从视频上看到了，它的标题是《雷曼兄弟三部曲》(*The Lehman Trilogy*)。这出话剧自 2015 年首演以来，一路"开挂"，获奖无数。但我感兴趣的是它带给我的启示，因为它让我想到了中国古典戏曲的表演艺术。

这出三个多小时的三幕话剧，为我们呈现了雷曼家族从移民美国、创立公司一直到 2008 年在金融风暴中轰然倒闭的 164 年的戏剧性的历史传奇。按照传统话剧的做法，这样一部大戏至少得调动三四十位主要演员。没有大场面、大调度，根本拿不下来。可是《雷曼兄弟三部曲》却一反常规，一共只有三位演员，一架钢琴和戏台上的一个旋转玻璃房，外加戏台背景屏幕上的投影，从亚拉巴马一望无际的棉花地，到纽约地标性的天际线——一部美国发迹史被投射在遥远的地平线上。

最让我感兴趣的还是它独具特色的舞台表演艺术，至少在我看到的这个版本中，戏剧表演与说书艺术几乎完美地融为一体。三位演员既是人物又是说书人，在二者之间频繁往返，几乎没有形式上的过渡。他们绝大部分时间都面对观众表演，即便是人物对话的场面也是如此，令中国古典戏曲的观众备感亲切。的确，这是戏曲表演的常规，但在话剧舞台上，我还很少见到。而且同样就像是说书人，他们自由出入不同的人物角色，完全不受时空和布景的局限，也超越了年龄、性别的差别，与外貌的形似与否无关。其中那位演亨利的演员，至少六十岁了，演完父辈演儿孙辈。而表演菲利普这个十来岁毛孩子的伶牙俐齿，竟然惟妙惟肖，可以完胜十岁的演员。这其实也正是中国戏曲表演的精义所在，因为演员所呈现的是他的绝活儿（virtuosity），是他克服困难、拥抱挑战的超凡入化的表演技艺，而不是全面地再现一个经验世界中真实存在的个人。

古典戏曲的表演原理是有生命力和适应性的，可以在当代的表演艺术中大放异彩。如果我们把其中的道理讲明白了，就可以将它转化为具有规范性的语言，并且使用这一语言来解释其他国家和地区的艺术实践和文化现象。真正具有解释力的理论既可以解释自我，也可以部分地解释他者。如果某一理论所揭示的特殊性中不具备任何普遍性的因素，那是因为它并没有完成自身理论化的过程，没有将自身上升为规范性的分析语言。因此，我们需要学会从特殊的历史文化现象中提炼出具有普遍性的模式和准则，而不是把中国的传统文化解释成例外的例外，或将其完全视为历史文化语境的产物。也就是说，一旦脱离了这一语境的特殊性，便无可理喻，甚至变得不可思议。实际上，意大利的剧作家斯蒂法诺·马西尼（Stefano Massini）最初写的是一部广播剧，后来又将它改编成长篇小说。这个剧本在搬上舞台前后，屡经删改压缩，但仍然保留了广播剧的基本特色。《雷曼兄弟三部曲》之所以形成了它的独特风貌，与最初的广播剧的形式是分不开的。这与中国古典戏曲融合说唱艺术以及其他表演艺术形式，从而形成自身的表演风格，是出自同一个道理的。如果追本溯源，《雷曼兄弟三部曲》也受到了布莱希特的戏剧作品的影响。而布莱希特与中国古典戏曲艺术的渊源关系，早已是众所皆知了。

（六）

我在文章前半部分谈到了社会科学的学科性问题，这个问题与现代大学的学术体制是分不开的。从美国大学的科系分类来看，历史系归于社会科学，文学系划入人文学科。东亚语言文化系，虽然兼含文学与历史两大专业，却属于人文学科。深究起来，都不尽妥当。学术体制的学科分类固然重要，但更重要的是，在当下的学术界，历史学和文学研究都已经带入了多学科的关注，本身就具备了跨学科的特征。有一些课题，历史学家可以做，人类学家可以做，语言文学研究者也能够有所贡献。例如，语言、文字书写、白话和白话化（vernacular 和 vernacularization——严格说来，即方言和书写的方言化），无疑包含了技术性的层面，涉及语言学的诸多分支，以及文学史的基本知识，可以写成语言学和文学史的专业论文。

不过，这些课题背后所蕴含的问题已经远远超出了任何特定学科的范围。把它们连在一起来看，一方面关系到现代个人和民族国家的认同问题，另一方面又与传统帝国向现代单一民族国家的历史转型紧密相连。这些都是历史上的重大问题，但同时也渗透了当今政治与社会生活的方方面面。正是通过反省这些貌似熟悉的课题，我们才得以重构单一民族国家之前的语言文字观和世界想象，并且从中去寻找克服当下危机的思想资源。

我在 2014 年发表了一篇长文《书与言：重审早期现代中国的"白话"问题》（*Writing and Speech: Rethinking the Issue of Vernaculars in Early Modern China*）。后来，又根据这篇论文，改写成上下两篇中文文章《言文分离与现代民族国家："白话文"的历史误会及其意义》。文章从五四白话文运动的历史误会谈起，说明所谓白话文与欧洲文艺复兴以来的 vernaculars 并不是一回事儿，但五四新文化运动的领袖却借用近现代欧洲有关 vernaculars 的话语，改变了历史上"文言"与"白话"共存的格局，并且将帝制中国的现代转型一劳永逸地纳入了现代民族国家的历史目的论的宏大叙事。

说到近现代欧洲的"书写方言化"（vernacularization）的现象与历史过程，其核心问题正在于现代个人与单一民族国家的身份认同。到了 19 世纪后半叶，有关个人和种族的观念，以及与此伴随的语言、文字、宗教与地域文化民俗论，共同汇入了单一民族国家的历史想象。以此为焦点，可以看到浪漫主义的语言观、语音中心论、传统基督教的灵魂不变说和新兴个人主义论述等不同的思想资源，如何汇聚起来，相互推进，共同促成了现代欧洲政治社会和思想文化的历史转型。

谢尔登·波洛克（Sheldon Pollock）在他 2006 年出版的皇皇巨著《人世间的上帝语言：前现代印度的梵文、文化和权力》（*The Language of the Gods in the World of Men: Sanskrit, Culture, and Power in Premodern India*）中，以公元 10 世纪前后梵文为地方语言文字所取代的历史过程为研究对象，为"书写方言化"或"书写地方化"的现象提供了一个有别于近现代欧洲的另类模式。其中尤其令我感兴趣的是他的语言生态观：他指出在传统印度社会中，人与地方和方言的关系是一种生态关系，而非血缘关系。因此，他们不会使用"祖国"（motherland）和"母语"（mother tongue）这样的血缘比喻来指涉他们与土地和语言的关系。大体来说，这一点也适用于传统中国，姑且称之为"语言水土观"。无论是语言生态论，还是语言水土观，都着意强调个体与环境之间的有机关联，强调个体之间共生共存、彼此缺乏明确边界的状态，而没有对人与语言的关系，以及个人的地方认同给出本质化的定义，或将其表述为一种血缘关系。水土观和生态论以混合性和包容性为标志性特征，而本质主义的血缘说则势必导致对纯粹性和排他性的诉求。

身份认同是当今世界面临的一个令人棘手的问题，体现在西方世界的国内和国际政治生活的不同领域。最近福山也注意到了这个问题，他在新书《身份认同：对尊严的诉求与怨恨政治》（*Identity: The Demand for Dignity and the Politics of Resentment*）中，重提美国当下社会生活中的身份政治问题。在一个代表性政治的时代，与族裔、语言、性别和宗教文化密不可分的身份认同变成了一个核心问题，而这个问题正在以可以预见的方式，加剧社会冲突和文化撕裂，并且永久性地悬置了一个社会的价值共识。在福山看来，这一问题已经走进了死胡同，基本无解。

同样的问题也出现在东南亚国家与地区，尤其是在现代欧洲式的单一民族国家想象独霸天下之时。哥伦比亚大学的全球核心课程表上有一门"东亚人文课"，主要包括自《论语》《老子》以下，一直到唐诗、《源氏物语》和《红楼梦》等东亚的人文经典之作。记得有一次教韩国 18 世纪的《春香传》，读到其中的主人公外出游玩那一部分。他虽然遨游在眼前如画的自然风光中，脑子里想到的却是中国的名楼胜景，并且逐一历数，乐此不疲，而这些名胜之地都是他从书上读来的。有一位美国学生当即提问说：为什么这个人物——或者更准确地说，《春香传》的作者——竟然如此缺乏民族尊严感？没错儿，他用的词儿正是 national dignity。我说好啊，就让我们一起来谈谈民族尊严的问题。不过，真正的问题倒在于：在现代欧洲的单一民族国家的历史叙述获得说一不二的文化霸权地位之前，如何在一个前现代或早期现代的东南亚的历史文化语境中，来讨论这个问题？我们有什么理由，从今天的立场出发，以当下不证自明的方式，把这个问题强加给几百年前汉字文化圈的国家与地区呢？实际上，我们早已被这一套不言而喻的所谓"公理"给洗脑了，以至于难以进入此前东南亚地区的自我认知与世界想象。

当然，严格说来，把 identity 翻译成"身份"或"身份认同"并不十分准确，因为"身份"这个概念在中文里包含社会等级定位的含义。而在英语当中，identity 与"自我"和"主体性"等概念（Self, selfhood, personhood 和 subjectivity）都是相互关联的。斯蒂芬·格林布拉特在他的《文艺复兴的自我形塑》（*Renaissance Self-Fashioning: From More to Shakespeare*）中，以"自我形塑"为核心概念来描述英国 16 世纪所发生的文化转变。在英国这样一个基督教国家和阶级社会中，自我形塑无疑标志了从传统到现代的一次巨大突破。但将它应用于同一时期的中国社会，则难免会造成不必要的误解和困惑，因为中国的历史条件和思想文化传统都大不相同。在传统的水土观和生态论的语境中来讨论个人的问题，展现了一个另类的思路与可能性。

我在探讨中国的文字书写及其地方化的问题时，除了澄清五四有关"白话文"的误解，还指出语音地方化是与汉字书写相伴随的现象，由此重构传统帝国的中心与地方、自我与环境、普遍与特殊、统一性与多样性的关系，及其背后的思想文化遗产。事实上，汉字书写系统，无论是文言文还是后起的所谓白话文，都没有与一个固定不变的发音系统捆绑在一起。这就是我们常说的"言文分离"的现象。借用19世纪欧洲耶教会传教士的说法，同一个汉字书写系统，一旦落实在诵读和发音上，就变成了不同的语言，因为每个地区的读者都可以或不得不在不同程度上依赖当地的方音来诵读文字。正是通过这一方式，具有普遍性的跨地区，甚至跨国界的汉字书写系统，在一个有限的意义上实现了它的地方化。而这一地方化的方式本身，也可以说是没有落实为书写的一项翻译活动，普遍见于东亚和东南亚汉字文化圈的国家与地区，而不仅限于中国王朝的境内。总之，汉字书写之所以获得了超区域和超国界的广泛流通，恰恰是以它的地方化为前提和先决条件的，而所谓地方化主要体现在语音方面，但也包括语法和词序等其他方面。在汉字文化圈内国家与地区之间，汉字书写的语音地方化存在着方式和程度的差异，但并无性质上的不同。

今年早些时候，阿姆斯特丹大学出版社出版了一部论文集，题目是《东南亚的翻译生态学，1600—1900》（*Ecologies of Translation in East and South Asia, 1600–1900*）。在书的序言中，皮特·柯尔尼基（Peter Kornicki）、夏颂（Patricia Sieber）和郭丽（Li Guo）将汉字书写地方化当作翻译活动来加以深入考察。这本论文集所处理的翻译行为复杂而且多样，绝不是在目标语言和出发语言之间一对一地去寻求对应和替代。为此他们首先修正了有关翻译的经典定义，包括罗曼·雅各布森（Roman Jakobson）的语际（interlingual）翻译和语内（intralingual）翻译的分类。口头的语音翻译当然只是地方化的一种方式，此外还有千差万别的其他方式，涉及文体、写作模式、艺术表演和书籍的物质形态等方面，也体现在语音、语法、词汇、词序和时态等语言文字的基本特征上。

的确，东南亚汉字文化圈内汉字地方化的翻译现象呈现出混杂和多元的面貌。来自不同的语言文字系统中的因素交叉互动，形成了你中有我、我中有你的相互渗透而又彼此依存的状态。不同的书写形式也因此长期共存，而非舍此即彼，取而代之。最令我感同身受的，是这部论文集采用了"翻译生态学"的说法。这个说法优先考虑在地知识、主体间（intersubjective）关联与共情场域，以及汉字文化圈的共享价值及其内部的异质性、可变性与传统帝制时代的世界主义（cosmopolitanism），最终超越现代欧洲单一国族的历史目的论和身份政治观，而这些理论和观点迄今为止仍然在支配着我们的历史认知与世界想象。

在一个被宣判为历史终结的时代，历史并没有弃我们远去。相反，它比从前任何时候，都更与当下相关。

2022 年 9 月 15 日完稿，2022 年 9 月 26 日修改

原载于《区域》（第 11 辑）

后 记

这本集子中所收的文字写于不同的时间，而写作前后分别从师长朋友那里得到了许多教益和帮助，我已在每篇文章的附记中表达了谢意。我尤其要向几位访谈者致谢，他们的提问给了我许多新的启示，也促使我深入思考一些相关的问题。郑培凯教授四年多前便向我约稿，此后多次来信过问编集的进展情况，经陈小欢女士审核编辑书稿，《云帆集》的繁体字版已于 2022 年 7 月由香港城市大学出版社出版。此后我又对其中的文章做了一些增订修改，并且补充了另外四篇。承蒙活字文化总编辑李学军女士的大力支持和特约编辑黄昕女士的细心编辑与校订，增订的简体字版也即将由活字文化和河北教育出版社付梓刊行了。这本小书最终得以完成，并呈现在读者的面前，我要向他们致以最诚挚的谢意！我也借此机会，感谢活字文化总经理覃田甜女士为我校订书稿，设计师李响为拙作设计了美观的封面。

《言文分离与现代民族国家："白话文"的历史误会及其意义》上、下两篇曾连载于《读书》2016 年第 11、12 期上，而这两篇又是根据 2014 年发表的一篇英文长文改写增补而成的。自 2010 年开始，我与哥伦比亚大学的几位同事，连续三年参与了普林斯顿大学艾尔曼（Benjamin Elman）教授主持的一个工作坊，主题是东亚地区的语言、文字与"白话文"。工作坊的论文于 2014 年结集出版，这就是我在文章中提到的 *Rethinking East Asian Languages, Vernaculars, and Literacies, 1000–1919*（Benjamin Elman ed., Leiden: Brill, 2014）。

2009 年 9 月，剑桥大学教授皮特·柯尔尼基（Peter Kornicki）应邀在普林斯顿主讲了一次读书会。他是日本文化史专家，主要成就在出版史和书籍史的领域。此前在伦敦的一次讲演中，他重提东亚汉字圈，以及文言文与欧洲的拉丁文能否比较等问题。这次读书会是艾尔曼主持的"东亚研究新方向"研讨会系列的一部分。他看到大家对语言、文字和东亚"白话文"的议题很有兴趣，便提议下一年正式启动工作坊。2010 年 9 月，我和哥大东亚系的几位同事——主治日本古典文学和文化史的白根冶夫（Haruo Shirane）和大卫·卢瑞（David Lurie），以及越南语言文学专家潘阳（John Phan）——他当时仍在附近的罗格斯大学（Rutgers University）任教——一同参加了第一次会议。哥大印度学和南亚学方面的学者谢尔登·波洛克（Sheldon Pollock）和艾莉森·布什（Allison Busch）也应邀与会，并向大家介绍了印度和南亚地区有关课题的研究现状。

今天称之为印度的地区，曾经在公元 10 世纪前后，发生了语言文字地方化（vernacularization）的重大变化，此前居主导地位的梵文，逐渐为众多的地方语种和地方书写系统所替代。从时代来看，这比欧洲的拉丁文让位于各地方言书写要早，它的起因、产生的方式与伴随的现象也不尽相同，形成了另一个可供参照的重要的历史范式。而影响所及，直接塑造了印度今天所面对的现实。据谢尔登·波洛克的研究，10 世纪的这一次历史性转折造就了以地方语言文字为媒介的政体（vernacular polities），但并没有诉诸武力和战争的手段。在这一点上，明显不同于欧洲早期现代从帝国到民族国家的转型（见 Sheldon Pollock, *The Language of the Gods in the World of Men: Sanskrit, Culture, and Power in Premodern India*, Berkeley: University of California Press, 2006）。我们在会上会下以及往返的途中，围绕相关的问题做了长时间的交谈。现实是历史的延续，而又不乏反讽意味：时至 19 世纪，殖民地宗主国的英语变成了印度的官方语言。而作为一个国家，现代印度基本上可以说是英联邦的产物。在当今的印度，以语言文字为焦点的纷争依然如火如荼。由此引发的问题，至少在可见的未来，还难以达成任何共识。印度的历史与现状是一个有益的警示，提醒我们注意语言文字问题的重要性及其严重后果，而语言文字又与政治、宗教、文化、种族和社会阶层等问题缠绕在一起，为我们思考东亚地区各国的过去与未来提供了另类的参照系。

在 2012 年的会议上，艾尔曼还邀请了普林斯顿大学古典系和意大利语言文学系的同事来做论文讲评，他们为会议带入了欧洲的视野。谈到语言文字领域中的现代和早期现代的历史转变，欧洲的经验和范式原是题中应有之义。五四白话文运动的推动者如胡适等人，也都言必称意大利文艺复兴。只不过五四学者的此类叙述和声明往往直接服务于他们当时的目的，有意无意的误解和曲解都在所难免。对此，我们务必保持一个批评的距离，不能不加分析地全盘接受。

在我参与过的研讨会中，这个为期三年的学术工作坊耗时最多，视野最为开阔，成效也最为显著。它重温了东亚社会文化和思想学术的重大问题，暗含亚洲与欧洲、东亚与印度双重比较的历史视野，拓展出颇具潜力的一个工作面。令人欣慰的是，围绕这些问题，这几年已经出现了一些高质量的博士论文和根据博士论文修改成书的学术著作，逐渐形成了一个新的学术前沿。

我在这一主题的研究和写作过程中，还分别得到了一些师友的帮助和反馈，尤其要感谢陈维纲、冯象、李陀和刘禾。谢尔登·波洛克和宇文所安读过我的英文文章，并且提出了很好的修改建议。

《言文分离与现代民族国家："白话文"的历史误会及其意义》上、下两篇在《读书》上发表之后，承蒙李陀提议，《读书》编辑部主办了一次小型座谈会，促使我在此基础之上又做了一次大的修改和扩充。这里所收的修改补充稿，可以算是我的一个汇报。座谈由《读书》编辑部的卫纯负责召集和组织，清华大学人文与社会科学高等研究所和哥伦比亚大学北京全球中心协办。在汪晖的主持下，座谈会于 2017 年 1 月 8 日在清华大学人文社科图书馆四层的会议室举行，与会者包括李陀、王风、程巍、季剑青、魏然、袁先欣、袁一丹、宋晓霞，还有我本人和几位在读的清华大学的博士生。大家从各自关注的角度切入主题，涉及诸多相关的现象和学术领域，令我受益匪浅。除了语言文字书写的领域中有许多复杂的现象和技术性细节需要予以恰当的处理，关于帝国和现代民族国家的研究近年来也提出了新的历史与理论话题，仍有待于得到令人满意的回答。尤其是后者，因为涉及的时代和地域都有延伸扩展的余地，并非任何个人所能胜任。而在深入的历史个案研究之后，能否从中提升出某种具有模式性的普遍结论来，就变成了一个尤为迫切的问题。

我在中文的修改稿的最后一部分，提到了查尔斯·蒂利（Charles Tilly）关于欧洲早期现代国家起源的理论。当下全球史的研究方兴未艾，一度受到冷落的长时段社会史也重新引起了重视。而蒂利的国家形成说，正是长时段社会史研究的重要硕果之一，已获得了学界的广泛认可。记得我来到哥大任教不久，与他有过一次交谈。他是哈佛的博士，而当年哈佛的社会学在塔尔科特·帕森斯（Talcott Parsons）的主导之下，以社会结构功能理论而闻名于世。帕森斯长于建构宏大理论，对于社会学的理论化做出了巨大贡献。但是蒂利说，他在读博士的时候，就对此大不以为然，觉得帕森斯的庞大体系有为理论而理论的倾向。所以他立志走一条不同的学术道路，这条道路就是长时段的社会史研究。实际上，帕森斯后来也意识到自己的这个问题，开始转向了微观研究。社会学后来的转型，显然都可以在不同程度上视为对帕森斯理论的回应。但回应良莠不齐，矫枉的结果或许不只是过正，还很可能误入歧途。例如，社会学的主流重新拾起罗伯特·莫顿在 1948 年提出的"中程理论"范式，并且声称只提可以回答、可以验证的问题，搁置大而无当的理论。然而不无反讽意味的是，自 20 世纪 80 年代以下，所谓中程理论研究又都自觉或不自觉地接受了"理性化选择"的基本假设，以此解释从个人到社会群体组织如何为自身获取利益最优化的结果，并在此基础上来理解纷繁复杂的社会现象。于是，从革命、社会运动到宗教崇拜，无不手到擒来，条分缕析，振振有词，俨然从只提可以回答的问题，变成了没有回答不了的问题。在我看来，这一范式转向可以说是美国社会 20 世纪 80 年代承平保守的自足心态在学术领域中的折射。影响所及，在今天不同领域的学术研究中仍然余波不绝。将文化视为工具和策略的看法，在一些学术著作中甚至还相当流行。但在今天这个剧烈动荡的时代，我们可以想见也不难看到，以理性化选择为基本假设的中程理论该有多么狼狈了。相形之下，倒是长时段的社会史显示了更长久的生命力。在帝国史、国家史和全球史蔚为大观的当下，它的潜力与相关性再一次得到了确认。

　　一篇后记，说来话长。挂一漏万，聊作补白之用。也姑且算是一个邀请，希望有更多的学者加入相关问题的探讨，参与到对话和辩论中来。当今世界正处在一个天翻地覆的时刻，许多常识和公理都不得不重新接受检验。为了回答时代提出的问题，我们比以往任何时候，都更需要有学术的思想和有思想的学术。

2022 年 10 月 15 日

曼哈顿河边公园寓所